아바타르

『당신은 여자고 당신은 남자다.
당신은 소년이고 당신은 소녀다.
당신은 지팡이를 쥐고 비틀거리는 늙은이다.
당신은 얼굴을 모든 방향으로 향한 채 태어났다.』

—아타르바 베다의 10장 中에서

아바타르(化身) 1

초판 1쇄 찍은 날 § 2007년 6월 25일
초판 1쇄 펴낸 날 § 2007년 7월 5일

지은이 § 이지환
펴낸이 § 서경석

편집장 § 문혜영
편집책임 § 이종민
편집 § 한지윤

펴낸곳 § 도서출판 청어람
등록번호 § 제1081-1-89호
등록일자 § 1999. 5. 31
어람번호 § 제5-0146호

주소 § 경기도 부천시 원미구 심곡1동 350-1 남성B/D 3F (우) 420-011
전화 § 032-656-4452 팩스 § 032-656-4453
http://www.chungeoram.com
E-mail § eoram99@chollian.net

ISBN 978-89-251-0756-1 04810
ISBN 978-89-251-0755-4 (SET)

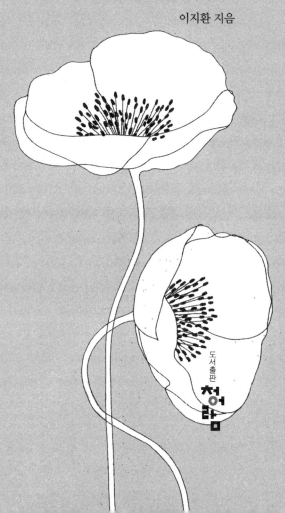

化身

아바타르 1

이지환 지음

도서출판 청어람

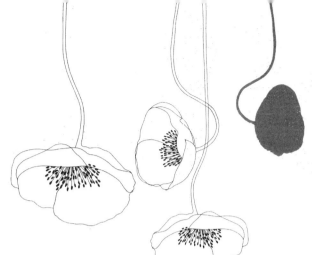

*[　] 안의 '영어' 체의 대사는 영어입니다
*[　] 안의 '힌디어' 체의 대사는 힌디어입니다

Prologue

—나는, 너를 만나리라—

인도 서북부. 인도 최대 도시 뭄바이.

푸른 파도가 주후 해안을 부드럽게 어루만지고 있다. 어디로든 고개를 돌려도 푸른 이파리를 단 나무들이 싱그러운 그늘을 내려뜨리고, 붉고 노랗고 하얀 꽃들이 만발한 그런 날이었다.

우기의 끝이었다.

자욱한 안개를 뚫고 온통 선명한 푸름. 함뿍 물기를 머금은 나무들. 기기묘묘한 모습으로 거목들을 휘감은 덩굴식물들의 이파리가 한껏 푸르다. 화려한 날개를 펼친 나비들도 꿀을 빨던 그 꽃잎들처럼 날아올랐다. 까마득한 하늘로 한가로이 새들이 날고, 1)가라뿌리 섬으로 관광을 떠나는 배들이 석양을 벗 삼아 아스라이 멀어지고 있다.

그러나 인도에서 가장 크고 번화한 도시라는 뭄바이의 풍경은 전형적인 메트로폴리스의 풍경과는 전혀 다르다.

전통적이고 익숙한 것들. 이질적이고 낯선 것들이 하나의 시공간에서 너무나 자연스럽게 함께 움직이고 있기 때문이다. 삶의 양면성을 동시에 보여주는 곳. 더러움과 아름다움, 불길함과 행복함, 현대와 과거가 공존하는 매혹적이고 불가사의한 곳이었다.

치마 그늘에 앉아 친구들과 한가로이 짜이를 마시고 있거나 사모사를 손가락으로 집어먹거나 혹은 담배를 씹고 있는 사내들.

허름한 사리를 걸치고 맨발로 머리에 짐을 지고 걸어가는 여인네들과 머리 부숭한 거지 아이들이 그들 앞으로 지나가고 있다.

그 뒤로 산발한 회색 머리카락에 주황색 넝마를 허리에 두른 채 알루미늄 깡통을 들고 늙은 2)사두가 맨발로 걸어가고 있다.

---

1)가라뿌리 섬: 엘리펀트섬이란 이름으로 더 유명하다. 세계 문화유산인 시바신을 모시는 석굴조각 사원이 있다. 섬의 이름은 코끼리들이 많아서가 아니고, 이 섬을 처음 발견한 포르투칼 인들이 해안가에서 발견한 거대한 코끼리 석상 때문에 붙인 것이다

2)사두: 자신의 삶을 기도와 의례에 바치려고 가족 관계와 재산을 모두 포기한 힌두교 수도자. 여성은 사비드라 불린다

그 모습을 신기해하는 관광객들이 카메라를 들고 오종종 따라가며 사진을 찍어대고 있었고.

교복을 입은 채 오토릭샤를 타고 학교에서 집으로 돌아가는 아이들. 미끈한 승용차를 타고 신호까지 무시해 가며 달려가는 비즈니스맨들. 손에는 핸드폰, 귀에는 MP3 이어폰을 꽂은 채 컴퓨터 가방을 뒤에 싣고 슬리퍼를 신은 채 자전거를 타고 가는 청바지 차림의 대학생들.

동시에 태연히 사거리 잔디밭에서 엉덩이를 까고 똥을 누는 거리의 아이들도 있고, 사람들이 걸어가는 길 맨바닥에 누워 잠을 자는 노인도 있다. 담벼락마다 오줌 지린내가 풍기지만, 동시에 거의 온전한 벽마다 신의 신성한 얼굴이 그려져 있는 그곳. 뭄바이.

어디선가 신을 위해 푸자를 올리는지 능숙한 솜씨로 악사들이 시타르를 튕기며 노래하는 소리가 들려오고 있다. 자동차의 시끄러운 경적 소리와 더불어 흥겨운 시타르와 따블라 소리는 이곳 뭄바이 전체를 감싸고 있었다.

그렇듯이 뭄바이는 두 개의 얼굴을 가졌다.

낮과 밤처럼 여자와 남자처럼 부와 가난처럼 완전히 다른 두 얼굴 말이다. 첨단의 고층 건물과 고급 아파트들이 우뚝우뚝 솟아 있는 마린 드라이브 해안가, 세계적인 명품점들이 모여 있는 쇼핑 중심가 〈크로스 로즈〉는 어디 유럽의 휴양지로 착각할 만큼 세련된 차림의 인도인들과 외국인들이 오가고 있다.

그러나 조금만 외곽으로 나가면 뭄바이는 어떤 도시와도 다른, 전혀 낯선 모습으로 변모한다. 이 세상 그 어디서도 유래를 찾아볼 수 없는 남루하고, 복잡하고, 누추하고, 더러운 슬럼가를 만나게 될 것이다.

난마처럼 엉킨 허름한 집들. 미로같이 얽힌 골목길, 수를 헤아릴 수 없는 사람들이 무질서하게 밀집한 그러한 거리에는 비를 가릴 지붕조차 가지지 못한 슬럼피플들이 모래알처럼 엉켜 하루하루를 연명하는 곳이다.

신발 신은 발보다 맨발이 더 많고, 지붕 가진 집에서 잠을 자는 이보다 거리에 웅크리고 자는 이가 더 많은 그곳.

낯선 이는 입구조차 찾아내지 못할 정도로 얽혀 있는 어둑한 골목길. 릭샤와 자전거와 사람들과 마차와 트럭과 승용차들이 뒤섞여 방향조차 어지러운 그 길.

서녘으로 해가 기울 그 무렵, 그러한 좁은 길을 사과 조각처럼 반으로 쪼개며 최신형 모터사이클 한 대가 타타타 소음을 내며 질주해 오고 있었다.

호기롭게 달려오는 기세가 만만치 않았다. 방해하는 그 어떤 것이든 뛰어넘고 뭉개 버리겠다는 느낌마저 풍기고 있었다.

난폭한 무법자 같은 그 모터사이클의 질주 때문에 아주 잠시, 정지된 그림처럼 복잡한 거리의 흐름이 뚝 끊기고 있었다.

무엇에 쫓기고 있는 것이 분명했다. 운전자는 가죽 장갑을 낀 손으로 핸들을 꽉 움켜잡은 채 가끔씩 뒤를 돌아보기까지 했다.

한동안 아슬아슬할 정도로 곡예운전을 하며 복잡한 미로를 달려가던 모터사이클이 멈춘 건 그로부터 삼십 분 후였다.

누구도 따라잡은 이가 없다는 확신이 들었던 모양이다. 남루한 빈민촌 구석배기. 거대한 아쇼카 나무 그늘 옆에 이르러서야 모터사이클이 위태로이 달려오던 속도를 늦추었다.

사람들은 입을 헤 벌리고 그만 바라보고 있다. 매끈한 옷차림의 이방인과 엄청난 고가일 것이 분명할 대형 모터사이클은 이런 곳에 전혀 어울리지 않았다. 그를 주시하고 있는 사람들의 시선을 무시하며 그 남자가 모터사이클에서 내렸다. 키가 훌쩍 컸다.

그가 나무 그늘 아래를 찾아들었다. 그곳에 머물러 있던 사람들이 본능적으로 몸을 움직여 그에게 자리를 내주고 저만치 물러났다.

'성공.'

모터사이클 주인의 아름다운 입술 위로 득의만만한 미소가 떠올랐다. 아무리 휘둘러보아도, 내내 찰거머리같이 그를 따라붙던 지겨운 인간들의 그림자도 찾아볼 수 없었다. 무사히 잘 탈출한 것이다.

'물 한 모금 정도는 마셔도 될 것 같군.'

그는 헬멧과 모터사이클용 고글을 벗었다. 어깨에 메고 있던 작은 배낭에서 생수병을 꺼냈다. 시원스레 불어오는 푸른 그늘 바람을 만끽하고 있는 이는 뜻밖에도 이제 겨우 어린 티를 갓

벗은 소년이었다.

소년의 이름은 라탄.

[3]바라트 최고의 부호로 손꼽히는 타다 가문의 상속자였다. 가장 사랑받는 막내이며 또한 유일한 아들이기도 했다.

고귀한 마하라자의 자손으로 태어났다. 타다 가문이 이룩한 엄청난 부와 권력을 이끌고 갈 존재이다. 물 한 모금을 마시는 동작에서조차 독특한 세련됨과 광휘로운 위엄이 넘치고 있었다.

그러나 넓고 깊은 혜지로 반짝이는 눈동자는 그 나이의 소년들이 가질 법한 장난기와 쾌활함으로 가득 차 있었다. 마침내 그를 구속한 모든 족쇄를 벗어나서 홀가분한 자유를 만끽할 수 있다. 충만한 기쁨으로 소년의 눈은 싱그럽게 반짝이고 있었다.

따가운 햇살 아래 내내 달려왔던지라 물은 미지근해져 있었다. 하지만 모처럼 만끽하는 자유의 맛이라 이 세상 그 어떤 것보다 감미로웠다.

[쳇, 방학이면 뭐 해? 마음대로 놀 수도 없는데. 이럴 줄 알았다면, 돌아오지도 않았어.]

불만스레 중얼거리며 비운 생수병을 발끝으로 차서 저 멀리 날려 버렸다.

----

3)바라트: 인도인들 스스로 자신들의 나라를 부르는 이름. 바라타. 바라타바르샤라고도 한다. 일찍이 리그베다 시대에 갠지즈강 상류의 광활한 지역을 통일하여 성세를 이룬 전설적인 바라타 족에 자긍심을 가져, 외국인이 붙인 인도라는 국호보다 이렇게 부르기를 좋아한다

그의 일이라면 잠자다가도 벌떡 일어나는 네 누나와 그를 신으로까지 여기는 어머니, 게다가 할머니까지 가세한 끔찍할 정도의 애정과 과보호 속에서 그는 익사하기 일보 직전이었다.

때문에 그는 일주일 전 공항에 내리던 그 순간부터 다짐했었다. 세상과 그를 완전하게 갈라놓는 공작궁의 철통같은 벽과 수도 헤아릴 수 없는 경호원들에 질식해 죽기 전에 반드시 도망치겠다고.

아직 학기 중일 때 라탄은 아버지에게 남미 출신인 교우를 따라 귀국하지 않고 브라질에 놀러가고 싶다는 요청을 했었다. 하지만 아버지는 끝내 허락하지 않으셨다. 다음 달에 셋째 누나 지아니의 혼인식이 예정되어 있었기 때문이다.

무엇이든 제멋대로 하는 고집이 가로막히고 말았다. 원하는 것을 관철하지 못한 탓에 라탄은 귀국한 내내 퉁명스레 굴고, 부루퉁하게 굴었다.

결국 토라진 아들의 마음을 돌리고자 관대한 아버지는 타협책을 내놓았다. 눈에 넣어도 아프지 않을 정도로 애지중지하는 그에게 최신형의 모터사이클 키를 건네준 것이다. 사흘 전이었다.

[신의 이름을 걸고 약속해라, 라탄. 네 멋대로 경호원들을 따돌리고 혼자 몰고 나가지는 않겠다고.]

엄한 아버지의 시선 앞에서야 물론 그러마 약속했다. 하지만 그 약속이 이내 깨어지리라는 것은 그 아버지도 알고, 아들도 알고 있는 일이었다.

순금보다 더 귀한 아들이 위해라도 당할까, 궂고 험한 일을 당할까 언제나 노심초사하는 가족들의 근심일랑 엿 먹어라지.

지금껏 단 한 번도 원하는 바를 이루지 못한 적 없고 가로막힌 적이 없다. 무엇이든 지나칠 정도로 넘치게 가지고 자란 소년은 무모할 정도로 거침없었고 자유로웠다. 조금의 양심의 가책도 없이 아버지가 세워놓은 벽을 넘어 도망쳤다. 눈부신 홀로의 무한한 질주를 만끽하려 했다.

'집에 있어 보았자 만날 똑같은 인간들 낯짝이나 봐야 하는데. 이게 무슨 휴가야? 감금이지. 여하튼 학교만 졸업해 봐, 내가 여기를 돌아오나. 대서양을 건너 더 멀리 가버릴 테니까.'

소년의 입술에 짓궂은 웃음기가 선연하게 새겨졌다. 그는 다시 모터사이클에 올라탔다. 그는 어렸을 적부터의 친구이자 시중을 들고 있는 아시프의 시골집으로 도망칠 예정이었다.

라탄은 그런 자신의 생각을 가장 친한 경호원인 자몬에게만 살짝 귀띔했다. 한 사나흘 후에 찾아오라고 명령해 놓았다. 항상 아들이 유괴라도 당할까 노심초사할 어머니에 대한 최소한의 예의였다.

[자, 또 떠나볼까? 내가 불쑥 나타나면 누인나가 얼마나 놀라워할까?]

소년을 태운 모터사이클은 이내 다시 타타타 경쾌한 소리를 내면서 먼지가 자욱이 피어오르는 골목길을 달려가기 시작했다. 하지만 신나는 질주는 십여 분이 채 지나기도 전에 끝나고 말았다. 달려가던 할리가 그만 골목길 어귀에서 딱 멈춰 서고 말았던 것이다.

[이런 빌어먹을!]

0을 가리키는 연료 계기판 바늘을 노려보며 소년은 짜증스럽게 욕설을 내뱉었다.

[아시프 이 자식, 죽었어.]

어제도 신나게 싸돌아다니다 돌아왔다. 간당간당하는 연료를 채워놓으라고 명령했는데, 게으른 녀석이 깜빡 잊어버린 것이다. 소년은 그런 기본적인 것조차 살피지 않고 모터사이클을 몰고 나온 자신의 부주의함에 대해서는 결코 생각하지 않았다. 그런 일은 그를 보살피는 아랫사람이 하는 일이었지 주인인 그가 하는 일이 아니었기 때문이다.

[제길, 진짜 망가지는 날이로군.]

하지만 어쩔 수 없다. 결국 소년은 땀을 뻘뻘 흘리며 볼썽사납게 엄청난 무게와 덩치를 자랑하는 할리 데이비슨을 질질질 끌고 걸음을 옮기기 시작했다. 처량맞게 주유소를 찾아 걸어가는 신세가 되고 말았다.

한 오 분을 걸어서야 겨우 골목길을 빠져나갔고, 작은 주유소를 하나 발견했다. 허름하고 초라하나마 잡화를 파는 가게까지 딸린 곳이다.

주유소의 청년이 슬리퍼를 끌고 다가왔다. 모터사이클 거리

만큼 떨어진 곳에서 소년을 바라보았다.

[가득 채워.]

가솔린을 넣는 동안 화장실이라도 다녀올까?

오만하고 부주의한 소년은 이런 동네에서는 한시도 제 물건에서 눈을 떼면 안 된다는 기본적인 법칙마저 알지 못했다. 멍청하게도 고액의 할리 데이비슨 모터사이클을 열쇠도 빼지 않고 주유소 직원에게만 맡겨놓은 채 화장실로 걸어가는 치명적인 실수를 저지르고 있었다.

일단 신나게 오줌 한 줄기를 내갈기며 눈 너머 골목을 살폈다.

가게 뒤로 연이어 이어진 풍경과 전혀 다를 바 없는 악취 나고, 더럽고, 무질서하며 허름한 슬럼가가 끝없이 이어져 있었다. 소년은 투덜거렸다.

[쳇, 생수도 사야 하는데. 이런 데서 물을 사면 병에 안 걸리나 몰라. 진짜 짜증나네.]

나뭇가지와 넝마, 짚으로 얼기설기 엮은 집들도 더러운 담벼락을 의지해 줄줄이 서 있다. 일반 집들—지붕만 있으니 그것들도 집이라 부를 수 있다면—부락에서 떨어진 것을 보아하니, 천한 4)달리트

----

4)달리트 : 인도의 신분계급 중 최하층의 계급. '불가촉천민(Untouchable)'이라고 불린다. 카스트를 부여받지 못하고 그 바깥에 있는 사람'이란 의미로 아웃 카스트(outcaste)라 불리기도 한다. 달리트는 '핍박받는 자'라는 뜻으로 불가촉천민들 스스로가 부르는 이름. 혹은 정부의 공식 호칭인 예정 카스트(Sheduled caste)도 널리 쓰고 있다

들의 거처인 모양이다.

이런 곳에 전혀 어울리지 않는 낯선 이를 구경하려는 듯, 사람들이 고개를 내밀고 있다. 하나같이 맨발에 때가 끼고 남루한 얼굴이었다.

더러운 누더기처럼 보이는 사리를 걸치고는 땅바닥에 주저앉아 나뭇가지로 불을 지피는 소녀. 물동이를 하나씩 이고 저 멀리 있는 공중수도에서부터 걸어오는 여자들도 보였다. 입을 헤벌리고 이런 동네서는 보기 드문 차림의 소년과 멋진 모터사이클을 정신없이 바라보는 아이들은 다 하나같이 구지레하고 여위어 있었다.

허리춤을 여미던 소년은 낮은 지붕 너머에 서서, 탐색하듯 그를 바라보던 깡마르고 초라한 사내들을 바라보았다. 그들은 소년의 시선을 피하듯 슬며시 지붕 아래로 고개를 움츠렸다. 햇살을 피하려는 목적인 듯 그들은 하나같이 때 묻고 희누런 두건을 머리에 쓰고 있었다.

너무 많은 비참함과 지독한 가난들은 그의 조국이 평생 안고 가야 하는 고름단지일 수밖에 없다. 하늘과 땅처럼 다른 소년 자신과 슬럼피플들의 사정에 대해 죄스럽거나 미안해할 이유는 없었다. 그렇게 태어난 팔자인 거다. 그러니 그렇게 살아야 하는 것. 무심한 시선을 돌려 소년은 화장실에서 나왔다. 가게에서 생수 한 병을 사서 막 돌아서던 순간이었다.

[엇, 저, 저 자식들이! 야, 거기 안 서?]

소년은 버럭 소리치며 내달렸다.

저런 대담한 놈들이 있나!

해가 중천에 뜬 이 시간에 그야말로 눈을 뜨고 코를 베이고 있는 중이었다. 주인이 십여 미터도 떨어져 있지 않은 곳에 버젓이 서 있는데, 소년의 모터사이클을 도둑질하는 간 큰 도둑들이 있었던 거다. 두건을 쓴 사내 둘이서 그의 할리 데이비슨을 끌고 골목길을 저만치 돌아 달려가고 있었다. 너무나 어처구니없고 기막힌 일이 벌어진 것이다.

[야, 이 도둑놈들! 거기 서지 못해?]

빠르고 긴 다리를 가진 소년은 이내 그들을 따라잡았다. 아니, 잡았다고 생각했다.

하지만 아슬아슬하게 지나가던 릭샤가 그의 진로를 방해했다. 그 틈을 이용해 도둑들은 꺾어진 골목길을 돌아 자취를 감추어 버린다. 이를 갈며 소년은 또다시 달렸다. 이내 잡을 수 있을 거라고 생각하면서 숨차게 뛰었다. 잡기만 해봐, 기분도 좋지 않은데 흠씬 패주겠어, 다짐하면서.

하지만 그는 이곳의 이방인이었다. 도둑들은 거미줄같이 섬세하고 미로같이 복잡한 이 동네를 너무나 잘 알고 있는 자들이었다. 잡힐 듯 말 듯하면서도 결정적인 순간에 미꾸라지처럼 빠져 잘도 도망을 간다.

소년은 자신도 모르는 사이, 으슥하고 음침한 골목길 깊숙이로 자꾸만 빠져드는 자신을 알지 못했다. 자각하지 못하고 도둑들이 원하는 바대로 자꾸만 함정 속으로 걸어 들어가고 있었다.

[분명히 이쪽으로 갔는데…….]

인적이 거의 없고 폐허가 된 집들이 대부분인 곳이었다. 지린내가 진동하고 쓰레기만 날리는 곳이었다. 깡마른 개가 낑낑대며 도망가고 있다. 골목길 중앙에서 라탄은 다리를 멈추었다. 주먹을 움켜쥐고 분한 숨을 씩씩거리며 이리저리 주변을 둘러보았다. 하지만 모터사이클을 몰고 도망간 도둑들을 찾아낼 수가 없었다. 이리저리 뻗은 좁은 길 어디에도 그들의 자취는 보이지 않았다.

이런 일일랑 한 번도 당해보지 않았다. 소년은 분해서 미칠 지경이었다.

[두고 봐. 이 동네를 쑥대밭으로 만들어서라도 네놈들을 잡고야 만다!]

이를 갈며 다짐했다. 하는 수 없다. 폼나는 탈출은 여기서 땡. 데리러 오라고 집으로 연락을 하기는 해야겠지만, 쉬이 휴대폰을 꺼낼 수가 없었다. 보란 듯이 의기양양하게 탈출했던 아침의 자신이 민망해서 견딜 수가 없었다. 그렇지만 이제는 어쩔 수 없었다.

[어떤 빌어먹을 놈인지 반드시 잡아서 감옥에 처넣어주겠어.]

라탄은 둘러멘 가방에서 휴대폰을 꺼내며 처량맞게 다짐했다.

[물론 죽을 만큼 흠씬 두드려 팬 다음이겠…… 아쿠쿠.]

하지만 채 버튼을 누르기도 전이었다. 그의 혼잣말은 채 이어지지 못했다. 컥 소리를 내며 무릎을 꿇고 말았다. 눈앞에서 별이 번쩍였다. 무언가가 그의 뒤통수를 강하게 내려쳤던 것이다. 커다란 충격에 소년은 그만 흙바닥에 꼬꾸라지고 말았다. 그대로 정신을 잃었다.

그의 뒤통수를 몽둥이로 내려친 이는 더러운 수건으로 얼굴을 반쯤 가린 깡마른 사내였다. 그의 모터사이클을 훔쳐 달아났던 사내 중 한 명이었다. 그 말고도 한패거리인 사내가 한 명 더 있었다. 아까 릭샤로 소년의 진로를 방해했던 바로 그 사내였다.

그들은 누가 볼세라 사방을 두리번거리며 반정신을 잃은 채 꿈틀거리는 소년의 팔다리를 밧줄로 묶었다. 축 늘어진 소년의 몸뚱어리를 길 옆 어두컴컴한 비좁은 담벼락 안으로 끌고 들어갔다. 무너진 담을 의지 삼아 사냥감을 해부하기 시작했다.

제일 먼저 소년의 지갑을 품 안에 집어넣었다. 두툼한 두께가 적이 만족스럽다는 표정들이었다. 저무는 햇살 아래 싯누런 이가 번쩍였다. 소년의 목에 걸린 황금목걸이도 풀어 호주머니에 넣었고, 생수병이 담긴 가방까지도 가죽을 쓸어보다가 만족스럽게 싯누런 이를 드러내며 씩 웃었다. 그것 역시 제 몫으로 만들었다.

[생긴 것도 그럴듯하더니, 역시 돈도 많네.]

[이 녀석 몸값이면 십만 루피쯤은 부를 수 있을걸.]

소년의 모터사이클은 담벼락에 기대서 있었다. 그것을 지키고 있는 사내는 나이가 어렸다. 탐욕스런 눈빛으로 소년의 나이키 운동화를 벗기고 손목시계를 풀어 호주머니에 넣었다. 아무지게 냉큼 제 몫을 챙겼다.

　[오토바이는 어떡하지?]

　[사람들이 눈치 채면 재미없어. 부숴서 부속으로 팔아야지.]

　[그냥 팔아야 돈을 많이 받는데.]

　[그냥 내 릭샤로 개조하면 안 될까?]

　[이 멍청한 녀석! 당장 경찰에게 잡히고 싶어?]

　[라지브, 어서 가거라. 우리 같은 놈이 이런 고급 모터사이클을 어디서 구해? 꼼짝없이 당하게 돼. 내가 시키는 대로 해.]

　가장 나이 많은 사내의 말에 젊은 사내가 고개를 끄덕였다. 모터사이클을 끌고 주변을 살피며 다른 골목으로 걸어가기 시작했다. 또 다른 은신처에 숨어 그것을 해체할 작정이었다.

　남은 두 사내는 여전히 정신을 잃고 축 늘어진 소년의 입에 재갈을 물렸다. 질질 끌고 어두워지는 도시의 더 깊은 슬럼가를 향해 걸어가기 시작했다. 너무나 간단하게 소년을 납치한 사내들 등 뒤로 핏빛 같은 노을이 타고 있었다. 무기력하게 끌려가는 소년의 뒷머리에서 흘러나온 핏물이 더러운 길에 진득한 흔적을 남겼다.

　정신을 차렸을 때, 제일 먼저 느낀 것은 지독한 통증이었다.

정신을 잃기 직전, 뒤통수를 무엇인가로 얻어맞았던 기억이 났다. 그 고통은 아직도 남아 얼굴을 찡그리게 만들었다. 얼굴에 끈끈한 무엇인가가 묻어 있었다. 동시에 확 끼쳐 온 건 진득한 피비린내였다. 그것으로 라탄은 자신이 뒷머리에 커다란 상처를 입었다는 것을 알 수 있었다.

'난 지금 유괴당한 건가?'

너무나 어이없고 기가 막혀 이런 최악의 순간에도 그만 헛웃음이 나올 지경이었다.

이곳은 대체 어디일까? 몸을 움직이고 싶었지만, 꼼짝도 할 수가 없었다. 그의 몸은 밧줄로 묶여 있었다. 눈을 돌려보았지만 캄캄한 어둠만이 느껴졌을 뿐 사물을 분간할 수가 없었다. 끔찍하게 목이 타올랐다. 참을 수 없는 갈증에 죽을 것만 같았다.

'이러다가 죽는 거 아냐?'

검고 질척한 두려움이 삽시간에 차 오르고 있었다. 난생처음 경험하는 절대적인 두려움과 죽음에의 공포로 소년의 메마른 입술이 하얗게 변했다. 그러나 다행히 소년은 상상 이상으로 담대한 심장을 지니고 살아왔다. 그는 이를 악물었다. 이대로 개죽음을 당할 수 없다. 이런 식으로 죽는 건 자존심이 허락지 않았다.

'정신 차려야만 해. 정신을 차리자고. 호흡을 해야만 해. 라탄, 정신을 차려. 제발.'

어찌하든 살아 있어야 한다. 그럼 조만간 문제가 해결될 것이다. 그것을 믿어야만 했다. 바라트 전역에 타다 가문의 수족들이 그물같이 뻗어 있다. 그를 찾아내려 움직이고 있을 눈과 귀가 있다. 아버지는 무슨 수를 쓰든 그들에게 아들을 찾게 할 것이다.

'어찌하든 기력을 간직해야 해. 아버지가 찾아낼 때까지 난 살아만 있어야 해.'

라탄은 눈을 감고 천천히 호흡을 시작했다. 살아남기 위해 몸 속에 잠든 차크라를 깨우기 시작했다.

정말 다행한 일이지만 라탄은 아주 어렸을 때부터 호흡법과 명상, 마인드 컨트롤을 배웠다. 때문에 아무리 열악한 환경 속에서도 자신의 기운을 간직하는 법을 알고 있었다. 그가 이러한 최악의 상황에 처해 있게 되어도 온전한 정신을 가꾸고 올곧게 영혼을 가누며 그나마 기력을 완전히 빼앗기지 않은 것은 바로 그런 훈련 때문이었다.

'깊은 잠에 빠질 수 있다면…… 호흡을 멈추고, 현실의 경계를 잊는 거야. 한 줌의 기운만 있으면 돼.'

그가 의식적인 가사(假死) 상태에 빠질 즈음 해서, 주변에서 사람들의 소리가 들려왔다. 그것은 그의 몸 위에서 들려오고 있었다.

다시 의식을 세운 채, 온 신경을 곤두세우고 라탄은 자신이 파묻힌 바닥 위의 동정을 살폈다. 숨을 죽인 매가 되어 그를 납치한 적들의 상황을 엿들었다. 목소리에 겁먹은 기가 뚜렷했다.

[그게 확실해?]

[온 도시에 경찰이 좌악 깔렸어요. 라지브도 잡힐 겁니다. 군인들까지 동원된 것 같아요. 길을 따라 집집마다 다 훑고 다닌다구요. 워낙 눈에 뜨이던 사람이라, 우리 동네에 들른 것을 금세 알게 될 겁니다. 어떡하죠? 만약 발각되면 우린 다 죽습니다. 우리 동네도 전부 다 불타게 될 겁니다.]

[입 닥치고 일단 그 녀석이 살아 있는지나 살펴봐.]

라탄은 눈을 꾹 감았다. 여전히 정신을 잃은 것처럼 가장했다. 잠시 후 널컥 소리가 나고 누군가가 그의 곁으로 다가왔다. 이봐, 이봐 하고 뺨을 철썩 갈겼다. 입을 막은 재갈을 풀어주었다.

[물······.]

가장 급한 것. 생명을 유지하기 위해 단 하나 필요한 것. 반정신을 잃은 것처럼 가장하며 중얼거렸다.

범인 중 한 명이 그의 손목을 묶은 밧줄을 풀어주고 물그릇을 주었다. 적어도 그가 죽기를 바라지는 않는 것이다. 그토록 바랐던 물이 입으로 들어왔다. 허겁지겁 게걸스레 마신 물이 턱을 흘러내렸다.

'물을 주는 것을 보니, 아직까지는 날 죽일 생각이 없는 거로군.'

슬쩍 주워들은 이야기로는, 군인들까지 동원되었다고 한다.

아버지께서 움직이고 계신 거다.

슬쩍 곁눈질을 하니 납치범인 그들도 당황하고 겁먹은 기가 뚜렷했다. 푼돈이라도 빼앗자고 시작한 일이 너무 커져 버린 것이겠지. 결국 이들은 우발적이고 어수룩한 납치범인 것이 분명했다. 물을 마시는 짧은 시간 동안 명민한 소년의 머릿속이 민활하게 움직였다.

[여긴 너무 허술해. 좀 더 은밀하게 숨겨야 할 것 같다. 일단 군인들이 사라지고 나면 이 자식을 어떻게 처리할지 다시 생각해 보자고.]

[이만 하고 그냥 자수하면 어떨까요? 아무래도 불길한 예감이 들어서…….]

[닥치지 못해? 이왕 시작한 일에서 발을 뺄 수는 없어!]

[이봐, 당신들, 정말 원하는 게 뭐야?]

느닷없이 참견하는 소년의 말에 세 사내의 얼굴이 그에게로 돌려졌다. 깜짝 놀란 기색이 역력했다. 라탄은 서투르게나마 협상을 시도했다.

[나 때문에 발각 뒤집혀진 것 같은데 말이지. 이만 하고 그만 풀어주는 게 어때?]

[다, 닥쳐!!]

[날 무사히 놓아주면 너희들이 원하는 것을 다 들어주지. 물론 너희들을 고발하지는 않겠어. 적당히 하고 날 풀어줘. 일이 더 커지기 전에.]

라탄은 특유의 오만한 어조로 내뱉었다. 그를 건드린 것을 정말 후회하게 되기 전에 해결하라고 경고한 셈이었다. 그러나 그런 그의 태도가 오히려 범인들의 부아를 돋운 모양이었다.

[건방진 놈 같으니라고! 닥쳐!]

잠시 치켜들었던 라탄의 목이 다시 툭하고 꺾였다. 그의 등 뒤에 서 있던 범인 한 명이 그의 뒤통수를 다시 갈겨 버렸기 때문이다. 힘을 잃은 라탄의 몸이 바닥으로 굴렀다.

잠시 의논을 하던 그들은 정신을 잃은 소년의 입에 겨우 숨을 쉴 수 있게 가느다란 관 하나를 물렸다. 그를 다시 나무관 속에 넣어버렸다. 아까 그를 감추었던 마룻바닥 아래 관을 묻고는 허술하나마 흙을 덮기 시작했다.

그렇게 하여 소년은 또다시 생매장이 된 채 하룻밤 내내 생사의 갈림길에 서게 되었다. 그것은 아무리 담대하고 의지가 굳다 해도 어린 소년이 견뎌낼 수 있는 일이 아니었다.

그 밤이 다 지나기 전에 소년은 고독과 공포와 탈수 증상을 견디지 못하고 다시 정신을 잃고 있었다.

스스로의 몸에서 배설된 더러운 것들이 질척하게 그의 몸을 적시고 있었다. 질척한 흙냄새도 같이 느껴졌다. 견기기 힘든 더위와 더불어 형용할 수 없는 악취가 풍기고 있었다. 반쯤 벌려진 입술 사이로 하얀 침이 거품이 되어 흘러나오고 있었다. 들먹이던 가슴골이 서서히 주저앉고 있다.

누가 보아도 확실하게 죽음의 신이 그를 향해 손을 뻗고 있었다. 숨이 끊어지느냐 마느냐 절대절명의 바로 그 순간이었다.

그런 그를 누군가가 깨우고 있었다. 생명의 향기를 뿜어주며 그를 부르고 있었다.

[안 돼요, 일어나요! 크리슈나. 제발, 정신 차려요. 우린 아직 만나지 못했잖아요.]

[라…… 다…….]

삶과 죽음의 경계에서, 피안의 언저리 바로 그곳에서 헤매고 있는 자. 힘없이 축 늘어진 소년의 몸뚱이가 조금씩 꿈틀거리기 시작했다. 탈진한 채 의식을 잃은 육신. 그러나 서서히 깨어나는 영혼의 이름. 본신의 존재가 눈을 뜨고 있었다.

그는 깨어난 건가, 아니면 의식을 잃은 건가?

분명히 어린 소년의 몸과 영혼인데도, 스스로의 의지도 아닌 힘에 이끌려 있다. 피 묻은 손끝이 조금씩 조금씩 움직이기 시작했다.

믿을 수 없는 일이지만, 분명 그의 옆에 누군가가 있었다. 정신을 잃은 소년의 몸을 따스하고 하얀 빛이 힘껏 감싸고 있었다. 시공을 초월한 빛의 존재가 그를 보호하고 있었다. 어루만지고 입 맞추고 위로했다.

[라다…….]

갈라지고 메마른 입술 사이로, 그 이름이 영혼의 주문처럼 흘러나왔다. 그리운 이름을 부르는 하얀 입술에 피가 맺혔다.

무한한 어둠의 우주를 유영하며 반려를 찾던 신의 의지가 지구에 내려앉았다. 소년의 꿈 안으로, 몸 안으로 흘러들었다.

[나의 크리슈나, 날 찾아요. 죽으면 안 돼. 당신이 죽으면 나도 없어요, 크리슈나. 날 찾아 다시 소유하고 사랑하겠다고 내게 맹세한 것을 지켜요. 난 당신만을 기다려요.]

[……라다! 라다! 제발 가지 마.]

[가지 않아요. 난 언제나 당신과 함께예요. 나의 크리슈나, 영혼을 빼앗기지 말아요. 당신의 존재에 포개진 나를 포기하지 말아요.]

어느 순간, 라탄의 눈이 번쩍 뜨였다.

멍하니 빈 것 같기도 하고, 또한 충만한 힘으로 가득 차 있는 것 같기도 한 신비로운 눈동자. 검기도 하고, 희기도 하고, 선하고 악하고 온유하고 포악한 그 신의 이름은 크리슈나.

세상의 유지자 비슈누 신의 고귀한 화신. 피 묻고 메말라 하얀 껍질이 일어난 소년의 입술에 무지개 먼지 같은 기묘한 미소가 흘렀다. 검은 허공 속에서 그를 향해 손을 내민 연인을 향해 꽃다발처럼 미소 지었다.

꿈과 현실 사이에서, 환상과 실재 사이에서 소년은 신이 되고, 신은 소년이 된다. 아이가 되고 어른이 되고, 살고 또 죽고…… 그러한 환생. 그러한 우주의 편재 속에서.

기억도 할 수 없을 만큼 오래전부터 되풀이되던 운명. 소년은 사랑하는 신 크리슈나, 그녀는 사랑받는 여신 라다.

되풀이해서, 되풀이해서 그는 그녀를, 그녀는 그를 애타게 부르고 있었다. 시공을 넘어서, 삼생을 돌고 돌며 그토록 오래도록 찾아 헤맨 연인. 언제나 그림자를 쫓을 뿐 꿈속에서조차 한 번도 그 얼굴을 보여주지 않았지.

드디어 이 순간. 마침내 그 사람을 보았다. 드디어 이생에 태어난 라다의 얼굴을 보았다. 죽음도 아닌 잠도 아닌 깊은 심연의 언저리에서, 빛살처럼 다가와 안아주는 그 사람을 보았다. 그녀의 환한 미소와 초록빛 향기가 문신처럼 선명하게 박혔다. 그들은 마침내 만났다.

아름다운 그녀가 연분홍 꽃잎 같은 입술을 열어 속삭이고 있는 것이었다.

[나는 거기 있어요. 5)동쪽에서, 크리슈나. 당신을 기다려요. 너무 늦기 전에 나를 찾아요. 내가 너무 힘들어지기 전에 너무 아파 당신을 버리기 전에……. 크리슈나, 나는 거기 있어요. 영겁을 두고 당신을 기다리고 있어요.]

- -

5)동쪽에서: 힌두 신화에서 동쪽은 생명, 서쪽은 죽음을 뜻한다

[넌 반드시 찾아내겠어. 네가 날 기억하지 못한다 해도! 내 모든 것. 유일한 존재. 너를 찾아내겠어.]

어둠을 닮은 눈을 하고 소년이, 신의 얼굴을 한 그가 영혼을 걸고 맹세했다.

[그래, 약속해. 난 당신을 찾아야만 해. 반드시 살아서, 이 생에 태어난 너를 찾아낼 거야. 나의 동쪽에 있는 너를…….]

그녀가 태어난 이생에서. 다시 만나 사랑하기로 한 지엄한 언약을 위해.

널 다시 만날 거야, 라다. 반드시 널 다시 찾을 거야. 널 찾기 전에는 절대로 소멸하지 않아. 소멸할 수 없어.

툭하니 떨어진 손가락 끝으로부터 서서히 강철 같은 힘이 모아지기 시작했다. 인간의 육신을 한 그를 묶고 있는 이러한 사소하고 거추장스러운 구속에서 벗어나야 한다.

화신(化身)한 신비한 자는, 탈진하고 힘을 잃은 어린 소년의 육신으로서는 상상도 하지 못할 불가사의한 힘을 가지고 있었다. 강력한 의지와 존재의 확신으로 서서히 움직이기 시작했다. 잡탕처럼 뒤섞인 영혼과 의식 사이로 잠시 놓아버렸던 생명의 끈을 단단히 잡아당겼다.

아까 물을 마시게 하려다 다시 묶는 것을 잊어버린 손을 제외하고 온몸은 밧줄로 칭칭 감겨 있었다. 라탄은 자유로운 두 손을 이용해 몸을 가둔 관 뚜껑을 밀어 올렸다.

어이없을 정도로 너무 쉽게 뚜껑이 위로 올라갔다. 땅에 묻지 않았거나 묻었다 해도 흙이 얇게 덮여 있는 게 분명했다. 라탄은 소리없이 몸을 일으켜 앉았다. 조심스레 몸에 묶인 밧줄을 풀어버렸다.

바로 그때, 누군가가 문을 열고 들어오는 소리가 들렸다. 마룻바닥 아래에 앉아 있던 그는 숨을 죽이고 머리 위의 동정을 살폈다. 부스럭거리는 소리가 나더니 이내 다시 문이 닫히는 소리가 들렸다. 좋아, 시작해 볼까? 잠시 단전에 기운을 모은 후, 두 팔을 들어 마룻바닥을 힘껏 밀어 올렸다.

새벽이었다. 아직도 캄캄했지만 조금씩 밝아지고 있었기에, 얼마 후 주변을 살필 수 있었다. 사방에서는 고약한 냄새가 나고 있었다. 아침 식사를 준비하는 듯 매캐한 연기 냄새도 나고 있었다.

라탄은 발끝으로 살며시 걸어 눈만 내밀고 문 바깥을 내다보았다. 낡은 그 오두막 앞에는 범인 중 한 명이 흙바닥에 주저앉은 채 꾸벅꾸벅 졸고 있었다.

비록 나이는 어리나, 예사 어른보다 체구가 크고 키도 헌칠한 편이다. 라탄은 전광석화처럼 문을 박차고 달려나갔다. 흙바닥에 앉아 졸고 있던 범인의 목을 낚아채서는 오두막 안으로 질질 끌고 들어왔다. 나지막하나 강압적인 목소리로 오금을 박았다.

[헛수작만 해봐. 목을 꺾어버릴 테니까!]

지금쯤은 죽었을 것이라 생각한 것이다. 그런데 소년이 멀쩡한 모습으로, 게다가 스스로의 힘으로 탈출해서는 억센 힘으로 그의 목을 조르고 있으니, 날벼락을 당한 셈이다. 목이 졸린 사내는 거의 반 넋이 나간 얼굴이었다.

후줄근한 셔츠에 누더기 같은 바지. 때 묻은 맨발. 제대로 얻어먹지 못한 볼은 홀쭉했고, 초췌한 눈은 퀭하게 들어가 있었다. 덜덜 떨며 감히 반항하거나 움직일 생각조차 하지 못했다. 애초에 기가 질린 것이다. 죽음의 신을 보듯 라탄을 보면서도 믿지 못하는 얼굴이었다.

[사, 살려주…….]

대답대신 라탄은 사내의 얼굴을 주먹으로 있는 힘껏 갈겨 버렸다.

주름살이 깊게 패인 얼굴에 코피가 뚝뚝 떨어졌다. 스무 살이나 어린 라탄 앞에서 사내가 뚝뚝 눈물을 떨어뜨리는 광경이란 참으로 못 보아줄 것이었다.

[건방지게 감히 날 건드려? 왜 하필이면 나야?]

[끌고 온 오토바이를 보니까 부잣집 도련님 같아서……. 모, 몸값을 치러줄 것 같아서입니다.]

어렸을 때부터 다스리는 자로 길러진 터이다. 보이지 않는 강력한 기운을 이겨낼 자는 이 세상에 거의 없다고 해도 과언이 아니었다. 하물며 지금 깨어난 그는 평범한 인간 소년이 아니다. 감히 거역할 수 없는 기세 앞에서 사내는 애초에 기선을 제압당한 채였다.

사내의 목소리가 덜덜덜 떨리고 있었다. 입에서는 심한 악취가 풍겼다. 입 안 곳곳에 썩은 이가 시커멓게 드러나 있었다. 더한 비굴함을 드러내고 있었다.

[얼마나 원하느냐고 내가 물었을 때 적당히 하고 날 놓아주었어야지. 감히 날 이런 꼴로 만들어? 그래, 대체 네놈들은 얼마나 원하는 거냐?]

[시, 십만 루피.]

[웃기지 마, 개자식아! 내 몸값이 그것밖에 안 된다고 생각해?]

범인의 목을 움켜쥔 라탄의 팔목에 새파란 힘줄이 섰다. 숨이 막힌 사내의 목에서 컥컥 가래 끓는 소리가 났다. 분노한 만큼 자비를 베풀 여유가 없다. 라탄은 사내의 아랫배를 무릎으로 쳐올려 버렸다.

[대체 날 뭐로 보는 거야? 기껏 십만 루피라니! 내 신발짝 하나가 오만 루피야!]

자존심을 훼손당한 만큼 소년의 목소리가 갈수록 더 음산해졌다.

[차라리 내 할리나 팔아 가지라고. 열곱이나 비싸. 멍청한 놈.]

[그…… 그걸 팔려다가 체포되면…….]

이미 기가 죽은 사내는 안쓰러울 정도로 떨고 있었다. 눈물을 뚝뚝 흘리면서도 간신히 대답을 쥐어짜 내고 있었다.

[기껏 이 정도의 배짱밖에 안 되면서 감히 날 납치해? 이런 쪼잔한 간댕이로 앞으로 뭘 하면서 살아가겠냐?]

비아냥거리듯 뱉어내는 라탄의 말에 그 남자는 아무 말도 하지 못했다.

[자, 다시 말해봐. 내 몸값이 얼마라고?]

[시, 십만이 안 되면 오, 오만 루피라도…….]

[웃기고 있네! 망할 자식아! 내 몸값은 오십억 루피도 모자라! 알아들어?]

라탄은 다시 무릎을 들어 남자의 배를 콱 찍어버렸다. 자신이 당한 만큼 그대로, 아니, 훨씬 그 이상으로 사내의 몸을 반쯤 짓이겨 놓았다. 피곤죽이 되도록 두들겨 팬 다음, 라탄은 그의 목덜미를 잡아 자신의 얼굴 앞으로 끌어올렸다.

[네 죄를 갚아야지. 날 안전한 대로로 데려가. 그러면 네 마을과 가족들은 살려줄 테니.]

[저, 정말이십니까?]

사내는 짓무른 눈을 한 채 울고 있었다. 반신반의하면서, 그래도 한가닥 기대를 안고 비굴하게 되물었다.

[날 이 꼴로 만든 네놈들은 죗값을 치러야지. 하지만 순순히 날 데려가면 나머지 인간들에게는 자비를 베풀지. 자, 나가보실까?]

사내의 목덜미를 움켜쥔 채 라탄은 갇혀 있었던 오두막을 벗어났다.

하룻밤 하루 낮을 꼬박 실종된 채, 인도 전역을 발칵 뒤집히게 만든 소년 라탄이 뭄바이의 슬럼가 한구석에서 발견된 건 그로부터 한 시간 후였다.

소년의 몸은 온통 피투성이었다. 뒷머리에 커다란 상처를 입고 질척한 오물이 가득 묻은 끔찍한 몰골로 거의 반정신을 놓아버린 채 주저앉아 있었다. 그런 소년을 발견한 건 거리마다 샅샅이 훑어가던 경찰관들이었다. 자신이 안전하다는 것을 깨닫자마자, 소년은 그대로 기절을 해버렸다.

그를 아는 모든 사람들에게 악몽 같은 48시간이 지난 후였다.

타다 가문의 어린 주인은 기적적으로 살아 생환했다.

소년이 눈을 떴을 때, 그는 병원 침대에 누워 있었다. 환한 빛과 사랑하는 가족들과 익숙한 안전이 거기 있었다.

[라탄!]

[라탄! 얘야, 정신이 드니?]

[아아, 라마신이시여, 감사합니다!]

내내 그의 손을 부여잡은 채 놓지 못하던 어머니 카밀라가 격하게 울음을 터뜨렸다. 반미치광이처럼 그를 끌어안았다. 아들의 얼굴을 만지고 볼을 비볐다.

눈과 눈이 마주쳤다. 그를 걱정하고 안타까워하는 시선들이 빛처럼 그에게로 몰려들었다. 병실 안에는 그를 아는 가족들과

친지들이 전부 다 몰려와 있는 듯싶었다. 하지만,

라다…….

따뜻하고 안온하고 행복하던 것.

그립고 사무치고 서럽도록 아름다운 그 사람. 그러한 존재에 대한 갈증.

가슴 한쪽이 뭉텅 떨어져 나간 듯 허전해서, 안타까워, 미칠 것 같았다. 몽환 속에서 굳게 잡았던 행복이, 완전한 사랑이 모래알처럼 스르르 주먹 속에서 빠져나갔다.

갑자기 걷잡을 수 없을 만큼 격한 오열이 소년의 입술 사이로 터져 나왔다. 스스로도 어찌하지 못하고, 막을 수 없었던 기묘한 눈물, 그것은 그 자리의 모든 사람들이 짐작했다시피 단순히 생환한 기쁨 때문만이 아니었다. 안도감 때문도 아니었다.

라다. 나의 연꽃. 너를 잃었어.

모든 사람이 소스라칠 정도로 소년은 슬프게 오열했다.

순간적으로 충격에 빠져 정적이 어린 병실 안에선 소년의 격한 울음소리만이 메아리쳤다.

[라, 라탄. 왜 그러니? 아가, 많이 아프니?]

불안에 떨며 카말라가 급히 물었다. 아들이 격심한 정신적 충격에 미쳐 버린 건 아닌지 걱정하며, 떨리는 손을 들어 아들의 얼굴을 어루만졌다.

하지만 위로가 되지 않아.

그치지 못하고, 오히려 더 격해지는 아들의 눈물이 안타깝고 서러워서, 같이 오열하는 어머니 품 안에서도 진정되지 않는다. 라탄은 아주 오래도록 얼굴을 손으로 가린 채 흐느껴 울었다.

마침내 알아버린 운명의 이름. 아름다운 그녀의 존재. 지금껏 그리워만 했으나 알지 못했던 기묘한 실체. 운명을 별리(別離)한 슬픔 때문이었다. 라다, 당신은 어디 있어? 우린 언제 다시 만날 수 있어?

그리고 다시 십여 년. 소년은 자라 남자가 되었다. 아주 강한 어른이 되었다.

하지만 그 남자는 여전히 꿈을 꾼다. 잠이 들 때면 언제나 그의 눈 아래로 눈물이 주르르 흐르고 있다.

지구상에 태어난 사람 중에서도 가장 완전하게 모든 것을 가져, 더 이상은 아무것도 필요치 않다. 그런 아름다운 남자의 볼에 이유 모를 눈물 한 줄기가 흘러내리곤 했다. 가질 수 없어 더 몸이 타는 열망. 알 수 없어 더 애타는 갈망.

라다. 그녀를 찾지 못하면 그의 인생은 언제나 불완전한 그림자일 뿐.

라다. 나의 라다. 당신은 어디 있지?

제1장

—환몽(幻夢)의 그물 속으로—

"라다. 라다."

언제나 밤이면 들려오는 피리 소리. 저항할 수 없고 항거할
수 없다. 그저 달뜬 몸과 마음으로 달려나갈 뿐이다. 드넓은 초
원을 안개처럼 비처럼 감싸는 피리 소리에 휘말려 정신없이 연
인을 찾아 달렸다. 사방에서 펼쳐져 절대로 빠져나갈 수 없는
그물인 양 그의 목소리가 그녀를 감아들고 있었다. 애무하고 적
시고 있었다.

"어디 있지? 당신, 대체 어디 있는 거야?"

들판은 온통 꽃향기와 은은한 달빛. 너울거리는 환상 속에서
그녀는 연인을 찾아 달리고 있다. 그녀를 부르는 아름다운 목소

리를 따라 작은 발을 적시며 달려가고 있다. 진분홍 꽃잎 같은 입술을 열어 그를 애타게 불렀다.

"크리슈나, 사랑하는 크리슈나."

천지를 적신 어둠을 뚫고 운명 같은 그가 갈구하는 억센 손길로 맨발의 연인을 낚아챘다. 아름답게 근육이 일렁이는 억센 팔뚝에는 기묘하고 환상적인 문신이 새겨져 있었다. 이것은 고귀한 연인의 표식. 어디에서든 알아볼 수 있어.

"나의 라다, 나의 라다."

숨 막히게 이름을 부르며 다급한 몸짓으로 사랑하는 여인을 어루만진다. 어느새 떨어지는 옷자락, 달빛만을 두르고 신랑을 맞이한다. 꿀에 젖은 알몸을 그가 쉴 새 없이 입 맞추고 그녀 또한 화답하듯 그를 애무한다. 크리슈나. 나의 사랑스러운 연인. 검푸르고 아름다운 신(神)이여, 유일한 영혼이여. 오늘도 내 몸에 불을 밝혀 그대 발치에 꽃다발로 눕습니다.

몸 깊은 곳에서부터 억눌린 신음 소리가 새어나온다. 꿀처럼 흘러내리는 손길 안에서 여인은 그 밤도 6)니르바나의 세계로 달려가고 있었다. 천상의 7)소마를 맛보는 두 개의 달뜬 입술이 부딪쳤다. 단꿀이 흘러내리고 감미로운 향기가 흩날린다. 8)카마의 화살에 꿰뚫린 터로, 신조차도 거부할 수 없는 애욕의 열락 안

---

6)니르바나(nirvana): 법열, 열반
7)소마(soma): 신들의 술. 방향(芳香)을 풍겨 사람을 취하게 한다
8)카마(kama): 힌두 신화에 나오는 애욕의 신(神)

에서 검푸르고 하얀 두 개의 동체가 해와 달처럼 밤 안으로 얽혔다. 숙명처럼 여체로 깊이 침입한 남자가 사랑스러운 이마를 들어 속삭였다. 나의 연꽃, 나의 반려, 나의 라다.

"이 세상에서 가장 사랑스러운 내 사람. 라다, 라다."

"크리슈나, 나의 크리슈나, 당신을 사랑해요."

"넌 반드시 다시 찾아내겠어. 네가 날 기억하지 못한다 해도! 더없이 아름다운 연인. 모든 것. 유일한 존재. 너를 찾아내겠어."

갑자기 푸른 벼락이 대지를 내리친다. 분노하듯 거친 비가 쏟아졌다. 그럼에도 하나가 된 아름다운 연인들은 몸을 흠뻑 적시는 빗물에도 아랑곳없이 서로를 갈구하기에 여념이 없었다.

다시 벼락이 내리쳤다. 더없이 사랑받는 여인은 눈을 들었다. 푸른 섬광 속에 잠시 나타난 그 얼굴, 하지만 너무 희미해. 안타까움에 몸이 저렸다. 영혼에 뼛속에 깊이 새겨져 절대로 잊혀질 수 없는 연인의 얼굴을 확인하려 했다. 저 사람의 얼굴을 한 번만 더 볼 수 있다면…….

암전(暗轉).

현실인 듯 꿈인 듯 엉켜 버려 갈피를 잡을 수 없는 기억은 아주 갑작스레 끝났다.

본능처럼 번쩍 서린의 눈이 떠졌다. 아, 꿈이었다. 아니다. 꿈을 꾸면서도, 꿈인 줄 알면서도 너무나 생생하여 방금 전까지 온전하게 그 존재의 삶을 살아낸 기분이었다.

거칠게 토해지는 가쁜 숨소리. 정적과 어둠 안에서 유일한 것이었다. 서린은 두 손을 목에 가져다 대고 억눌린 신음을 서서히 토해냈다.

온몸이 끈끈한 땀으로 젖어 있었다. 홀로 잠든 방 안. 아무도 보지 않는 어둠의 장막 안에서 처녀는 스스로가 수치스러워 어쩔 줄 몰라 하고 있었다. 잠옷 안, 다리 사이 은밀한 곳에서 전혀 의도하지 않았던 미끄러운 액체가 흐르고 있었다.

벌써 몇 번째인가.

기억할 수 없는 까마득한 어린 시절부터 반복되던 꿈이었다.

환청. 환몽. 환상. 무어라 이름 붙일 수 있을까. 하지만 너무 생생해. 싱싱하고 푸릇푸릇해. 깊고 축축하고 뜨거워. 늪의 바닥처럼 깊이조차 알 수 없으나 끝없이 끌려들어 가는 운명의 소리. 누구일까?

"아주 소설을 쓰지 그래? 이름 모를 꿈속의 그이와 이서린의 운명적 사랑이야기."

오죽했으면 친구 명윤이 농담 삼아 비웃기까지 했을까?

잊을 만하면 한 번씩 되살아나는 꿈이었다. 푸르스름한 안개 안에서 피리 소리로 다가오는 그 사람. 애타게 간절하게 여자를 부르는 그 남자. 하지만 안타깝게도 얼굴이 전혀 기억나지 않았다.

언젠가는 생매장당한 채 죽어가는 그를 구해주지를 않나, 들개 떼에게 쫓기는 그 사람과 함께 도망치지를 않나. 비단 침상에서 사랑을 나눈 적도 있었고, 연꽃이 핀 강물 안에서 물장난을 하던 때도 있었다. 그네를 타고 별빛을 보던 그들은 깊이 사랑하는 연인들. 죽음도 갈라놓지 못하는 절대적인 사랑의 사람들.

하지만 그가 찾는 존재가 서린 자신이라고 장담할 수 없다.

다만 그 남자가 열망하여 부르는 라다라는 이름만은 똑똑히 기억났다. 강하게 포옹하던 강인한 팔뚝에 새겨진 기묘한 문양만이 각인되어 눈앞에 어른거렸을 뿐이다.

라다. 가만히 그 이름을 불러보았다. 라다. 강하고 아름다운 그 남자가 열망하는 그녀는 누구지? 허락도 없이 꿈속에 찾아와 둥지를 틀고 있는 그 이름의 주인은 대체 누구지?

깊이 파묻힌 비밀이다. 많은 생각들이 실타래처럼 엉켰다. 곰곰이 생각해도 해결할 수 없는 난제였다. 결국 해답 찾기를 포기하고 말았다. 서린은 다시 침대에 누웠다. 그러나 한 번 깨버린 잠은 쉬이 찾아들지 않았다.

"라다. 라다……."

검푸른 어둠 속에서 말똥하니 눈을 뜬 채 다시 한 번 낯선 이름을 가만히 되뇌었다. 멀디먼 전설의 시절, 사랑스러운 꽃인 양 불리던 그 이름. 라다. 꿈속에서 그녀는 남자를 크리슈나라고 불렀다.

크리슈나와 라다, 라다와 크리슈나. 여기 이 새벽에 홀로 선

서린과 그들은 전생에 무슨 연(緣)으로 얽혀 있기에 이렇듯이 꿈으로 해후하는가.

"이 세상에서 가장 사랑스러운 사람. 라다, 라다. 넌 반드시 다시 찾아내겠어. 네가 날 기억하지 못한다 해도! 더없이 아름다운 연인. 모든 것. 유일한 존재. 너를 찾아내겠어."

꿈속의 그 남자는 피 토하듯이 열망 어린 목소리로 맹세하고 있었다. 영겁을 넘어서도 포기할 수 없는 열망인가. 이루지 못하여 깊은 한(恨)이 되어버렸나. 하여 찾고 또 찾고…… 이렇듯이 아무것도 모르는 낯선 사람의 꿈속에까지 파고들어 안타까이 부르고 있나.

'만나기를 바라요. 그 사람을 찾기를 바라요. 작은 보탬이라도 된다면 당신이 그 사람을 다시 만나 연을 맺기를 기도해 줄게요.'

도무지 잠이 되돌아오지 않았다. 결국 서린은 잠들기를 포기하고 다시 일어나 불을 켜고 말았다. 새벽 네 시 반. 어차피 한 시간만 더 있으면 일어나야 할 시각이다. 하루쯤 부지런을 떤다고 해서 유난하다는 말은 듣지 않겠지. 개운하게 샤워라도 하고 나면 질척한 땀이 씻겨 나가겠지. 불현듯이 찾아온 꿈속의 존재들도 망각 속으로 사라지겠지.

읽다가 접어버린 소설같이 새벽의 꿈은 또 그렇게 접혀졌다.

"일찍 일어났네?"

샤워를 마치고 나오는데, 건넛방 문이 열렸다. 대한외고 시절부터 친구이자 같은 코리아나 항공사 동료 승무원이기도 한 명윤이다. 잠옷 바람인 채 큰 하품을 하고 있었다.

"왜 이렇게 일찍 일어났어?"

"제.부.제.서 찍어야 해. 첫 비행기잖아."

하루 만에 제주도로 갔다가 부산, 거기서 다시 제주로 갔다가 서울로 돌아오는 일정이다. 숨 쉴 틈도 없이 **빡빡한** 일정이었다. 승무원들이 제일 끔찍해하는 코스였다.

"힘들겠다."

"지겹지. 하지만 모레는 시드니라구."

기분 좋은 웃음을 날리며 명윤이 냉장고 문을 열었다. 차가운 우유를 꺼내 두 잔을 따랐다. 돌아서서 그녀에게도 한 잔을 건넸다. 유리잔을 받아 들며 서린은 식탁 앞 의자로 다가갔다.

"부럽다. 3박 4일 동안 실컷 놀겠네. 기장이 누군데?"

"백창석 기장님. 그분하고는 처음이야. 넌 백 기장님이랑 해봤니?"

"야아, 그런 말 하지 말랬지."

서린은 질색했다. 택시 안에서 무심코 '해보았다' 는 말을 했다가 된통 오해를 산 적 있었다.

승무원들끼리라, 기장들과 같이 비행해 보았느냐는 말을 머리 따고 꼬리 딴 채 '해보았다' 라고 대답했다. 그래서 택시기사에게 뭇 남자들과 자고 다니는 매춘부로 오해를 산 적이 있었다. 그 다음부터 서린은 승무원들끼리만 통하는 말이랑은 절대로 안 하자는 주의였다.

소심하다 할 정도로 남들 이목에 예민한 서린과는 달리 명윤은 남의 눈치라고는 거의 무시하고 사는 태평스러운 성격이었다. 뭔 상관이야? 하는 얼굴로 시큰둥하게 대꾸했다.

"내가 뭘? 그보다 어때? 연수는 힘들지 않아?"

"정신없지 뭐."

"87기 중 이서린이 유일하게 코드원 승무원 아니겠어? 영광이겠수, 친구?"

다음 주 초, 5월 4일부터 9박 10일 예정으로 한대운 대통령의 해외 순방이 있었다. 인도, 네팔에 국빈 자격 방문이 결정되었던 것이다. 당연히 코드원 팀이 차출되었다.

비행은 사흘 후, 월요일 아침이다. 무척 기대되면서도 한편으로는 몹시도 긴장되는 나날이었다. 그래서인지 두 주일이 넘게 계속된 고된 연수에도 전혀 피곤하다는 생각이 들지 않을 정도였다.

"또 놀리지?"

"놀리기는. 부러워서 그렇지이. 젊은 보좌관들 중에 꼬실 만한 사람 있는지 잘 살펴보라구. 돌아와서 확실하게 작업 거는 거야. 어때?"

"너어, 현조 오빠한테 일러줄 거야! 나더러 바람피우게 네가 종용했다구.”

“킥킥킥. 역시 눈치가 빠르셔. 네가 현조 오빠 걷어차면 내가
차지하려고 그러지이~”

“요게!”

서린은 샐쭉한 얼굴로 명윤을 향해 컵을 휘둘렀다.

현조와 서린이 서로를 얼마나 사랑하는지 명윤만큼 잘 아는
사람도 없다. 누구보다 잘 알면서도 그녀는 계속 놀림질이었다.

그렇듯이 두 사람은 격의없이 속엣말을 털어놓고 형제마냥
우정을 나누는 사이였다.

고향이 부산인 명윤은 대학 때부터 서린의 집에서 함께 살았
다. 나란히 예은여대 영문학과를 졸업했다. 서린의 어머니가 암
투병을 하던 이 년 내내 병수발도, 장례식 뒤치다꺼리도 몽땅
같이해 온 친구. 피가 섞이지 않았다 뿐이지 자매라 불러도 모
자람이 없었다.

항공 승무원이 된 것도 사실은 명윤 때문이었다. 친구 따라
강남 간다고, 승무원 원서를 넣으러 간 명윤을 따라갔다가 얼떨
결에 원서를 넣었고 합격했던 것이다.

어느덧 꽉 찬 삼 년차 승무원이 된 지금, 서린은 그날의 선택
을 너무나 감사해하고 있었다. 바쁘고 힘들기는 했으나 오히려
그러한 일상의 분주함으로 너무 아팠던 어머니의 죽음을 극복
할 수 있었다.

세계 각국을 날아다니며, 신기한 풍물을 만날 수 있는 것 하

며 각양각색의 다양한 사람들을 만나는 것도 보람차고 즐거운 일이었다. 항공 승무원이라는 것에 만족감과 긍지를 동시에 느끼며 활기차게 생활해 가고 있었다. 물론 항상 곁에서 힘을 주는 친구 명윤과 사랑하는 남자 현조의 덕분이었다.

"아무래도 네가 작년 스마일 퀸에 뽑힌 게 결정적이었어. 미모로나 덩치로나 키로나 몽땅 잘난 내가 탈락한 건 고과 점수 때문이라고."

"그래, 그래. 다 내가 운이 좋은 탓이지 뭐."

김포공항까지 여섯 시 반까지 도착해야 한다. 서둘러 집을 나가는 명윤을 배웅하고 서린 또한 출근 준비를 위해 화장을 시작했다. 막 립스틱을 바르는데 화장대 위에 놓인 휴대전화가 도르르 움직였다.

"여보세요?"

—네. 여보 맞아요.

장난스러운 목소리가 따뜻한 공기인 양 온몸을 감싸주었다. 약혼자인 현조의 전화였다. 저절로 서린의 입술 위로 웃음꽃이 피었다.

"집이야? 도서관이야?"

—이제 막 집에 들어왔어.

"열두 시 다 되어가는데, 좀 빨리 나오지. 지난번에도 숙소 근처에서 총격 사건 났다면서? 거기 숙소 근처, 별로 분위기 안 좋더라. 공부도 좋지만 오빠가 밤늦게 다니는 거, 나 진짜 불안해."

─알았어, 알았어요. 조심할게.

"오빠, 안 피곤해? 빨리 자지 왜 또 전화해? 전화요금 많이 나온다구."

─우리 자기는 항상 이런 말만 하더라. 사랑해요, 한마디 좀 해주세요. 네에?

"공부는 많이 했어? 힘들지? 그래도 리포트는 제때제때 내고. 알았어?"

반갑다고, 기쁘다고 말하는 대신 늘 이렇듯이 인색한 잔소리쟁이가 되고 만다. 그런 서린의 잔소리조차 깊은 사랑이라 여기고 행복해하는 사람. 늘 그렇듯이 현조의 목소리는 넉넉한 강물처럼 너그럽고 따듯했다. 봄날 같은 사람이었다. 마음의 응어리 따윈 다 풀게 만들고 속내 이야기 미주알고주알 털어놓게 만들었다. 그 앞에서라면 어떤 것도 다 이야기할 수 있다.

그는 지금 회계법인에 근무하는 아버지 의견에 따라 미국 대학에서 9)CMA 과정을 밟고 있는 중이었다. 내년 여름이면 돌아올 예정이었다. 축복받는 결혼식은 그 다음으로 예정되어 있다.

─네에, 네. 그럼요. 우리 여보 빨리 데려오려면 공부 열심히 해야죠. 출근 준비하는 거야?

"응. 삼십 분 있다가 나가야 해."

----

9)CMA 과정: Certified Management Accountant의 약자. 국제공인관리회계사를 뜻한다

—힘들지?

이국에 홀로 머물며 어려운 공부를 하는 건 현조였다. 그러면서도 그는 늘 서린의 걱정부터 해주었다.

"힘들긴. 늘 하던 대로 열심히, 할 수 있는 한 최선을 다하려고 해. 그보다 오빠, 또 꿈꿨어."

—무슨 꿈?

"언젠가 내가 한번 이야기했었잖아. 어떤 남자가 나타나서 애타게 '나의 라다' 라고 부르는 꿈."

—그렇군. 아무래도 전생에 네가 그 여자였나 보다. 핫하하. 그럼 난 크리슈나인가?

"크리…… 슈나?"

가슴 안에서 무엇인가 쿵하고 떨어지는 소리가 났다.

—옛날에 네가 꿈 이야기 했을 때 자료를 한번 찾아보았거든. 인도 신화에 나오는 이름이더라구.

"인도 신화에 라다라는 이름이 나와요?"

—크리슈나의 연인 라다. '사랑하는 아내 라다(Radha)와 사랑의 유희를 즐기는 크리슈나' 라는 그림도 있었어. 유명한 이름이야.

"그럼 라다가 크리슈나의 아내라는 거예요? 크리슈나는 어떤 사람인데?"

—사람이 아니라 신(神)이지. 인도의 주신(主神) 중 하나인 비슈누의 화신 중 가장 인기있는 존재인데 인도 사람에겐 무척 숭

배되는 대상이라더군.

"그렇군요."

꿈에서만 나타나는 미지의 인물이라고 생각했는데. 현재(顯在)하는, 적어도 현현한다 믿어진 존재라 한다. 현조의 이야기를 듣느라 서린은 그만 출근 시간을 잊고 있었다.

현조는 깐깐한 회계학도답지 않게 각국의 신화라든지 전설, 민담 같은 것에 관심이 많았다. 그래서인지 고대문명의 흔적이 많이 남아 있는 인도나 중국, 이집트 같은 나라들을 유난히 좋아했다. 대학 때 이미 배낭을 메고 인도만도 두 번이나 다녀왔을 정도였다. 서린이 귀담아 듣는 기색이 느껴지자 그 또한 비싼 국제전화를 하고 있다는 사실을 잊어버린 듯 세세한 설명을 덧붙여 주었다.

—원래 라다는 말야, 크리슈나가 목동일 때 소 치는 여자(고피) 중 한 명이었어.

"그래요?"

—나중에 크리슈나의 아내가 되지. 혹자는 크리슈나의 아내 럭미니의 화신이라기도 하고, 또 다른 여자라고도 하는데 잘 모르겠다. 하지만 가장 사랑받았던 여자인 것은 분명해. 나중에 돌아가면 인도 신화에 관련된 책을 빌려줄게.

"음."

꿈속에 나온 '나의 라다'가 크리슈나의 라다라는 보장은 없다. 하지만 반복되는 그 꿈은 서린에게 너무 깊이 각인되어 있었다. 그 남자의 팔뚝에 있던 문양과 함께 말이다. 서린은 기억에 생생한 문신 문양의 의미까지 현조에게 물어볼까 하다가 그만두었다.

—서린아, 우리 신혼여행은 인도로 갈까?

"신혼여행을 인도로? 아, 싫은데……."

현조의 말로 인해 새삼 인도에 대한 호기심이 당긴 것도 사실이었다. 그러나 신혼여행을 그곳으로 가자는 말을 듣는 순간, 이맛살이 찌푸려졌다.

코리아나 항공은 인도의 델리와 뭄바이에 취항하고 있었다. 자주는 아니었지만 서린도 몇 번 델리행 항공기에 올라 근무한 적이 있다. 그때마다 서울로 돌아오기까지 이삼 일씩 머물렀던 인도는 지나치게 더웠고, 지나치게 불결했다.

오래된 문화와 역사의 나라답게 화려하고 멋진 구경거리가 많았다. 하지만 동시에 경험해야 했던 빈곤과 더러움과 북적거림은 너무 끔찍했다.

길바닥에서 아무렇게나 용변을 보고, 길모퉁이 어디든 쓰러져 자고 있는 슬럼피플들의 비참한 모습은 충격이다 못해 거의 패닉을 일으킬 지경이었다. 나라의 통계에도 잡히지 않는 초절대빈곤층. 인도의 인구 중 거의 15%에 달한다고까지 말해지는 그들 모습은 상상조차 할 수 없을 만큼 끔찍하고 비참했다. 그런 그들의 모습을 보면 솟구치는 동정심 이상으로 피어나는 혐오가 심장을 뻑뻑히 적셨다. 눈 감고 외면하고 싶고 가능한 한 빨리 도피하고픈 무서움증마저 느껴졌다. 바라보는 것만으로도 구역질이 나고 속이 메슥거렸다.

비행기에 탑승한 인도 승객들의 거드름이나 무례함도 상상초월이었다. 만정 떨어지던 것은 마찬가지였다.

아직도 카스트 제도가 남아 있고 빈부격차가 심한 인도이다. 비행기를 타고 해외 출장을 오거나 관광을 할 정도라면 상류층일 가능성이 상당히 크다. 그래서인지 그들 대부분은 비행기 승무원들을 마치 제 아랫것이나 집안에서 부리는 하인들로 치부하는 표정이었다.

언젠가 일등석에 탄 한 승객의 기막힌 행태를 들은 적이 있다. 매니저더러 무릎을 꿇게 하고 신발을 벗기라고 발을 내밀었다는 이야기가 전설로 남아 있을 정도였다.

"아름다운 곳이 얼마나 많은데 하필이면 신혼여행을 인도로 가재?"

—내가 제일 사랑하는 여자와 함께 내가 제일 동경하는 나라로 가고 싶어서. 우리가 함께 다녀오면, 넌 인도란 말만 들어도 행복해서 미소 짓게 될 거야.

함께하는 추억이라는 말이었다. 벌써 서린과 함께 신혼여행을 떠나 인도를 누비는 꿈을 꾸고 있는 모양이다. 현조의 목소리가 한껏 들떠 있었다. 소년처럼 싱싱한 목소리였다.

—우리 둘이 배낭 메고 넓은 인도를 마음껏 누벼보자. 서린아, 너 홍차 좋아하지?

"응."

—다즐링까지 가서 그 유명한 〈다즐링〉 홍차를 마셔주자고. 멋질 것 같지 않아?

하얀 도화지에 그림을 그리듯이 현조는 미리 맛보는 여행에의 환상을 마음껏 그리고 있었다. 꿈에 젖은 연인의 목소리에 저절로 미소가 지어졌다. 그녀의 마음까지 함께 둥둥 떠오르는 기분이었다.

—그땐 내내 같이 있을 수 있어. 손 꼭 잡고 아름다운 것들 많이많이 보자.

"그럼 정말 좋지, 오빠. 나도…… 히익!"

무심코 벽시계를 올려다보다가 소스라쳤다. 출근해야 할 시간이 십 분이나 지나 있었던 것이다.

"오빠, 나 늦었어. 미안."

—고생해!

그리다 만 입술에다 립스틱을 마저 바르고 서린은 핸드백을 집어 들었다. 문이 제대로 잠겼나 확인할 사이도 없이 급하게 집에서 뛰쳐나갔다. 숨이 턱에 닿도록 뛰었다. 새카만 막내 주제에 연수 시간에 늦는다는 것은 있을 수 없는 일이었다.

다행히 막 플랫폼을 들어오는 지하철에 간신히 비집고 들어갈 수 있었다. 지하철에서 내려서 또다시 본사 건물까지 서린은 뛰고 또 뛰었다. 정장을 입은 채 핸드백을 흔들며 뛰는 모습이 꼴사나울 테지만, 지각을 면해야 한다는 생각 외에는 아무것도 떠오르지 않았다.

아홉 시가 되자 연수실의 자리는 어느새 꽉 채워졌다. 이번 승무원 팀들은 전부 열다섯 명. 스튜어드 세 명과 스튜어디스 열두 명으로 구성되었다.

하나같이 쟁쟁한 경력자이다. 스마일 퀸이며 서비스 대상 등 수상 경력이 뛰어난 사람들이다. 경력, 미모, 매너 어느 하나 빠지지 않는, 말 그대로 드림팀. 코리아나 항공사의 간판스타들만 모여 있는 셈이었다. 코드원을 모는 박현 조종사님 이하 세 분의 조종사님들만 하더라도 비행 이만 시간 이상을 자랑하는 베테랑 중의 베테랑이다.

서린 일행이 월요일 아침에 탑승하게 될 특별기는 코리아나 최신형 비행기 모델 중 하나였다. 이미 한 달 전부터 차출되어 격납고에서 한창 개조 작업 중이었다. 아마도 거의 작업이 끝났을 것이다. 개조 작업을 하는 24시간 내내 청와대 경호실의 경호를 받는다고 들었다.

서린의 담당 구역은 수행원과 기자들이 타는 이코노믹 클래스 위치인 뒷자리였다. 후미인 화장실과 가장 가까운 곳. 다시 말하자면 비행 시간 내내 화장실 청결 담당이라는 뜻이었다.

'막내인데 할 수 없지 뭐.'

9시 5분쯤에 연수실 문이 열렸다. 연수팀장인 홍일석 이사와 연수 실무를 담당한 강진효 부장, 그리고 승무원 에티켓을 강의

하는 문진석 부장이 나란히 들어왔다. 다시 한 번 꼼꼼히 준비 상황을 체크하기 시작했다.

"박 과장님, 식단 준비 상황은?"

"끝났습니다. 청와대에서 내려온 그대로 오더했습니다."

"좋아요. 그리고 기내식은 비빔밥 주문이 제일 많아요. 특별히 신경 써줘요. 간식으로 컵라면도 많이 찾는 편이니 별도로 준비하는 것 다시 확인하고."

"알겠습니다."

강 부장이 고개를 들었다. 안경을 끌어올리며 승무원들을 바라보았다.

"참, 한 가지 더. 다들 궁금해하시던 건데, 'C—1존'에 우리 회장님께서 탑승하시는 것으로 최종 결론이 났습니다."

대통령 특별기로서 자사 항공기가 선정되면, 비상시 진두지휘 겸 안전을 상징하는 의미로서 회사 대표가 동승하는 것이 원칙이다. 그러나 한대운 대통령이 취임한 이후 요식적인 행위는 가급적 피하자 하여 한동안 그런 관례가 사라졌다. 하여 이번 순방에 코리아나 항공사 회장이 탑승하느냐 안 하느냐 말이 많았다. 그런데 결국은 동승하는 것으로 결론이 난 모양이다.

"의전상의 탑승이 아니라, 실제로 대통령님을 따라 인도, 네팔 쪽에 경제 협력과 관련한 출장이 있으시답니다."

사람들이 일제히 수첩에 기록했다. 아무래도 회장님이 탑승한다 하니 이왕 없은 부담 위에 한 겹 더 짐이 늘었다. 다소는 긴장하는 표정들이었다.

"그래서 말인데요, 작업존을 약간 변경합니다. 조혜전 씨, 이서린 씨."

"네?"

갑자기 이름이 불렸다. 서린은 깜짝 놀라 몸을 꼿꼿이 세웠다. 연수팀장이 수첩을 내려다보며 지시했다.

"두 분의 작업 존이 변경되었습니다. 두 분이 서비스해 줘야할 곳은 C—1 존이야."

원래 담당이던 조혜전 선배야 놀랄 일이 없지만, 갑자기 서린의 구역이 홀라당 바뀌었다. 졸지에 제일 어려운 분을 서비스하게 앞자리로 끌려 나온 셈이다. 의아하여 눈이 동그랗게 된 서린을 두고 강 부장이 설명을 덧붙였다.

"어제저녁 갑자기 청와대에서 탑승 승객 변경 요청이 들어왔어요. 우리 회장님 자리 옆에, 인도에서 오신 귀빈들이 탑승할 예정입니다."

"네에?"

"그러니까 C—1 존에 서비스해야 할 분이 늘었다는 이야기예요. 인도 타다그룹의 회장님이 함께 앉으실 겁니다."

"타다그룹의 회장님이요?"

궁금해하는 승무원들의 눈빛을 읽었나 보다. 홍 이사가 부연 설명을 해주었다.

"우리나라 사람들은 잘 모르지만 타다그룹은 세계적인 회사죠. 그 회사 회장님이 포항제철을 방문하고 돌아가는 일정이 대통령님의 인도 순방과 맞아떨어져서요. 인도 재계의 대표로서, 대통령님의 요청에 의하여 같이 탑승하게 되었습니다."

"아, 그렇군요."

"참, 새로 탑승하시는 분이 인도인이면 채식주의자 아닌가요? 특별식을 준비해야 하는 건 아닌지?"

하나도 그냥 넘어가는 법이 없는 임 과장이 문제를 제기했다.

"아직까지는 특별한 오더가 내려오지 않았습니다. 만약 요청이 나오면 제가 직접 기내식 부서로 전화하지요. 대신 다른 것이 특별 요청 사항으로 내려왔습니다."

홍 이사가 새로운 탑승객의 까다로운 취향이 메모된 수첩을 훑었다.

"차가운 생수를 준비하라. 그것도 반드시 〈블링〉으로 세 병. 와인은 꾸세 로와. 푸른 치즈가 필요하다. 테이블 서비스 시 붉은 장미가 준비될 것."

"우와, 상당한 탐미주의자인데요."

임 과장의 말에 승무원들 사이에 희미한 웃음들이 물결처럼 일렁였다. 홍 이사님 역시 같은 생각이었는지 미소를 지으며 고개를 끄덕였다. 문진석 부장 역시 가볍게 웃었다.

"오더만 보더라도 상당히 까다로운 취향을 지닌 승객인 게 분명해요. 여하튼 대단한 거물이니까요. 조혜전 씨, 이서린 씨, 책임이 막중합니다. 우리 회장님하고 타다 회장님이 같은 존에 탑승하시는 것도 그렇지만, 아무래도 회사의 대표라서 대통령 각하 내외분하고도 접촉이 있을 것 같으니까. 잘할 거라고 믿어요. 힘내줘요."

"열심히 하겠습니다."

혜전의 야무진 대답 끝에 자신없는 서린의 깨알만한 목소리도 붙었다.

믿는다는 하는 말은 좋았지만, 결국 누구나 다 피하는 가장 부담스러운 위치를 맡아달라는 말이었다. 막내인 서린으로서는 좋다 나쁘다 불평을 할 게재가 아니었다. 가슴이 멀미난 듯 울렁거렸다. 심호흡을 해보았지만 마음이 여간해서는 안정되지 않았다. 생각지도 못한 커다란 짐을 떠맡은 듯했다. 감당할 수 있을까? 잘해낼 수 있을까? 두려움이 먼저 밀려들고 있었다.

"몇 분들, 담당 존과 좌석 배치가 전체적으로 약간 변경되었으니까 다들 한 번만 더 체크해 주시죠."

휴식 시간. 임수경 과장이 눈을 찡긋했다. 그녀는 이미 사전에 정보를 입수했던 모양이다.

"솔직히 말해서 그분 담당 경쟁이 치열했다구. 마지막으로 혜전 씨와 서린 씨한테 떨어진 거야. 영광인 줄 아세요."

서린의 두려움과 긴장을 풀어주려는 듯한 표정이었다. 흔치 않는 농담까지 했다.

"네에? 어째서……?"

"타다그룹 그 회장이 상당한 미남에다가 젊은 총각이란 소문이 있단 말이지. 우리 승무원들이 그 사람한테 반해 서비스가 뒷전이면 곤란하거든."

"하지만 전 경험도 많이 없고……."

"괜찮아. 늘 하던 대로 하면 돼. 혜전 씨는 눈에 넣어도 아프지 않을 귀여운 백일배기 아들 키우는 유부녀, 서린 씨는 남부러울 것 없는 멋진 약혼자가 있잖아? 두 사람이라면 아무리 미남이라도 곁눈질하지 않고 훌륭한 서비스 정신을 보여줄 것 같다는 결론을 냈어."

"맞아, 맞아. 이서린 씨 약혼자야말로 '한인물' 하고 '한매력' 하지."

"그 정도로 끝내주는 약혼자가 있는 이서린이야 뭐, 절세미남을 가져다 놓아도 눈 한 번 꿈쩍 안 할걸?"

시카고에서 현조를 보았던 선배들이 두엇 있었다. 이구동성입을 모았다. 부럽다, 샘난다, 깔깔거리는 웃음소리가 회의실에 진동했다. 선배들의 악의없는 놀림에 서린의 얼굴만 단풍잎처럼 빨갛게 물들었을 뿐.

'타다그룹이라…….'

집으로 돌아온 서린은 인터넷으로 인도의 타다그룹에 대해 검색했다. 자신이 서비스해야 하는 사람에 대해 간단한 정보라도 갖고 있어야 할 것 같아서였다.

세계적으로 이름난 회사를 이끌고 있는 사람이다. 미남인데다가 미혼의 젊은 청년이라는 데에 나름대로의 호기심도 일었다. 명윤이 심심할 때면 쌓아놓고 읽는 로맨스 소설에 나오는 남자주인공 같았다. 그런 남자가 현실에 존재할 줄이야.

엄청난 거물인지, 아침 조간의 경제면 기사에도 그 남자의 기사가 큼지막하게 박혀 있었다.

〈……타다그룹 회장의 이번 한국 방문은 KS통신의 인도 진출과 관련하여 KS그룹 이건화 회장과의 비밀 회담이 그 목적이라는 것이 밝혀졌다.

식민지 말기 영국인 자본에서 인도인 자본으로 교체되는 시기에 부상한 타다그룹은 근대 인도의 발전에 중요한 역할을 한 제철소, 면직물 공장, 수력 발전소 등을 세우면서 재계에 등장했다.

현재는 창립자의 증손자인 '라탄 나발 나와르완지 타다' 회장이 그룹을 이끌고 있다. 그는 10년 전 H.D.S 타다그룹 회장이 심장마비로 급사한 이후 21세의 젊은 나이로 기업을 이어받아 지금까지……(중략)……1976년에 회장이 된 고 H.D.S 타다 회장은 특히 타다 스틸을 연이은 인수합병을 통해 세계 최대의 철강회사로 키워냈다. 부친의 돌연한 심장마비사 이후, 회사를 이어받은 라탄 회장 역시 2002년 당시, 미국 최대 철강회사였던 ISG를 40억 달러에 인수하며 성큼 업계 1위로 올라섰다. 지난해 10월엔 우크라이나 철강업체 크리보리즈스탈 지분 93%를 48억 달러에 인수했다.

타다 스틸은 현재 유럽, 북미, 아시아 및 기타 지역에 17개 지사를 두고 있으며 조강능력 6천5백만 톤을 자랑하는 세계 최대 철강업체로 올라설 수 있었다. 3개월 전에는 현재 세계 제 2위인 아르셀로 철강회사와 200억 유로 규모의 적대적 인수 합병을 선언해서 전 세계 철강업체들을 긴장시키고 있다. 만약 이합병이 성공적으로 끝난다면, 조강능력 1억 톤이 넘는 초대형 제철 공룡이 등장하게 될 것이다.

현재 타다그룹은 가장 규모가 큰 철강 산업을 제외하고라도 엔지니어링과 원자재, 에너지, 화학, 소비재, 커뮤니케이션&IT, 항공 서비스 등 7개 주요 사업부문에서 80여 개 계열사를 두고 있는 인도 최대의 기업이다. 현재 34만 5000명을 고용하고 있으며 그룹 연간 총 매출액은 4300억 달러에 이른다.〉

"대단하네, 이 남자."

라탄 나발 나와르완지 타다.

길기도 하지. 외우기도, 발음하기도 힘든 이름을 내려다보며 서린은 혼잣말을 했다. 아홉 시간 동안 지척에서 서비스하고 모셔야 할 사람은 생각보다 훨씬 더 엄청난 거물이었다.

"이런 남자를 아홉 시간 동안 지척에서 서비스를 해야 한단 말이지. 말이나 통할까 모르겠네."

기사와 함께 실린 타다 회장의 사진은 임 과장이 말한 대로 선이 부드러운 미남이었다. 피부는 인도 사람답게 까무잡잡했지만 짙은 눈썹, 단정한 이목구비가 아름답게 조화를 이루고 있었다. 거무스름한 턱수염의 흔적이 남은 그 얼굴은 마치 영화배우인 양 수려했다. 처녀들이 마음 울렁이며 훔쳐볼 만했다.

"하긴 인도인들은 영어를 잘하니까. 웬만한 건 의사소통이 될 거야."

그래 보았자 그가 서린에게 원하는 건 늘 비행 중 승객들이 원하는 것 이상의 범주를 넘지 못할 것이다. 친절한 식사 시중, 음료 서비스, 혹은 비행용 슬리퍼를 요구할 수도 있겠지. 상대가 누구이든 최선을 다해서, 프로정신을 가지고 늘 하던 대로 친절하게 서비스를 해야겠다고 다짐했다.

'현조 오빠한테 인도 이야기를 듣자마자 인도 사람을 서비스하게 되다니, 참 재미있는 우연이네. 정말 다음에 신혼여행을 인도로 가야 할까 몰라."

서린은 로그아웃하고 자리에서 일어났다. 명윤이 퇴근하기 전에 장이라도 보아서 맛있는 저녁 식사를 준비해 놓을 작정이었다. 문을 닫고 나가는 서린의 등 뒤에서 이내 컴퓨터 화면도 검게 꺼졌다.

제2장
─운명의 [10]차크라는 피할 수 없네─

"한대운 대통령 내외분을 모시게 된 것을 영광으로 생각하며, 성공적인 순방이 되시기를 기원합니다. 안전하게 모시겠습니다."

특별기를 몰게 될 박현 기장의 인사말을 시작으로 대통령 일행의 탑승이 시작되었다.

도어 클락. 서린을 비롯한 승무원들은 기내를 바쁘게 돌아다니며 승객들이 안전벨트를 제대로 맸는지, 캐빈 박스의 문이 제대로 닫혔는지, 좌석 등받이가 제대로 세워졌는지 살폈다. 매니

---

10)차크라(chakra):산스크리트어로 '바퀴' 라는 뜻이다. 물질적 혹은 정신의학적 견지에서 정확하게 규명될 수 없는 인간 정신의 중심을 의미한다

저의 목소리가 방송으로 흘러나왔다.

—캐빈크루, 도어 사이드 스탠바이. 플리즈.

서린을 비롯한 승무원들이 일제히 문 쪽으로 가 서서 대기했다.

—L—사이드 슬라이드 체크.

모든 점검을 마친 비행기는 이윽고 푸른 하늘을 가벼이 차고 날았다. 특별기가 이륙했다. 유리창 아래로 국군 의장대와 환송객들이 일제히 손을 흔드는 것이 아스라이 보였다.

십여 분 후, 비행기가 안전하게 고도를 유지했다. 이륙 시 승객과 마찬가지로 안전벨트를 매고 앉아 있던 승무원들이 일제히 일어섰다. 이리저리 바삐 오가며 서비스 준비를 시작했다.

"이서린 씨, 스팀 타월 준비."

"알겠습니다."

"고명환 씨, 화장실 다시 한 번 체크."

승무원들도 바빴지만, 탑승객들도 슬슬 움직이기 시작했다. 편한 신발로 갈아 신는 사람. 가방을 내려 잡지를 꺼내는 사람. 기사 준비를 위해 미리 자료를 검색하는 사람……

그런 소란 속에서 문제의 그 승객, 타다그룹의 총수 라탄은 노트북을 켜고 있었다.

일본과 한국을 거쳐 벌써 일주일째의 출장. 이메일로 눈을 돌렸다. 거의 남에게 알려준 적이 없는 개인 메일 주소인지라 편지는 별로 없었다. 에릭 녀석이 보낸 것 한 통. 경영정보팀에서 보고할 사안 몇 가지. 그리고 감사팀에서 보낸 기밀 정보들이었다. 그것을 내려다보는 라탄의 얼굴이 잠시 굳어졌다.

'역시 예상대로군.'

선명하고 아름다운 입술이 심술맞게 삐뚤어졌다. 면직물 생산을 담당하고 있는 아와바라티룩스 공업은 두 번째 고모부 하잘이 맡고 있다. 적당히 모르는 척해두었더니, 건방지게 까부는 꼴이, 정말 가관도 아니었다.

'수천만 루피를 꿀꺽하셨단 말이지. 게다가 언론에 보도될 정도로 문란한 사생활이라. 회사를 말아먹으려고 아주 작정을 했군, 이 돼지가.'

이 몇 년간, 물증은 없었으나, 수상하단 심증은 있었다. 그런데 이렇게 자신의 눈앞에 그의 비리가 생생하게 담겨져 있었다. 아무래도 돌아가자마자 댕겅 칼날을 휘둘러야 할 모양이다.

'몇 번 웃으며 봐주었더니 날 완전히 바보멍청이로 간주하고 있구만.'

이 인간을 어떻게 맛을 보여주지? 한동안 라탄은 팔짱을 낀 채 석상처럼 앉아 노트북의 화면만 노려보고 있었다. 남자의 짙은 눈썹이 오만하게 찡그려졌다.

[실례하겠습니다. 헤드셋과 스팀 타월 서비스입니다.]

바로 그때, 귓속으로 청아한 목소리가 새어들어 왔다.

아무 생각도 없이 라탄은 고개를 돌렸다. 더없이 무방비한 심장과 눈빛을 한 채, 환하게 미소 지으며 서 있는 여자를 바라보았다.

[라…… 다?]

아무것에도 움직이지 않던 무감각한 심장이 갑자기 뚝하고 나락으로 떨어져 내리고 있었다.

그의 절대적인 연인. 꿈속에서 애타게 찾던 그녀가 피와 살의 존재로 나타났다. 믿을 수 없어.

예고도 없이, 지금껏 서로의 존재를 알지 못하던 두 사람이 그만 운명의 부름을 따라 만나 버렸다.

11)성스러운 강가의 물결처럼, 삼라만상을 감싸며 시원하게 불어오는 바람처럼 다가오는 향기. 만지면 손가락을 타고 흐를 듯한 투명한 초록의 느낌 바로 그것. 만지면 순백으로 젖어들 것만 같은 하얀 피부로부터 깊숙하게 스며나온 듯한 자연스러운 미소가 그의 심장에 직격으로 박혔다.

승무원인 것이다. 한 팔에 뜨거운 수건이 담긴 바구니와 헤드셋 세트가 담긴 백을 안고 있다. 청잿빛 앞치마를 두르고 머리카락은 단정하게 틀어 올렸다. 살짝 미소 지은 얼굴에 흑요석처럼 박힌 맑은 눈이 더없이 고왔다. 피부는 솜털까지 그대로 보일 정도로 투명했다.

여자가 다시 살짝 미소를 지었다. 자신도 모르게 라탄 역시 마주 미소 짓고 있었다.

슬프게, 너무 그리워서. 격하게 타는 갈망과 마침내 그녀를

---

11)성스러운 강가:인도인은 갠지즈강을 강가라 부른다

찾은 기쁨으로.

'라다. 나의 라다.'

아주 오랜 옛날부터 꿈속으로 찾아오곤 했지. 언제나 그를 살포시 안아주며 사랑해 주고 위로해 주던 환영의 존재가 실체로 와 있었다. 십오 년 전, 절대절명의 그 순간. 죽음과 삶의 경계를 아슬아슬하게 넘나들었던 바로 그때, 아스라한 그녀가 나누어 준 영혼의 온기로 그는 끈질기게 생명력을 보존할 수 있었다. 결국은 무사히 살아 집으로 돌아올 수 있었다.

하지만 동시에 그것은 무한한 슬픔.

그녀의 얼굴을 분명히 보아버렸다. 아름다운 라다. 그의 반려로 태어난 운명을 알아버렸다. 그녀를 찾지 못한다면 절대로 자신의 생은 완전해질 수 없다는 것을 깨달아 버렸다. 그때 라탄은 스스로에게 다짐했다. 널 찾아내겠다고.

하지만 도대체 당신, 어디에 존재하는 거지? 서른두 해를 살아오는 동안 내내 깊어진 불치병, 그것은 지독한 상실감과 그리움이었다. 찾아낼 수 없고 가질 수 없는 존재에 대한 갈망과 연모란 벌레가 그의 심장을 갉아먹었다. 너덜거리는 심장에서는 늘 검은 피가 흘렀다.

그런데 지금, 꿈속의 연인이 그의 앞에 서 있었다. 기적이란 이름으로.

거의 무례하다 싶을 정도로 뚫어지게 바라보는 남자의 시선을 그녀는 알지 못한 것 같았다. 아니, 알았다 해도 불편한 기색을 드러내지 않는 훈련을 받았을 거다. 아무것도 모르는 얼굴로 한결같은 미소만 지었을 뿐이다.

그녀는 다른 승무원들이 그러하듯 침착한 손길로 간이 테이블을 펼치고 그의 손길 앞에 스팀 타월과 헤드셋 세트를 놓아주었다.

라탄은 자신의 검은 피부와 확연히 대조되는 여자의 가녀리고 하얀 손을 물끄러미 바라보았다. 물살을 차고 오르는 날렵한 은어 같았다. 민첩하게 보이는 우아한 손가락 끝에 연분홍 꽃물이 반달처럼 물들어 있었다. 수줍고도 착한 손길, 몸을 일으킨 그녀와 다시 한 번 시선이 마주쳤다.

'라다. 라다.'

부르고 또 불렀다. 멀미가 나듯 가슴이 울렁거렸다. 종소리처럼 오랜 진동이 느껴졌다. 하지만 소리없는 부름을 그녀는 끝내 듣지 못했나 보다. 영원으로 붙잡고 싶은 초록빛 그리운 향기가 멀어졌다. 그녀가 돌아서서 다른 좌석으로 걸어갔기 때문이다.

갑자기 화가 치밀어 오르기 시작했다. 한 번도 경험한 적 없는 감정의 격류, 그건 두려움이라고 해도 좋았고 절규라고 해도 좋았다. 무슨 수를 써서라도 그녀의 시선을 다시 되돌리고 싶었다.

[익스큐즈 미.]

그만 성마르고 거칠게 불러 버렸다. 무엇을 어떻게 말하고자 하는 생각도 없었다.

그녀가 몸을 돌이켜 라탄을 바라보았다.

[무엇을 도와드릴까요?]

[이걸 어떻게 사용하는 거죠?]

아무리 핑계가 없다 해도 이건 너무 심했다. 그녀는 약간 난감한 표정이 되어 그가 사용할 줄 모른다고 뻔뻔스레 내민 헤드셋 세트를 내려다보고 있었다. 하지만 라탄은 자신이 지금 무슨 짓을 하고 있는지도 몰랐다. 다만 하나, 그녀의 시선과 존재를 곁에 잡아두어야만 한다는 명확한 사실만 인지했을 뿐이었다.

[도와드리겠습니다.]

상냥하고 친절한 미소를 짓는 여자였다. 살짝 무릎을 굽혀 그의 곁에 앉아 헤드셋 세트를 사용할 수 있게 만져 주었다. 손가락 하나하나 짚어가며 개인용 모니터를 꺼내는 방법, 음악 감상하는 채널 등을 설명해 주었다.

유학파인가? 초록빛 부드러운 음색으로 말하는 영어 실력은 유창했다. 라탄의 예리한 눈이 그녀의 유니폼 가슴팍을 훑었다. 안타깝게도 앞치마에 가려져 이름이 보이지 않았다.

[이젠 이해하시겠습니까?]

[아, 좋아요. 멍청하게 굴었군.]

라탄은 짐짓 어떤 여자도 저항하지 못하는 유혹적인 웃음을 지어 보였다. 그녀 또한 예의 바르게 답례의 미소를 지었다. 하지만 그것뿐이었다. 지금껏 다른 여자들이 그러했듯 그의 뇌쇄적이고 매력적인 표피에 넘어가 헤롱대는 기색이 그녀에게는 전혀 없었다. 친절하고 최선을 다하되 의례적이고 사무적인 반응 그것뿐이었다. 오히려 살얼음처럼 싸늘한 경계심 한 겹을 덧깔고 있는 표정이었다. 이내 몸을 돌려 총총히 캐빈으로 사라져 버렸다.

'실망스럽군.'

라탄은 뒤돌아서 가는 여자를 다시 한 번 힐끗 바라보았다.

'이것으로 끝난 건 아니야, 라다.'

적어도 허공에 떠 있는 여덟 시간 동안, 그녀는 그의 손아귀에 있었다. 비행기에서 내린다 해도, 특별기가 인도에 머물러 있는 일주일 동안 그녀는 그의 그물에 갇힌 새 신세였다. 다른 곳도 거의 비슷하겠지만 하물며 자신의 본바닥인 인도 안에서야 그는 신(神)이었다. 어떤 일도 해치울 수 있고, 손에 넣을 수 있는.

'며칠이면 충분해. 당신이 진짜인지 아닌지 판단하는 것쯤은.'

유혹의 신인 그가 첫눈에 마음에 심은 여자 하나쯤 흔들지 못한대서야, 말이 되지 않는 노릇이다.

'정신 차려. 라다는 이 세상 어디에도 없어. 비스무레 닮은 가짜들뿐이야.'

들뜬 채, 그저 어리석게 굴고 있는 자신을 단속해야만 했다. 아름다운 남자의 입술이 위험하게 삐뚤어졌다.

지금껏 그가 만난 모든 여자들은 다 라다의 얼굴을 한 가짜였다. 수없이 많은 인연들을 만났지만 그건 다 그의 라다를 찾기 위한 여정이었을 뿐. 그러나 그 여정은 언제나 실패였다. 씁쓸한 실망과 검은 환멸만이 남는 한편의 치정극으로 끝이 났을 뿐인 그냥 유희.

'한번 유혹해서 한껏 소유해 보면 알게 되겠지.'

라탄은 더없이 이기적인 생각을 하면서도 전혀 부끄러움을 느끼지 못했다. 눈에 들어온 순간, 여자는 이미 그의 손아귀에 붙잡힌 제물에 불과했다.

인간의 하찮은 도덕성이야 뛰어넘은 지 오래였다. 태어나서부터 지배하는 자로 길러진 그는 다만 자신이 원하는 것을 소유하고 향락하는 것에 대해서만 관심이 있었을 뿐이다. 그 결과 만들어지는 타인의 희생이나 감정의 상처나 책임 따위에 대해서는 더없이 무관심했다.

모든 것을 다 가진 자가 흔히 그러하듯 라탄 역시 하루하루 시간을 죽이는 권태와 무료함에 대한 전쟁을 하고 있을 뿐이었다. 그런 지겨운 것들을 한순간이나마 깨주는 어떤 존재를 발견했다면, 다시 싫증과 권태를 느낄 때까지 마음껏 소유하고 향락하면 그만이다. 만에 하나, 그녀가 그가 찾는 진짜라면 더 이상은 바랄 나위가 없는 행운이 될 테지. 그에게나 그녀에게나.

라탄은 그런 생각을 하며 다시 시선을 노트북으로 되돌렸다.

"왜 그렇게 넋을 잃고 서 있어? 바쁘잖아."

캐빈 안에서는 연이어 나갈 음료 서비스를 준비하느라 한창 바쁜 터였다. 그런데 거의 비틀거리며 돌아온 서린이 가슴에 손을 얹고 멍하니 서 있자, 진두지휘에 바쁘던 임수경 과장이 눈살을 찌푸렸다. 꿈꾸는 눈동자를 하고 서린은 멍청하게 그녀를 바라보았다.

"선배님, 사람한테 후광이 비쳐요."

"뭐라고?"

"세상에…… 인간의 얼굴이 아냐. 살다 보니 저렇게 아름다운 남자도 실제로 있네요."

"얘가 대체 누굴 보고 이래? 누구 땜에 침착한 이서린 씨가 이렇게 호들갑이지?"

"제가 맡은 인도 남자요. 타다그룹 회장이라는 사람."

캐빈에 서 있던 너덧 명의 스튜어디스들이 일제히 고개를 돌렸다. 그렇지 않아도 멋지다 끝내준다 잘생겼다 어쩌고저쩌고 하며 탑승 전부터 말이 많았던 사람이 아닌가. 대놓고 말은 못 했어도 호기심이 극에 달해 있던 차였다. 그런데 실제로 보고 돌아온 서린마저 거의 제정신이 아닌 얼굴이었다. 그들이 알고 있는 이서린은 함부로 제 내심을 드러내거나 낯선 남자를 두고 멋지다 하는 말을 하는 사람이 아니다.

삽시간에 서린은 캐빈 안에 있던 여승무원들에게 둘러싸였다. 그녀들도 인간이다. 신의 경지에 이른 남자의 아름다움이라 하니 대번에 눈이 반짝반짝. 차마 큰 소리는 내지 못하고 소곤

소곤 난리가 났다.

"진짜야? 그렇게 멋져? 끝내줘?"

"탑승할 때 못 보셨어요?"

"탑승할 땐 선글라스를 끼고 있어서 잘 모르겠던걸. 몸매는 좋고 키는 크더라만. 정말 그 정도야?"

"사람이 저렇게 아름다운 건 처음 봤어요. 영화배우라 해도 저 남자 발가락에 낀 때만도 못해. 저런 얼굴을 가진 건 죄악이야."

"정말? 장동건보다 더 잘생겼어?"

광팬이라, 모든 미의 기준을 영화배우 장동건에 맞추는 임 과장이 열광적으로 소곤거렸다. 서린은 고개를 흔들었다.

"백문이 불여일견. 직접 가서 보고 오세요."

"좋아. 잠시 교대하자. 잘생긴 미남은 같이 감상해 주어야지."

"그럼요, 그럼요. 다음에 밀 서비스는 제가 할게요."

이렇게 하여 승무원들의 서비스 체계는 엉망이 되고 말았다. 단지 한 남자 때문에. 절세 미남이라는 인도의 타다그룹 회장을 구경하느라.

모르는 척, 음료수 트레이를 끌고 임 과장과 다른 선배 한 사람이 앞쪽으로 걸어갔다. 서린은 대신 후미 쪽을 맡았다. 수행 기자단이 앉은 자리였다. 기계적으로 음료수를 따르고 서비스하면서도 그녀는 여전히 타다그룹 회장이라는 남자를 본 충격에서 헤어나오지 못하고 있었다.

'라탄 나발 나와르완지 타다.'

외우지도 못할 거라 생각했던 이방인의 이름이 단 한순간, 시선 한번으로 뇌수에 박음질한 듯 확실히 새겨졌다.

그녀가 다가갔을 때 그는 옆얼굴을 보인 채 노트북 화면을 응시하고 있었다. 연한 회색 린넨 재킷 아래에 오픈 칼라 와이셔츠, 한국 남자들은 잘 입지 않는 하얀 바지 차림이었다.

그를 보는 순간 서린은 이상하게 가슴이 쿵 소리를 내며 내려앉는 걸 느꼈다. 절대로 그럴 리 없다는 것은 잘 알고 있다. 그들은 오늘 처음 본 사이였다. 그런데도 서린은 그를 어디서인가 본 적이 있는 것 같았다. 아주 오랜 옛날, 아득하게 먼먼 그런 날, 기억조차 사라진 어느 때 어느 날에, 그녀는 그 남자의 옆얼굴을 이렇듯이 멍하니 바라보고 있었다.

물론 인터넷에서 자그맣게 나온 사진을 통해 그 남자의 얼굴은 미리 외우고 있었다. 하지만 그녀가 본 사진은 말짱 거짓말이었다.

직접 대면한 그 남자. 단순히 미목수려라거나 아름답다는 표현으로는 감히 설명할 수 없었다. 전체적인 선은 부드러웠으나 그 속에 숨어 있는 것은 강인한 힘이었다. 명령하는 자 특유의 오만함과 권위를 소유한 사람들이 가진 자신감이 덧보태진 미증유의 매력이었다. 외모의 단순한 아름다움을 보석처럼 둘러싸고 있었다. 누구든 자신이 원하는 대로 조종할 수 있을 것만 같은 기묘한 포획의 느낌을 발휘하고 있었다.

그럴 리야 없겠지만 만에 하나, 그의 힘이 그녀에게로 향한다면 속절없이 어린 사슴처럼 바들거리며 그에게 끌려들고 말리라. 무조건적인 복종을 하고 말 것이다.

이윽고 정신을 차려 서비스를 위해 그에게 다가갔다. 고개를 돌린 그가 미소 지으며 그녀를 바라보았다. 그 시선은 보이지 않는 살인 같았다.

깊이 사랑하고 결혼까지 약속한 사람을 가진 서린조차 심장에 금이 쨍하고 가버렸다. 자잘한 금 사이로 그 남자의 뇌살적인 매혹이 삽시간에 스며들어 버렸다.

'정말 멋졌어. 세상에! 이 지구상에 저런 남자도 사는구나. 현조 오빠에게 이야기해 주어야지.'

너무나 아름다워 오히려 환상이었다. 한숨을 내쉬고 감탄을 거듭했지만 라탄을 처음 본 서린의 감정은 기껏 그 정도였다. 천상의 인간을 바라보며 땅 위의 인간이 내쉬는 한숨이랄까. 두고두고 아름답다 떠들어댈 수는 있지만, 그녀의 생활 속으로는 스며들지는 않을 비현실적인 느낌. 땅 위의 현실로 돌아가면 금세 잊어버릴 아주 찰나적인 매혹일 뿐.

그런 생각을 하며 서린은 음료 서비스를 마쳤다. 캐빈으로 돌아갔다. 이미 돌아온 임수경 과장과 선배가 숨을 몰아쉬고 있었다. 얼굴마저 붉게 상기되어 있었다. 열광적으로 소곤거렸다.

"굉장하다, 굉장해!"

"그렇죠? 그렇죠?"

"완전 환상에서 걸어나온 남자야."

"인간 세상에 비교 대상이 없어. 인도 남자가 그렇게 환상적인 줄 이제 알았다. 그 속눈썹에 반듯한 콧날 하며…… 으윽. 선배님, 저 죽어요. 미소는 어찌나 멋지던지."

타다 회장을 직접 본 여자들의 열광은 이내 다른 승무원들에게도 쉽게 전염되었다. 그리하여 모든 승무원들이 제 근무존을 이탈해서는 그 남자를 구경하러 가는 웃지 못할 해프닝이 벌어졌다.

"아무래도 우리가 자기를 구경 오는 것을 눈치 챈 것 같아."

첫 번째 밀 서비스를 마치고 온 다른 선배가 소곤거렸다. 서린은 고개를 돌렸다.

"그래요?"

"끝까지 미소 지어주기는 하는데, 모르는 척 한마디 하더라고. 여기 승무원들은 정해진 서비스 존이 없나 봐요. 여덟 명이 번갈아 오던데요 하고 말야. 간 떨어지는 줄 알았어. 회장님도 곁에 계셨는데."

"그래? 회장님이 눈치 채신 것 아닐까?"

"모르겠어요."

"이만 하자. 다음에는 혜전 씨와 서린 씨가 해. 잘못하면 불벼락 떨어지겠다."

"알겠습니다."

특별기는 벌써 네 시간째 비행 중이었다. 앞으로도 다섯 시간 은 더 가야 한다. 지친 다리를 잠시 쉴까. 비로소 바쁜 일이 대 강 끝나고 승무원용 간이 의자에 막 앉아보려는데 호출 버튼이 켜졌다. 문제의 그 사나이가 앉은 자리였다.

"서린 씨, 가봐."

"네."

그는 여전히 노트북을 들여다보고 있었다. 일이 바쁜가 보다. 옆 자리의 회장님은 다행히 고개를 떨어뜨린 채 졸고 계셨다.

[무엇을 도와드릴까요?]

[레드 와인 한 잔.]

그녀를 바라보지도 않고 짤막한 요구만 했다. 어쩐지 처음과 는 달리 좀 쌀쌀맞은 기운이 느껴졌다.

[알겠습니다. 곧 가져다 드리겠습니다.]

그녀 또한 사무적으로 답변했다. 이상한 일이다. 등을 돌려 걸어가는데 어쩐지 뒤가 끌렸다. 그의 시선이 느껴졌다. 머리 뒤로 눈이 달린 것도 아닌데, 어째서 그가 자신을 보고 있다는 느낌이 드는 것인지.

투명한 잔에 채워지는 꾸세 로와, 그 남자의 귀에 걸려 있던 황금 귀걸이가 생각났다. 그것에 박혀 있던 붉은 보석이 떠올랐 다. 그녀가 살아온 스물다섯 해 동안 그토록 귀걸이가 잘 어울 리는 남자를 본 것은 정녕 처음이었다.

푸른 치즈 세 쪽을 곁들인 와인 쟁반을 들고 걸어가는 손끝이 잠시 떨렸다. 왜일까. 그에게로 가면 갈수록, 보면 볼수록 몸 안 깊은 곳에서부터 전율 같은 것이 배어나고 있었다. 너무나 낯설고 기이한 자신 스스로의 반응이 불안하고 두려웠다. 서린은 조금 더 차갑게, 사무적으로 말했다.

[부탁하신 와인입니다.]

[아, 감사해요.]

아까처럼 그녀를 바라보지도 않는다. 노트북 화면에 눈을 박은 그가 달랑 손만 내밀었다. 제 손에 잔을 쥐어달란 뜻이었다.

'아니, 이 남자가!'

승무원 앞에 발을 내밀고는 제 신발을 벗기라고 했다던 무례한 인도 승객의 전설이 지금 이 자리에서 되풀이되고 있는 참이었다. 서린은 기가 막혔다. 그러나 뻣뻣하게 굴 수는 없는 노릇이었다. 할 수 없어 단풍잎처럼 펼친 그의 손에 와인 잔을 쥐어주었다. 두 사람의 손가락이 살짝 닿았다. 바로 그때, 손끝을 타고 실바람 같은 전율이 일던 것은 착각이었을까?

볼일은 끝났다. 뒤돌아섰다. 채 발을 떼기도 전에 그녀를 불러 세운 건 그 남자의 목소리였다.

[잠깐만.]

[네에?]

[내 취향이 아냐. 이 와인, 다른 것으로 바꿔 와요.]

그가 탑승 전 미리 준비하라 요구했었던 와인을 가져온 것이다. 그런데도 마음에 들지 않는다 생트집을 잡고 있었다.

[원하시는 와인을 말씀해 주세요. 그럼 가져다 드리겠습니다.]

[아, 그래요? 내가 원하는 것은 다 구비되어 있다는 뜻?]

[다는 아니지만 가능한 한 원하시는 다양한 종류를 구비하고 있습니다.]

그가 씩 웃었다. 눈꼬리에 살짝 주름이 지고 입술 끝이 완벽한 곡선을 그리며 위로 휘어졌다. 고개를 돌린 탓에 불빛을 받아 귀걸이의 붉은 보석이 반짝 빛났다. 심장을 헤엄치는 혈류처럼 붉디붉은 광채였다.

정말 밉살맞았지만, 아름다운 것은 어쩔 수 없었다.

미소 한 번만 보여주어도 그만 모든 잘못이나 죄악을 용서하게 되고 마는 힘을 지닌 무서운 남자였다. 앞치마를 벗어 이름표가 드러난 가슴 쪽을 그의 시선이 훑고 있다. 서린은 피하지 않았다. 그래 보았자 한국어이니 읽을 수도 없을 거다 하는 배짱이 있었기 때문이다.

다시 눈이 마주쳤다. 겉으로는 유약하고 상냥해 보이나 만만치 않은 내면을 가진 서린을 알아본 듯했다. 그 남자의 미소가 한결 더 은근하고 부드러워졌다.

[아, 좋아요. 그럼 당신 입술 같은 맛으로.]

[네에?]

저절로 서린의 입술이 쩍 벌어졌다. 그만 뺨이 벌겋게 달아오르고 말았다. 행여 누가 그의 말을 들었을까 봐 저절로 둘레둘

레하게 되고 말았다.

아무래도 항공 승무원은 불특정 다수인 승객들의 시선에 노출되는 사람들이다. 또 나름 외적인 미모라든지 몸매 같은 것이 유리한 조건이다 보니 서린뿐만 아니라 대다수 승무원들은 오다 가다 만난 승객들에게 프러포즈를 받는다거나 슬쩍 쥐어주는 명함을 받는 경우도 종종 있었다. 하지만 절대로 그런 것에 응하지 못하게 사규로 정해져 있었다. 친절하게 응대하되, 사무적이고 의례적인 태도로서 상대하라. 누누이 듣던 충고였다.

"그런 녀석을 만났을 때는 말야, 웃으면서 칼날같이 잘라 버려. 얼버무리다간 더 골치 아파지거든. 더 심해지면 매니저님을 부르거나 남승무원을 불러 처리하라구."

운이 좋았는지, 아니면 지금껏 점잖은 승객들만 타는 비행기에서 근무했던 모양이다. 승무원 경력 삼 년에 이런 식으로 노골적인 희롱을 당한 적은 없었다. 선후배들이 가끔 미팅 시간에 들려주는 기막힌 상황 따윈 먼 나라 이야기였다.

"있잖아. 그런 남자들을 어떻게 견디느냐고? 일단 웃으며 이야기는 다 들어주는 거야. 대신 손가락으로 의자를 두들기며 분을 푸는 거지. '미친놈, G랄하네'. 별것 아닌 것으로 클레임 걸어 날 잡아두고서는 수작 부리려는 그런 놈들을 상대하는 특별한 노하우지."

명윤이 우스갯소리처럼 하던 이야기를 귀담아 들어두었어야 했다. 지금 서린도 손가락으로 〈웃기고 자빠졌네〉를 두드리고 싶은 심정이었다. 아무리 엄청난 남자라 해도 그녀에게 이런 수작질을 부릴 권리는 없다.

더구나 이건 대통령님이 타신 특별기였다. 그런 일을 당할 거라고는 생각도 못한 곳에서 당한 노골적인 유혹이라니. 어떻게 대처해야 할지 몰라 그만 멍해지고 말았다.

그의 미소가 요구하는 와인처럼 더 유혹적인 향기로 진해졌다.

[샤또 무똥 로칠드. 반드시 82년산으로. 아름다운 당신이 마땅히 들어야 할 찬사지.]

[준비하겠습니다.]

쌀쌀맞게 말하고 돌아서는 여자를 바라보는 라탄의 시선이 잠시 흔들렸다. 하지만 입가에 새겨진 미소는 지워지지 않고 더 느물느물 흔들렸다. 너무 달아 질리고 마는 검은빛 초콜릿의 색이 되었다.

여자는 꿈에도 짐작하지 못하겠지만 남자는 이미 가장 짜릿한 게임, 관능과 유혹의 덫을 펼칠 준비를 끝낸 후였다. 권태에 찌든 느린 심장이 자꾸만 움직였다. 급히 뛰었다. 보면 볼수록 불탔다. 이런 불길의 원인을 완전히 파악하고 마지막 즙까지 짜

내 탐식하기 전까지는 놓아줄 생각이 없었다.

나른하고 권태롭던 시간이 갑자기 팽팽한 기타 줄처럼 스르릉 울리고 있었다. 늘 그렇듯이 그의 게임이 시작되었다. 가장 흥분되는 놀이는 언제나 사랑. 그 아래 따르는 달콤한 카마의 시간. 쫓고 쫓기는 그 뜨거운 일탈의 맛.

[부탁하신 와인입니다.]

그녀가 다시 새 와인을 들고 다가왔다. 아까보다 한결 더 차가운 목소리가 어쩐지 신경을 건드렸다. 온몸에 가시를 두르고 무장한 기분이었다.

게임은 이래야지. 삐죽 돋는 장난기 아래, 정갈하고 단아한 인상을 흩뜨리지 않는 여자를 한 번 더 자극하고 싶은 마음이 왈칵 치솟았다.

라탄은 아까처럼 또 손을 내밀었다. 손에 쥐어달라 하는 신호를 보냈다.

시선을 돌릴 필요도 없었고, 그러기도 싫었다. 내 모든 것이 당신을 유혹 중이다 하는 표식을 내보였다. 뚫어져라 바라보는 시선이 부담스럽지 않았다면 그건 인간이 아니다. 결국 그녀는 라탄에게 포도주 잔을 들려주다가 그만 손을 살짝 건드리고 말았다.

라탄은 일부러 손가락의 힘을 풀었다. 와인 잔이 기울어지고 붉은 액체가 그의 바지 위로 떨어졌다. 선명한 루비빛 액체가 삽시간에 하얀 바지 위에 튀었다. 핏물같이 번져 났다.

[아, 이런! 죄송합니다. 정말 죄송합니다.]

그녀의 순한 얼굴이 삽시간에 새파랗게 질렸다. 라탄의 의도적인 실수임에도 불구하고 그녀는 온전히 자신의 실수라 자책했다. 미처 티슈나 수건을 가져온 것이 없어 자신의 옷자락으로나마 얼룩을 지우려는 그녀의 모습이 다시금 그를 흥분하게 만들었다. 뇌리 속에 삽시간에 번져 나가는 영상. 조만간 두 사람이 사랑을 나누게 될 때, 그녀는 그의 발치에 엎드려 이렇게 그를 갈망하며 복종을 주장하며 사랑을 갈구하게 될 것이다.

원 세트. 아웃.

절대로 그냥은 스쳐 지나가지 않을 것 같은 인연의 고리를 만든 후였다.

와락 울어버릴 것만 같은 눈동자로 여자는 거듭 사과하고 있었다. 상기한 볼이 잘 익은 사과빛이었다. 손가락으로 그 열기를 음미하고 만져 보고 싶어 온몸이 근질거렸다. 그러나 맑은 눈동자 속에 살풋 어린 습기를 확인하는 순간, 갑자기 짓궂던 심장 한구석이 아릿해졌다. 그녀가 느끼는 생생한 감정들, 이를테면, 당혹감과 아찔함과 미안함이 그대로 그에게로 흘러들어 왔다.

이러면 재미없잖아. 놀리는 일 따윈 그만 할까?

라탄은 더없이 가증스럽게 부드러운 미소를 지어주었다.

[괜찮아요. 어차피 돌아가면 세탁할 바지였어요. 걱정 말아요.]

[죄송합니다. 갈아입으실 옷이 있으신가요? 저에게 주시면 당장 세탁해 드리겠습니다.]

순하게 쌍꺼풀진 커다란 눈에 금세 맑은 물기 같은 것이 둥그렇게 고이고 있었다. 실수하지 말아야 할 자리에서 큰 실수를 하고 만 자신을 용서할 수 없는 듯했다. 라탄은 두 손을 들어 보이며 온화하게 말을 이었다.

[있긴 하지만, 슈트케이스가 다 짐칸에 있어요. 어쩐다?]

[잠시만 기다려 주시겠습니까? 문제를 처리할 수 있도록 최선을 다하겠습니다.]

그녀가 서둘러 후미의 캐빈 쪽으로 돌아갔다. 라탄은 씩 웃었다.

이내 그녀가 남승무원과 다시 돌아왔다. 동료 스튜어드가 재빨리 그의 바지를 내려다보았다. 고개를 저었다. 바지의 천이 어두운 색이었다면 그럭저럭 물수건으로 지우는 수준에서 해결할 수 있었을 거다. 하지만 그는 도무지 어찌할 도리가 없을 만큼 처참하게 얼룩진 하얀 바지를 입고 있었다. 남자 승무원이 정중하게 권유했다.

[타다 회장님, 정말 실례했습니다. 괜찮으시다면 저희 남승무원의 새 바지가 있습니다. 갈아입으시겠습니까?]

[저야 상관없지만 사이즈가 맞을까요?]

[다행한 일입니다. 대강은 비슷한 사이즈일 것 같습니다. 양해해 주십시오.]

[좋습니다. 부탁드리죠.]

순순히 라탄이 승낙하자 긴장해 있던 여자의 얼굴에 봄꽃 같은 미소가 번졌다. 다시금 라탄의 가슴을 울렁거리게 만들었다. 부르르 떨리던 심장이 갈수록 더 큰 박자로 울리고 있었다. 그어떤 여자에게서도 느끼지 못했던 영혼의 전율이었다.

[더러워진 이 바지는 저희가 세탁해 드리겠습니다.]

[상관없습니다. 어차피 공항에 도착해서 내 가방을 찾으면 거기서 갈아입으면 되니까요.]

[친절하게 이해해 주시고 배려해 주신 점을 깊이 감사드립니다.]

라탄은 남승무원을 따라 승무원들이 근무하는 캐빈으로 들어갔다. 그가 커튼을 치고는 잠시 기다려 달라 양해를 구했다. 한오 분쯤 후에 손목이 불쑥 들어왔다. 검은색 바지 하나가 그 손목에 대롱대롱 매달려 있었다.

허리가 좀 더 낙낙하고 길이는 다소 짧았다. 하지만 처참할 정도는 아니었다. 옷을 빌려준 사람과 그는 그럭저럭 비슷한 체구였던 모양이다. 유려하나 강인한 선을 그리는 남자의 입술이 슬쩍 삐뚤어졌다.

'여자 하나 꾀어내자고 이런 짓까지 하다니. 정말 많이 몰락했어, 라탄 나발 나와르완지 타다.'

하지만 기묘한 일이다. 그가 처음부터 한 여자에게 눈을 주어이런 일까지 하게 되다니.

이토록 온 넋이 흔들려 본 적이 있었던가. 울려본 적 있었던가. 라다, 그대인가? 아니야, 그대일 리가 없어. 이 세상에 그녀는 없어. 존재하지 않아.

그럼에도 강렬한 전율은 계속되고 있었다.

카마의 화신이라 불리는 그가. 사랑받을 줄만 알고 사랑할 줄은 모르는 그가. 주려고 다가오는 것들을 낚아채는 일만 되풀이하여 더 이상은 그런 일조차 권태롭고 지겨워하던 그가. 그 누구도, 어떤 것도 담아보지 않았던 공허하고 차가운 가슴이 이렇게 쿵쿵 박동을 계속하고 있다. 그 여자 때문에. 처음 보는 그 여자 하나 때문에.

"바보같이…… 멍청하게…… 정말 멍청하게 굴었잖아."

라탄은 화장실 문 앞에 서서 홀로 싱긋 미소 지었다. 문 하나를 사이에 두고 나지막한 자책의 목소리가 흘러나오고 있었다. 그녀의 목소리였다.

한국어로 말하고 있어 알아들을 수 없었다. 하지만 스스로를 민망해하고 부끄러워하고 있다는 것은 감각으로 알 수 있었다.

정말 이상한 일이다. 만져진다. 그녀의 감정이, 느낌이 그대로 물결처럼 흘러 그에게로 온다. 사소하고 자잘한 것들인데도, 그대로 다가온다. 그리고 그는 그것을 완벽하게 이해한다. 느낀다. 왜일까?

'라다, 정말 당신이야?'

"바보 같아, 정말 나 바보 같아."

서린은 지금 십 분 내내 좁은 화장실에 서서 붉은 물이 든 하얀 바지를 세탁하고 있었다.

지워도 지워도 핏물처럼 번진 붉은 흔적은 지워지지 않았다. 너무나 바보 같고 어이없는 실수를 해버렸다. 꾹 참으려 해도 눈물이 자꾸 나오려고 했다. 무수히 자신을 탓하며, 그래도 지지 않는 포도주 얼룩을 문지르고 또 문질렀다.

똑똑 노크 소리가 났다.

"서린아, 그만 나와."

나지막한 목소리는 혜전 선배의 것이었다. 서린은 얼른 눈을 깜빡였다. 거울 속의 자신의 얼굴을 살폈다. 운 것 같은 흔적은 다행히 잘 느껴지지 않았다. 심호흡을 했다. 입꼬리를 잡아당겨 미소 짓는 얼굴을 억지로 만들었다.

'난 프로야. 잘해낼 수 있어. 실수는 누구든지 하는 거야. 그럼.'

바지의 얼룩은 여전히 희미하게 남아 있었다. 그녀는 화장실 문을 열고 나갔다. 화장실 앞엔 사람들이 두엇이나 기다리고 서 있었다. 젖은 바지를 들고 캐빈실로 돌아갔다.

"죄송합니다."

"실수는 누구나 다 하는 거야. 괜찮아, 힘내자."

혜전 선배가 따뜻하게 등을 두드려 주었다. 꾸중을 들은 것보다 더 서러웠다. 눈물이 왈칵 터질 것 같아 억지로 서린은 눈에 힘을 주었다.

"타다 회장님께서도 양해해 주신 거잖아. 잊어버려."

"네. 그런데…… 민망해서 이제는 그분 곁에 못 갈 것 같아요."

"천하의 이서린이 바보 같은 소리 하고 있어."

다가온 사람은 임수경 과장이었다. 목소리는 엄했지만 눈빛
은 다정했다. 긴장하여 어쩔 줄 모르는 서린을 격려하는 표정이
었다.

"실수는 누구나 하는 거지? 다만 수습을 누가 잘하냐라고 그
랬지?"

"네."

"넌 대처를 아주 잘했고 아무도 너를 탓하지 않아. 그만 해.
지난번에 나도 너무 긴장해서 뜨거운 밀을 승객 허벅지에 떨어
뜨린 적이 있다구."

에이, 설마요! 서린과 혜전의 시선이 실수라고는 할 것 같지
않은 홍 과장에게 다가갔다. 민첩하고 날렵한 손을 바라보았다.
그녀가 빙긋 웃었다.

"웃지 마. 진짜 그랬다구. 게다가 그 승객이 누구였는지 알
아?"

"누군데요?"

"다니엘 헤니."

서린과 혜전의 눈이 둥그렇게 변했다.

"진짜?"

"진짜! 물수건으로 탄탄한 허벅지 닦아주면서 나 기절했잖아. 황홀해서."

"선배님, 일부러 그랬구나!"

서린과 혜전은 동시에 소리쳤다.

다가오는 상큼한 향기. 누구인지 보지 않고도 알 수 있었다. 이제 눈물 흔적 같은 건 아예 없다. 사무적인 표정 위에 덧칠된 엷은 미소를 짓고 있었다. 손에는 유리잔이 올려진 쟁반을 들고 있었다.

[사과의 표시로 애플주스를 만들어 왔습니다.]

[애플주스? 하필이면 왜?]

[한국말로 사과는 '미안하다'는 뜻의 사과와 같은 말이에요.]

[다시 한 번 미안하다는 말? 당신, 무척 재치있어요.]

정말 귀여워. 라탄은 싱긋 웃으며 잔을 받아 들었다. 그들의 손가락이 다시 스쳐 흘렀다. 전율 역시 스쳐 흘렀다.

[한국의 사과는 과즙이 많죠. 이것으로 저의 실수를 잊어주시 겠어요?]

[싫은데.]

짓궂은 표정을 통해 서린 또한 라탄이 허물없는 농담을 하고 있다는 것을 알아차린 듯했다. 분홍빛 순수한 미소가 입술 위로 떠오르고 있었다.

[그 바지는 내가 가장 아끼는 것이었다구.]

[죄송합니다. 정말 죄송합니다.]

[정말 미안하다면, 잠깐 시간을 내어줘요.]

[네?]

놀란 눈동자가 꼭 어린 사슴 같았다. 맑은 호수가 하늘을 비추듯이 마음속 놀람이 그대로 드러났다. 너무나 순진하고 맑았다. 침대에선 어떨까? 둘이 사랑을 나눌 때 이 여자는 어떤 신음소리를 낼까?

[그대와 잘 어울릴 만한 곳이 있어. 한번 데려가 주고 싶군요.]

[죄송합니다. 호의는 감사드립니다만, 델리 도착 후 저희는 공식적인 일정만 지켜야 합니다. 개인행동은 용납되지 않거든요. 나중에 기회 있으면 그곳이 어딘지 가보고 싶네요.]

코드원 특별기를 타는 승무원들은 현지에 도착해서도 경호실 직원의 통제 아래 단체 행동만 할 뿐이다. 개별 외출이 일절 금지되고 있다. 인도의 수상이 해외 방문을 할 때 수행한 적이 많은 라탄은 그 정도는 알고 있었다. 생긋 미소 지으며 예쁘게도 말하는 대답은 결국 완곡한 거절이었다.

[저런 아쉽군요. 그럼 다음 기회에.]

[감사합니다.]

슬쩍 미끼를 던졌지만 물지 않았다. 역시 영리해. 기분 좋게 거절할 줄 아는군. 드리웠던 낚시를 곧바로 거두어 올렸다. 라탄은 돌아서 걸어가는 여자의 뒷모습을 다시 한 번 눈여겨보며 손에 들린 주스를 마셨다. 직접 갈아 만든 사과주스는 달콤하고 상쾌했다. 그녀와 나눌 키스처럼 촉촉하고 상큼했다.

'기회는 만들면 그뿐.'

소리 내지 않는 입술이 움직였다. 라탄은 한 대통령이 인도에 머무는 일주일 내내, 서린을 비롯한 승무원 전원이 대기하고 있을 것이라는 사실을 너무나 잘 알고 있었다.

아홉 시간의 비행이 끝났다. 특별기는 무사히 델리의 힌디라 간디 공항에 도착했다.

[내리시죠.]

한 시간여 정도 잡지를 뒤적이고 있는데, 경호원이 다가왔다. 한대운 대통령을 위한 의전행사는 끝나고 사람들이 공항청사로 이동하고 있었다. 라탄은 아무도 없는 황량한 공항으로 홀로 내렸다. 언제나 덥고 메마른 곳. 하지만 그의 고향이다. 낯익은 델리의 뿌연 더위와 아지랑이 속에서 그는 비로소 편안한 숨을 내쉴 수 있었다. 드디어 집으로 돌아왔다.

라탄은 공항 도로 앞에 대기하고 있는 승용차에 올라탔다. 뒤따르던 수행 비서인 아시프가 문을 닫고 조수석에 올라탔다. 운전기사에게 지시했다.

[회사.]

차가 움직이기 시작했다. 라탄은 재킷 안에서 휴대전화를 꺼냈다.

―[라탄님, 델리에 도착하신 것입니까?]

델리의 사무실에 대기하고 있는 비서 다르사함의 목소리가 흘러나왔다.

[그래, 십 분 전.]

―[피곤하시겠습니다. 집으로 가시는 중이십니까?]

[아니, 회사로 가는 중이다. 일이 끝나고 나서 곧바로 리셉션 장으로 가야 해. 연락해서 내 연미복을 회사로 가져오고, 그리고 하나 더. 당장 하잘을 불러올리도록.]

―[잠시만요, 하잘님이시라면…… 지금 현재 영국 출장 중입니다만.]

[당장 복귀하라고 해. 스물에 시간 이내로. 내일 내 앞에 나타나지 않는다면, 국물 한 방울도 없을 거야.]

부드럽게 말하고 있었지만 라탄의 목소리에는 서릿발 같은 차가움이 스며 있었다.

황제께서 노하셨다. 수화기 저쪽에서 다르사함이 긴장하는 것이 그대로 느껴졌다.

타다 왕국을 이끌어가는 유일무이한 수장 라탄. 군림하되 다스리지 않는 자이기는 하지만 가끔씩 한번 이런 식으로 보이지 않는 칼날을 휘두를 때가 있었다. 그때가 바로 지금이었다.

승용차가 막 도로를 빠져나가던 그때, 라탄은 한국 승무원들이 삼삼오오 미리 준비된 버스에 오르는 것을 보았다.

그녀는 다른 사람들과 똑같이 검은 플라잉 백을 끌고, 핸드백을 메고 다소곳이 맨 뒷줄에 서 있었다. 앞에 선 여자 승무원하고 우스개라도 주고받는 모양인지 활짝 웃고 있었다. 스치는 차 안의 라탄까지 미소 짓게 만들었다.

'델리에 있는 한, 당신은 내 그물 안에 있어.'

지독히 게으르고, 매사 권태롭지만 한 번 마음먹은 일은 전광석화처럼 해치우는 성격이었다. 라탄은 뒤통수만 보이는 아시프를 바라보았다.

[저 사람들.]

[네?]

[코드원을 타고 온 한국 승무원들 말이야.]

[네.]

[신세를 졌는데 답례를 해야지. 투숙하고 있는 숙소가 어디인지 알아와.]

[당장 연락하겠습니다.]

델리의 타다그룹 건물은 꺼놋 플레이스에 위치해 있다. 회사에 도착해서 그가 없는 동안 일어났던 일에 대하여 간단한 보고를 받았다. 저녁때는 수상이 베푸는 한대운 대통령 환영 리셉션에 참석해야 한다. 회장실 안에 마련된 욕실에서 샤워를 마치고 나왔을 때 책상 위에는 그가 원했던 보고서가 올려져 있었다.

[인터컨티넨털 호텔입니다.]

덤으로 그녀의 신상명세서까지 따라왔다. 그를 밀착하여 경호한 지 벌써 십여 년째이다. 말하지 않아도 그들은 라탄이 무엇을 원하는지 알고 있었다.

이름은 이서린, 나이 이십오 세, 대한 외국어고등학교를 졸업하고 예은여대 영문학과 졸업. 코리아나 스튜어디스. 그녀가 묵고 있는 호텔의 룸 번호까지 상세하게 나와 있었다. 그의 시선이 맨 마지막 줄에 멎었다. 남자의 짙고 아름다운 눈썹이 찡그려졌다.

〈현재 우현조라는 남자와 약혼 중.〉

가슴이 서늘하게 식어내렸다. 이상하게 얼음칼 하나가 손톱 끝에 박힌 기분이었다. 순진하게만 보였는데 벌써 약혼자가 있다?

'상관없어!'

이런 것 따윈 알고 싶지 않아. 중요하지 않아. 그는 거칠게 종이를 구겼다. 중요한 건 그가 그녀를 알기를 원한다는 것. 이유는 그것으로 충분했다.

제3장
—친구라 부르는 자의 진실—

닷새 후, 라탄은 우연인 듯 필연인 듯 인터컨티넨털 호텔에서 손님을 만나고 있었다.

대부분 근엄한 정장 차림으로 오가는 사람들과는 달리 그만은 열대의 해안가에서 노닥거리는 휴양객의 차림이었다. 맨발에 샌들, 올이 풀린 회색 바지 위에 하얀 린넨 셔츠, 그리고 반드시 잊지 않고 지니는 선글라스는 목걸이처럼 목 아래 대롱거리고 있었다.

커피를 마시며 벌써 한 시간. 호텔 로비가 마치 자신의 거실인 양 한가로이 의자에 반 드러눕다시피 한 그와 같이 라시를 마시고 있는 사람은 힌디라였다.

발리우드에서 가장 유명한 여배우이자 모델인 그녀는 이제 헐리우드 진출까지 목전에 두고 있었다. 보장된 성공의 유혹에도 불구하고 그녀가 쉽사리 인도를 떠나지 못하는 이유는 단 하나. 눈앞의 이 남자 때문이었다.

벌써 삼 년째이다. 가다 말다, 끊어졌다 이어졌다 하며 아직도 지속되고 있는 관계는 필사적인 힌디라의 의지에서부터 비롯되고 있었다.

잠시 만나 차나 한 잔 하자는 힌디라의 말에 뜻밖에도 라탄은 별다른 거부를 하지 않았다. 그 모습에 잠시간의 희망을 가졌지만 그것으로 그만. 한 시간 내내 그는 멍하니 앉아 다른 생각만 하고 있는 표정이었다. 무심한 남자를 바라보는 힌디라의 아름다운 얼굴이 보기 싫게 일그러졌다.

잡히지 않는다. 한 번도 그녀의 것이 된 적이 없는 남자였다. 하지만 죽을 정도로 탐나는 남자 라탄. 아름다운 신 크리슈나.

이 남자를 얻을 수 있다면 지옥에라도 뛰어들 생각이었다. 하지만 너무 무심하고 너무 제멋대로인데다가 자유로운 그는 그녀로 하여금 뛰어들 기회조차 주지 않았다.

라탄과 만난 이후, 삼 년 내내 힌디라는 수없이 많은 여자와, 때로는 구역질 나게도 사내들과도 사랑의 전쟁을 벌여야만 했다. 눈앞의 이 남자는 남자여자 가리지 않고 홀려대는 마력의 사나이였기 때문이다.

[그래서 내가 뉴욕으로 가면 말이죠. 라탄. 당신이…….]

[알았어. 당신에게 반드시 찾아가기로 하지.]

지금껏 그들은 무슨 이야기를 나누고 있었던가? 라탄은 내내 건성으로 한 마디씩 대꾸해 주며 몽롱한 눈동자로 커피 잔만 바라보고 있었다. 애간장이 타는 힌다리의 심정 따윈 전혀 아랑곳하지 않는다는 얼굴이었다. 그가 휴대전화 폴더를 열었다. 귀에 대고 상대편의 말을 듣더니 갑자기 벌떡 일어났다.

[미안, 힌디라. 바빠서 말이지.]

윙크 한 번, 씩 웃어주는 미소 한 번에 울컥하던 힌디라의 심장이 멈추었다. 볼이 발그레해졌다. 로비 라운지를 나가 버리는 그를 바라보며, 그녀는 어느새 허락의 의미로 고개를 끄덕이고 있었다. 저렇게 이기적이고 제멋대로라니! 하지만 너무 멋있잖아! 매력적이잖아!

화낼 기회를 잃어버리고, 신경질 부릴 마음마저도 그만 녹아 버렸다. 늘 저런 남자인걸. 하지만 오늘은 한 시간이나 같이 있어주었다.

힌디라는 홀로 남아 콤팩트를 열었다. 새치름하게 솟은 콧등을 토닥거렸다. 그리고 기자들이 백만 불짜리라고 칭송해 마지 않는 속눈썹을 찡긋거렸다. 대체 그는 왜 이토록 아름다운 그녀더러 결혼은커녕 원한다는 말조차 해주지 않는 것일까?

'아, 피곤해.'

호텔로 들어서는 순간 서린의 뇌리 속으로 스치던 생각이었다. 이 댓새 동안 특별기는 대통령의 일정에 맞추어서 델리에서 뭄바이. 뭄바이에서 방갈로르로, 마지막으로 첸나이까지 갔다가 세 시간 반 동안 비행하여 다시 델리로 돌아왔다. 이날은 대통령의 인도 방문 마지막 날이었다. 내일은 네팔의 수도 카트만두로 이동할 것이다.

하루 종일 긴장한 탓인지 너무 피곤했다. 빨리 샤워를 하고 잠부터 자고 싶었다. 내일도 이른 새벽부터 바쁠 것이다.

호텔 문을 들어서던 서린과 로비 라운지에서 걸어나오던 남자가 지나쳐 엇갈렸다. 일 미터쯤 걸어가던 그 남자가 문득 발걸음을 멈추고 뒤돌아보았다.

[혹시, 당신?]

[앗, 타다 회장님.]

무심코 고개를 돌렸던 서린 또한 깜짝 놀라고 말았다. 말을 걸어온 그 남자가 낯익었다. 같이 비행기를 타고 온 타다 회장, 바로 그 사람이었다.

격무 중 망중한인가? 지난번의 양복 재킷 차림과는 달리 오늘은 한가로운 휴양지에서 만날 법한 그런 편안한 옷차림을 하고 있었기에 미처 알아보지 못할 뻔했다. 그 남자는 서린을 바라보며 반가운 미소를 감추지 않았다.

[이곳에 모임이 있었어요. 흠. 이렇게 다시 만나다니 정말 반가운 우연이로군.]

[다시 뵙게 되서 반갑습니다.]

[지금 첸나이에서 돌아오는 길?]

한 대통령이 한국의 영대 자동차 공장이 있는 첸나이를 방문했다는 기사는 오늘 아침 조간의 머릿기사였다. 서린이 고개를 끄덕였다.

[그렇습니다.]

[그렇군. 다시 만나다니 반가워요. 좋아, 이것도 인연인데. 어때요? 저녁 식사라도?]

[죄송합니다. 일행이 있어서 개별 행동을 할 수 없습니다.]

저만치 선 일행들이 그들을 빤히 바라보고 있었다. 서린의 투명한 얼굴에도 그의 초대 따윈 전혀 반갑지 않다는 표정이 떠올라 있었다. 잔뜩 긴장하고 경계하는 빛만 역력했다. 그렇다고 해서 원하는 바를 이루지 못할 이유가 없다.

[저런, 그쪽은 나에게 약간의 빚을 가지고 있는 것으로 아는데?]

라탄은 빙글빙글 웃으며 서린의 죄책감을 자극했다. 비행기 안에서 포도주를 쏟아 옷을 버린 일을 말하는 것이었다. 씩 웃으며 나른하게 속삭이는 그의 말에 서린은 무척 당혹스러워하는 표정이었다. 당장에라도 도망을 가려는 얼굴이었다. 라탄은 얼른 작전을 바꾸었다.

[아, 농담이야. 어때요, 호텔 로비에서 차 한 잔 정도는? 그 정도면 부담 가질 필요가 없을 것 같은데?]

말간 유리 같은 여자. 마음의 감정이 한꺼번에 그대로 드러나는 얼굴. 손을 들어 서늘하면서도 부드럽고, 깨끗한 얼굴을 만져 보고 싶었다. 다른 날이었다면, 다른 여자였다면 망설이지 않고 그렇게 했으리라.

하지만 라탄은 자꾸만 그녀로 향하는 손길을 억지로 멈추었다. 그렇지 않아도 경계와 거부의 벽을 잔뜩 세우고 있는 이 여자에게 예전의 다른 여자들에게 그랬던 것처럼 함부로 대했다간 당장 도망치고 말리라.

서린이 잠시 양해를 구하고는 함께 들어온 승무원 일행들 쪽으로 다가갔다. 제일 나이 많아 보이는 남자, 책임 매니저인 듯해 보이는 사람에게 무어라고 말하고 있었다. 그가 고개를 끄덕였다. 괜찮다는 뜻이겠지.

서린이 다시 돌아왔다. 예쁘게 웃고 있었다.

[하지만 딱 십 분만이라고 하시네요.]

라탄은 커피숍 창가 쪽, 비워진 자리로 그녀를 데려갔다. 일부러 비워달라고 부탁해 놓은 자리였다. 그의 모습이 보이자마자 웨이터가 예약석이라 적힌 종이 표시판을 슬쩍 치워 버리고 있었다.

[뭄바이는 어땠어요? 델리보다 낫던가요? 참, 첸나이도 멋지지.]

서린이 봄꽃처럼 곱게 웃었다. 동시에 남자의 심장에도 생명의 고동이 다시 시작되고 있었다.

[전부 다 아름다운 곳입니다. 델리는 고색창연하고, 뭄바이는

현대적이었고 해변이 아름다웠어요. 첸나이 역시 약동하는 기운이 느껴졌구요. 저는 뭄바이가 가장 마음에 들었답니다.]

웨이터가 다가와 고개를 숙였다.

[마하라자 타다. 뵙게 되어서 영광입니다.]

[날씨가 좋군, 라메시. 난 짜이를. 숙녀 분은?]

[전 라임주스를 마시겠습니다.]

서린이 대답했다. 주문을 마치고 라탄은 서린을 똑바로 바라보았다.

[내일 카트만두로 가는 건가요?]

[그렇습니다.]

[이 밤이 그럼 인도의 마지막 밤이 되겠군. 그보다, 이름이 어떻게 되지요?]

이미 알고 있는 사실, 그러나 그녀는 그가 자신을 알고 있다는 사실을 꿈에서조차도 모르고 있을 것이다.

[이서린. 이름은 서린이고, 성이 리예요.]

[서린. 예쁜 이름이군, 당신 모습만큼이나. 나는 라탄이라고 합니다.]

[알고 있습니다, 타다 회장님.]

대통령 못지않은 VIP였으니, 십중팔구 그녀도 자신에 대한 브리핑을 받았을 것이다.

[아, 너무 딱딱해. 라탄이라고 이름을 불러주면 좋겠군요.]

그녀는 대답하지 않았다. 바깥의 붉은 꽃에 관심을 두는 척했다. 거절의 의미. 하지만 그것에 굴할 라탄은 아니었다.

두 사람이 주문한 음료수가 테이블 위에 올려졌다. 그럼에도 그녀는 내내 그를 바라보지 않았다. 유리잔에 응결된 차가운 이슬만 바라보고 있었다.

라탄 역시 침묵했다. 굳이 말할 필요가 느껴지지 않아서였다. 그녀의 모든 것은 눈이 즐거운 아름다움이었다. 침묵 속에서 그녀를 바라보는 것으로도 충분히 만족스러웠기 때문이다.

그는 예술가의 눈으로 앞에 앉은 여자를 찬찬히 뜯어보았다. 단아한 이마며 유려한 목선. 오밀조밀 제자리를 잡은 이목구비. 투명한 영혼이 그대로 드러난 것 같은 새카만 눈동자가 특히 인상적이었다. 어떤 남자도 저 눈동자에 한 번 빠지면 다시는 헤어나지 못하리라. 충동적으로, 열망에 휩싸여 라탄은 불쑥 내뱉고 말았다.

[서린, 당신을 좀 그려도 되겠습니까?]

주스 잔에 멈추어 있던 맑은 시선이 비로소 라탄에게 머물렀다.

[네?]

[당신 모습을 그려보고 싶어서.]

[그림도 그리세요? 회사를 경영하시는 것으로 알고 있는데요.]

서린의 말간 얼굴에 놀라움이 번졌다. 철강 회사 오너라는 직업을 가진 그와 그림이라는 취미는 절대로 어울려 보이지 않을 것이다. 라탄이 그림을 그린다는 것을 알게 되면 대부분의 사람들은 그러한 반응을 보였었다.

[아름다운 것을 표현하는 것은 생활의 활력소가 되니까.]

지금껏 굳어 있던 서린의 얼굴이 살짝 풀렸다. 호의에 가까운 미소가 살짝 머금어졌다.

[멋지네요. 좋은 취미 생활 같아요.]

좋은 취미 생활?

라탄은 대답 대신 멀찍이 대기하고 있던 경호원에게 종이와 연필을 가져오게 했다. 종이로 힐쭉거리는 미소가 잠긴 얼굴을 적당하게 가렸다.

'나신의 여인을 그리는 것은 언제나 새로운 활력소가 되긴 하지.'

그로부터 반 시간.

라탄은 내내 고개를 숙이고 서린의 모습을 크로키 하는 데만 몰두했다. 그가 원한대로 서린은 두 손을 다소곳이 모은 채로 창밖만 바라보고 있었다.

[자아, 끝났습니다.]

라탄은 지금껏 스케치한 그림 한 장을 서린에게 내밀었다. 두 손을 받아 든 서린의 얼굴에 미소가 번졌다. 기내에서 서비스를 할 때 짓던 의례적인 것과는 또 다른 색의 미소였다.

다홍빛 달콤하고 순진한 입술 위에 떠오른 햇살같이 행복한 미소. 바라보는 사람까지 도취하게 만드는 아름다움이 라탄의 가슴에 물결치며 내려앉았다.

이토록 청순하게 맑게 미소 짓는 여자는 처음이었다. 나의 라다. 언제쯤 내게도 그런 미소를 선물로 줄 수 있을까? 저런 웃음을 평생 곁에 두는 남자의 기분은 어떨까? 영원히 소유할 수 있다면 얼마나 행복할까? 세상이 충만하고 꽉 차 있을 것이다. 심장에 버석거리는 모래알 따위는 쓸려 나가고 말 것이다.

[이건 내 몫.]

그는 나머지 한 장의 그림을 그녀에게 보여주지 않고 감추었다. 서린의 눈이 동그랗게 변했다. 가벼운 앙탈을 부렸다.

[어, 그것도 보여주세요.]

[싫어요.]

라탄은 미소 지으며 가볍게 고개를 끄덕였다. 한국인들은 거절할 때 고개를 좌우로 흔든다. 하지만 인도인은 거부할 때 고개를 끄덕인다. 그것을 알지 못한 서린이 허락의 의미로 알아듣고 손을 내밀었다가 민망한 표정을 지었다. 그러면서도 몹시나 궁금한지 다시 한 번 졸랐다.

[보고 싶어요. 저의 모습인데, 보여주지 않는 건 불공평하죠.]

[그린 사람의 마음이죠.]

두 사람은 소리 내어 같이 웃었다. 남자는 행복, 했다. 십여 년 만에 진심으로 웃어본 것이다. 서린이 자신의 손에 들린 그림을 소중하게 쓰다듬었다.

[정말 특별한 경험이에요. 감사합니다. 평생토록 잊지 못할

것 같습니다.]

[뭐, 특별한 것이 예고하고 찾아오는 건 아니니까.]

[네에?]

라탄이 씩 웃었다. 자신이 내뱉은 말의 뜻을 열심히 헤아리는 서린의 표정 따윈 모르는 척 무시해 버렸다.

[당신을 다시 한 번 그릴 수 있다면 좋겠어요. 서린은 좋은 모델이야.]

[말씀만으로도 감사합니다.]

다시 돋아나는 투명하고 순진한 미소가 어쩐지 미웠다. 검붉게 타고 있는 남자의 마음이란 전혀 모르고 그렇게 맑게 웃는 이 여자가 갑자기 죽도록 미웠다. 이 웃음은 아직 그의 것이 아니었다. 그래서 끔찍하도록 화가 났다.

[내가 가장 좋아하는 것은 아름다운 여인의 나신을 그리는 것.]

느닷없이 내뱉은 그의 말에 갑자기 서린의 얼굴이 새빨개졌다. 모욕을 느꼈는지, 자극을 느꼈는지 알 수 없었다. 라탄은 서린의 눈을 똑바로 응시하며 유혹하듯 속삭였다.

[언젠가 당신의 모습을 그리고 싶군.]

너의 나신을. 내게 안겨 희열을 앓고 난 후, 붉어진 몸과 마음을 그리고 싶어. 나로 가득 찬 네 몸과 영혼을 그릴 수 있다면 얼마나 좋을까?

[타다 회장님, 시간이 너무 지체되었습니다. 죄송하지만 전

그만 일어나겠습니다.]

　그의 눈빛이 암시하는 것을 읽은 것이 분명했다. 서린이 발딱 일어났다. 하얀 얼굴이 홍당무가 되어 있었다. 서린이 카운터로 다가가는 모습을 보며 라탄은 미소 지었다. 이미 경호원이 계산을 끝냈을 것이다. 그는 천천히 그녀에게로 다가갔다. 역시나 서린이 어쩔 줄 몰라 하고 있었다. 커피 값으로 빚을 갚고, 그것으로 인연을 끝내리라 했던 것이 어긋난 것이다.

　[저어, 커피는 제가 사기로 했었는데, 어찌 된 일인지 모르겠어요. 이미 계산이 되었다고 하는군요.]

　[그럼 저녁을 사요, 서린.]

　서린은 입술을 깨물었다. 잠시 망설이는 얼굴이었으나 단호하게 고개를 흔들었다.

　하지만 그 정도에서 단념할 그가 아니었다. 호텔을 빠져나온 라탄은 차에 올라타며 아시프를 돌아보았다.

　[오늘 밤, 시리람에 좌석 예약해. 코리아나 승무원들 전부에게 초대장을 보내도록.]

　[알겠습니다.]

　그리고 나서 라탄은 휴대전화를 눌렀다. 호텔의 지배인은 그의 목소리를 듣고는 깜짝 놀란 기색을 감추지 않았다. 긴장한 채 물어왔다.

　―[영광입니다, 마하라자 타다. 우리 호텔에서 무슨 불편하신 점이라도?]

[아냐, 지배인. 거기 묵고 있는 한국 코리아나 항공사 팀장과 통화하고 싶은데…….]

"서린아, 씻어. 그리고 오늘 밤은 푹 자보자."

같은 방을 쓰는 혜전 선배가 수건으로 젖은 머리카락을 털며 욕실에서 나왔다. 창가의 안락의자에 푹 하고 파묻히는 혜전을 바라보며 서린은 그녀를 살짝 놀렸다.

"역시 피곤하신 거예요. 강철 체력 혜전 선배도 어쩔 수 없는 거예요. 네?"

"긴장해서 그런 거지, 이 사람아. 내일은 또 새벽부터 바빠지더라도 오후부터 저녁까진 푹 쉴 수 있잖아. 기분 좋아. 자, 난 우리 귀여운 아가야랑 전화질 좀 할 테니 시원하게 씻으라구."

이날, 인도에서의 마지막 밤이라는 것에 감상적인 기분이 되었는지도 모른다. 그 때문인지 늘 단정하고 칼날같이 긴장을 늦추지 않던 혜전 선배조차 나른하게 풀려 있었다. 그녀가 전화기를 드는 것을 바라보다가 서린은 욕실로 들어갔다.

피로한 알몸에 부딪치는 따뜻한 물줄기가 자신을 위로해 주는 것 같았다. 눈을 감고 그 감촉을 즐겼다.

'그 남자를 다시 만나다니. 정말 우연이지 뭐야?'

갑자기 서린의 팔뚝에 자잘한 소름이 끼쳤다.

타다그룹의 회장. 자신을 라탄이라고 부르라고 했지.

엄청난 권력과 부를 지닌 사람답지 않게 잠시 스친 사람의 얼굴까지 기억하는 것 보면 뜻밖에도 다정하고 소탈한 사람 같기는 했다. 변함없이 사람의 심장을 쪼개는 그 미소. 아름답고 매혹적인 그 남자의 얼굴을 떠올리자, 이제는 팔뚝만이 아니라 온 나신에 서늘한 냉기가 돋았다. 하지만 그건 심장 깊은 곳에서 타오르는 이상한 열기의 반동이기도 했다.

'그림을 그리는 사람이라니. 정말 의외였어.'

별다른 고민을 하는 기색도 보이지 않았다. 어린아이가 낙서하듯이 슥슥 그려 내리고 있었다. 그럼에도 불구하고 그가 건네준 스케치는 미술에 문외한인 서린이 보아도 깜짝 놀랄 만큼 유려하고 근사했다.

라탄이 그린 이서린은 다소곳하지만 아주 대담하고 유혹적인 눈동자를 가진 처녀였다. 서린 자신이 아니라 전혀 다른 존재를 보는 듯했다. 그 남자의 눈에 그녀는 그런 이미지로 보이는 모양이다.

'하지만 여인의 나신을 그리는 것을 좋아한다니, 뭐야? 사람을 놀리는 것도 아니고……. 어떻게 처음 만난 여자더러 당신의 나체를 그리고 싶다고 말할 수가 있어? 여하튼 인도 남자들이란! 느끼하고 징그러워.'

서린은 물줄기 속에서 입술을 삐죽였다. 한국 남자라면 절대로 하지 못할 말이다. 그런데도 안색 하나 변하지 않고 능청맞게 들이대는 그 뻔뻔함이라니. 기가 막히다 못해 당황스러워 어떻게 수습할 수가 없을 지경이었다. 여하튼 인도 남자들은 어쩔 수가 없다. 본성 자체가 느끼하고 징그럽게 태어난 모양이다.

'다시는 못 볼 사람인데 그만 미워해야지. 그 인간이랑 언제 다시 만나겠어? 세상에 그런 인간들도 있다고 생각하자고. 현조 오빠한테 말할 거리가 또 하나 생겼는걸.'

샤워를 마치고 가운 차림으로 나가니, 막 수화기를 내려놓고 있던 혜전 선배가 서린을 돌아보았다. 흥분한 기색이 역력했다.

"이서린 씨, 멋진 일이 생겼어."

"네에?"

"첫날 올 때 우리가 서비스한 사람 있지? 인도 타다그룹 회장님. 아까 너랑 만났던 그 남자."

"네."

"끝내준다! 야아, 그 사람이 우리 승무원들더러 고생 많다고, 오늘 밤 시리람 극장의 디너쇼에 우리 전부 다 초대해 주었단다. 방금 매니저님께서 연락하셨어. 여섯 시 반까지 정장 차림으로 로비에 모이라고."

"정말이에요?"

"그래, 정말 근사한 일이지 뭐야! 시리람 디너쇼는 비싸기도 하지만 어지간한 사람은 표도 구하기 힘든대. 어서 준비해."

대체 그 남자는 얼마나 통이 큰 거지? 대체 얼마나 돈이 많은 거지? 기장들까지 해서 거의 스무 명이나 되는 사람들 전부를 디너쇼에 초대해 주다니.

하지만 즐겁다기보다는 되레 불편함이 더해졌다. 아까 그가 던진 은밀한 유혹을 읽지 못했다면 서린은 바보천치거나, 여자가 아니다. 만약 그 남자와 다시 연결되는 일이라면 이 밤의 즐거움이 아무리 찬란하다 해도 별로 기꺼울 것 같지 않았다.

"전 피곤해서 안 가고 싶은데요."

"애가 무슨 말을 하고 있어? 초대받은 자리에 품위있게 행동하는 것도 우리의 의무야. 잔소리 말고 빨리 준비해."

이미 서린 혼자의 반대나 거부는 가능하지 않은 상황이었다. 결국 마지못해 반 끌려가다시피 서린은 혜전 선배를 따라 로비로 내려갈 수밖에 없었다. 이미 호텔 문 앞에는 일행들을 극장으로 모시기 위해 으리으리한 대형 승용차가 몇 대나 기다리고 있었다.

[타시죠.]

아무것도 모르고 혜전 선배를 따라 차에 타려던 서린의 팔을 비서가 살짝 잡아 저지했다.

[다음 차를 타시지요. 좌석은 넉넉합니다.]

비서가 다음 차의 문을 열었다. 주저할 사이도 없이 그가 서린의 등을 살짝 밀어 넣었다. 이런 법이 어디 있느냐고 항의를 할 사이도 없었다. 그녀가 타자마자 누구도 그들을 방해하지 못하게 비서가 바깥에서 차 문을 닫아버렸다. 이내 차는 부드럽게 움직이기 시작했다. 그리고 그 차 안에는 이미 한 사람이 타고 있었다.

[어서 와요, 서린.]

아까와는 달리 말쑥한 회색 양복 차림을 한 라탄이 거기 앉아 있었다. 다리를 꼰 채 씩 웃고 있었다. 짙은 색으로 선팅이 된 리무진이었으므로 어느 누구도 그 차 안에 라탄이 미리 타고 있었다는 것을 알지 못했다. 서린이 깜짝 놀란 건 당연했다.

[타다 회장님!]

[시리람의 공연은 우리나라의 자랑거리죠. 어때요? 내 선물이 마음에 들었나요?]

그의 깊고 신비로운 눈이 웃음기 가득한 채 춤을 추고 있었다. 아직도 놀란 심장의 고동 소리는 가라앉지 않았지만, 일단 예의는 차려야 한다. 서린은 고개를 숙였다.

[감사합니다. 모든 분들이 즐거워하시고 기대를 많이 하고 있더라구요.]

[델리의 마지막 밤이 여러분들에게 아름다운 추억이라면 나로서도 기분 좋은 일이지요.]

그가 팔을 내밀어 옆에 놓여 있던 꽃다발을 건네주었다. 심장 속에서 뛰노는 핏빛처럼 붉은 장미꽃이었다.

[사실은 당신에게 연꽃을 선물하고 싶었는데.]

[연꽃을요?]

[우리나라의 국화(國花)가 연꽃이거든요.]

아름다운 남자의 매혹적인 미소가 장미꽃보다 더 짙은 향기를 내뿜었다. 순진한 처녀의 호흡을 막히게 만들었다.

[장미를 좋아해요?]

눈을 둘 곳이 마땅치 않았다. 서린은 괜히 꽃다발을 들어 향기를 음미하는 척했다. 그런 그녀를 물끄러미 바라보고 있다가 라탄이 불쑥 물었다. 서린은 고개를 흔들었다.

[사실은 들판에 무작정 피어 있는 들꽃들을 제일 좋아합니다.]

[그렇군.]

갑자기, 그가 운전석을 가린 등받이를 똑똑 두드렸다. 인터폰으로 운전기사의 목소리가 흘러나왔다.

—[예, 회장님.]

[차 세워.]

갑자기 굴러가던 승용차가 멈추어 섰다. 라탄이 차 문을 열고 바깥으로 나가 버렸다. 말릴 사이도 없었다. 대체 왜 저러는 거지? 의아해진 서린은 멍하니 차창 밖을 바라보며 앉아 있을 수밖에 없었다.

복잡한 차도에서 갑자기 대형 승용차가 멈추어 서버렸으니 그 일대의 도로가 삽시간에 혼란에 빠져들고 있었다. 주변의 차들이 신경질적으로 내쏘아대는 비난의 경적 소리, 경찰관들의 호루라기 소리들이며 오토릭샤와 사이클 릭샤들이 엉킨 실 뭉치처럼 도로에서 한 덩어리가 되었다.

그러거나 말거나 달리던 차를 세우고는 유유히 빠져나간 그 남자, 서두르는 기색 따위 조금도 없었다. 성큼성큼 무단횡단까지 하더니, 저만치 거리 모퉁이에서 꽃을 파는 여인에게로 다가갔다. 팔고 있는 꽃 한 다발을 사 들었다. 긴 다리로 다시 걸어 차로 돌아왔다. 바깥에 선 채 차 문을 열고는 안에 앉은 서린에게 불쑥 내밀었다.

[받아요.]

붉고 하얗고 노란 꽃들, 뜨거운 남국의 햇살 아래에서 반쯤 시들어가고 있는 그 꽃들은 인도 어디에서든 볼 수 있는 평범한 들꽃들. 선물이라고 내밀기에 민망하리만큼 초라한 꽃다발이었다. 하지만 아직도 강한 향기를 풍기고 있었다. 라탄과 서린의 눈이 허공 어디쯤에서 조용히 마주쳤다.

[당신이 좋아한다는 들꽃이야.]

받지 않는다면, 꽃을 든 그 손을 내민 채 언제까지나 기다리고 서 있을 것 같았다.

이 남자는 왜 이러는 걸까? 무엇을 바라는 걸까? 조금은 떨면서 그의 시선을 외면한 채, 서린은 마지못해 두 손으로 라탄의 손에 들린 꽃다발을 받아 들었다.

꽃을 준 남자가 꽃을 받은 여자에게 건네준 꽃다발의 향기처럼 밝고 환하게 미소 지었다.

그가 다시 차에 올라탔다. 주변에서 무어라 소리치고 웅얼대고 욕을 하든 말든 전혀 신경 쓰지 않는다는 태연한 표정이었다.

다시 두 사람을 태운 검은 롤스로이스는 천천히 움직이기 시작했다. 눈을 어디에다 두어야 할지 알 수가 없다. 서린은 그가 준 초라한 들꽃 다발을 노려보며 나지막이 말했다. 그건 일종의 비난이었다.

[한국에서 이런 짓을 하면, 교통 방해로 유치장에 끌려가요.]

그가 씩 웃었다. 두 손을 들어 보였다.

[바다도 가르고, 하늘의 태양도 멈추게 한 모세도 있어요. 이삼 분 정도 차를 멈추게 한 내 행동쯤이야 뭐, 별거라고.]

널 얻기 위해서라면 무슨 짓이든 해. 그가 하지 않은 마지막 말은 바로 그것.

라탄이 차 안에 설치된 미니 냉장고를 열었다. 서린을 건너다보았다.

[와인? 음료? 아니면 생수? 갓 만든 라시도 있는데.]

[감사합니다. 물을 마시겠습니다.]

그가 작은 블링 생수병을 건네주었다. 목이 자꾸만 탔다. 물을 마시면서도 서린의 마음은 여간해서는 안정되지 않았다. 그들이 탄 차가 너무 호화스럽기도 했거니와 이렇듯이 밀실과도 같은 차 안에서 불편한 남자와 단둘이라는 것이 정말 견디기 힘들었다.

심란한 기색이 고스란히 얼굴에 드러났다 보다. 그가 약간 눈썹을 찡그리며 물었다.

[불편해요?]

[네? 네. 아, 아닙니다.]

[불편해하는군.]

그가 단언했다. 두근거리는 심장을 꿰뚫어 보는 듯한 시선을 마주치는 것이 더 이상은 견디기 힘들었다. 서린은 억지로 그를 외면한 채 시선을 창밖으로 돌렸다.

그녀를 놀리고 자극하는 것이 재미있을까? 뒷목덜미 솜털까지 곤두서게 할 정도로 나른하고 들큰한 음성이 그녀의 뒤통수를 때렸다.

[무엇이 불편한 거지? 이 자리가? 아니면 나란 존재가 불편한가?]

[부, 불편하지 않습니다. 다만.]

[다만? 다만, 그리고 그 다음엔 뭐요?]

[……저는 이런 상황이 익숙하지 못합니다. 회장님처럼 대단하신 분과 단둘이 차를 타고 가는 일이라니. 저 같은 올챙이 승무원에게는 일생에 한 번 일어날까 말까 하는 일이거든요. 긴장한 것을 이해해 주십시오.]

[그래서 또 내 바지에 와인을 쏟을까 봐 두려운가 보군.]

서린의 볼이 그만 붉어졌다. 이제는 따질 수 있다. 서린은 능글거리는 라탄을 노려보았다.

[실례지만요, 그때 저의 실수도 있었지만 회장님도 약간은, 일부러 그런 것은 아닐까 하고 적잖은 의심이 듭니다.]

[내가 왜 당신을 일부러 곤경에 빠뜨렸겠어요? 그건 당신의 망상입니다, 서린.]

[진심입니까?]

[당연하지요. 난 여자를 울리는 것에 별로 관심이 없어요. 오히려 곤경에서 구해주는 것에 관심이 많지.]

[백기사 노릇을 좋아하시는군요.]

[설마.]

라탄이 나른하게 팔을 뻗어 뒷목 아래에 댔다. 천장을 바라보며 중얼거렸다.

[백기사라니, 사람을 무시해도 유분수이지. 내가 그렇게 멍청한 짓을 할 것 같아?]

[네?]

[곤경에 빠진 여자를 구해주는 건 나쁘지 않지만 난 언제나 정확한 대가를 요구하는 편이지. 착한 건 대가 없이 주는 사람을 말하는 거고. 사악한 흑기사라고 불러줘요.]

자신이 착하지 않다, 라고 말하는 사람치고 정말 착하지 않은 사람을 본 적이 없다. 그만 서린의 입술에 미소가 그려지고 말았다. 입술을 삐죽 내밀고 자신은 나쁜 남자라고 말하는 남자의 모습이 어쩐지 무척 귀여웠기 때문이다.

[웃는 게 꽤 예쁘군.]

너무나 한가롭게 뇌까리는 목소리가 비단 같았다. 다시 시작된 유혹의 건드림, 거부할 수 없는 촉수 앞에서 서린의 입술에 묻었던 미소가 굳어져 버렸다.

[그 미소, 다른 남자들 앞에서도 짓는다 생각하니 기분이 무척 나빠. 왜 그럴까?]

두 사람의 시선이 풀 수 없는 매듭처럼 엉켰다. 겨우 일이 초였지만, 두 사람에게는 무한처럼 길었다. 이번에도 서린이 먼저 시선을 거둬들였다. 긴 속눈썹 아래로 떨리는 마음을 감추었다. 운전석과 뒷좌석을 가로막는 차단막만 바라보며 나직하게 중얼거렸다.

[제게, 왜 그런 말씀을 하시는지 모르겠습니다.]

[설마 몰라서 묻는 건 아니겠지?]

[회장님 같이 엄청난 분이 저같이 보잘것없는 사람에게 왜 관심을 가지시는지 이해하지 못하겠습니다.]

[왜 자신을 보잘것없다고 표현하지요?]

[모든 것이 모자라니까요. 전 아무것도 가진 것 없고, 아무것도 아닌 사람입니다. 회장님께서 유난한 관심을 보이실 만큼 특별한 사람이 아닙니다.]

[당신, 아주 큰 착각을 하고 있군.]

[네?]

다시 그들의 시선이 마주쳤다. 라탄이 씩 웃었다.

[특별함을 타고난 사람이 없어요, 서린. 그를 특별하게 여기는 사람이 있다면 누구나 특별해지지.]

[설마…… 제가 회장님께 특별한 사람이 되었다고 말씀하실 참이십니까?]

[그러면 안 되나요?]

[이제 겨우 두 번 만났습니다. 저에 대하여 회장님께서 특별

함을 느끼실 만한 기회도 없었고, 제가 그런 기회를 드린 적도 없는데요.]

순진하고 소극적일 것이라 생각했는데 뜻밖에도 야무졌다. 서린이 딱 부러지는 목소리로 그의 유혹을 잡아 내동댕이쳤다. 그렇다고 해서 물러설 라탄이 아니었다.

[첫눈에 반한다는 말을 믿지 않는가 보군?]

남자와 여자 사이에 벌어지는 특별한 일은 일 초면 충분해. 그는 속으로 뇌까렸다. 눈 한 번 마주쳐도 마음이 오가고 그 마음에 일생을 걸 수도 있지. 필요하다면.

[설마 타다 회장님께서 저에게 첫눈에 반했다는 말씀을 하시려는 겁니까?]

[그러면 안 되나?]

[듣지 않은 것으로 하겠습니다. 그런 환상, 저는 믿지 않거든요.]

[왜?]

[그런 일은 실제로는 일어나지 않으니까요.]

[어떻게 그토록 강하게 확신하지?]

[만약 첫눈에 반하는 사랑이 있다 해도, 그건 이미 저에게 일어났기 때문입니다.]

자랑스럽지도 않고, 주장하는 것도 아니었다. 그냥 담담한 사실을 지적하는 것이었다. 서린이 엷게 미소 지었다.

미리 알지 말았어야 할 보고서의 내용이 저절로 떠오르고 있었다. 〈우현조라는 남자와 약혼 중.〉 분명 그 남자를 생각하고 있는 거지. 라탄의 가슴 한쪽이 어둡게 비틀렸다.

[첫눈에 반해 일생을 거는 사랑이 두 번씩이나 일어난다면 그건 둘 다 거짓일 테니까요.]

라탄의 미소가 얼어붙었다. 서린의 곧은 눈동자는 오직 진실, 그것만을 말하고 있었다. 그녀의 사랑은 절대로 그가 될 수 없다는 확고한 거절이었다.

[설사 회장님의 마음이 진실이라 해도.]

[이유를 물어도 될까요?]

[약혼자가 있습니다. 사랑하고 있어요. 내년에 결혼할 예정입니다.]

라탄의 시선이 치마 위에 곱게 놓인 서린의 손으로 다가갔다. 가느다란 실반지가 왼손 약지에 끼어져 있었다.

[그렇군. 약혼반지였어. 장식이 전혀 없는 것이기에 의미없는 것으로 치부해 버렸지.]

[저같이 모자란 사람을 곱게 보아주셔서 감사하게 생각합니다만, 거절할 수밖에 없습니다.]

방해꾼이 있다 해서 원하는 여자를 얻지 못했던 적이 있던가?

그의 라다가 다른 사내의 여자라는 것을 절대로 인정할 수 없었다. 아니, 설사 다른 남자의 여자라 해도 갖고 말 것이다. 그의 유혹 앞에서 끝까지 저항하고 거부한 여자가 있었던가. 남편이 있는 여자까지도 그가 한 번 웃어주면 제 발로 달려와 품에 안기곤 했다.

[죄송합니다.]

서린이 고개를 푹 숙였다. 잘못한 것은 없는데도 죄인인 양 불안한 얼굴이었다. 그를 거절하는 것이 아쉬워서가 아니라, 누군가에게 조금이라도 마음의 상처를 준 것에 미안해하는 듯했다.

[죄송하다고까지 할 것은 없을 것 같은데, 서린.]

기회는 만들면 있는 거지. 라탄은 오늘은 이 정도로 해서 물러서기로 했다. 그녀의 조심성과 경계를 조금은 무디게 할 필요가 있다. 일부러 쾌활하게, 유쾌한 농담처럼 말을 이었다.

[거절당했는데 왜 슬프지 않을까? 그렇다면 이건 어때요, 우리가 친구가 되는 것은?]

[친구라고요?]

[약혼자가 있다니, 어쩔 수 없잖아. 내가 당신의 연인은 될 수는 없겠지만, 친구가 되는 것은 상관없지 않을까?]

서린은 쉽사리 대답하지 않았다. 아니, 하지 못했다.

[그것도 거절하는 건가?]

라탄의 성마른 침묵 안에서 서린 역시 억겁 같은 침묵뿐이었다. 꽉 쥔 주먹 안에서 땀이 배어나왔다. 그녀가 이것마저 거절한다면 어찌할까. 최악의 경우를 생각했다. 이대로 차머리를 돌리게 해 집으로 납치를 해버릴까? 심지어 그런 극단적인 생각마저 하고 있었다.

라탄에게는 영원처럼 느껴지는 시간이 흘렀다.

[친구라, 그건 나쁘지 않네요. 네, 그렇게 해요.]

한참 망설이던 서린이 마침내 대답했다. 꽃잎이 벌어지듯 분홍빛 입술이 미소를 머금었다.

[좋아요. 그럼 당신이 델리에 오면 내게 연락하는 거야. 대신 내가 한국에 가면 친구 해줘. 어때요?]

[네, 괜찮습니다. 서울에 오시면 꼭 연락하세요. 멋진 데로 모실게요.]

그만하면 그를 잘 잘라냈다고 믿은 모양이다. 서린의 얼굴에 서렸던 긴장이 어느덧 사라지고 있었다.

말은 그리했어도 라탄이 서울에 나타날 일이 얼마나 되겠는가. 날마다 다른 스케줄로 세계를 누비는 그녀의 입장도 마찬가지였다. 스케줄상 델리에 기착할 일은 그다지 많지 않았다. 너덧 달에 한두 번 정도? 지금은 친구 되자 하였어도, 서로가 다른 세상에서 바쁜 시간을 움직이다 보면 서서히 잊어지겠지. 이름조차 망각하고 말겠지.

좋아. 당신 이제 내 품 안에 들어온 거야. 그녀의 옆얼굴을 바라보며 생각하는 남자의 속셈을 서린은 전혀 알지 못했다.

차가 멎었다. 극장 앞에 도착한 모양이다. 문이 열리기 전 라탄은 기습적으로 서린의 뺨에 가볍게 키스했다. 비단결 같은 피부의 감촉 아래 약탈하려는 자의 교활한 입술이 닿았다. 흔적을 남겼다.

[굿 바이.]

입술 아래서 여린 꽃잎이 바르르 떨며 몸을 말며 단단히 방어벽을 곧추세우는 것이 느껴졌다. 라탄은 그를 밀어내려는 서린의 팔을 살짝 움켜잡았다. 싱긋 웃으며 아주 가볍게 농담조로 말했다.

[이 정도는 친구끼리 할 수 있는 인사잖아요? 마이 프렌드 서린.]

운전기사가 열어준 문으로 서린이 서둘러 내렸다. 거의 도망치다시피 하는 동작이었다. 이내 홀로 남은 라탄을 태운 차는 다시 움직이기 시작했다. 그는 실눈을 감고 미친놈처럼 혼자 실실 웃었다.

아주 짧고 의례적인 입맞춤이었지만 그것에서 느낀 행복함은 그를 거의 황홀지경으로 몰고 갔다.

너무나 사소하고 가벼운 접촉이었지만, 서린의 초록빛 향기가 그를 비에 젖은 나무로 만들었다. 지상의 언어로서는 표현할 수 없는 감정들이 활짝 꽃을 피워 온 우주에다 만다라를 그리고 있었다. 가슴에서 흘러넘친 언어들이 녹아나왔다면 지상에는 꽃이 피고 하늘에는 은하수가 피어올랐을 것이다. 설사 그녀를 안고 침대로 가서 쾌락의 섹스를 나누었다고 해도 이 정도의 깊은 충만감과 만족함을 얻지는 못하리라 생각했다.

[아시프.]

[네.]

라탄은 나직하게 명령했다. 그녀에게로 가는 그를 누구도 막을 수 없다. 방해 요소 따윈 남김없이 제거하고야 말겠다는 의지는 확고했다. 이 세상 그 어떤 자도 그의 라다를 빼앗아갈 수는 없다, 그가 놓아주기 전까지는.

[이서린의 약혼자라는 남자에 대해서 알아와. 전부 다!]

그때까지만 해도 라탄은 너무나 자기중심적이었다. 그는 절대로 서린을 친구의 자리에만 둘 생각이 없었다. 그녀의 약혼자에 대한 것을 알았지만 그 자리에서 무시해 버렸다. 어떤 남자도 그를 이길 수 없다. 너무나 오만하게 자신 같은 사람이 손을 내밀면 서린 또한 아무것도 갖지 못한 평범한 남자 따위는 버리고 이내 끌려오리라고만 믿었다.

진실? 사랑?

비웃음 같은 것이 남자의 미려한 입술 위에 어렸다. 내가 당신을 원해. 중요한 것은 오직 그것.

'절대로 나를 거부하지 못해. 반드시 당신은 내게 오게 될 거야.'

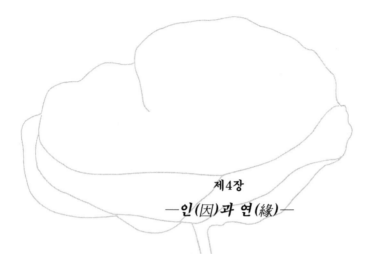

제4장
―인(因)과 연(緣)―

인연은 그렇게 시작되었다. 신이 마련한 숙명. 풀리지 않을 연의 사슬은 윤회의 바퀴를 휘감고 돌아가기 시작하고 있었다.

무심한 시간은 흐르고, 기억은 스러져 간다. 서린은 무사히 코드원 승무원의 임무를 마치고 한국으로 돌아왔다.

변함없이 스케줄 표에 따라 하늘을 나르며 승무원으로서의 본분을 다하는 생활이 다시 시작되었다. 비싼 명품 정장을 산 덕분에 카드 값을 갚느라 허리띠를 졸라매는 일상으로 돌아왔다.

물론 한동안은 그 남자 라탄을 기억했다. 인도와 델리 생각만

하면 본능적으로 떠오르는 건 언제나 아름다운 그 남자였다.

재빨리 망각의 서랍 속으로 밀어 넣었지만, 충격은 충격이었던 거다. 친구라 주장하면서 그가 저질렀던 아주 짧고 무의미한 장난, 혹은 반희롱이 돋을새김으로 심장에 새겨져 버렸다. 아주 잠시 볼을 스치고 지나갔던 그 남자의 입술. 아주 뜨거운 어떤 것이 닿았던 것을 생각만 하면, 살갗이 삽시간에 불에 덴 듯 뜨거워져 갔다.

'맙소사, 그런 남자가 진심일 리가 없잖아.'

첫눈에 반했다고 폭탄선언을 하던 그 남자를 떠올리면, 저절로 쓰디쓴 미소가 배어나오곤 했다.

'뻔한 거였어. 날 하룻밤 상대로 유혹하려 했던 거야. 그렇게 잘나고 엄청난 남자가 한 번 본 하찮은 승무원에게 진심일 리가 없잖아. 약혼자가 있다고 딱 잘라 거절하니, 잘못 짚었다 싶어서 물러난 거고.'

어지간한 사람이어야 상대할 생각이나 하지. 그 남자와 다시 만날 확률은 거리를 걷다가 총에 맞아 죽을 확률하고 똑같은 것이 아닌가.

끔찍하게 아름답고 매력적인 남자란 것은 인정한다. 그런 남자를 구경하는 행운은 인생에 있어 자주 있는 일이 아니잖는가. 하지만 그것은 이미 흘러가 버린 일.

아무것도 달라진 것 없고 아무것도 변한 것 없다. 분주하고 바쁜 일상 속에서 아무리 뚜렷한 기억들이나 사람의 일이라도 서서히 희미해져 가는 것은 당연한 일이다.

인도의 기억. 환상같이 아름답고 기묘한 그 남자 라탄의 이름 또한 이내 잊혀졌다.

그의 라다를 찾은 그 남자가 얼마나 집요하고 교활하며 인내심 강하게 그녀를 사냥할 기회를 노리며 기다리고 있는 줄도 모른다. 그저 그때의 기억, 그 남자의 이름이란 사진 한 장의 무게였다.

코드원의 추억을 되새기게 하는 대통령 내외분과 승무원들과의 단체 기념사진이 화장대 유리 아래 붙어 있다. 라탄과의 기억은 그 사진을 보면서 떠오르는 것만큼 빨리 사라지는 순간의 상념이었을 뿐이다. 적어도 그때까지 서린에게 라탄은 그러한 사소함이거나 부스러기 같은 기억의 파편 정도였다. 다소간 깊이 박혀 아주 가끔씩 따끔거리는 유리 조각 하나 같은 그런……

다섯 달 후, 11월. 서울.

"겨울비라니. 을씨년스러워."

현관을 들어서는 명윤의 머리 위에는 물방울이 맺혀 있었다. 명윤은 승무원들이 돌발적인 사고나 결근에 대비해서 추가 투입을 위해 대기하는 스탠바이 팀에 속해 있었다. 창 너머로 가을을 재촉하는 궂은비가 추적추적 내려치고 있었다. 서린은 명윤에게 수건을 건넸다.

"하루 종일 스탠바이였어?"

"응. 밥 먹고 수다만 떨다가 왔지."

서린은 어젯밤 사이판에서 묵고 오늘 아침에 돌아왔다. 오후에 퇴근한 친구와는 오랜만에 얼굴을 보는 것이다. 스케줄이 각기 다르니 같은 집에 살면서도 얼굴 보기란 하늘의 별 따기였다.

"배고프지? 볶음밥 하고 있어. 먹고 쉬어."

"아이고, 우리 예쁜 서린이. 감사감사. 그나저나 우리 내일 델리지? 오랜만에 같이 비행한다."

"그러게 말이야. 델리에서 시간 좀 남으니까, 우리 타지마할이나 실컷 구경하고 오자."

"좋지. 올해부터 뭄바이까지 취항해서 이제 델리는 잘 안 나와. 기회 될 때 구경해 둬야지."

명윤이 플라잉 백을 거실 소파 앞에 세워두고 제 방으로 들어갔다.

서린은 감자와 양파를 함께 넣고 볶은 걸쭉한 김치볶음 안에 찬밥을 한 덩어리 넣었다. 소금을 넣어 간을 보고는 달걀과 파를 깨뜨려 넣었다. 냉장고에서 깍두기와 피클을 꺼내고 우묵한 접시에 김치볶음밥을 양분해서 담았다. 명윤의 몫에 케첩을 뿌리는 것도 잊지 않았다.

'델리라.'

이상한 일이다. 까마득히 잊고 있었는데, 갑자기 바늘로 문신을 뜨듯 선명한 기억으로 떠오르고 있었다.

라탄, 들꽃을 선물하기 위해서 달리던 차를 세운 그 남자.

따끔, 아랫배 한쪽이 가시에 찔린 듯 아팠다. 며칠 전부터 살짝살짝 신경을 건드리는 미약한 고통. 이국의 그 남자를 생각하는 이 순간, 이상하다. 심장에 선뜻한 찬바람이 분다.

델리라는 말을 들었을 뿐이다. 그런데 왜 새삼스레 심장 한구석에서 그 남자가 나타난 거지? 똬리를 틀고 있는 거지? 다시는 만나지 못할 사람인데. 그 남자야 이미 서린 자신은 까마득히 잊어버렸을 텐데.

'친구 하자 말은 했지만, 어차피 듣기 좋은 인사치레였어.'

보리차를 꺼내려 냉장고를 열었다. 다시 한 번, 송곳 끝으로 아랫배가 긁히는 듯한 아픔이 느껴졌다. 딱히 어디라고 가려낼 수는 없으나, 분명히 존재하는 이 아련함과 불안함의 정체는 무엇인가?

서린의 멍한 시선이 냉장고 문에 닿았다. 라탄이 그려준 그녀 자신의 모습이 거기 붙어 있다. 유혹의 눈동자를 가진 서린 자신을 그린 연필 크로키를 바라보며 생각했다.

'하지만 이런 그림을 내게 줄 때 그는 무슨 마음이었을까?'

우연이라 해도 다시는 만날 일이 없을 거다. 그 남자와 서린 자신은 하늘과 땅에 사는 사람들처럼 완전히 다른 세상의 존재들. 허공에 어른거리는 얼굴을 애써 지웠다. 이상한 일이다. 왜 그 남자에 대한 기억이 새삼스레 이토록 강렬하게 떠오를까?

잘 지낼까? 건강할까? 당신도 나를, 기억할까? 내가 당신을 기억하는 것처럼.

인도. 그곳은 끔찍하게 아름답던 그 남자의 기억에 다름 아니었다.

'미쳤어. 나 미쳤나 봐!'

그러다가 서린은 문득 소스라쳤다. 불현듯 현조에게 미안해져서였다. 너무나 사랑하는 약혼자를 놓아두고, 다시는 만나지 못할 이국의 남자를 떠올리고 있는 추태라니.

자신도 모르게 이맛살을 찌푸리고 있었나 보다. 얼굴을 문지르면 욕실을 나오던 명윤이 놀란 얼굴을 했다.

"야, 왜 그래?"

"아, 아니. 그냥. 배가 좀 아파서."

신경 쓸 정도의 아픔은 아니다. 이내 사라지고 마는 둔통을 무시하며 서린은 다시 유리잔에다 물을 따랐다.

"소화제 먹었어? 혹시 생리통 아냐?"

"응, 그럴지도. 이삼 일 내로 할 때이긴 하지. 배고파서 속 쓰린 걸 거야. 앉아, 밥 먹자."

"참, 현조 오빠 시험 언제야?"

"내년 2월. 얼마 안 남았지. 눈에 불을 켜고 맹렬하게 공부하고 있더라고."

"합격하면 결혼 날짜 잡는 거야?"

"그랬으면 하는데⋯⋯. 패스 못해도 아버님이 빨리 식 올리라고 하시네. 내가 그쪽으로 가서 오빠 뒷바라지하면 공부하는 데 더 도움될 거라고."

"그것도 괜찮겠다."

"야아, 내가 직장 그만두는 게 좋아? 결혼해도 당분간은 다녀야 해. 집 살 때까지는 맞벌이해야지."

"집은 무슨? 이 집에서 살 것 아냐? 게다가 현조 오빠네도 넉넉히 밥 먹고 산다며? 집 안 사준대?"

"처음부터 부모님 덕 보지 말자고 오빠랑 이야기했어."

"오호. 장하시구만. 그렇구나. 그나저나 울 엄마가 나보고도 선보라는 거 아냐. 네가 올해 결혼할지도 모른다고 하니까 우리 엄마 급해지셨다."

이번에는 서린의 눈이 둥그레졌다.

"진짜?"

"음. 아직 멀었다고 그러니까, 너 우리 엄마 성질 알지? 냅다 전화기에 대고 '이 가시나가! 니 나이가 몇 살이고? 비쌀 때 팔아치아 뿌야지, 말 안 들으면 콱 고마 쎄리삐!'. 전화로 이러는 거야."

서린의 입에서 쿡쿡 웃음이 새어나왔다. 명윤도 사내처럼 푸핫하하 따라 웃었다.

"진짜 내가 못살아. 창피해서 죽는 줄 알았잖아."

"어떤 남자래?"

"고향은 부산이고 서울서 학교 나와 여기 직장에 다니는 남

자. 대기업 다닌단다."

"오홋, 나가볼 거야?"

"글쎄, 반반이야. 솔직히 말해서 이화명 매니저님이 어제 자기 동생하고 소개팅시켜 준다고 그랬다고. 방송국 PD란다. 그쪽이 더 솔깃해."

"드디어 한명윤 양의 인생에도 햇살이 비치는 것인가?"

"그럼, 그럼. 인생의 절정이지. 외로운 이 몸에게도 드디어 두 남자가 한꺼번에 나타났지. 양손에 떡을 쥔 셈이지."

"계집애야, 밥이나 먹어. 허튼소리 하지 말고."

서린은 한껏 눈을 흘겨주었다. 다시 따끔 아랫배가 바늘에 찔렸다. 대체 왜 이러는 거지? 아무래도 진통제를 한 알 먹어야겠다. 이번 생리통은 다른 때와 달리 이르게 시작될 모양이다.

따져 보니, 근 반년 만에 델리에 온 것이었다.

늘 그렇듯이 공항에 내리자마자 견딜 수 없는 열기와 함께 이상야릇한 향료 냄새가 진동했다. 한국 사람인 서린에게는 그저 멀미 나는 악취거나 노린내에 불과했지만.

거리 가득 넘쳐 나는 노란색 오토릭샤와 사이클 릭샤. 나무 아래, 초라한 처마 밑, 버스 정류장 등 어디든 가리지 않고 드러누운 사람들의 모습은 언제나 똑같았다. 사람과 자동차와 짐승이 한데 어울려 엉켜서는 정상적인 도로의 모습이 아니었다. 거리를 어슬렁거리는 앙상한 모습의 소와 개 떼도 똑같이 비참하기는 마찬가지였다.

그나마 겨울철에 접어드는지라 그토록 짜증나는 인도의 더위도 그럭저럭 견딜 만했다. 선배들의 말에 따르자면 밤에는 긴팔을 입어야 할 정도로 서늘하다고도 했다.

제일 먼저 차가운 물로 샤워부터 했다. 끈적이는 알몸에 서늘한 물이 쏟아졌다. 샤워를 하고 나오니 명윤이 기다렸다는 듯이 졸라댔다.

"서린아, 시내 구경 나가자."

"우리 둘만?"

"뭐 어때? 호텔 근처만 다니면 되잖아. 저녁 먹기 전에 이 근처 시내 구경만 하자."

명윤의 고집이 이겼다. 두 사람은 여권과 지갑만 든 작은 가방을 둘러메고 호텔을 빠져나왔다. 솔직히 둘 다 용기가 없어 먼 데까지는 가지 못하고 호텔 근처만 뱅뱅 도는 수준이었지만 낯선 이국의 도시, 거리를 거닌다는 것 자체가 나름대로 인상적인 일이었다.

"어? 서린아, 저거 맛있을 것 같지 않니?"

호기심 많은 명윤이다웠다. 호텔로 돌아오는데, 명윤이 손짓한 건 토마토와 당근들, 온갖 열대과일들을 쌓아놓고 직접 짜서 주스를 만들어주는 거리의 수레였다. 몹시 맛보고 싶은지 무척 탐내하는 표정이었다.

"야아, 저거 먹다가 배탈 나면 어떡해?"

인도나 중국, 동남아같이 위생을 보장 받을 수 없는 국가로 비행할 때 주입받는 승무원들의 수칙 중 하나. 반드시 호텔이나 고급 레스토랑 이외에는 일절 식사를 하지 않는 것이다. 기장과 부기장은 반드시 호텔에서도 식사를 나누어서 한다. 같은 곳에서 함께 상한 음식을 먹고 문제가 된다면 비행 중 심각한 위험을 초래할 수도 있기 때문이다.

"매니저님 말씀 못 들었어? 지난번에 혜전 선배, 중국에서 양꼬치구이 하나 잘못 먹고 엄청 욕봤대."

"야, 괜찮아. 많이도 아니고 한 잔이야. 이리 와봐."

명윤이 막무가내로 서린의 손을 잡고 수레 앞으로 끌고 갔다.

[이거 얼마?]

남자가 손가락을 세워 보였다. 3루피, 한국돈으로 75원 정도였다. 거의 살 것이 없으므로 인도 돈을 환전한 것이 없다. 서린은 반바지 주머니에 넣어둔 1달러를 그에게 건네주었다. 명윤이 호기롭게 소리쳤다.

[이거 두 잔. 거스름은 당신 가져.]

상인의 얼굴이 환해졌다. 횡재한 것이다. 주스 값보다 열 배가 넘는 돈을 받은 셈이다.

명윤은 망고, 서린은 파인애플을 갈아 만든 주스를 골랐다. 생과일을 슥슥 갈더니, 얼음을 넣고 청량음료까지 섞은 다음 내밀었다. 플라스틱 컵을 내미는 상인의 손톱 끝이 새카맣다는 게 조금 마음에 걸렸지만, 그렇다고 대놓고 내색할 수는 없다. 성격 시원한 명윤은 받자마자 단숨에 마셔 버렸다.

"야, 달다. 맛 좋은데? 시원하고."

명윤이 그래도 망설이는 서린을 째려보았다.

"야, 네가 보는 앞에서 바로 과일 갈아서 만든 주스야. 탈 안 나. 내가 보장해. 먹어, 괜찮아."

자신이 너무 까탈스럽게 구는 것 같다는 생각에 서린은 조심스레 손에 든 주스를 마셨다. 의외였다. 생각보다 맛이 좋았다. 달고 상큼했다. 더위를 싹 잠재워 주는 맛이었다.

호텔로 돌아와 승무원들을 상대로 실크 파시미나를 파는 인도 장사치와 흥정을 하던 중이었다. 서린은 현조의 어머니 홍 여사 몫으로 멋진 갈색 파시미나를 하나 골랐다. 그래 보았자 십 달러면 충분하다. 호텔룸의 전화벨이 울린 건 그때였다.

―[서린.]

[어머나.]

수화기 속의 그 남자는 달콤한 젤리처럼 말랑한 웃음소리를 내고 있었다. 서린은 깜짝 놀라 전화기를 떨어뜨릴 뻔했다.

―[이건 파울이야.]

[타다…… 회장님?]

―[라탄. 이름을 부르기로 하지 않았나?]

그의 목소리는 갈수록 더 부드러워지고 있었다. 그렇지만 강력한 힘을 지니고 있었다.

―[델리에 오면 나에게 연락하기로 해놓고서 말이지. 서린이

약속을 어기고 우리의 우정을 이런 식으로 배신한다면 나, 화가 난다구.]

[어, 어떻게……?]

—[코리아나 승무원들이 묵는 호텔에다 부탁해 놓았지. 이서린이란 이름이 예약되면 나에게 연락해 달라고. 내려와요.]

[네에?]

—[동료들과 같이. 임페리얼 호텔 디너를 예약해 놓았거든. 델리에 다시 온 기념으로 멋진 샴페인을 마십시다.]

[아, 아니, 저는…….]

—[로비예요. 십 분 안에 내려와요. 안 그러면 룸까지 찾아갑니다.]

거의 억지, 막무가내라는 말이 딱 어울렸다. 도무지 거절하거나 반대할 기회를 주지 않았다. 게다가 명윤이 더 문제였다. 오예! 그런 좋은 기회라니! 눈을 반짝거리며 환호성을 질렀다.

"야, 임페리얼 호텔이다. 서린아, 거긴 우리 같은 서민은 감히 못 가는 데야. 하룻밤 숙박비만도 엄청난 '초(超)초(超)초(超)!' 특급호텔이라고."

"야, 나 정말 부담스러워. 그 정도로 그 남자가 나한테 호의를 베풀 이유가 없단 말이지."

"괜찮아. 내가 너를 지켜줄게."

그러나 명윤의 다음 말에 서린은 기가 막혔다.

"하지만 말이지, 난 임페리얼 호텔에서 하룻밤 잘 수 있다면 두말 않고 널 팔 거야."

"야 이 기집애야, 너무하는 거 아냐? 날 팔아 임페리얼 호텔의 하룻밤을 사다니."

명윤이 헤실거리며 서린의 허리를 양팔로 감았다. 그녀야 전혀 부담없는 일이다. 굴러온 떡을 마다할 이유가 없었던 것이다.

"가자, 서린아. 응? 저녁 먹자는 것 아냐? 그까이 껏 놀아주자고."

"하지만……."

"부담스러울 정도로 아름답다는 그 남자, 전설적인 미남의 얼굴, 나도 한번 구경하고 싶다구. 응응? 내가 네 이야기 듣고 얼마나 호기심났는지 알아?"

널 팔아 미남 구경하겠다는 명윤의 고집에 밀렸다. 정말은 고집스럽고 제멋대로인 그 남자가 말대로 룸까지 차고 올라올까봐 더 무서웠지만.

좁은 바닥이다. 알게 모르게 뒷말 오가는 사람들의 입에 그녀 자신이 오르내릴지도 모른다는 생각만 해도 끔찍해졌다. 남자가 룸까지 찾아왔다는 말을 들으면 곧바로 전후 사정과는 상관없이 이화명 매니저님에게 경고감이었다.

"타다그룹 회장? 특별기에서 서비스했다는 사람? 그 엄청난 미남?"

하지만 같이 나가자는 서린의 말에 매니저님의 반응도 대강

이러했다. 혜전 선배 이하 특별기에 탑승했던 사람들이 얼마나 뻥을 튀겨놓았는지, 코리아나 승무원치고 타다그룹의 회장에 대해서 모르는 사람이 없어졌던 것이다. 오히려 먼저 서린의 팔을 잡아끌었다.

"게다가 뭐라고? 임페리얼 호텔? 오예! 거긴 죽었다 깨어나도 두 번 이상 못 들어가는 곳이야. 왜 머뭇거려? 빨리 가자! 너희들, 오늘 끝장이야. 절대로 나 말리지 마. 거기서 광란의 나이트를 뛰어줘야지. 거긴 전 세계적으로다가 최고로 물 좋은 곳이라고!"

"매니저님!"

"모처럼 델리 와서 조신하게 지내보려고 했더니 말이지. 이렇게 즐거운 일이 기다리고 있을 줄이야. 음핫하하. 이서린 씨야, 오래도록 그 회장이란 인간하고 친해주기를 바란다. 종종 이런 기특한 일을 해주기 바라. 음?"

완전 반강제로, 혹은 동료들의 악의없는 협박과 밀어붙임에 의하여 서린은 아래층으로 끌려 내려갔다. 그 누구도 라탄이란 남자가 진심으로 서린에게 접근하고 있다고는 믿지 않는 얼굴이었다. 오가다 한 번 만나 부담없이 인사하고 몇 시간 즐기는 사이 그 정도라고만 생각했던 것이다.

서린에게는 사랑하는 약혼자가 있었다. 그리고 그 남자 라탄은 지나치게 이질적이고 평범치 않은 사람이었다. 인도라는 이국적인 배경 속에서나 존재가 가능한 꿈속의 남자, 그 이상도 그 이하도 아닌 사람이었다.

라탄이 디너를 예약해 둔 임페리얼 호텔은 과연 선배 승무원들이 열광할 만했다. 서린도 들어가 보고서야 알았다. 호텔이 아니라 차라리 마하라자가 사는 궁전이란 말이 더 어울릴 것 같았다. 그만큼 호사스러웠다.

바깥에서 보면 고대 인도 왕국의 전통적인 궁전 같지만 실내로 들어서면 완전 딴판이었다. 최고급의 앤틱 가구와 값비싼 카펫. 육중한 크리스탈 샹들리에. 또한 전 세계에서 수집한 유명한 예술품들이 마치 갤러리처럼 복도를 채우고 있었다. 오가는 손님들도 인도인은 거의 없었고, 대부분 유복하게 보이는 서양인들이거나 아랍인들이었다. 그런 것에 관심이 없는 서린이 보기에도 다들 초(超) 상류층으로 보였다.

한 발자국만 걸어가도 슬럼피플들이 발에 채이는 인도다. 하지만 그곳은 그러한 빈곤한 나라 인도라고 볼 수 없었다. 격조 높은 어디 유럽의 공국에 온 듯한 착각에 빠질 정도였다.

"원래 못사는 나라가 빈부격차는 더 심하거든."

선배의 귀띔이 아니더라도 충분히 알 만한 사실이었다. 그리고 라탄은 발길 하나도 조심스러워지는 그러한 곳을 마치 제 집인 양 편안하고 자연스럽게 오가는 사람이었다. 그래서 서린의 괴리감은 더 깊어졌다. 저란 사람이 대체 왜 나에게 접근하는가, 고뇌에 빠지게 만들었다. 그가 더 이질적이 되고 더 멀어지는 느낌이 들었다. 라탄은 몰랐을 테지만.

어지간해서는 인도의 음식에 적응하지 못하는 한국인 승무원들에게는 아주 즐거운 밤이었다. 왕족의 식사 같은 엄청나게 근사한 디너, 그리고 매니저님이 제일 좋아하셨던 광란의 나이트클럽. 그때 희미한 불빛 아래서, 친구라 자처하지만 친구가 아니고 싶어하는 남자의 지독히도 섹시한 옆얼굴을 보았다. 저절로 가슴이 두근거렸다. 현조에게 미안할 지경이었다.

하지만 정작 초대해 준 당사자인 라탄은 내내 붙박이 가구처럼 자리만 지키고 있어 서린은 자꾸만 신경이 쓰였다.

[왜 춤 안 추세요?]

[재미없어요.]

딱 잘라 말하는데 정색한 표정이었다. 평상시는 얌전하고 진지하지만, 또 놀 때는 화끈하게 놀자는 신념을 가지고 있는 서린이었다. 식사를 마치고 먼저 나이트클럽으로 가자고 선동한 사람은 라탄이 아닌가? 그가 그런 말을 하자 그만 당황하고 말았다.

[어, 그러면 왜 여기를 오자고……?]

그가 씩 웃었다. 서린을 바라보는 눈빛이 무척 유혹적이었다. 남자의 검고 깊은 눈웃음이 물결치며 날아왔다. 심장이 또 울렁거렸다. 미소 한 번으로 여자의 옷을 벗기고, 눈길 한 번으로 여자를 들었다 놓았다 할 수 있는 남자였다. 존재만으로도 위기를 느끼게 만드는 남자는 정녕 처음이었다.

[사람들이 원하니까. 만약 여기 오는 것을 내가 거절했다면

다들 곧바로 호텔로 돌아갈 것 아니었나? 그럼 당신하고 헤어져
야 하는데?]

말문이 막히고 말았다. 그가 그때까지 들고만 있던 술잔을 내
려놓았다. 그리고 서린에게 손을 내밀었다.

[서린, 나랑 춤출래요?]

[아뇨.]

내밀어졌던 손끝이 잠시 흔들렸다. 잡아주지 않아 잠시 외롭
게 보이던 손이 탁자 아래로 내려갔다.

[왜?]

[약혼자하고만 춤추기로 약속했거든요.]

[그 정도로 충실하게 사랑한다는 뜻?]

[네.]

그가 잠시 입을 꾹 다물고 서린을 바라보았다. 희미한 불빛
아래 검은 눈이 어둡게 빛나고 있었다. 강한 화살처럼 투명한
여자의 눈동자에 박혔다. 그가 다시 부드럽게 미소 지었다.

[전혀 망설이지 않아. 조금의 여지도 없어. 무정하단 말이야.
하지만 그래서 더, 사랑스러워. 당신.]

[타다 회장님.]

[아, 취소하지. 계속하다간 당신이 내 친구도 되어주지 않을
것 같아서 무서워.]

그가 얼굴을 가리듯이 술잔을 다시 들었다. 한 모금을 마셨
다. 혼잣말처럼 중얼거렸다.

[하긴 정말 무서운 건 그게 아니지. 내가 정말 두려운 건……
$@^%$#@.]

그리고 그 뒷말은 서린으로서는 알아들을 수 없는 힌디어였
다. 당신은 내가 한 말을 죽어도 알아듣지 못할 거야. 난 절대로
말하지 않을 테니까. 그의 눈이 그렇게 말하고 있었다.

하지만 그것으로 끝난 것이 아니었다.

꽁지 붉은 새가 날아올라 지저귀는 이른 아침이었다. 아랫배
를 짓누르는 생리통이 더 심해진 것 같았다. 서린은 진통제를
두 개나 한꺼번에 삼키고 물을 마셨다. 다시 한 번 화장실로 들
어갔다가 나와서 머리를 빗고 있는데, 전화가 왔다. 라탄이었
다.

—[내려와요, 서린. 같이 아침 식사 하고 싶어.]

[타다 회장님, 하지만…….]

—[라탄. 우린 동등한 '친구' 사이가 아닌가? 아침 식사 하고
같이 델리 관광합시다. 당신을 위해 내 하루를 전부 비웠어. 내
호의를 거절하지 말아요.]

서린은 난처하여 입술을 깨물었다. 둘만의 관광이라니. 이런
건 쉽게 허락할 수 있는 범위를 넘어선 것 같았다.

하지만 지금 그녀는 홀로였다. 좋은 방패가 되어줄 명윤은 기
장님과 몇몇 다른 승무원들과 함께 새벽 일찍 타지마할을 보기
위해 아그라로 놀러가 버렸기 때문이다. 서린은 더 심해진 생리

통 때문에 따라가지 못했다.

잠시 궁리 끝에 서린은 이화명 매니저님 방으로 찾아갔다. 공교롭게도 그녀조차 몸살로 끙끙 앓고 있었다. 나이 서른일곱. 마지막 정열을 너무 불태운 나머지 무리를 한 것이라고 푸념하고 있었다.

"서린 씨 혼자 다녀와."

"매니저님, 곤란해요. 저 혼자는 싫어요."

"우리한테까지 잘 봐달라 뇌물을 안긴 터인데 또 따라붙으면 천벌받지. 내가 그 정도로 눈치없는 줄 알아? 단 오늘만이다!"

"그래도……."

"아이고, 내 팔자야. 어젯밤 너무 젊음을 불태웠나 보다. 관광할 힘 없어. 이런 몸으로 더위까지 먹으면 비행 못해. 너 혼자다녀와. 괜찮아."

어쩔 수 없이 혼자 식당으로 내려가니, 라탄이 창가 자리에 앉아 급사의 시중을 받으며 식사를 하고 있었다. 들어서는 서린을 향해 손을 들어 보였다.

이상한 일이다. 그를 보는 순간, 가슴이 서늘하게 울렁거리고 있었다. 보고 또 보아도 너무나 아름다웠다. 끔찍하게 매력적이었다.

오늘은 회색 린넨 바지에 헐렁한 백색 티셔츠 차림이다. 끝내주는 미남이라 무엇을 걸쳐도 멋지지 않을까마는, 전형적인 젯셋족의 차림을 한 그는 그대로 뉴욕 최신판 패션잡지에서 걸어나온 듯했다. 반만 곱슬거리는 약간 긴 머리카락이 미풍을 타고 부드럽게 흔들리고 있었다. 그 위에 퍼플 선글라스 하나를 얹은 그 모습은 비교할 대상이 없는 쉬크한 검은 아폴론이었다. 이 세상 그 어느 곳에서도 저 아름다운 남자의 짝은 찾아내기 힘들 거라고 생각했다.

하지만 저런 남자가 무엇이 아쉬워서 서린 자신에게 자꾸만 접근하고 주변을 맴도는가? 서린은 고뇌하며 자문해 보았다.

[커피? 오렌지주스?]

[오렌지주스가 좋겠어요.]

[좋아. 갓 짜낸 주스로 숙녀 분을 대접해 줘. 그보다 어때요, 서린? 오늘 나랑 델리 관광을 하지 않겠어요?]

[저야 좋지만…… 바쁘신 분이라고 알고 있어요. 일부러 저를 위해 시간 내실 필요는 없어요.]

회사 일도 내팽개치고 이러지는 말라는 완곡한 거절이었다. 라탄이 짜이를 마시며 고개를 끄덕였다. 서린은 그가 자신의 말을 받아들여 얌전히 물러서는 것으로 알았다. 그러나 그건 그녀의 착각이었다.

[세상 무슨 일이든, 우선순위라는 게 있지. 오늘의 우선순위는 서린 당신이야. 회사 일이야 매일 하는 것이지만, 당신은 델리에 언제나 와주는 게 아니니까.]

[하지만…….]

[내가 서울에 가면, 대신 서린이 하루 휴가를 내요. 날 안내해

쥐. 그러면 공평해지잖아.]

[그러겠어요. 꼭 놀러오세요.]

[당신이 부른다면 언제든지. 설사 지옥이라도, 달려가지.]

아, 싫다. 또 서린이 알아들을 수 없는 힌디어로 말하고 있었다. 서린은 살짝 미소 지으며 부드럽게 항의했다.

[제가 알아들을 수 없는 말을 하는 건 실례예요.]

[아, 미안. 대신 서린이 한 번 한국어로 말하라고. 하지만 그보다 당신이 우리나라 말을 배운다면 참 좋을 텐데.]

[노력해 볼게요. 외국어에 대해 관심이 많아요.]

[착하군. 나도 당신을 존중해서 한국어를 배우도록 노력해 볼게. 이런 게 친구 사이 아니겠어?]

아, 이런 남자라니. 서린의 입술에 마침내 경계심 풀어진 미소가 피어올랐다. 라탄의 입술에도 미소가 떠올랐다.

결국은 그렇게 하여 서린은 라탄과 단둘이서 델리 관광을 하게 되었다.

라탄은 멋진 벤츠 오픈카를 몰고 왔다. 핸들을 움직여 호텔을 빠져나가며 그는 서린을 바라보며 눈을 찡긋했다. 그녀와 단둘이라는 것이 기분 좋다는 것을 전혀 감추지 않았다.

[당신에게 꼭 한번 세밀화 박물관을 보여주고 싶어서.]

[세밀화라구요?]

[내 전공이 세밀화라고 말하지 않았던가?]

서린은 고개를 저었다. 라탄이 웃었다. 왜 웃는 거지? 의아함이 그 얼굴이 묻어났던 모양이다.

　[우린 아니라는 뜻으로 고개를 아래위로 흔들지. 당신이 하는 그 동작은 그렇다는 뜻이야.]

　[아, 그래요?]

　[조심해요, 서린. 내가 만약 당신더러 사랑을 나누자고 말했을 때 당신이 그렇게 좌우로 고개를 흔들면 내 제안에 허락한다는 뜻이니까.]

　[어머나.]

　저절로 볼이 붉어지고 말았다. 하지만 서린은 당차게 대꾸했다.

　[절대로 그런 제안 따위 하지 않을 것으로 믿고 있어요.]

　[왜 그렇게 자신하지?]

　[친구끼리는 메이킹 러브 하지 않아요.]

　[그렇군. 친구끼리는 섹스하지 않지.]

　그가 씩 웃었다. 서린으로서는 얼굴이 발개지는 말을 하는데도 그는 너무나 태연했다. 마치 아침밥을 먹었느냐는 평범한 대화를 나누는 것 같았다. 그가 곁눈질하며 부드럽게 말을 이었다.

　[하긴 내가 유일하게 친구라고 생각하는 녀석이 하나 있는데, 가만히 생각해 보니 그 녀석하고는 섹스를 하지 않았어. 내가 도전했다가 유일하게 좌절한 인물이지. 맞아, 섹스가 개입되면 이성적 사고가 불가능하니까.]

장난기 반, 진심 반. 실체를 알 수 없는 모호함이 그에게는 있었다. 진심을 드러내는 것 같은데도, 그것이 농담인 양 툭 하고 뱉어낸다. 그러면서도 묘하게 신경을 곤두서게 하고 심장을 긁는 것이 있었다. 라탄이 창밖만 바라보고 있는 서린을 힐끗 곁눈질했다.

[이럴 때는 그 사람 이야기를 해주세요. 호기심이 나요. 이런 말을 해줘야 하는 거 아닌가?]

[네?]

[내가 억지로 당신하고 대화란 것을 하려고 노력하고 있단 말이지. 당신도 나의 노력을 가상하게 여겨주면 좋겠다는 뜻이야, 서린.]

[하지만 전 누군가의 은밀한 사생활을 알고 싶어하는 버릇은 없는걸요.]

[상대가 나라도?]

[제가 회장님의 섹스에 대한 습관이나 취향 문제에 대해 궁금증을 느낄 이유는 없으니까요.]

라탄이 싱긋 웃었다. 피할 사이도 없이 얌전하게 무릎에 놓인 서린의 손을 잡아 올렸다. 손등에 쪽 소리가 나도록 키스했다.

[나의 아마다스 린, 정말 사랑스러워.]

[무슨 뜻이지요?]

[무지개 같아. 분명히 곁에 있는데, 같이 있는 게 아냐. 만질 수가 없어. 잡으려 들면 실체가 없거든. 그게 날 안달나게 만들

어. 미치게 해. 당신 같은 여자 정말 처음이야. 내가 어떻게 해
야 할까?]

[라탄, 그런 말은……]

비록 오픈카 안이지만 둘만이다. 겨우 50㎝쯤 떨어진 곳에
앉은 그의 존재 자체가 치명적인 중독이었다. 은밀한 그 무엇인
가를 끊임없이 암시하고 있다. 아주 들큰하고 끔찍하게 비도덕
적인 그것. 단지 말뿐인데도, 묘하다. 사람을 꼼짝도 할 수 없게
얽어매는 올가미 같다. 강력한 족쇄처럼 서린의 심장을 압박해
들어오고 있었다. 견딜 수 없게 만들었다. 단 한순간도 같이 있
는 것이 부담스러워 참을 수가 없을 정도였다. 서린이 그만 하
라고 강력한 항의를 하려던 즈음 차가 멎었다.

[다 왔어요. 내립시다.]

분명히 박물관이라고 말했다. 그러나 그가 차를 세운 곳은 어
디 학교 교정 같은 곳이었다. 문을 들어서며 그가 설명했다.

[여긴 세밀화를 그리는 화가들을 양성하는 아카데미라고 생
각하면 돼요.]

[네.]

[델리에서 여기만큼 멋진 세밀화를 많이 소장한 곳은 없지.
원래는 비공개인데, 내가 특별히 부탁했지. 너무 감동하지 말아
요. 여기에 전시된 물건은 국보들이라서 절대로 외부 반출이 불
가능해. 아무리 원한다 해도 내가 선물해 줄 수 없어요.]

[세밀화가 뭐지요?]

[우리 인도 미술 중 가장 인도적이고 대표적인 것이라 할 수 있지요.]

라탄이 복도 구석에 놓인 콘솔 위에서 안내책자를 하나 집어 서린에게 건네주었다.

그들이 지나가는 복도 주변의 교실에서는 학생들과 화가들이 앉아 열심히 작업을 하고 있는 것이 건너다보였다.

[아름다운 작품들이 아주 많죠? 화려함을 더하기 위해 그림 속의 장신구에는 직접 보석을 붙이기도 해요. 고도의 인내심과 집중력을 가진 사람만이 이런 작업이 가능하지. 쓸 만한 작품을 얻으려면 고도의 숙련 작업이 필요해요. 한 작품을 완성하는 데 적어도 한 달은 걸리니까.]

라탄 자신, 서린의 모습을 스케치한 것을 작은 상아판의 세밀화로 옮겨 완성하는 데는 두 달이 걸렸다.

그들이 도착한 마지막 방은 세밀화의 아름다움을 그대로 보여주는 전시실이었다. 라탄이 문 앞에서 그녀를 돌아보며 싱긋 웃었다.

[영광으로 생각해요, 서린. 당신은 외국인으로는 이 아름다움을 접한 최초의 사람이니까.]

그 방에 전시된 세밀화 작품은 약 오십여 점 정도였다.

인도의 세밀화는 그림으로 그려진 인도의 역사 그 자체라고 라탄은 설명해 주었다. 서린은 단박에 그 말을 완전히 이해할 수 있었다. 국보만 모아놓았다고 하더니, 정말 작품 하나하나가 보석같이 귀하고, 꽃처럼 아름답고, 역사처럼 장엄했다.

[세밀화의 어원인 'minaare'는 원래 붉은색으로 그린다는 의미였어요. 하지만 오늘날에 와서는 크기가 작다는 개념으로 쓰이고 있죠.]

라탄의 말이 아니라 해도 세밀화의 크기는 작았다. 큰 작품이라 해도 기껏 20㎝ 안팎이었다. 너무 작아서 심지어 돋보기를 대고 보아야 하는 작품까지 있었다.

서린이 특히 마음에 들었던 것은 겨우 3㎝ 정도의 원형 상아판에 공작새를 그린 것이었다. 그럼에도 백여 개의 공작새 꼬리털과 머리 위에 빳빳이 선 관(冠)까지 다 표현해 놓았다. 너무나 아름답고 섬세하며 경이로운 예술 작품 앞에서 모든 것이 잊혀졌다. 불편한 남자가 곁에 있다는 것도, 그가 자꾸만 그녀 곁으로 다가오는 것도 잊었다. 공작새의 섬세한 모습을 들여다보며 서린은 등 뒤에 선 라탄의 입김이 목덜미에 스치는 것조차 잊어버렸을 정도였다.

[이것을 어떻게 표현했을까요? 정말 놀라워요.]

[이 정도로 놀라면 곤란하죠, 서린. 우리나라는 세계에서 가장 오래된 역사를 지닌 나라에요. 알면 알수록 경이 그 자체죠. 한번 우리나라에 반하게 되면 절대로 벗어나지 못해요.]

[인도에 반하지 않도록 조심해야겠네요. 결국은 사로잡히게 될 테니까.]

바로 라탄 당신처럼. 서린은 말없이 대답했다. 그래서 난 절대로 경솔하게 당신의 세상으로 발을 디디지 않을 거여요. 아무리 당신의 세상이 유혹적이고 신비하고 멋진 곳이라 해도. 당신의 나라는 환상이지만 난 현실 세상의 사람이니까요. 환상은 이내 사라지는 것이죠.

서린은 그런 생각을 하며 다시 세밀화에 시선을 돌렸다.

[정말 경탄스러워요. 뭐라고 표현할 말이 없네요.]

서린은 처음 보는 인도의 세밀화가 주는 아름다움과 감동에 완전히 넋을 잃고 말았다. 마찬가지로 라탄은 제 눈앞에 등을 보이고 선 여인에게 넋을 빼앗겼다.

서린이 깊이 고개를 숙이고 세밀화를 들여다보고 있었으므로 라탄은 눈 아래 하얗게 드러난 목덜미를 마음껏 혀로 핥듯이 바라볼 수 있었다.

티 한 점 없는 목선은 백조처럼 우아하고 순결해 보였다. 아무것도 걸지 않는 저 목에다 푸른 에메랄드 목걸이를 걸어준다면 얼마나 아름다울까? 저 깨끗한 목덜미에 슬며시 입술을 누른다면, 강하게 깨물어 붉은 꽃 한 송이를 새겨놓는다면. 상상 속에서 라탄은 이미 서린의 하얀 목에다가 수십 개의 장미꽃을 피워올리며 키스하고 있었다.

남자의 마음은 전혀 모르는 채 서린이 청명한 목소리로 다시 물었다.

[세밀화의 색이 굉장히 선명하고 아름답네요. 물감은 어떻게 만들어요? 특별하겠죠?]

[대개 안료는 광물질이 많죠. 혹은 식물이나 황토, 동물 기름이나 곤충의 배설물 등에서도 얻어요. 유명한 화가일수록 제 나름의 색 배합을 가지고 있지. 긍지를 지닌 대가(大家)들은 물감을 사서 쓰는 것을 수치라고 생각해요. 자신이 직접 색을 배합하는 것이 당연하다고 생각하죠.]

[붓은요? 이런 세밀한 그림을 그리려면 붓도 특별할 것 같아요.]

라탄의 손은 슬며시 서린의 허리 쪽으로 다가가고 있었다. 두 팔 안에 쏙 들어오는 여린 몸을 꼭 안아버리고 싶었다. 강하게 뒤채어서는 투명하게 속삭이는 입술을 물어뜯어 버리고 싶었다.

세밀화에 대하여 설명하고 있는 그의 목소리는 이제 거의 반 웅얼거림으로 변하고 있었다. 마치 애무하는 손길이거나 밀어를 속삭이는 것처럼 나직하고 부드러워졌다.

[붓은 주로 어린 다람쥐의 꼬리털로 만들어요. 한 가닥에서 세 가닥 정도. 그런 붓으로 이 모든 것을 표현하죠.]

서린은 거의 넋을 놓을 정도로 세밀화의 아름다움에 정신이 팔렸다. 보기 전까지는 그다지 흥미도 관심이 없었다. 가자 하니 따라왔을 뿐이다. 하지만 정작 눈으로 보니, 감동하지 않을 수가 없었다. 위대한 예술 작품의 힘이란 바로 그런 것이었다.

전시실에 전시된 세밀화들을 가만히 들여다보고 있으니, 자연스럽게 현조가 이야기해 준 인도의 신화가 생각났다. 신비스럽고 독특한 인도의 음률이 들려오는 듯하고 진하고 엑조틱한 인도 특유의 향기가 스쳐 지나가는 것 같았다. 어느새 그 그림들이 표현하는 무굴왕국의 풍경 속에 자신이 들어가 있는 듯한 환상에 빠져들었다.

[우리나라 세밀화의 역사는 이천 년이 넘어요.]

[이천 년? 대단하네요!]

서린이 탄성을 내질렀다. 라탄의 귀에는 그런 서린의 목소리가 침대 안에서 쾌락의 음률을 토해내는 것으로 들렸다.

이제 그들의 몸은 한 발자국도 채 떨어져 있지 않았다. 서린의 등 뒤에 선 라탄은 거의 겹치듯이 몸을 기울여 서린이 보고 있는 작품 쪽으로 같이 얼굴을 기울였다.

작품이 유리 상자 안에 들어 있었으므로 거의 붙다시피 한 두 사람의 얼굴이 함께 유리 상자 위로 투명하게 떠올라 있었다.

[16세기부터는 여기 북부와 북서부 쪽에서 무굴 회화와 라지푸트 회화가 번성하는데, 이 두 가지 유파(流派)가 우리나라 세밀화를 대표해요. 무굴 회화는 무굴왕조 궁정의 풍속이나 인물의 초상, 새와 꽃 그림을 주로 다루어서 세속화(世俗畵)에 가깝지요.]

[그럼 저 공작새와 이 꽃 그림은 무굴 회화 쪽인가요?]

[맞아요. 그럼 저쪽을 볼까요?]

아주 자연스럽게 라탄이 두 손으로 서린의 허리를 잡아 한 발자국 옮기게 만들었다. 문득 어색해져 벗어나려 했지만 그것은 불가능했다. 뒤에 선 라탄의 몸이 단단하게 서린을 유리 상자와 자신의 몸 사이에 구속하고 있었다.

그들은 이제 두 마리 공작새가 노래 부르는 고목 아래에 서서 피리를 부는 한 남자와 하얀 꽃을 꿴 사슬을 들어 그에게 걸어 주려는 여인을 함께 그린 자그마한 작품 앞으로 와 있었다.

여자의 얼굴이 백옥같이 하얗게 표현된 것과는 달리 남자는 특이하게 검푸른 색의 얼굴과 몸으로 표현되어 있었다.

황금관을 쓰고 에메랄드 빛 망토를 걸치고 황금빛 옷을 두르고 있는 그 남자는 지금 막 사랑의 노래를 여인에게 들려주려는 참이었다. 피리를 입에 댄 채 그윽한 눈동자로 여인을 응시하고 있었다.

그에 못지않게 아름답고 복스러운 여인은 화려한 붉은색 사리 차림으로 아름다운 꽃사슬을 들어 사랑하는 남자에게 걸어 주려는 듯 발돋움을 하고 있는 모습이었다. 그들의 등 위로는 신성한 암소 두 마리가 드러누워 풀을 뜯고 있었다. 푸른 물이 졸졸 흐르는 저 숲 안쪽으로는 통통한 소 떼들이 한가로이 쉬고 있었다. 평화롭고 목가적인 풍경이었다.

[아까 그림하고는 다르죠? 이건 라지푸트 쪽 유파의 표현이에요.]

[어떻게 다르죠?]

[중심되는 제재가 달라요.]

서린의 어깨를 넘어 라탄의 팔이 그녀의 목을 감듯이 뻗어왔다. 그들이 보고 있는 그림과 아까 보았던 그림을 손가락으로 짚으며 설명해 주었다.

[라지푸트 쪽 유파는 주로 종교적인 이야기를 다루죠. 힌두교 비슈누(Viu) 신앙을 중심적으로 표현하는 경우가 많아요. 지금 이 그림처럼 말이죠. 이 그림은 지금 우리 인도에서 가장 사랑받는 신인 크리슈나와 그의 연인 라다의 연애담을 다룬 것이에요. 자, 저쪽을 봐요.]

서린의 가슴이 쿵 하고 떨어졌다. 크리슈나와 라다. 라다와 크리슈나. 그녀가 어린 시절부터 꿈꾸었던 미지의 그 이름을 다시 만나게 되었다. 얼음 조각이 심장에 박히는 기분이었다. 라탄의 손이 부드럽게 그녀의 얼굴을 다른 쪽으로 돌리게 만들었다.

[저기 저것도, 그 옆의 그림도 다 두 사람을 그린 거야. 크리슈나와 라다의 이야기는 라지푸트 쪽 화가들이 가장 열광하며 그리는 소재지. 그들 두 사람의 이야기는 가장 인도적인 사랑 이야기거든요. 자 그러니까, 무굴 유파 쪽은 사실성 강한 소재를, 라지푸트 쪽은 신화 이야기를 많이 차용한다고 생각하면 돼요.]

[크리슈나. 크리슈나와 라다…… 라고요?]

혼잣말처럼, 무엇을 확인하듯 되묻는 서린의 목소리가 조금 떨렸다.

라탄은 싱긋 웃었다. 서린이 몸을 일으켰기에, 그녀의 몸은 이제 그가 원한대로 완전히 그의 품에 들어와 있었다. 그의 눈 아래 있는 그녀의 부드러운 귓불이 시뻘게져 있었다. 어깨의 선도 단단히 굳어지고 있었다. 라탄은 그녀가 충분히 당혹해하고 부끄러워한다는 것을 알았다. 하지만 그는 서린을 위해 한 발 물러서거나 몸을 비켜줄 생각이 전혀 없었다.

[우리 인도에서 믿는 힌두의 신들은 모두 삼억 삼천이라고 하지요. 그 신들 중에서 가장 인기가 있고 친숙한 신이 바로 크리슈나예요. 그 이름은 〈검다〉는 말에서 유래했죠.]

서린이 몸을 돌이켰다. 겨우 10㎝가량을 사이에 두고 그들의 얼굴은 거의 겹쳐져 있었다.

이제 그녀의 얼굴은 당혹감과 민망함, 두려움 같은 것으로 완전히 홍당무가 되어 있었다. 그녀가 밀어내려는 동작을 취했다. 두 손으로 그의 가슴을 강하게 밀어냈다. 아니, 밀어내려 했다. 라탄의 두 손이 그녀의 가냘픈 팔을 허공에서 움켜잡아 버렸다.

[크리슈나는 얼굴이 검은 신이에요. 그래서 보다시피 크리슈나는 항상 그림에서 푸른색 얼굴로 칠해져요.]

두 사람의 눈은 하나로 얽혀져 움직이지 않았다.

남자를 뿌리치려는 여자의 손을 남자의 손이 단단히 움켜쥐고 있었다. 분노와 당혹감, 혹은 수치심과 두려움으로 서린의 눈이 새카맣게 변했다. 금세 눈물이 흐를 것만 같은 검은 눈동자를 바라보면서도 라탄은 그 손을 놓아주지 않았다.

[힌두교에서 가장 중요한 주 [12]삼신(三神) 중 비슈누는 [13]열 개의 화신을 가졌다고 해요. 그중에서 여덟 번째 화신이 크리슈나죠.]

그녀의 자유를 억압한 손의 힘은 강철 같았다. 하지만 이런 부자연스러운 상황이 그에게는 너무나 자연스러운 일 같아 보였다. 그녀를 응시하는 눈빛은 하나 흔들림이 없었다. 목소리는 변함없이 솜사탕처럼 부드러웠다.

마침내 모욕감과 당황함을 이기지 못한 서린의 눈에서 눈물이 또그르르 굴렀다. 하지만 라탄은 하얗고 가녀린 팔목을 쥔 손의 힘을 풀지 않았다. 천연덕스럽게 계속하여 신화를 설명하고 있었다.

[어린아이로서의 크리슈나, 소 치는 여인과 즐기는 크리슈나, 인드라 신과 싸워서 소를 지키는 목동 크리슈나, 〈바가바드 기타〉에 나오는 영웅으로서의 크리슈나, 사랑하는 아내 라다와 사랑을 즐기는 크리슈나. 그에 대한 전설은 셀 수 없이 많죠. 그리고 웃기는 이야기지만 난 여기 이곳에서 크리슈나의 화신이라고 불려요.]

그가 얼굴을 기울였다. 세차게 고개를 흔드는 서린을 가만히

---

12) 삼신(三神): 브라마. 비슈누. 시바
13) 열 개(비슈누의 화신): 1.물고기 마츠야(Matsya) 2.거북 쿠르마(Kurma) 3.맷돼지 바라흐(Varah) 4.사자 나라심하(Narasimha) 5.바마나(Vamana) 6.라마(Rama) 7.파라수라마(Parasurama) 8.크리쉬나(Krishna) 9.붓다(Buddha) 10.칼키(Kalki)

응시했다.

[내가 손을 잡은 것, 놓아주지 않는 것. 싫어요?]

[싫어요!]

[그럼 놓아줄게요.]

[지금 당장!]

서린이 울먹이며 소리쳤다. 라탄의 검은 눈동자에 다시금 어둠의 그림자가 깊이 스며들었다. 그가 나직하게 속삭였다.

[당신이 눈물을 그치면.]

[지금 당장이요! 당신이 이러니까 내가 우는 거예요! 내가 원치 않는 이상, 누구도 감히 나에게 이런 짓을 할 수가 없다구요!]

서린은 흐느끼며 소리쳤다. 온몸으로 거부를 나타내며 운동화를 신은 발로 그의 정강이를 걷어찼다. 라탄의 하얀 바지에 서린의 발자국이 얼룩졌다. 제법 아팠을 터인데도 그의 표정은 변함이 없었다. 꿈쩍도 하지 않았다. 한동안 서린을 가만히 내려다보더니 한숨을 내쉬었다.

[그렇지. 당신이 원하지 않는 한은 누구도 감히 그런 짓을 하지 못하지. 설사 나라도.]

그가 손에 힘을 풀었다. 서린은 망설이지 않고 자유로워진 손을 들었다. 무례하기 이를 데 없는 그의 볼을 향해 날렸다. 짝 소리가 나며 공기가 찢어졌다. 매서운 아픔에도 불구하고 라탄의 입술에 빙그레 미소가 떠올랐다.

[당신의 작은 손이 날 치는군. 하지만 내 손은 당신의 눈물을 닦아주고 싶어.]

그가 서린의 턱을 움켜잡았다. 바람처럼 서늘하고도 스콜처럼 뜨거운 모순의 입술이 겹쳐졌다. 석상처럼 경직된 채 서린은 막무가내 다가오는 남자의 입술에 함몰했다.

머리 속에 윙윙 바람 소리가 나고 있었다. 이성을 **빼앗는** 바람 소리였다. 너무나 진하면서도 치명적인 향기. 섹시하면서도 매혹적인 남자의 입술이 그녀를 완전히 삼켰다. 키스와 어루만지는 손길로 차근차근 처녀를 정복해 갔다. 그가 잠시 입술을 떼고 어찌할 바를 몰라 잠시 굳어진 서린의 멍한 눈동자를 노려보았다.

[뭐, **미쳤다고 해둬**.]

그녀가 알아들을 수 없는 힌디어로 그가 무어라 중얼거렸다. 라탄의 입술이 서린의 가녀린 목에 닿았다. 다시 한 번 격렬한 키스를 퍼부었다. 그렇게 서린은 난폭하고 정열적이며 격렬한 라탄의 키스 안에서 익사하고 말았다.

병 주고 약 주는 건가? 제멋대로의 강제적인 입맞춤이 끝나고 그가 고개를 들었다. 끝내 고개를 흔들며 거부하였어도 손가락 끝으로 서린의 볼을 타고 흐르는 눈물방울을 지워주었다. 살며시 혀를 내밀어 아직도 긴 속눈썹에 달려 있는 이슬방울을 따마셨다. 이상하게 허무하고 서글픈 어조로 속삭였다.

[날 미워해.]

[그럴 작정이에요.]

서린은 지지 않고 야무지게 맞섰다. 그가 싱긋 웃었다. 어두운 밤의 그림자 같은 미소였다.

[잊혀지는 것보다는 그게 더 나아. 자, 이것으로 당신은 나란 사람과 델리를 절대로 잊지 못하게 되겠군.]

[다시는 안 만나! 당신 같은 사람, 더 이상 내 친구도 무엇도 아니야!]

[나 역시 너하고 친구 따윈 하지 않아. 당신에게 접근하기 위해 거짓말했어.]

[닥쳐요! 한 마디만 더하면 당신을 성추행범으로 고발하겠어요!]

[당신같이 아름다운 여자와 내가 왜 친구 따위를 하겠어? 연인으로 삼지. 혹은 아내거나.]

정직해서 좋군. 아주 고마워서 죽겠어, 망할 자식아! 서린은 그를 강하게 밀쳐 냈다. 그를 떠나 전시실을 나가기 위해 걸음을 옮겼다.

그와 함께 있다가는 숨이 막혀 죽을 것 같았다.

이런 식으로 비이성적이고 막무가내이며 제멋대로이고 비도덕적인 남자라니. 점잖고 세련된 겉모습 안에 감추어진 그 사내라탄. 날것의 야수이거나 더러운 치한 그 이상도, 그 이하도 아니었다. 저런 남자의 속모습도 몰라보고 둘만의 기회를 허용한 스스로의 어리석음이나 무모함에 대하여 화가 나 죽을 것 같았다. 등 뒤에서 그가 그녀를 불렀다.

[서린.]

서린은 돌아보지 않았다. 걸음을 멈추지도 않았다. 화난 걸음으로 복도를 걸어가며 그녀가 아는 한 가장 지독한 저주를 퍼부었다. 하지만 주차장으로 채 걸어가기도 전에 그에게 팔을 잡혔다. 전혀 죄책감 따윈 하나 없는 얼굴로 그가 잘도 나불거렸다.

[내가 잘못했어, 서린. 그만 화 풀어요. 얌전하게 호텔로 데려다 주지. 맹세해.]

[필요없어요.]

[당신을 내가 혼자 몸으로 길도 낯선 델리 시내를 헤매게 내버려 둘 것 같아?]

[델리의 그 누구도 지금 당신보다는 덜 위험해요! 설사 권총강도라 해도.]

서린은 격렬하게 쏘아붙였다. 라탄이 빙긋이 웃었다.

[인도의 갱들을 너무 과소평가하지 말라고. 그들은 홀로 돌아다니는 외국 여자들을 잡아다가 산 제물로 팔아넘겨. 정신이 온전한 채, 산 채로 몸통을 뜯어먹히는 경험을 하고 싶다면 말리지는 않겠지만 말이지.]

[뭐라구요?]

그가 눈썹을 치켜올렸다. 표정 하나 변하지 않고 내뱉는 말에는 물씬 피 냄새가 풍겼다.

[거리를 지나가다 노란 스카프를 지닌 사내들이 나타나면 무

작정 도망치라고. 그들은 그 스카프로 당신의 하얀 목을 졸라 실신시킨 다음, 사지를 톱으로 자를 거야. 몸통만 남겨둔 채, 서커스단의 구경거리로 만들겠지. 혹은 사창가로 보내 죽도록 남자들의 노리개로 내돌린 다음 당신이 더 이상 남자들을 감당하지 못하게 되면, 산 채로 낱낱이 해부해서 장기를 팔아넘길 거야. 아, 물론 그 다음에 남은 시체는 짐승의 먹이로 팔릴 거고.]

[협박하지 마! 나쁜 자식아!]

악에 받친 서린이 고함을 뻭 질렀다. 라탄이 싱긋 웃으며 나른하게 속삭였다.

[영리하군. 협박 맞아.]

[좋은 말 할 때 내 앞에서 당장 꺼져요!]

[싫어.]

어떻게 이런 말을 하면서 빙그레 웃는 거지? 유혹하듯 윙크까지 할 수 있는 거지? 뻔뻔한 라탄의 작태 앞에서 분노가 극에 달했다. 마침내 두통까지 생기려고 했다. 서린은 이를 갈았다.

[당신을 죽여 버리고 싶어!]

[당신이 원한다면, 내 심장을 기꺼이 내놓도록 하지. 넌 이미 내 심장의 주인이니. 하지만 서린, 유감스럽게도 내 말은 다 진실이야. 운 나쁜 외국 여자들이 한 해에 수십 명씩 그렇게 실종되지. 난 네가 그렇게 되기를 원하지 않아. 자, 얌전하게 차에 타. 날 싫어하는 건 네 자유지만, 내 차를 타고 호텔로 안전하게 돌아가는 건 의무 사항이야.]

[당신하고 같은 차에 타느니, 차라리 돼지와 함께 수레에 타겠어!]

[내 자기는 정말 말 안 듣는 고집쟁이로군.]

설마 이 남자가 이렇게 야만적일 줄은 몰랐다. 인정사정이라고는 없었다. 서린의 두 팔이 족쇄처럼 구속되었다. 라탄의 힘에 얽매여져 말 그대로 짐짝처럼 질질 끌려갔다. 차 안으로 내팽개쳐졌다.

[네가 좀 더 고분고분했다면 우린 아주 즐거운 밤을 보냈을 텐데. 유감이야.]

[……입 닥쳐요. 한 마디만 더 하면, 이 차에서 뛰어내려 버릴 테니까!]

서린은 나직하나, 강하게 되받아쳤다. 이따위 저질스런 남자에게 희롱당하고 강제적인 성적 유혹의 그물에서 벗어날 수 있다면, 정말 뼈가 부러지고 목숨을 잃는 위험조차 감수할 작정이었다.

가냘프나 강철 같은 의지가 전해진 것이 분명했다. 라탄이 혀를 찼다.

[역시 너는, 진짜 아마다스로군.]

라탄이 무슨 말을 하든 서린은 절대로 대꾸하지 않을 작정이었다. 고집스럽게 그를 외면한 채 흘러가는 델리의 풍경만 지켜보았다. 그리고 호텔로 돌아가기까지 두 사람은 더 이상 한 마디도 하지 않았다.

50m 앞에 우뚝 솟은 호텔이 보이기 시작했다. 라탄이 길가에 차를 세웠다.

그가 서둘러 차 문을 열려 하는 서린의 팔을 강하게 움켜잡고, 힘주어 붉은 흔적을 남겼다. 손을 뻗어 그녀의 얼굴을 억지로 자신 쪽으로 돌렸다. 검은 눈 속에는 설명할 수 없는 불가사의한 절박함이 어려 있었다. 이 남자가 정말 원하는 게 대체 무엇일까? 그의 선명한 입술이 심술맞게 삐뚤어져 있었다. 나직하게 속삭였다.

[하나만 알고 가, 서린. 당신이 아무리 날 떨쳐 내려 해도 안돼. 우린 만나고, 또 만나고, 다시 만나게 될 거야.]

[다시는 이런 곳에 오지 않아! 온다 해도 당신 따위를 다시 만날 줄 알아? 당신은 최악의 저질 쓰레기야!]

[그것 고맙군. 하지만 분명히 말했어. 넌 반드시 날 다시 만나게 될 거야. 삼신(三神)과 내 어머니의 이름에 대고 맹세하지. 14)피르 밀렝게, 서린.]

간신히 라탄의 차에서 내린 서린은 절대로 뒤돌아보지 않았다. 미친 듯이 호텔을 향해 달려가기 시작했다.

'나쁜 놈! 나쁜 놈!'

어디든 좋으니, 그 남자가 보이지 않는 곳으로 도망치고 싶을 뿐이었다. 그의 끈적이는 시선이, 유혹적인 그 목소리가, 뜨거운 숨결이 묻은 그 남자의 입술이 절대로 다가오지 못하는 곳으

---

14)피르 밀렝게: '다시 만납시다' 라는 뜻의 힌디어

로 피하고 싶었다. 꼭꼭 숨어 머리카락 하나도 찾아내지 못하는 곳이라면 어디든지 가리라.

'더러워. 추해. 끔찍해!'

허락하지 않았는데, 무작정 다가온다. 틈을 준 것 같지 않은데, 어느새 침입해 버렸다. 원하지 않았는데, 그녀를 만졌다. 키스하고 포옹했다. 약혼자인 현조에게도 쉽게 허락하지 않았던 것들이다. 그토록 은밀하고 다정한 것들을 그 남자는 너무나 쉽게 약탈하고 제 것으로 만들었다.

'개자식!'

그의 입술이 닿은 스스로의 입술을 서린은 박박 문질러 씻어내고 싶었다. 가능하다면 칼로 저며내고 싶었다.

그가 얼마나 대단한 인간인지 모르지만, 그렇다고 해서 서린 자신에게 이렇게 제멋대로 굴 권리는 없었다. 라탄 자신 정도로 대단한 사내가 접근하면 서린이 무조건 엎드리고 굴복하고 감지덕지하며 유혹에 넘어가리라고 생각한 것일까?

어느새 볼을 타고 찝질한 눈물이 흘러내리고 있었다.

처음에는 호의로 아로새겨졌던 그 남자에 대한 실망감과 분노는 아물 수 없을 정도로 깊은 상처가 되었다. 서린은 흐느끼며 안전한 호텔을 향해 달리고 또 달렸다. 다시는 이 거지 같은 인도 따위에는 오지 않을 거라고 수천 번 맹세하고 또 맹세했다. 마지막 자존심으로 꼭꼭 참아냈던 눈물이다. 억눌린 분노와 수치심, 그리고 지독히 쓰디쓴 배신감이었다. 서린은 이를 갈며 마음속으로 부르짖었다.

'그렇게 쉬운 여자로 보인 적 없어. 당신한테 허튼짓을 할 정
도로 틈을 보여준 적 없다고. 날 하룻밤 색다른 심심풀이 상대
로 여겼다면 잘못 짚었어. 당신이 얼마나 잘나고 돈 많고 엄청
난 남자인지는 몰라도 내게 한갓 당신은 더러운 돼지 새끼야.
절대로 다시는 만나지 않아.'

처음에는 아름답던 델리의 하루가 최악으로 끝났다. 서린의
가슴속에 그나마 작은 호의의 색으로 담겼던 라탄이라는 이름
은 이제 가장 기피하고 싶은 것으로 변해 버렸다.

제5장
—누가 카마의 화살을 꺾었는가?—

하지만 서린은 몰랐다. 50m 뒤, 차에 그대로 남은 라탄이 무서운 공허함으로, 혹은 끔찍한 좌절이 담긴 눈으로 그녀를 탐욕스레 응시하는 것을 절대로 알지 못했다.

'멍청한!'

가득한 좌절과 어리석은 스스로에 대한 분노로 라탄은 주먹을 움켜쥔 채 세차게 핸들을 내려쳤다. 요란한 경적 소리가 또 하나의 소음이 되어 그의 절규를 대신했다.

[정말 꼴좋게 되었군, 라탄 나발 나와르완지 타다.]

스스로를 비웃는 목소리가 비수처럼 심장을 찔렀다.

보기 좋게 거절당한 것으로도 모자라서, 개자식까지 되고 말았군. 아름다운 남자의 입술이 보기 싫게 삐뚤어졌다.

카마의 화신이자 유혹의 신인 라탄 자신, 평상시 같으면 절대로 저지르지 않을 어리석은 짓까지 시도했지만, 결과는 참담했다.

그녀의 마음을 끌어당기기는커녕 멍청한 비웃음거리가 되고 말았다. 다가가기 쉽도록 말랑말랑하게 만들기는커녕 잔뜩 가시 돋친 고슴도치로 만들고 말았다. 이런 멍청한 놈! 스스로를 비웃고 있는 남자의 입술에 순간 깊은 한숨이 흘렀다.

서린이 보여준 거부는 확고했다. 거절은 분명했고, 의지는 강력했다. 무엇을 어떻게 표현해도 대답은 단 하나. 〈NO!〉

그녀의 거절은 다른 여자들이 그러하듯 그의 유혹에 공명하는 색다른 교태 따위가 아니었다. 밀고 당기는 게임의 주도권을 확보하기 위해 짐짓 부려보는 억지도 아니었다. 말 그대로 거절. 단순하고 명료한 거부, 그 이상도 그 이하도 아니었다.

하지만 매같이 날카롭게 번뜩이는 시선은 내내 서린이 사라진 길 끝에 머물러 있었다.

'네가 원한다면, 뭐, 나쁘진 않아. 이런 것.'

라탄의 턱이 단단하게 당겨졌다. 그는 절대로 연인의 귀에는 들리지 않을 맹세의 말을 나직하게 뱉어냈다.

[이것으로 끝이라 생각하지 마, 라다. 게임은 지금부터 시작이니까. 그래, 좋아. 어디 한번 도망가 봐. 끝까지 쫓아가 줄 테니까.]

문이 달칵 열렸다. 뒤이어 전등 스위치를 올리는 소리가 들렸다. 타지마할을 다녀온 명윤이 돌아온 것이다.

"서린아, 자니?"

소곤거리는 친구의 목소리를 못 들은 척, 서린은 미동없이 눈을 감고 있기만 했다. 깊이 잠든 척했다.

눈을 뜨면 울어서 뻘게진 눈이 보일 것이다. 그럼 명윤에게 오늘 벌어진 일을 다 뱉어내야 한다. 하지만 그 누구에게도 오늘 당한 일을 알리고 싶지 않았다. 입 밖에 내어 말하는 것조차 수치스럽고 속상하고 부끄러웠다.

움직임이 없자 친구가 깊이 잠든 것으로 안 모양이다. 명윤이 하품을 하며 돌아선다. 부스럭거리며 옷을 벗는 소리가 들렸다. 잠시 후 욕실로 들어갔다. 샤워를 하는 소리가 요란스레 흘러나왔다. 서린은 가만히 눈을 떴다. 손을 더듬어 사이드 테이블에 놓인 작은 가방을 당겼다.

아랫배가 또다시 아파오기 시작했던 것이다. 처음 한국에서 생각한 것처럼 단순한 생리통이 아닌 것 같았다. 아랫배를 쥐어뜯듯 순간순간 느껴지는 날카로운 격통이 어쩐지 심상치 않았다.

그때 명윤이 가운 차림으로 욕실에서 나왔다. 서린이 다시 진통제를 삼키는 것을 보고는 눈이 동그래졌다.

"어, 또 진통제 먹어?"

"음, 이번 생리통이 좀 심하네. 괜찮아, 진통제를 먹었으니까 괜찮을 거야."

사실은 괜찮지 않았다. 설사는 아닌데, 그렇다고 변비도 아닌데, 계속해서 아랫배 전체를 송곳으로 쿡쿡 찌르는 것 같다가, 또 칼로 후벼 파는 것 같은 격통도 간간이 스며들어 잠을 자다가도 벌떡 일어나게 만들었다. 이거 물을 잘못 먹었나? 하지만 기내에서 가져온 생수만 마셨는데.

"혹시 너, 나랑 사 먹은 주스 때문에 배탈 난 거 아냐?"

얼굴이 샛노래져서는 어찌할 바를 모르는 서린의 기색이 심상찮았나 보다. 명윤이 약간 겁먹은 목소리로 물었다. 서린은 고개를 흔들었다.

"아냐, 그런 거 아냐. 그러면 설사를 해야지. 변도 안 나오고 그냥 배만 아파. 생리통이야, 명윤아."

주스를 잘못 마셔 그렇다고 생각하지 않은 건 아니었다. 하지만 그렇게 따지자면 주스를 같이 먹은 명윤도 배탈이 나야 옳다. 그녀는 서린보다 두 배는 더 많이 마시지 않았던가. 명윤은 멀쩡한데, 서린 자신만 이렇게 아플 리가 없다.

그렇게 처음에는 심각한 생리통이라고만 생각했다. 어찌하든 꾹 참아보려 했다. 하지만 진통제를 두 개나 더 먹었는데도 시간이 갈수록 진정되기는커녕 아랫배의 통증은 더 심해지고 있었다.

서린은 그 밤 내내 신음하며 몸을 새우처럼 구부린 채 잠 한

숨 이루지 못했다. 나중에는 진통제도 듣지 않아 나중에는 고열이 나고 구역질까지 하게 되었다.

새벽녘이 되자 서린은 너무 아파 침대에서 데굴데굴 구를 정도가 되었다. 그 모습에 깜짝 놀란 명윤이 염치불구하고 매니저님의 방으로 달려갔다.

"이거 보통 아니다. 증세가 심각한데?"

매니저님이 땀을 뻘뻘 흘리며 어찌할 바를 모르는 서린의 상태를 살폈다. 그녀도 놀란 기색이 역력했다.

"언제부터 아팠어?"

"서린이가 배 아프다고 한 건 며칠 되었어요. 우린 둘 다 생리통인 줄로만 알았죠. 그런데 이거 계속 더 심해지네요."

"이대로 놓아두면 안 될 거 같아. 당장 병원에 가서 진찰 받아야 할 것 같다. 잠깐만."

매니저님이 전화로 지사장님을 불러냈다. 호텔로 달려온 지사장님도 서린의 상태를 보고는 당장 병원으로 데려가야 할 것 같다고 말했다.

델리 아폴로 병원의 응급실로 실려온 서린은 진찰을 받았다. 단순한 배앓이거나 생리통이 아니었다.

[급성 맹장염입니다. 심각해요. 복막염으로 진행되고 있습니다. 당장 수술해야 합니다.]

[네에? 수술을요?]

[한국으로 돌아가서 수술하면 늦을 것 같습니다. 이대로 놓아

두었다가는 큰일날 것 같습니다.]

따라간 지사장님과 매니저님, 명윤이 동시에 입을 쩍 벌렸다. 의료기술이며 주변 환경이며 믿을 게 하나도 없는 이런 나라에서 수술을 해야 한다니. 마땅치 않았지만 어쩌랴? 환자는 다 죽어가고 있고, 의사 왈, 상태가 몹시 심각해서 당장 배를 갈라 떼어내야 한다는데.

"수술을 해도 괜찮을까요, 지사장님?"

"여기 아폴로 병원은 외국 환자들도 많이 받고, 델리에서는 제일 일류라고 소문난 곳이거든요. 선진기술이며 장비도 충분하고 의사들 실력도 좋다고는 합니다. 가능하면 한국으로 데려가서 수술하라고 말하고 싶지만, 이렇게 상태가 나쁘다면 어쩔 수 없지요."

"그럼 할 수 없지요."

서린은 새하얀 얼굴로 매니저님을 바라보았다. 아픔도 아픔이지만, 당장에 내일 비행을 펑크 내야 한다. 그것이 더 송구스러웠다.

"죄송해요, 매니저님."

"죄송은 무슨? 걱정 말고 몸이나 추슬러. 맹장수술, 진짜 별것 아니야. 삼십 분이면 끝나."

"네, 알아요."

"일단 서울에 연락해서 스탠바이 멤버 한 명 받고, 서린 씨는 병가 처리하자. 얼마나 쉴래?"

"맹장수술도 대강 일주일은 병원에 있어야 하잖아요? 게다가 비행할 정도로 몸이 회복되려면, 음 넉넉히 삼 주쯤은 쉬어야 할 것 같은데요."

병자인 서린 대신 명윤이 대답했다.

"그래, 그럼 삼 주 병가 내자. 그 처리는 한명윤 씨가 대신 해 주면 되고."

그리하여 단순한 생리통이라고 생각하고 무심히 넘긴 죄로 서린은 다음날 서울로 돌아가는 대신, 낯선 델리의 병실에 드러 눕는 신세가 되고 말았다.

명윤이 수술실 앞에서 기다려 주고, 또 마취에서 깰 때까지 밤 내내 같이 있어주었다. 하지만 그녀도 다음날 아침 비행 때 문에 떠나야만 했다.

"일주일 입원하고 퇴원해서 비행기 탈 정도가 되려면 그럭저 럭 한 열흘 걸리겠네. 한국에서 보자. 그런데 너 여기 혼자 있어 도 괜찮을지 모르겠다."

"괜찮아, 지사장님이 계시잖아. 신경 쓰지 말고 빨리 가. 탑승 시간 늦겠다."

떠나는 사람을 잡을 수는 없다. 서린은 힘없는 미소를 지어주 었다. 사실 명윤이라도 잡아놓고 싶은 생각이 간절했다. 하지만 비행기에는 반드시 일정한 수의 승무원이 탑승해야 한다는 규 정상 명윤이 빠질 수는 없었다. 비워진 서린 자신 때문에 서울 에서 대체 승무원이 날아온 상태가 아닌가.

문이 닫혔다. 같이 온 사람들이 떠나고 그녀 혼자 남았다. 억지로 의연하려 애를 썼는데도 불구하고 눈물이 주르르 흘렀다. 아픈 몸으로 이국의 낯선 병실에 홀로 누워 있다는 사실이 서린을 한없이 심약하게 만들었던 것이다.

한참을 그렇게 눈물이 흐르는 대로 두었다. 젖은 볼을 하고 서린은 다시 잠에 빠졌다. 통증을 약하게 하기 위해 의사가 처방해 준 진통제의 기운 때문이었다.

배에서 가스가 나오기 전까지는 아무것도 먹을 수 없다. 조금씩 움직여야 빨리 가스가 나온다고 한다. 그래서 사흘 내리 서린은 아픈 배를 움켜쥐고 병실 안과 복도를 몇 번 오락가락하는 것으로 하루를 보냈다.

그날 밤에는 고맙게도 지사장님과 사모님이 찾아주었다. 그 다음날에는 다른 비행기를 타고 온 동료들도 와주었다. 하지만 그것도 한때였다. 그들이 돌아간 후, 외롭고 의지할 데 없는 막막함을 느끼는 건 마찬가지였다. 이국의 적막한 병실에서 할 수 있는 일이라곤 잠자는 것뿐이었다. 그래서 서린은 입원한 내내 계속 잠을 자고 또 잤다. 의식적으로 자신에게 최면을 걸어가며 계속 잠들었다. 사실 그것 말고는 달리 할 일도 없었다.

이국에서 급작스럽게 아픈 것은 참 슬픈 일이었다.

델리 근교 신도시, 구르가온.

누군가가 침실로 들어와 창문을 가린 커튼을 열어주었다. 라탄은 게으르게 눈을 떴다. 다가온 강렬한 햇살에 눈쌀이 저절로 찌푸려졌다.

[잘 잤나, 아시프?]

[오늘 제가 회사에 출근하셔야 하니 제발 일찍 일어나 주십사 부탁드린 것으로 아는데요?]

그날의 조간신문들과 짜이 잔이 올려진 은쟁반을 건네주며 아시프가 차갑게 내뱉었다. 라탄은 아하 하고 이마를 쳤다.

[깜빡 잊었어.]

[회장님께서 잊어버리시는 일보다 기억하는 일이 많아질 때는 대체 언제쯤 될까요?]

[글쎄, 한 삼천만 년쯤 후에? 컴퓨터보다 더 정확한 기억을 가진 네가 옆에 있는 한 내가 그러기는 힘들 것 같지?]

하지만 아시프는 미소 한 번 없이 절도있는 동작으로 그에게 가운을 건네주었다. 그런 동작이 말없는 힐난이라는 것을 모를 수는 없다. 사탕이 녹아나듯 나른하고 달콤한 미소를 보내보았지만 소용이 없었다. 라탄의 실실거리는 매력이 절대로 먹혀들어 가지 않는 자가 있다면, 바로 아시프였다.

[나한테 너무 많은 것을 요구하지 말라고. 새벽에 들어온 건 자네가 더 잘 알면서.]

[갑자기 빙벽을 타러 잠적하신 이유를 여쭈어도 될까요?]

[말 안 할래. 해보았자 자넨 나더러 멍청하다고 어줍잖은 충고나 할 텐데. 뭐, 좀 어리석은 짓을 했어. 속죄의 의미로 고난의 행군을

했다고 해두자고. 그보다, 뭐야! 짜이 맛이 왜 이래?]

　라탄은 절망하여 부르짖었다. 아침의 짜이 한 잔이 얼마나 커다란 즐거움인데. 첫 입맛을 끔찍하게 버렸다. 틀림없다. 게으른 주인에 대한 복수의 의미로 아시프는 오늘의 짜이 잔에 설탕 반 스푼만 넣었을 것이다.

　라탄은 맛이라고는 하나 없는 짜이 잔을 내려다보며 불만스레 투덜거렸다.

　[이것 봐, 역시나 또 그래. 왜 설탕을 네 맘대로 반 스푼만 넣은 거지?]

　[설탕은 몸에 좋지 않습니다. 줄이십시오.]

　[웃기지 마. 그러는 넌 네 스푼이나 넣잖아?]

　[회장님보다 제 몸무게가 덜 나갑니다만.]

　[네 키가 작잖아. 헛소리 말고 설탕 단지 가져와!]

　어쩔 수 없다는 듯 아시프가 설탕 그릇을 내밀었다. 라탄은 듬뿍듬뿍 설탕 네 숟가락을 퍼서 짜이 잔에 넣었다.

　[오늘은 기분이 좋지 않아. 달콤한 것이 필요해.]

　[이 며칠 내내 기분이 좋지 않았던 것으로 압니다만? 새삼스레 기분이 좋지 않다고 하시면 제가 긴장됩니다.]

　주인어른의 기분이야 누구도 맞출 수 없지요. 헛기침을 하며 아시프가 비웃었다. 어렸을 때부터 허물없는 형제처럼 같이 자라온 사이이다. 어지간한 문제에 대해선 아시프가 무례하게 굴어도 라탄이 대강은 참아주는 형편이었다. 혀끝에 닿는 짜이의 푸근한 감미로움을 음미하며 스케줄 표를 든 그를 건너다보았다.

[이제야 좀 마실 만하군. 자, 이야기해 봐. 오늘 내가 왜 회사에 나가야 하는 거지?]

[일단 델리 시내 지하철 건설 문제로 건설부 장관과의 면담이 있습니다.]

[그 다음은?]

[제철공장의 증설 문제와 관련하여 결정을 내려주셔야 합니다.]

[좋아.]

[삼십 분 후에 아침 식사를 준비하겠습니다. 수영이나 하시죠. 몸이 개운해지실 겁니다.]

[48시간 동안 빙벽을 타고 온 사람더러 또 수영하라고 몰아붙이는 건 너무한 것 아냐?]

[그럼 러닝머신은 어떨까요?]

돌아서는 아시프의 등 뒤로 라탄이 내던진 신문이 너펄거리며 방바닥으로 내려앉았다.

지독한 놈. 시키는 대로 그가 수영을 하지 않는다면, 아시프는 절대로 그에게 아침 식사를 차려주지 않을 것이다.

'어떻게 된 게 저놈이 내 주인 노릇을 하는 거지?'

침대에서 일어나 수영복을 꿰입는데, 휴대전화가 움직였다. 번호를 확인한 후에 폴더를 열었다. 버럭 고함을 질러주었다.

[이른 아침부터 웬 전화질이야?]

—[아침? 여긴 저녁인걸?]

남의 사정은 전혀 생각하지 않고 유유자적 제 하고 싶은 대로 하고 마는 친구란 놈. 유들거리는 목소리에 라탄은 휴대전화를 벽 쪽으로 내동댕이치고 싶었다.

[왜 전화한 건데?]

—[문득 심심해서. 이제 막 프로그램 하나 끝냈거든. 석 달 동안 완전히 잊고 산 사교생활을 좀 해보고 싶어서 말이지. 이래 봬도 내가 너의 베스트 프렌드 아니겠어? 잘살았냐? 라탄, 나 오늘 밤에 델리로 갈 거야.]

[오지 마. 보기 싫어.]

라탄은 딱 잘라 거절했다.

전화를 걸어온 이는 세계적인 프로그래머이자 〈넥스트 엔 뉴 웨이브〉 사의 사장 에릭 스톨만이었다. 자칭 타칭 라탄의 가장 친한 친구라는 놈, 물론 라탄은 '웬수 덩어리' 라고 부르지만.

라탄과 하버드 동창이기도 한 에릭은 라탄 자신과 마찬가지로 금수저를 입에 물고 태어난 놈이었다. 텍사스 땅의 사분지 일 이상을 그의 가족이 소유하고 있을 정도이니 말이다.

그 정도 대부호의 외동아들로 태어났으면, 염치가 있어야 할 것이 아닌가. 방탕하게 탈선하고 마구 놀아줘야지. 파티걸들의 봉(鳳) 노릇도 해주면서 종종 파파라치들의 먹잇감 노릇도 해줘야지 말이야. 마구 소비하고, 엄청 사치하며 세계 경제 활성화에 이바지를 해줘야 하는 것 아닌가?

그런데 에릭 스톨만의 라이프 스타일은 대부호들의 건전하고 우아한 사교생활과는 남극과 북극처럼 멀고도 멀었다. 그는 라탄과는 완전히 정반대, '근면 성실한 인간'이었던 것이다.

열다섯 살에 리눅스 커널 개조, 경이로운 압축율을 자랑하는 소프트웨어 제작. 스물한 살에 박사학위 취득. 게다가 그는 전 세계 수십만 명의 젊은 컴퓨터 학도들로부터 열광적인 지지를 받고 있는 사이버세계의 신흥 교주였다.

[잘난 나의 재주를 당연히 인류공영에 이바지하는 데 사용해야지. 난 말이지, 어릴 때부터 컴퓨터에 천부적인 재능을 보였어. 스톨만 가문의 모토가 그거잖아. 남들이 안 가는 길을 가자. 우리 증조부가 서부에 처음 철도를 깔았듯이 난 0과 1의 세상을 개척하기로 마음먹었지.]

[그래서 시작한 게 딴 것도 아니고 해킹질이었냐, 인마?]

[한번 세상을 놀래켜 보고자 했던 치기 어린 영웅 심리였지. 철없는 어릴 땐 다 그렇게 놀아. 그리고 열두 살에 나사 해킹 정도는 자랑거리도 아니거든. 싱가폴의 본셍은 겨우 아홉 살에 뚫었다구.]

경제적으로 풍족했던 에릭은 자신이 만든 모든 프로그램 소스들을 공개했다. 순풍에 돛단 것마냥 늘 즐겁던 친구가 뜻밖에도 몇 년 전 연락도 없이 그를 찾아 훌쩍 델리로 날아왔다.

집에 들어서자마자 술부터 내놓으라고 요구하던 그의 얼굴은 검은 고뇌로 수척해져 있었다.

[나 좋다고 소프트웨어 만들고, 그것을 돈으로 만들 필요가 없기 때문에 공짜로 줘버리는 것. 잘하는 일일까?]

[무슨 소리냐?]

[MS가 지나치게 독주하고 있어. OS시장 점유율이 80% 이상이고 MS워드의 경우는 90%를 훨씬 웃돌지. 그런데 나는 겨우 한 자리 수밖에 차지하지 못하는 리눅스 커널이나 만지고 있지. 미치겠다. 내가 뭘 해야 하는 거지?]

술이 한 잔 두 잔 들어가자 에릭은 라탄이 알아듣지도 못할 푸념을 주절거렸다.

[인마, 말을 하고 싶은 게 있으면 내가 알아듣게 해. 그래야 충고라도 해주지.]

[젠장! 컴맹에 가까운 네놈이 내 고민을 어찌 알겠어? 왜 내가 널 찾아왔을까? 넷스케이프의 소스 공개, 그게 어떤 의미인지 네놈이 알 게 뭐야? 이제 조만간 빅브러더가 세상을 지배하게 될지도 모르는데, 네놈은 걱정도 되지 않냐?]

[내가 네놈처럼 컴퓨터를 주물럭거리진 못해도, 네가 제대로 된 정신으로 설명을 하면 못 알아듣지는 않아.]

[MS에서 쓸 만한 소프트웨어 기업들은 전부 삼켰다.]

[사업에서 그건 당연한 거야. 약육강식.]

[그리고 윈 98에 익스플로러를 강제로 탑재했다. 그래서 시장 점유율 80%를 차지하던 경쟁 제품인 넷스케이프가 소스 공개

라는 엄청난 짓을 했지.]

[독점 기업인 MS사의 횡포가 심하다는 것은 나도 생각하고 있었던 바야. 여기 인도라고 다르지 않으니까 말이야. 인도의 IT가 주목받기 시작한 것이 벌써 몇 년 전인데도 불구하고 여기도 사정은 마찬가지니까.]

[그래서 내가 기업을 해야 하는지 심각하게 고민 중이다.]

[네놈 능력이면 MS의 독점을 깨는 데 상당한 역할을 할 수도 있겠지. 그런데 뭐가 문제냐?]

[이제까지 내가 사고하던 모든 것들을 반대로 뒤집어야 하니까.]

[난 널 이해할 수 없어. 이제까지 그런 것을 모르던 것도 아닐 텐데 갑자기 이러는 이유가 뭐냐?]

[컴퓨터쟁이가 아니면 누구도 절대 내 기분을 이해하지 못해.]

[웃기네.]

컴퓨터쟁이는 비트만 먹고 물도 먹지 않고 사냐? 라탄은 이 지구상에서 먹고사는 문제로 고민 중인 오십구억 컴맹인의 대표 자격으로 에릭의 옆구리를 비수로 푹푹 찔러 버렸다.

[리눅스 커널인지, 애널인지 그게 뭔지는 모르겠는데 네가 지금 지껄이는 수치로 볼 때 내가 분명하게 말할 수 있는 것이 하나 있지. 난 리눅스가 발전하지 못하는 이유는 상업적이 아니기 때문이라고 생각해.]

[어, 그래?]

[너 때문에 나도 네 프로그램을 좀 써보려고 노력했는데 신경 질나서 안 써. 네 프로그램은 도무지 사용자를 고려하지 않고 있잖아? 그런 프로그램을 어떻게 쓰냐고! 망해도 싸, 인마.]

신랄한 라탄의 비판에 에릭은 멍하니 듣고만 있었다.

[거기에 비해 윈도우는 아주 편하지. 돈 주고 살 만하다고. 소비자는 단 하나만 봐. 싸고 품질 좋고 편리해야지. MS의 독점을 깨고 넷스케이프인지 넥스스카프인지의 복수를 하고 싶다면, 윈도우보다 더 편리하고 싸고 품질 좋게 프로그램 만들어서 팔아. 그건 네 전문이잖아.]

바로 그 대목에서 라탄은 에릭에게 한 대 얻어맞고 말았다. 그리고 에릭은 뒤도 돌아보지 않고 델리를 떠나 버렸다.

그를 다시 만날 수 있었던 것은 그로부터 일 년 후였다.

심기일전하고 개과천선한 그가 〈넥스트 엔 뉴웨이브〉 사를 만들고, 그곳에서 발표한 스톨만 유틸리티가 대히트를 치기 시작할 무렵이었다.

인터뷰를 하고 있던 에릭의 얼굴에는 일 년 전의 그늘이 완전 벗겨져 있었다. 친구 놈은 자신이 갈 길을 정확히 찾은 것이다. 대신 몸무게는 10kg이 더 불어 있었지만.

이번에도 둘둘 굴러와서 또 얼마나 깐죽댈까? 그렇지 않아도 심란한 속을 얼마나 뒤집으려고?

냉담한 라탄의 반응에도 불구하고 에릭은 제멋대로 제 나름의 여행 스케줄을 읊어대고 있었다.

―[네 집에서 이틀 쉬어가는 영광을 베풀어줄게. 서울 가는 길에 잠시 들러주마. 어디 도망가지 말고 얌전하게 기다리고 있어. 그런데 갑자기 히말라야 빙벽 등반은 왜 하고 난리야? 얌전하게 살지. 너희 어머니 간 떨어진 거 안 보여?]

[남이야 빙벽 등반을 하든 말든, 진창에서 구르든 말든 왜 간섭해, 자식아?]

―[제가 내킨다고 할 일 다 버려두고 빙벽 타러 가는 네놈을 비웃어주어야 하는 거냐? 아니면 존경해 주어야 하는 거냐? 어쩌면 넌 그렇게 놀고 또 놀 수 있냐? 그렇게 놀기만 하면 지겹지도 않아?]

에릭은 하루 24시간을 일하고 그것으로도 모자라 더 일하는 진정한 워커홀릭이었다. 애인보다 더 귀한 컴퓨터를 끼고 코딩에 몰두하는 것이 유일한 취미이자 특기인 그는 날마다 놀자판인 라탄을 절대로 이해하지 못했다. 태어날 때부터 한량이자, 뼛속까지 게으름쟁이인 라탄은 그런 일벌레 에릭을 용납하기 힘들었고.

라탄은 질세라 쏘아붙여 주었다.

[내가 할 말이야, 에릭. 넌 그렇게 일하고 또 일만 하다 보면 인생이 서럽지 않냐? 손해 보는 것 같지 않냐고.]

―[그렇게 놀다 보면 네 뇌가 썩어내릴걸? 너도 이제 보람찬

일 속에서 참된 기쁨을 찾아봐. 라탄, 이건 진정한 우정으로 충고하는 거야.]

[인생의 참맛이라고는 아무것도 모르는 주제에 충고는. 좋은 말 할 때 입 닥쳐라, 에릭 스톨만.]

멍청한 놈 에릭. 이 자식은 군림하되 지배하지 않는 자의 고충을 조금도 이해하지 못하고 있다.

때때로이기는 하지만, 제 몸으로 움직이지 않고 손가락 끝으로 모든 것을 움직여야 하는 자의 일도 나름대로 격무인 법이다. 과로사까지 유발하는 부담이었다. 그러니 아버지가 그리 갑자기 사무실에서 쓰러지지. 남들의 일 년치 일을 라탄은 한 달에 몰아서 하는 편이었다. 대신 열한 달은 재미있게 놀아주겠다는 거다. 뭐가 문제인가?

그렇게 사는 자에게, 종종 권태라는 반갑지 않은 괴물이 달려들어 좀 피곤할 뿐이지, 전혀 문제 따윈 없었다. 인생은 짧다. 마음껏 즐기자, 이것이 라탄의 유일한 선(善)이자 단 하나 인생철학이었다.

―[하긴 네 말도 맞아. 사람이 일도 하고 놀기도 해야지. 그래서 이번에는 내가 베스트 프렌드인 너를 위해 특별히 놀아주기로 했으니 영광으로 알아.]

[네놈하고 놀 시간 따윈 없어. 제 놈이 일하기 시작하면 나란 인간이 있다는 것도 잊어먹는 자식이 무슨 베스트 프렌드야? 웃기지 마.]

라탄은 콧방귀를 뀌며 버럭 소리쳤다. 한번 일에 미치면 옆에 가도 귀찮다고 걷어차는 놈이 무슨 베스트 프렌드? 양심도 없지.

[그나저나 한국엔 왜 가는 거냐?]

—[귀찮지만 강연이 잡혔어. 한국 프로그래머들, 괜찮은 인간들 있으면 몇몇 잡아올 생각도 있고. 또 할머니 생신이시라, 손자로서 한번 뵈러 가야 그게 도리지.]

에릭의 어머니는 한국 분이시다. 라탄은 수영장으로 내려가며 핸드폰을 다른 귀로 옮겼다. 발목 아래로 감기는 물의 느낌이 서늘하게 솟구쳤다.

[그나저나 북극곰, 살은 좀 뺀 거냐?]

—[더 늘었다. 석 달 동안 앉아서 코딩만 하고 있었는데 어떻게 살을 빼? 허리랑 엉덩이 살이 더 찐 거 있지? 나 이제 진짜 몽실해졌어. 아무래도 바지를 죄다 새로 맞춰야 할까 봐.]

라탄은 이제 100kg을 넘어가는 에릭의 한심스런 몸매를 생각하며 혀를 찼다. 몸무게가 더 불었다고? 정말 심각하군. 이 자식을 잡아다가 병원에 처넣고 지방흡입수술을 받게 하거나 위 절제수술을 시켜야 하는 건가?

[너 그러다가 비만증으로 빨리 죽는다. 살 좀 빼, 자식아. 사랑스럽고 섹시하던 열여섯 나의 에릭으로 돌아오라고.]

—[싫어. 내가 살 빼고 섹시해지면 네가 또 덮칠 거 아냐? 난 정말 친구하고 섹스 하기 싫어. 무서워. 난 계속 몽실한 채

살래.]

　라탄은 두 번째로 휴대폰을 집어 던질 뻔했다. 철없던 하버드 시절, 세상 유행 따라 야들한 미동(美童)들을 좀 사랑해 보았던 전력을 새삼스레 상기시키는 이 '친구'란 놈을 어찌 요절을 내 줄까?

　[안 덮쳐. 요새 난 남자한테는 관심없다고 그랬잖아. 게다가 너처럼 더러운 곰탱이 녀석은 먹을 마음이 전혀 없거든. 사양할 게.]

　—[라탄, 너 좀 변했구나. 그전에는 나더러 그저 한 번 자달라 고 징징대더니 말이지.]

　[30kg만 살 빼고 와. 그럼 안아줄게.]

　—[나가 죽어라, 자식아! 여하튼 내일 보자고. 나 피해서 도망 가기만 해. 죽여 버릴 거야.]

　[날 보러 올 시간은 있냐? 일에 치여 죽는다고 하더니.]

　—[아무리 바빠도 네 얼굴은 한번 봐야지. 네가 부탁한 것, 정 말 근사하게 프로그램 만들었다고. 너무 좋아서 죽지는 말라 고.]

　비로소 라탄의 입술에 미소가 떠올랐다. 에릭이 전화를 한 이 유를 알 것 같았다. 일에 치여 죽는다는 그가 일부러 델리에 온 다는 것은 예전에 은밀히 부탁한 회사의 회계와 예산 프로그램 교체 작업이 완결되었다는 것을 알려주려는 것이다. 총수인 그 의 눈을 속이고 교묘하게 비리를 저지르는 인간들, 어디 한번 날벼락을 맞아보라지.

[좋아, 에릭. 내일 보자.]

—[그런데 라탄, 무슨 일이 있어?]

[왜?]

—[네 목소리가 그다지 좋지 않아. 만사 귀찮은 목소리인걸? 실연이라도 당한 건가?]

역시 마음 통하는 친구. 게다가 세계에서 으뜸가는 천재적 두뇌를 가진 녀석이다. 겉으로야 몽실한 뚱뚱보라서 둔하게 보여도 사실 어떤 면에서는 지독히도 날카롭다. 라탄은 잠시 호흡을 멈추고 직격으로 관통당한 심장을 진정시켰다.

비록 일 라운드는 참패였지만, 아직 게임은 끝나지 않았단 말이지. 그는 턱을 치켜들고 오만하게 대답했다.

[설마! 내가 실연당하는 것 봤어? 실연을 시켰겠지.]

—[어련하겠어? 모든 사람에게 사랑받으나 절대로 그 누구도 사랑하지 않는 바람둥이 라탄. 너 언젠가는 남의 마음 우습게 여긴 대가를 한꺼번에 치르게 될걸? 천벌받을 거다, 이 자식아. 넌 반드시 죽도록 괴로운 실연을 당해야 해. 그래야 정의지.]

마지막까지 사람 속을 북북 긁어놓는다. 망할 놈의 에릭 자식. 만나기만 해봐, 반쯤 죽여놓겠어.

이를 갈며 라탄은 휴대전화를 아무렇게나 던져 버렸다. 풍덩 소리를 내며 물속으로 깊이 잠수했다.

알고 있어. 아주 잘 알고 있다고.

깊푸른 물속에 잠겨 라탄은 태아처럼 숨을 멈춘 채 부유했다. 내가 천벌을 받은 거란 건 내가 더 잘 알고 있다고. 죽음 같은 물의 정적 안에서 그는 홀로 한없이 삐뚤어진 미소를 지었다. 가득 물을 머금은 채 다시 직선으로 솟구쳐 수면 위로 나왔다.

'존재하지 않는 환상의 존재에 마음을 뺏겨 그 누구도 사랑할 수 없었다. 그게 바로 나지. 그 여자를 마침내 만났지만, 그녀에게 보기 좋게 거절당한 못난 놈도 역시 나지. 에릭, 정의가 이루어질까 걱정하지 마. 난 이미 천벌을 받고 있으니까.'

푸른 물의 흔들림을 바라보는 남자의 깊은 눈이 새카맣게 변했다. 이서린. 그는 수영장의 물비늘이 그를 거절하고 달아나 버린 여인이나 되는 듯이 오래도록 노려보고 있었다.

단 한 번도 이렇게 여자 뒤꽁무니를 쫓아본 적이 없었다. 사랑의 신 크리슈나가 그러하였듯이. 쓸데없이 정신과 시간을 낭비해 가며 안달할 필요가 없었다. 그가 눈짓 한 번만 해도 어떤 여자든 손에 넣을 수 있었다. 그래서 결국 권태로 끝나는 막간의 해프닝이 되고 마는 애욕의 유희들.

하지만 서린은 달랐다. 그녀는 그에게 흔들리지도 않았고 유혹당하지도 않았다. 아주 확고하고 선명한 색으로, 작으나 서슬 푸른 칼날처럼 정확하게 자르고 의사를 밝혔다. 그의 인연이 아니라고 밀어냈다. 하지만 그건 그가 원하는 바가 아니다.

'네가 아무리 부인해도, 넌 이미 내 여자니까.'

누가 뭐래도 좋다. 그녀가 달아나도 좋다. 그는 이미 결정해

버렸다. 사랑스러운 처녀는 자신의 것이 될 것이다. 그녀는 그의 여자로 태어난 존재였다. 신은 그와 함께 그녀를 만들었다. 둘은 하나가 될 것이다. 그렇게 정해 버렸으니까.

그가 놓아주기 전까지는. 절대로 그녀는 그에게서 도망갈 수 없다. 하지만!

'그날처럼 네가 울면, 그때처럼 나를 벗어나려 네가 울면, 나는 어떻게 해야 할까.'

사흘 내리 열 개의 맨손가락에 의지하여 수직의 빙벽을 올라붙었다. 살갗이 벗겨지고, 피가 흐르며, 온몸의 감각이 얼어붙어 심지어 오줌마저 흐르지 않는 극한의 고통 안에 자신을 몰아넣으며 찾아내고 싶었던 해답. 하지만 찾을 수 없었던 해답. 이서린. 그녀의 존재. 그녀의 의지.

천하의 라탄이라 해도 마음대로 되지 않는 게 있었다. 망신스럽게도 거절당하고 거부당했다는 사실을 인정하는 일은 끔찍하게 쓰고 시기만 했다.

'평상시면 절대로 하지 않을 실수투성이였어. 몸서리쳐지도록 서툴렀지.'

서서히 다가가, 결정적인 순간에 낚아채서는 그녀가 거부할 사이도 없이 전광석화처럼 소유해 얼을 빼놓았어야 하는 건데. 후회 속에서 잠을 이루지 못했다.

하지만 서린 앞에서 그 어떤 계산도, 이성도, 교활하고 냉철한 계획도 다 헛것이 되고 만다. 제멋대로 춤추고 두근거리는 심장과 감정은 지금껏 그가 단련해 온 모든 평정과 절제력을 한 꺼번에 앗아가 버렸다.

라탄은 몸을 곧추세웠다. 수영장 가장자리에 팔을 걸치고 얼굴을 묻었다.

미치겠어. 남자의 입술 사이로 나직한 신음이 새어나왔다. 잊지 못해. 시시각각 떠올라 견딜 수 없어.

그때의 키스. 아주 짧게나마 두 팔에 담겼던 그녀의 나긋한 몸. 그 부드럽고 사랑스러운 향기를 안았던 기억은 그를 또다시 견딜 수 없이 흥분하게 만들었다. 동시에 갈망하게 만들고 결핍되어 미칠 것같이 만들었다. 그 입술이 설사 완전히 그의 것은 아니었다 해도 상관없었다. 잠시 훔쳐 맛본 키스는, 달콤한 포도주처럼 혈액 속으로 스며들었다. 그를 아찔하도록 취하게 만들었다. 그것은 불의 각인. 두 개의 입술이 맞닿은 그 순간. 오히려 더 깊이 확신하게 되었다. 그녀는 오직 그를 위해 만들어진 존재였다.

고개를 치켜들었다. 뿌연 열기가 어리는 하늘 위로 항공기 한 대가 비상하고 있었다.

'끝이 아니야. 두고 보자고. 언제든 마음만 먹으면 난 널 보러 갈 수가 있어.'

나직한 혼잣말이 정적 속에서 울려 퍼졌다. 푸른 물결을 응시하는 남자의 눈이 내내 검푸르게 빛나고 있었다.

[넌 절대로 도망가지 못해.]

점심 식사가 끝난 후 출근을 위해 옷을 차려입던 중이었다. 라탄은 자신도 모르게, 근원을 알 수 없는 어떤 기묘한 고통 안에서 가벼운 신음을 흘리고 말았다.

[어디 불편하십니까?]

재킷을 건네주던 아시프가 깜짝 놀란 얼굴을 했다. 다급하게 물었다.

[아니, 괜찮아.]

[너무 무리하신 건 아닐까 생각됩니다. 그러게 갑자기 빙벽 등반은 왜 하신 겁니까?]

[네 말을 듣고 있으니 말이지, 아시프. 너무 놀아서 병이 생긴 것 같다는 말로 들려.]

라탄은 심드렁하게 내뱉었다. 갈라지고 벗겨진 손끝이 좀 아팠지만 뭐, 그다지 대수롭지 않았다. 이 순간 그가 느낀 이 불길한 아픔은 좀 더 근원적이고 속 깊은 둔통이었다. 예민한 신경이 이 며칠의 스트레스를 견디지 못한 건가? 아시프가 다시 안색을 회복하며 되받았다.

[그걸 알아들으시니 다행입니다만.]

[물론 그게 사실이긴 하지만, 기분 나빠. 네가 대놓고 그런 말을 하면 엄청 건방지게 들려. 조심해.]

그가 사무실에 도착한 시간은 대부분의 직원들이 퇴근할 무렵이었다.

늦은 오후. 게으른 맹수가 초원을 지나가듯, 만사 귀찮고 심드렁한 얼굴로 복도를 지나쳐 갔다. 두어 달이 넘어도 얼굴 한 번을 보기 힘든 그에게 직원들이 목례를 하고 지나쳐 갔다. 마냥 게으름 부리고 놀자 탱자 하는 그의 모습이 이제는 놀랍지도 않다는 뜻이다.

안 나가도 그만, 나가도 그만. 총수라는 라탄의 존재래야 기껏 상징적인 의미일 뿐이었다.

나라를 다스린 그의 선조들과 마찬가지로 창업자인 증조부를 비롯한 선대 회장들은 홀로 놓아두어도 잘만 돌아가는 거의 완벽한 회사를 남겨주었다.

라탄 자신 또한 일은 일 잘하는 자들에게 맡기자 하는 주의였다.

적재적소, 제대로 인간을 박아두면 회사는 저절로 굴러가게 마련이다. 실을 잡고 있는 그는 가끔씩 말 잘 안 듣고 엉뚱한 길로 가려는 자의 엉덩이나 걷어차 주면 되는 것이다. 예컨대, 지난번처럼 비리투성이인 고모부인 하잘의 목을 단번에 잘라주는 일 같은 것 말이다. 길지 않은 인생, 무엇하러 힘든 일이나 하며 바쁘게 쫓기듯이 살아야 하는가?

라탄은 비서인 다르사함과 아시프가 재촉하는 대로 두 건의 회담과 밀린 결재를 세 시간 만에 해치웠다. 만년필을 잡는데, 터지고 갈라진 손끝이 욱신거린다. 하지만 불길하고 기묘한 아랫배의 통증은 내내 계속되고 있었다. 혹시 체한 건가?

아시프를 불러 소화제를 하나 찾아보라고 말할 참이었다. 가족들과 친한 친구들만이 알고 있는 직통 휴대전화가 울렸다. 어머니의 다정한 목소리가 들려왔다.

—[바쁘지 않니?]

[괜찮습니다.]

—[아시프가 그러는데 히말라야 빙벽 등반을 다녀왔다고? 무사한 거지?]

[물론이죠. 무사하니 제가 여기에 앉아 있는 거죠.]

[델리의 아파트에도, 뭄바이 별장에도 연락을 했단다. 산호세의 에릭에게까지 연락했어. 너무 자주 오랫동안 사라져서 걱정을 시키지는 말아주렴.]

어머니 카말라의 목소리는 상냥했지만, 그 어디에고 걸림 없는 바람 같고 강물 같은 아들에 대한 애정 서린 걱정으로 가득차 있었다.

[걱정 마세요. 늘 조심하고 있으니까요.]

—[오랜만인데 집에 한번 들러줘. 식사나 같이 하자꾸나. 하나뿐인 아들 얼굴도 잊어먹겠다.]

어지간해서는 그의 행방에 대해 간섭을 포기한 지 오래인 어머니였다. 그런 분이 일부러 전화까지 해서 식사를 하자는 것은 굉장히 중요한 이야기가 있다는 뜻. 라탄은 컴퓨터 화면에 뜬 다음날의 스케줄을 바라보았다. 별다른 일은 없었다.

[좋아요. 내일 제가 다섯 시까지 가죠. 에릭이 올 예정이에요. 같

이 가겠습니다.]

　─[그래, 알았다. 그리고 보니 에릭을 본 지도 한참 되는구나. 어디에서 무슨 일을 하든 늘 조심하고 건강해 주렴. 부탁해.]

　[당연하죠, 어머니. 제가 이렇게 순조로운 것은 할머니와 어머니께서 날마다 저를 위해 행하시는 15)푸자 덕분인걸요. 사랑해요, 어머니. 하지만 전 지금 회의에 들어가야 합니다. 어떡하죠?]

　─[저런 너무 너를 잡아두었구나. 이만 전화를 끊자. 내일 보자꾸나.]

　행여 아들에게 폐를 끼쳤나 싶어 당황해하는 목소리였다. 카말라가 서둘러 전화를 끊으려고 했다. 그럼에도 마지막 순간까지 아들에 대한 걱정과 사랑을 감추지 못했다.

　─[난 언제쯤이면 너에 대한 걱정을 거둘 수 있을까? 난 항상 네가 세 살 된 어린애처럼 느껴지는걸. 미안해, 라탄. 이런 어미의 주책을 이해해 주렴. 사랑한다.]

　[어머니이신걸요. 당연한 일이죠. 사랑해요, 어머니. 내일 뵙죠.]

　라탄 자신도 유럽과 미국에서 교육을 받았고, 두 분 부모님 역시 유학파이다. 어려서부터 사랑 표현에 대해서는 관대한 편이었다. 보수적인 인도 가정에서는 상당히 드문 경우였다.

　'적어도 이 전화로 인해 어머니는 오늘 하루 편안하게 주무시겠군.'

---
15)푸자: 신에 대한 예배

라탄은 휴대전화를 만지작거리며 생각에 잠겼다.

어머니에게 있어 막내이자 아들 라탄은 유일한 종교이자 신(神)이었다.

그녀는 그를 불편하게 하거나 힘들게 하는 그 어떤 일도 하지 못했다. 그가 조금이라도 아프거나 화를 내면 어머니는 하루 종일 안절부절, 근심과 걱정에 가슴 떨며 집 안에 마련된 기도원에서 기도를 드리곤 했다. 라탄은 어머니에게 그 정도로 귀중하고 사랑스러운 아들이었다.

인도에서도 손꼽히는 명문인 두 가문이 혼인을 맺었다. 남편은 프랑스에 유학 중인 전도유망한 경제학도였고, 아내 또한 고귀한 가문의 딸로 주(州) 하나의 토지만큼의 지참금을 지니고 시집온 터였다. 그들 부부는 모든 사람의 축복을 받으면서 장장 보름간의 혼인 의식을 마쳤다.

하지만 신들의 노염을 샀는지 결혼 후 십이 년 동안 딸 넷만 낳고 아들을 낳지 못했다.

인도에서 아들을 낳지 못한다면 여자는 의무를 다하지 못한 것으로 간주된다. 인도에서는 남자만이 푸자를 모실 수 있다. 때문에 아들을 낳지 못한 여인은 가문과 그녀 자신을 위해 예배를 모셔줄 사람이 없는 셈이다. 그래서 아들이 없는 한 여자는 불완전한 존재일 수밖에 없었다.

고민에 휩싸인 어머니는 락쉬미 여신을 모신 사원에서 일 년 동안 단식기도에 들어갔다. 어느 날 꿈에서 아름다운 여신이 미소 짓는 것을 본 후 그녀는 남편의 집으로 돌아왔다. 두 달 후 그녀는 임신을 했다는 기쁜 소식을 전할 수 있었다.

여덟 달이 지나 타다 가문의 막내이자 유일한 아들이며 삶의 희망이요, 자랑인 라탄이 태어났다. 사랑스러운 검은 신 크리슈나를 꼭 닮은 아름다운 아들이었다. 그런 상황이니 어머니가 그에 대해 가지는 집착을 받아들이고 이해해야 한다고 다시 다짐했다. 그가 그녀의 몸을 빌려 태어난 이상, 그것은 감당해야 할 빚이었다.

'하지만 내가 서린을, 어머니가 가장 꺼려하는 외국인을 마음에 담고 있다는 것을 아셔도 어머니는 여전히 나에게 관대하실까? 이해하고 받아주실까?'

[헤이, 라탄.]

작은 코끼리만큼의 덩치를 지닌 거구의 사내가 어기적거리며 걸어나오고 있었다. 걷는다기보다는 거의 굴러 나오는 수준이었다. 차 앞에 선 라탄을 바라보며 활짝 웃어 보였다. 일 년 삼백육십오 일 내내 꿰어 입고 사는 청바지에 구겨진 면 티. 허름한 스니커즈를 질질 끌고 있었다. 세련된 라탄의 심미안으로는 도저히 보아줄 수 없는 추한 꼬락서니였다.

십여 년 전만 하더라도 생으로 잡아먹고 싶을 정도로 섹시하고 귀엽기만 하더니. 인간이 어떻게 저렇게 구겨질 수가 있는 건가? 라탄은 가장 친한 친구의 망가진 모습에 혀를 찼다.

'반년 전만 해도 저 정도는 아니더니 말이지. 만날 빅맥 두 개씩 꾸역거릴 때부터 알아봤지만, 완전히 공룡이잖아?'

에릭이 차에 올라타며 씩 웃었다.

[영광이야, 친구. 날 위해 차까지 대기시켜 놓고 기다려 주다니.]

[인마, 살 빼라고 그랬지?]

[빼서 뭐 하게? 사는 데 지장없으면 돼.]

에릭이 가볍게 라탄의 핀잔을 일축했다. 제 놈이 타자마자, 불쌍한 차가 한쪽으로 찌그러져 기우는 것을 느끼지도 못한단 말인가? 아무래도 집에 가서 에릭이 앉은 쪽 차바퀴를 한 번 점검하라고 일러야 할 것 같았다. 저 정도 무게면 타이어가 펑크 나고도 남지.

[서버를 보려면 회사부터 들러야 하지 않나?]

일벌레 에릭다운 말이었다. 라탄은 고개를 끄덕였다.

[공작궁으로 가야 해. 일은 그 다음에.]

[좋아. 밤새워 너랑 회사에서 놀면 되겠네.]

[밤을 새워? 왜 사무실 바닥에서 뒹굴자고? 너 같은 뚱보하고는 죽어도 섹스 안 해, 자식아.]

[라탄, 난 너처럼 바이섹슈얼이 아니란다. 유혹 날리지 마. 그리고 뚱땡이 좋아하는 녀석도 많아. 몽실해서 안기기 좋다는 여자들도 있더라고.]

더러운 코끼리 주제에 양심도 없다. 매력이 떨어졌단 말을 듣자마자 에릭이 짐짓 상처받는 척했다.

[무슨 바람이 불었는지 모르겠다. 어머니께서 다섯 시까지 공작궁으로 반드시 오라고 하셨어. 지루하겠지만 일단 저녁 식사를 하고 자리를 옮기자고.]

[너, 오늘이 무슨 날인지 몰라?]

[왜? 무슨 날이야?]

에릭이 무슨 말을 하려다가 입을 다물었다. 주먹으로 라탄의 머리통을 두들기는 시늉을 했다. 라탄은 에릭의 빙글거리는 갈색 눈동자를 노려보았다.

[왜?]

[왜 사냐?]

[왜 살긴? 놀려고 살지.]

[아하!]

[내 인생관이야 잘 알면서, 새삼스레 왜 물어?]

[놀려고 산다면서 정작 기억해 놓고, 잔뜩 놀아야 할 날은 기억 못해? 너 진짜 무엇에 홀린 놈 같다. 제정신이 아냐.]

[맞아, 지금 난 제정신이 아냐.]

라탄은 주저하지 않고 긍정했다. 어린 시절부터 꿈에서 만나왔던 여자를 이 세상에서 만나 버렸다고 누구에게 말할까? 누구나 그런 말을 들으면 그더러 미쳤다고 할 것이다.

'게다가 그 여자는 나란 존재에 대해서 전혀 관심이 없지. 풋내기처럼 서툴게 접근하다가 보기 좋게 망신만 당했다고는 더

더구나 말할 수 없지.'

애욕과 사랑의 신인 라탄 자신이 아닌가? 그런 사내가 창피하게 서른둘의 나이에 이르러서야 방향을 달리하여 날아간 카마의 무정한 화살에 찔렸다. 무참한 패배의 새빨간 피를 흘리고 있다는 것을 발설하느니, 차라리 죽어버릴 것이다.

[제정신이 아니어야 가능한 일이 생겨 버렸거든.]

[심오하군. 왜 네놈이라도 감히 손에 넣을 수 없는 환상의 여자라도 만났어?]

[그렇게 믿고 싶다면 그렇다고 해두자고.]

[너 세상 그렇게 살다간 언젠가는 천벌받을 거다, 라탄.]

[천벌받아보지 뭐. 단, 내가 정말 하고 싶은 일을 하고 난 다음에.]

둘이 시답잖은 농담을 주고받는 사이, 그들을 태운 승용차는 뉴델리 외곽에 위치한 라탄의 본가, 공작궁으로 진입하는 넓은 도로로 들어서고 있었다.

[라탄, 애야.]

라탄은 대문 앞에까지 달려나온 어머니를 가볍게 포옹했다. 복숭앗빛 비단 사리를 입고 결혼식 날 아버지가 선물하신 금강석 코걸이를 한 어머니가 라탄을 향해 미소를 지었다. 라탄 뒤에 서서 빙글거리는 에릭에게는 우아한 손을 내밀었다.

[여기까지 와주어서 정말 고마워, 에릭.]

[이런 날은 당연히 와야죠. 건강해 보이시니 다행입니다, 카

말라.]

에릭이 내밀어진 카말라의 손등에 가볍게 키스했다. 라탄은 돌아서는 어머니를 향해 부드럽게 웃었다. 살짝 어머니의 팔짱을 끼었다.

[무슨 바람이 불어서 저를 여기까지 불러들이신 건가요?]

[이틀 내리 빙벽을 탔다는 내 아들의 손가락이 무사한지 보고 싶었을 뿐이야.]

카말라가 아들의 친구인 에릭의 팔짱을 끼었다. 두 남자 사이에 서서 걸어가며 이내 정색한 채 사과했다.

[아, 라탄. 정말 미안해. 성인이 되어버린 너의 생활에 간섭하지 말아야지 하면서도 어쩔 수가 없다니까.]

[나중에 제가 정말 절대로 간섭하지 말라고 부탁할 때에만 간섭하지 않겠다고 약속하시면 돼요.]

카말라가 자연스럽게 걸음을 옮겨 에릭과 라탄을 대연회실로 이끌었다.

[여긴 식당이 아닌데요?]

[놀라지 말렴.]

[놀라지 말라는 건 놀랄 일이 있다는 뜻인데?]

허공중에서 라탄의 시선과 에릭의 눈동자가 부딪쳤다. 친구의 선량한 갈색 눈동자가 웃음으로 춤추고 있었다. 온갖 조각과 벽화로 장식된 대연회실의 흑단문을 카말라가 활짝 열었다. 라탄이 연회실 안으로 한 발 들어서는 순간 그의 머리 위로 나풀

거리며 화려한 꽃잎이 떨어지고 폭죽들이 작열했다. 삑삑거리는 나팔 소리. 종이새가 찍찍거리는 소리가 한꺼번에 터졌다.

[서프라이즈!]

[이게 무슨……?]

[라탄, 아무리 바빠도 그렇지, 너무한 것 아냐?]

[어떻게 네 자신의 생일조차 잊어버릴 수 있니?]

잠시 어안이 벙벙하여 이리저리 고개를 돌리는 라탄을 두고 맏누나인 마리암과 셋째 누나인 지아니가 웃으며 놀렸다.

일 년이 가야 서너 번 열릴까 말까 하는 공작궁의 대연회실 안에는 수십 명의 가족과 친구들이 기다리고 있었다. 가주인 라탄의 생일을 축하하기 위해서였다. 작은 운동장만한 연회실 안은 비단과 꽃과 향료와 금박으로 호사스럽게 치장되어 있었다. 산더미 같은 음식들이 차려진 테이블 옆에는 공작궁의 하인들이 질서정연하게 시중을 들기 위해 기다리고 있었고, 열두 명의 악사들은 이미 연주를 시작했다.

[적어도 네 생일 정도는 기억하라고 친구. 바빠 죽겠는데 내가 여기까지 왜 날아왔을 것 같아?]

옆에서 에릭이 씩 웃으며 한마디 깐죽였다.

[저런. 나도 기억하지 못하는 내 생일을 다른 사람들이 먼저 나서서 축하해 준다니, 이거 기분이 좀 묘한걸.]

서양식으로 생일 케이크가 수레에 실려 나왔다. 서른두 개의 촛불이 밝게 타오르고 있었다,

[흠. 벌써 내가 서른 개가 넘는 촛불을 꺼야 한단 말인가요? 갑자기 아주 늙어버린 기분이 드는군.]

[네 의무는 그 촛불 수만큼 타다 가문의 자손을 늘리는 일이야.]

[아, 네. 어련하시겠어요. 고귀한 의무를 다해야죠. 언젠가 때가 되면 어머니의 그 소원은 이루어질 겁니다.]

어머니의 말속에 묻은 간절한 소원을 농담으로 치부한 채 라탄은 익살스럽게 되받았다.

흔들리는 촛불 사이로 누군가의 얼굴이 겹쳐 보였다. 어두운 일상에 나타난 한줄기 햇살 같은 그 여자. 맑고 밝은 빛살과 같이 아름답기만 한 그녀. 하지만 너무 세게 바람이 불었나 보다. 그의 손아귀에서 잘도 빠져나가 버렸지, 나의 서린.

라탄은 약간의 분노와 좌절을 느끼며 케이크 위의 촛불을 단번에 후 불어 껐다.

'좋아. 생일을 기념해야지. 나도 나에게 선물을 받아야지. 내 선물은 너와의 재회가 될 거야.'

칼로 케이크를 자르면서, 라탄은 그 자리에서 서울행을 갑작스럽게 결정해 버렸다. 빙벽을 타고 올라갈 때, 칼날 같은 바람에 몸이 찢어질 때, 손톱 끝이 죄다 문드러져도, 그러한 고통 안에서도 잊을 수 없는 기억이라면, 다시 만나야지 별수가 없다. 또다시 거절당하고 심장이 깨어진다 해도, 그녀를 보는 기쁨이 더 크다면 만나러 가야지 어떡하겠는가.

케이크 커팅을 끝내고 라탄은 적당하게 초대 손님들과 인사를 치렀다. 짜이 한 잔을 들고 라탄은 창가에 서서 큰매형 부부와 담소를 나누고 있는 에릭에게로 다가갔다.

[에릭, 전용기 몰고 왔어?]

[음. 일정이 바빠서 말이지.]

[전용기도 있는데, 나도 너와 함께 서울에나 가서 놀다 올까?]

[왜? 유럽과 인도 여자들로도 모자라서 이번에는 한국 여자들에게 마수를 뻗치려고?]

[그것도 나쁘진 않지. 서울도 매력적인 도시야. 한강 유람선이나 타고 오자구.]

[전 세계의 놀 만한 곳은 전부 다 꿰고 있구먼, 이 자식.]

에릭이 그를 걷어차는 시늉을 했다. 마리암이 큰누이답게 잔소리를 또 시작했다.

[라탄, 농담이 아냐. 이 정도면 정착해야 할 때가 아닐까? 너 때문에 날마다 노심초사하시는 어머니께 이제는 기쁨을 선물해 줘.]

[기쁨은 다른 누가 주는 게 아니지. 누이, 그보다 키마 누이는? 오늘 내가 보지 못한 것 같은데? 초대하지 않았을 리는 없고. 오지 않은 건가?]

[······아, 키마는······.]

라탄은 날카로운 눈초리로 말끝을 흐리는 마리암을 건너다보았다. 바로 그때, 누이의 어깨 너머, 어머니와 나란히 선 막내누이의 우울하고 수심에 찬 표정이 딱 박혀 버렸다.

[무슨 일인지 알았어, 더 이상 말하지 마.]

[라탄, 제발.]

돌아서는 라탄을 두고 마리암이 다급하게 불렀다. 라탄은 들은 척 만 척, 성큼성큼 홀을 가로질러 작은 문을 나서는 두 여인을 따라잡았다.

[무슨 일이죠?]

[라탄.]

두 여인 다 당황해하는 표정이 역력했다.

얼굴을 돌리고 손을 펴서 억지로 가리려 했으나, 감출 수는 없었다. 키마의 얼굴에는 잔인한 폭력의 흔적이 역력했다.

가장 친하고 또한 사랑하는 누이이다. 버젓이 자행되는 폭행의 자국 앞에서 사나운 분노가 부글부글 끓어오르고 있었다. 만약 여러 사람이 모인 좋은 자리만 아니었다면, 문 하나 저쪽에서 아무렇지도 않은 얼굴을 하고 킬킬대고 있는 매부 모함다스를 단주먹에 때려 죽였을 것이다.

감히 그의 핏줄이자 사랑하는 누이를 이런 식으로 학대하고 난 후에도 무사하리라 생각한 건가? 그런 주제에 타다 가문의 사위로서 공작궁의 문지방을 넘어오다니.

모든 혈육의 안전과 행복을 책임지는 가주로서의 의무감이다. 능멸당한 분노와 참아내기 힘든 노여움으로 라탄의 눈빛이 시퍼렇게 불타고 있었다. 카말라와 키마가 라탄의 분노에 질려 흠칫하며 한 발 물러섰다.

[대체 어떻게 된 일이지?]

사납게 캐묻는 동생 앞에서 오히려 누이는 자신의 잘못인 양 쩔쩔매고 있었다. 라탄은 조용하게 확인했다.

[그가 또 누나를 괴롭혔군.]

[라탄, 아무 일도 아니야. 정말 아무 일도 아니야.]

남편에게서 폭행을 당하며 살아도, 그것보다는 동생 라탄의 분노가 더 무서운지 키마는 끝내 입을 열지 않았다.

[남편에게 맞고 사는 것이 어떻게 부끄럽고 감추어야 하는 일이란 말이야? 분노하고 대항해야 할 일일 뿐이지. 돈 쏟아 부어 스위스 국제학교로 유학시키고 파리의 대학으로 보내 선진 교육을 받게 한 보람이 전혀 없어, 누이?]

비아냥 가득한 라탄의 도발에도 불구하고, 키마는 끝내 입을 다문 채였다. 남편의 범죄를 고발하기를 거부한다는 뜻이었다. 사회학을 공부하고 변호사가 꿈이던 그녀였다. 하지만 바라트로 돌아와 결혼을 하자, 그녀는 고답적이고 고루하고 하찮은 삶에 주저앉아 버렸다.

칠 년 전에 키마는 결혼했다.

라탄은 그 누구보다도 인도 사회의 비합리적인 관습인 16)다우리를 거부하고 있었다. 하여 단호하게 넷째 누나의 결혼식에 거

----

16)다우리(dowry): 인도의 신부지참금 제도. 인도에서는 보통 결혼 전, 결혼식 장에서, 결혼 후의 세 차례에 걸쳐 구체적으로 현금으로 얼마를 바칠 것인지에 대해 계약을 하는데, 그것은 정해진 것이 없고 얼마든지 다양하게 결정된다. 여자를 남자에게 바치는 대상으로 간주하는 관습의 산물이다

액의 지참금을 내주는 것을 거절했다.

　그녀가 택한 사내가 라탄의 기준에 한참 미치지 못하는 못난 사내라는 이유도 있었다. 그의 집안이 타다 가문보다 하위층이라는 이유도 있었다. 하지만 무엇보다 라탄의 신념을 재확인시켰던 것은 똑같은 조건으로 결혼한 셋째 누나가 아무 탈 없이 잘살고 있었기 때문이다.

　이 년 만에 막내 누이는 딸 쌍둥이를 낳았다. 작년에 본 아이도 딸이었다. 아들을 낳지 못한 막내 누이의 처지가 더 곤란해진 것은 말할 나위도 없었다. 어머니나 다른 누나의 입을 통해 키마는 몇 번이고 그에게 넌지시 곤란함을 호소했다. 그러거나 말거나 라탄은 들은 척도 하지 않았다. 이 근래 어머니와 라탄의 갈등은 언제나 넷째 누이의 일에서 비롯되고 있었다.

　라탄은 한숨을 쉬었다. 불과 한 달 전에도 어머니와 똑같은 대화를 나누었다. 그때 분명히 경고했다고 생각했는데.

　[다우리는 이미 우리나라에서 법적으로 금지되었어요.]

　[라탄, 하지만 난 내 딸과 손녀들이 행복하기를 빈다. 단지 그 이유뿐이야.]

　[똑같이 결혼한 셋째 누나도 잘만 살고 있어요, 어머니.]

　[키마 말고는 네 누이들은 다 타다 가문의 일원으로 부끄러움없는 생활을 하고 있지 않니. 난 네가 허락하지 않아도 내 재산을 키마에게 물려줄 테다.]

[그만두세요, 어머니. 제가 분명히 경고했습니다. 우리 타다 가문의 여자와 혼인한 것만 해도 영광으로 알아야지요. 그는 우리 가문의 사위가 되는 순간, 감히 꿈도 꾸지 못했던 기회를 잡고 위로 올라가고 있어요. 그것도 엄청난 재산 아닙니까? 아버지께서 살아 계셨다면 그는 감히 누나를 바라보지도 못했어요. 눈알이 뽑히고 혀가 잘려졌겠죠. 지금의 가주가 나였으니 그나마 결혼식을 올린 줄 아세요. 한 번만 더 지참금 문제나 딸만 낳았다는 이유로 불평을 한다고 해봐. 산 채로 파묻어 버리겠어요.]

[라탄, 어쩜 그런 말을! 모함다스도 타다 가문의 일원이야.]

[키마와 결혼을 유지하는 한은 그렇죠. 이혼당하고 싶지 않으면 다시는 누나를 건드리지 말라고 해요. 내 눈 밖에 나면 그 집안 전부 다 가루가 될 테니.]

사실은 그날 당장 비겁하고 멍청한 매부와 건방진 그 가문을 전부 박살 내고 싶었다. 하지만 겁에 질린 누이와 어머니의 얼굴을 보아 절제할 수밖에 없었다. 초인적인 인내심을 발휘해야만 했다.

언제나 온화하고 웃음을 잃지 않는다. 살아가는 사람들의 일에서 반쯤 발을 빼고 모든 일에 대하여 적당한 수준으로만 관여하는 그로서는 보기 드물게 드러낸 분노였다.

라탄은 모인 사람들 중 누군가가 그날의 일을 매부인 모함다스에게 전해주기를 바랐다. 그래서 일부러 더 거세게 분노를 드러냈던 것이다.

자신의 반응을 전해 듣고 적당한 수준에서 누이와의 불화를 끝내기를 간절히 바랐다. 어리석은 그가 멍청한 짓을 계속하면 싫어도 그를 나락으로 빠뜨려야 할 것이다. 그리고 이왕 시작한 일에 대해서는 그는 끔찍할 정도로 철저한 편이었다. 라탄 자신 스스로가 얼마나 잔인해질 수 있는지를 잘 알기에, 더 이상은 매부에 대해 화를 내지 않기를 간절히 바랐다.

그렇게 분명히 경고했었다. 그럼에도 다시 누이의 얼굴에 폭력의 흔적을 발견한 후 라탄의 가슴이 말 그대로 불길이 붙었다.

[내가 어떻게 하기를 원해, 누이? 모르는 척, 안 본 척 오늘도 외면해 줄까?]

[라탄, 애야. 부탁하마. 오늘은 좋은 날이야. 제발 덮어다오. 키마도 말했어. 모함다스도 심했지만, 자신이 잘못한 것도 있다고 말이야. 그러니……]

[어머니, 그 어떤 남자도 여자의 얼굴에 멍이 남을 정도로 때릴 권리가 없어요. 설사 그 여자가 용서받을 수 없을 정도로 엄청난 잘못을 저질렀다 해도 말이죠. 게다가, 이렇게 폭행당한 사람은 어머니의 딸이자 내 누이입니다. 내가 덮어두기를 바라시는 게 오히려 잘못된 것 아닌가요?]

[라탄, 내가 애원해. 오늘 밤은 제발 모른 척해줘. 그래도 그는 내게 사과했어. 오늘 밤 공작궁의 잔치에 참석하는 것도 허락해 주

었는걸?]

[허락? 누가 허락을 해? 누이가 친정을 찾아오는 것까지 그 인간에게 허락을 받아야 하나? 정말 기가 막히는군. 그건 누나의 당연한 권리야. 그가 내려주는 은혜가 아니라고. 게다가 그는 언제나누이가 공작궁에서 무엇인가를 얻어내기를 바라지. 어머니는 누이가 들고 갈 멋진 것들을 싸주기 위해 누나를 내실로 데려가는 것이고. 내가 장님인 줄 알아?]

라탄은 한숨을 내쉬었다.

[입 아프게 말해봐야 소용이 없어. 누난 누나의 지옥을 스스로만들고 있어. 내게 한 마디만 해준다면 누나는 다시는 이런 수모를겪지 않게 될 거야.]

[싫어. 안 돼!]

키마가 소리쳤다. 돌아서려는 라탄의 옷깃을 잡았다. 필사적으로 애원했다.

[약속해. 그를 해치지 마. 난 그 사람을 사랑해.]

[사랑. 아, 정말 굴욕적인 단어로군. 개처럼 맞고 살면서도 사랑타령이라니.]

라탄은 이미 비겁한 노예 근성에 물든 누이의 말에 한탄하고말았다. 뻔뻔한 모함다스에 대한 분노와 비겁한 누이에 대한 실망감으로 머리가 쪼개질 것 같았다.

[그도 날 때리고 싶어서 때리는 게 아냐. 바깥에서 힘든 일이 있으니까. 내가 그의 기대에 미치지 못하니까 어쩔 수 없는 거야. 난

아들도 낳지 못했어. 하지만 그는 여전히 나만을 아내로 생각하고 아껴주고 대접해 주고 있다고. 그는 아주 가끔 나에게 신경질을 부려. 그것 말고는 언제나 좋은 남편이자 아빠란 말이야.]

즐거울 수 있었던 밤이 결국 이런 식으로 씁쓰레하게 끝나고 마는구나. 라탄은 내실로 사라지는 어머니와 누이의 처량한 모습을 멀거니 바라보았다.

악한 자의 피를 갈구하는 주먹이 떨리고 있었지만, 참아야 하는 거다. 박해당하는 자가 원하지 않는 정의를 아무리 동생이라 하나 남인 그가 어찌 행사할 수 있단 말인가?

키마가 이혼을 원하지 않는 한은, 라탄이 할 수 있는 일이란 없다. 그녀가 조금이나마 덜 불행해지도록 어머니가 밑 빠진 독에 황금을 부어주는 것을 방관하는 정도? 그도 아니면 기껏해야 매부 모함다스에게 은밀한 협박을 하는 정도일까?

라탄은 연회장으로 돌아왔다. 입술 위에 의례적인 미소를 지으며 매부 모함다스가 끼어 있는 무리로 다가갔다.

가증스런 웃음을 지으며 모함다스가 그를 바라보았다. 입술에 기름칠을 한 건가? 뻔뻔하게시리 잘도 나불대고 있다.

[이 세상에서 가장 팔자 좋은 주인공이 나타나셨군, 라탄. 그래, 히말라야 빙벽 등반은 어땠어?]

[심심해서 하는 거죠. 뭐 이젠 별로 재미가 없어요.]

[몸조심하라구. 그러다가 아차 하는 순간에 큰일이 난다고. 자네가 후계자도 보지 못하고 사고라도 당하면 저 많은 사람들의 운명

이 어떻게 될지 아무도 몰라.]

[아, 제가 그토록 큰 존재였던가요?]

[바라트 안에서 타다 가문의 가주에게 밉보였다가 무슨 일을 당하려구? 아핫하하하. 부디 우리 집안 사업에도 자네의 은혜가 미치기를.]

너, 말 잘했어. 라탄은 아무것도 모른다는 얼굴로 싱긋 웃었다. 냉혹하게 쏘아붙였다.

[요즈음 매형의 사업이 승승장구하고 있다는 말을 들었습니다. 타다의 이름 아래에서 그 후광으로 사업을 확장하신다면, 그 이름을 얻게 만들어준 사람을 좀 더 소중하게 여겨주면 좋겠군요. 말하지 않는다고 해서 모르는 건 아니라는 것을 매형이 좀 알고 계시면 좋을 텐데. 바라트 안에서 내 눈을 피할 수 있는 것이 과연 몇 개나 될까요? 부디 다음에도 매형과 제가 웃으며 만날 수 있기를.]

순간 모함다스의 얼굴에 파리한 두려움이 잠시 서렸다. 라탄의 말속에 든 가시를 읽은 것이다.

그러나 금세 시침을 딱 떼려 한다. 억지로 안색을 펴고 아무것도 모르는 척 끝까지 가증스럽게 웃으려 했다. 개기름 흐르는 저 뻔뻔한 얼굴을 짓뭉개 놓을 수 있다면 얼마나 좋으랴. 모함다스를 뒤로하고 돌아서면서 라탄은 이를 갈았다. 언젠가는 저놈의 목을 꺾어놓겠어.

숨 막히는 분노와 증오심을 억누르기가 너무나 힘들었다. 저따위 인간이 머물고 있는 공간에는 더 이상 있고 싶지 않았다.

차라리 마음 맞는 친구 녀석과 술잔을 들고 여유롭게 노닥거리는 것이 진정한 생일 파티일 것이다. 라탄은 그사이를 참지 못하고 휴대용 노트북을 펴 들고 급한 일을 처리하고 있는 에릭에게 다가갔다.

[이 정도면 됐어. 주인으로서의 예의를 충분히 차렸다고. 우리 둘이 내 아파트로 가서 한잔하자.]

[사무실 먼저. 내 프로그램이 제대로 돌아가나 직접 확인하지 않는다면 오늘 밤 잠이 안 올 것 같아.]

누가 일벌레 아니랄까 봐서. 결국 생일 밤을 적막한 사무실 바닥에서 보내야 할 팔자인 모양이다.

라탄과 에릭은 슬그머니 연회장을 물러났다. 주차장에 세워진 차를 향해 걸어가는데, 파다닥거리는 급한 발자국 소리가 그들을 따라잡았다.

[라탄!]

지금껏 그만 찾고, 그만 바라보고 있었나 보다. 수십 명의 사람들이 어울리는 그 자리에서 어떻게 그가 사라지는 줄 눈치 챘을까? 라탄은 뒤돌아섰다.

[힌디라, 잘 지내. 그럼 다음에 보자구.]

손만 흔들어 건성으로 작별인사를 끝냈다. 간절하게 바라보는 눈빛 따위 당연히 무시했다. 겁도 없이 허락도 하지 않았는데, 키마의 친구라는 이름을 팔아 이 집에 감히 나타난 그녀를 곱게 보아줄 수 없었다. 아무리 그것이 어머니와 누나의 오버센스에 의한 초대였다고 해도.

[라탄, 이야기 좀 해요.]

[바빠. 다음에.]

끈질기기도 하지. 어리석은 여자의 집착이라니. 그가 요지부
동이자 급해진 모양이다. 비단 사리 자락을 움켜쥐고 힌디라가
다급하게 소리쳤다.

[라탄, 제발!]

[뭐지?]

[나 정말 할 말이 있어요. 조용한 데서 이야기 좀 해요.]

[미안, 힌디라. 오늘 밤 에릭이랑 출국해야 해. 사업상 긴요한 일
이 생겼거든.]

[거짓말. 예정에 없던 일이잖아요.]

라탄은 운전석에 올라탔다. 시동을 걸며 히죽 웃었다.

[나에게 출장 스케줄이 있는지, 없는지 어떻게 알았을까? 이번
엔 사무실의 누구를 구워삶은 거야?]

[그, 그건…….]

정곡을 찔린 것이다. 라탄의 평상시 스케줄은 재택 비서인 아
시프가 관리한다. 회사로 그의 스케줄 표를 보내면 회사의 비서
인 다르사함이 공식적인 일과표를 조정해 연락하는 식이었다.
두 사람을 제외하고는, 평상시 라탄의 스케줄이나 행선지를 아
는 사람은 없다고 해도 과언이 아니었다.

그런데 힌디라가 라탄의 스케줄을 알고 있었다면, 이건 문제

가 심각하다. 아시프일 리는 없을 테고, 결국 다르사함인가. 입이 무거워 채용했더니, 결국은 주제넘는 짓을 골라서 하는 힌디라의 마수에 넘어가 버린 모양이다.

[뭐, 다르사함도 남자니까, 당신같이 아름다운 여자의 애원을 무시하기란 힘들었겠지. 그가 해고당하면, 위로의 뜻으로 한번 안아 주라고. 당신과 같은 침대를 써보는 게 모든 인도 남자의 소원 아니겠어?]

[어쩜, 그런 모욕을! 너무해요.]

힌디라의 아름다운 얼굴이 보기 싫게 일그러졌다.

[힌디라, 앞으로도 우리가 계속 우호적인 관계를 유지하려면 명심해 둬. 난 너처럼 끈끈한 건 딱 질색이야. 조심하라구.]

부드러운 미소와 함께 날아온 나직한 경고였지만, 그녀를 얼려 버리기에 충분했다.

[널 애타게 부르는 할리우드에라도 진출하면 쓸데없는 잡념이 많이 줄어들 텐데 말이지. 충고하는데, 적당히 하고 접어. 네가 아무리 안달해 보았자 앞으로 피차간에 별로 좋은 일은 없을 테니까.]

여하튼 여자란……

에릭이 고개를 돌렸다. 버림받아 무참한 표정으로 망연자실 서 있는 힌디라를 응시했다.

[두 사람, 연인 아니었나? 저 여자 정도면 결혼이라는 그물로 너를 잡을 수 있을 거라고 생각했는데.]

[연애 감정이란 화려한 거품. 엄청 크게 보이지만 순간이 지나고 나면 터지고 남는 게 없어. 디 엔드.]

그에게 매혹당하여 물불 가리지 않고 덤벼드는 그 여자들은 대체 그의 무엇을 보고 있는 걸까? 무엇을 바라고 그토록 자신의 자존심과 머리를 낮추어가며 그에게 구걸하는가?

'결국은 내가 소유한 것들과 내 껍질만 보고 있는 거면서. 내게서 가져가고 싶은 것도 그것이 전부면서.'

하지만 그가 기꺼이 먼저 주려는 그 무엇도 단호하게 거부하는 여자가 있다. 그가 원하는 단 한 사람. 하지만 그의 것은 아닌 그 여자.

에릭이 혀를 차고 있었다.

[이것으로, 저 여자가 너로 인해 눈물 흘리게 된 이천삼백만 번째 여자가 된 거냐?]

[아니, 삼천만 번째다.]

[천벌받을 거다, 라탄.]

[걱정하지 마. 네가 빌지 않아도 이미 천벌받고 있으니.]

[웬일이셔? 천하의 라탄이 순순이 자신의 죄를 인정하다니.]

[생일이잖아. 나이를 한 살 더 먹었으니 철이 좀 들어야지.]

[잘났군.]

회사 사무실, 그 누구도 접근할 수 없는 라탄만의 공간. 그것도 가장 깊숙한 컴퓨터실에서 두 사내는 꼬박 밤을 새웠다.

솔직히 필요한 만큼만 사용할 뿐, 라탄은 에릭의 전문인 컴퓨터에 대한 지식은 거의 전무했다. 사실 관심도 없었다. 이런 일까지 할 양이면 왜 비싼 돈을 주고 프로그래머들이나 서버 관리 직원들을 고용하겠는가?

에릭이 그의 서버와 컴퓨터에 비밀 프로그램을 설치했다. 그동안 라탄은 바닥에 주저앉아 포도주 잔을 들고 홀짝이며 에릭의 작업이 끝나기를 기다렸다.

아침나절부터 느낀 아랫배 쪽의 둔통은 아직도 남아 있었다. 그를 조금 괴롭히고 있었다. 약을 먹자니, 딱히 콕 집어서 어디가 아프다고 말을 할 수가 없다. 알코올의 기운으로 그러한 불쾌감을 잠시 잊고자 라탄은 다시 와인 한 잔을 따랐다.

[정말 서울에 갈 작정이야?]

샌드위치의 종이껍질을 벗겨 한입 베어 물며 에릭이 물었다. 그러면서도 손가락은 쉬지 않는다. 너무 빨라 움직임이 채 보이지 않을 정도의 경이적인 속도였다. 멍청하고 둔한 북극곰 에릭. 일단 키보드만 들면, 왜 이리도 멋지게 보이는 걸까? 정말 불가사의한 일이었다. 종횡무진 키보드를 두드리고 있는 에릭의 손가락을 바라보며 라탄은 고개를 끄덕였다.

[그래.]

[특별한 볼일이라도 있어?]

[뭐, 사소한 몇 가지.]

[무슨?]

[비밀 프로젝트.]

[아하. 혹시 포항제철이라도 먹어치울 심산?]

[노코멘트. 다만 그것보다 훨씬 더 중요한 일이라고만 말해두 겠어.]

[엄청 놀아 짖히는 줄로만 알았더니, 일도 하고 있구나?]

[네가 일하는 만큼은 해. 단 한 달에 몰아서 하지.]

[난 네가 십 년 할 일, 한 달에 해치워, 자식아.]

에릭이 버럭 소리 질렀다. 프로그램이 제대로 돌아가는 모양 이다. 그가 휘리릭 휘파람을 불었다.

[끔찍한 일벌레 같으니라고.]

[게으름뱅이 난봉꾼 주제에 말이 많다.]

[에릭 스톨만, 반드시 과로사하라고 빌어주마. 아님 비만에 의한 호흡 곤란증으로 죽거나.]

[너처럼 품위없이 매독에라도 걸리거나, 혹은 배신당한 여자 의 칼에 찔려 죽을 위험은 없지.]

끝까지 깐죽대고 있다. 에릭이 손을 까닥였다. 라탄은 그의 곁으로 다가가 컴퓨터 화면을 들여다보았다.

[자, 이 그래프 보이지?]

[그래.]

[너희 계열사의 모든 자금이 움직이는 흐름이다. 그리고 이 건.]

에릭이 클릭 한 번으로 다시 화면을 바꾸었다.

[원한다면, 회사 직원들의 이메일, 개인적인 정보, 전부 다 파

악할 수 있고. 그리고 이건 네가 원한 거야. 이것만 있으면 실제로 움직이는 자금과 숫자로 입력되어서 보고되어지는 금액의 차이가 바로 나오지. 절대로 장난 못 쳐.]

[고마워. 내가 원하던 바로 그것이야. 넌 천재야, 에릭 스톨만.]

[내가 천재인 건 나도 아니까 새삼스럽게 너까지 칭찬할 필요는 없어. 대신 약속한 돈만 내놓으라고. 내 유틸리티는 공짜가 아냐. 엄청 비싸다고.]

[알았다.]

동이 트고 있었다. 두 사내는 창가에 서서 와인으로 축배를 들었다.

[생일 축하해.]

[그래. 선물은?]

[너를 보러 온 내 얼굴이 선물이지, 자식아. 다음 내 생일에는 우리 둘이 요트나 타자고.]

[선물 따윈 바라지 않을 테니 에릭, 살이나 좀 빼. 제발 부탁이다. 비만은 건강의 최대 적이야.]

[때가 되면 다 뺄 예정이니 너무 구박하지 마. 혹시 모르잖아? 당장 내일 서울에 가서 멋진 여자라도 만나, 다이어트를 해야겠다는 강력한 결심을 하게 될지도. 한 치 앞도 내다보지 못하는 게 우리 인간의 운명이야.]

[……운명이 정말 존재할까, 에릭?]

나직하게 묻는 말에 에릭이 눈썹을 치켜올렸다.

[존재하니, 수많은 사람들이 운명이란 것을 믿고 말하는 거겠지. 너희 인도인들이 오히려 나 같은 미국인들보다 운명이란 걸더 많이 믿지 않나?]

[에릭, 내가 말야. 아주 오래전부터…… 어떤 여자를 보았어. 하지만 이건 현실이 아니라 꿈이야. 난 그 여자를 그리워해. 만나고 싶어 열망해. 사랑하고 갈망하고 그녀를 소유해. 하지만 눈을 뜨면 그뿐이야. 그건 단지 꿈속이니까.]

[무슨 말을 하고 싶은 거냐?]

0 아니면 1인 컴퓨터의 두뇌만을 가진 에릭 스톨만. 친구의 모호하고 두서없는 말을 이해하지 못하는 표정이었다. 라탄은 와인 한 모금을 삼켰다.

[그런데 말이야. 내가 그 여자를 현실에서 만나 버렸다는 거지. 대체 그 여자와 난 어떤 관계일까? 아니, 이게 가능한 일인까? 몇 십 년 동안이나 내 꿈속을 어지럽히던 여자가 실제의 존재라니. 이것을 믿어야 하는 거냐? 그 여자와 난 어떤 운명으로 엮인 거지?]

[소설 쓰지 마, 자식아.]

[음?]

에릭이 노트북을 가방 안에 챙겨 넣으며 쏘아붙였다.

[실현 가능한 이야기를 해라. 꿈속에서 보았던 여자가 현실에 존재할 리가 없잖아. 설사 그런 여자를 보았다 해도 그건 네 열

망이 만든 착각일 거구. 그 여자였으면 싶어서 그 여자인 양 하고 바라보니, 그렇게 보이는 거라고. 별것 아냐.]

[그러니까, 넌 내가 꿈속 여자를 실제로 만난 것을 믿지 않는다는 거지? 그런 일이 일어날 수도 없단 거지?]

[당연하지. 그런 일은 절대로 일어나지 않아.]

[그렇…… 겠지?]

[혹시 모르지. 너처럼 환상 속에서 사는 녀석에게는 벌어질 수도 있는 일일 거야. 하지만 나한테는 절대로 일어날 일이 아니지. 배고프다. 집에 가서 식사하고 한잠 자자고. 그리고 저녁 때는 서울로 출발해야 해.]

구르가온에 위치한 라탄의 펜트하우스에 도착한 건 아침 일곱 시 무렵.

에릭은 제 방으로 들어가자마자 씻지도 않고 침대에 드러누워 그대로 곯아떨어졌다. 라탄은 혀를 차며 방문을 닫아주었다. 어찌 되었든 그의 일로 태평양을 건너와 밤을 꼬박 새운 녀석이다. 몇 시간이나마 편안하게 재워줘야 할 것 같았다.

[저 녀석, 오후에 서울로 출발해야 해. 세 시 정도에 깨워줘. 그리고 나도 함께 다녀올 예정이니 그렇게 알아둬.]

[네.]

지시가 끝났음에도 불구하고 아시프는 나가지 않았다. 망설이는 얼굴로 문 앞에 서 있다. 저절로 이맛살이 찌푸려졌다. 무엇인가 곤란하거나 중요한 문제가 생겼다는 뜻이다.

[내가 알아야 할 중요한 일이 생긴 건가?]

[아, 네. 저어…….]

거침없는 아시프답지 않게 말꼬리를 흐렸다. 라탄은 그를 똑바로 바라보았다.

[무슨 일이지?]

[……말씀드려야 하나 말아야 하나 망설이는 중입니다.]

[그럼 하지 마. 귀찮아.]

한마디로 일축하고 라탄은 몸을 돌이켰다. 침실로 들어가 문을 닫으려 했다.

[죄송합니다. 저의 착각이면 좋겠습니다. 하지만 여쭙고 싶어서요. 갑작스레 서울로 가시는 것이, 만에 하나 이서린 씨와 관계되는 것이라면…….]

[내가 언제부터 너에게 내 사생활까지 간섭할 권리를 주었나?]

싸늘하게 내뱉는 라탄의 서슬 푸른 눈빛 앞에서 아시프가 한발 물러섰다. 나직하게 대꾸했다.

[그렇다면 더더구나 말씀 올려야 할 것 같습니다. 아시고 계셔야 할 것 같아서요. 그분에 대한 이야기입니다만.]

전혀 예상치 못했던 이야기이다. 그녀는 이미 서울로 돌아가지 않았나? 치켜 올라갔던 라탄의 눈썹이 꿈틀거렸다. 동요를 감추려 했지만, 되묻는 목소리가 떨렸다.

[그녀가 왜?]

[지금 아폴로 병원에 입원해 있습니다.]

[뭐?]

믿을 수 없었다.

[급성 맹장염이었답니다. 수술을 했는데, 자칫 했으면 복막염으로 악화될 뻔했다는군요. 상당히 심각했답니다.]

라탄의 머리 속으로 붉은 피가 솟구쳤다.

[수술은?]

[무사히 끝났습니다. 회복 중입니다. 어제부터 유동식을 먹는 것으로 알고 있습니…… 회장님!]

아시프가 부르거나 말거나 마치 무엇에 홀린 듯, 라탄은 입은 옷 그대로 차 열쇠만 집어 들고 방을 뛰쳐나갔다. 이내 타이어와 땅이 마찰하는 날카로운 소리가 구르가온의 거리를 찢어발겼다. 단 한 번의 뒤돌아봄도 없이 아폴로 병원을 향해 라탄이 탄 벤츠가 질주해 사라졌다.

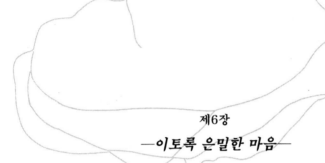

제6장
―이토록 은밀한 마음―

달칵 문이 열렸다. 조용한 병실에서는 그것조차도 커다랗게 들렸다. 두터운 커튼이 드리워져, 그늘 서린 병실은 대낮인데도 저물어가는 어스름녘 같았다. 그런 병실에 스며든 그림자는 키가 큰 남자였다.

침대에서 잠이 든 여자가 혹시라도 깨어날까 봐 두려웠다. 더 이상 다가가지 못하고 문 앞에 가만히 멈추어 섰다. 남자는 거의 십 분이나 그렇게 문 앞에 서 있기만 했다.

이곳으로 오는 시간 동안 얼마나 많은 갈등을 했는지, 신은 아시리라. 그냥 보기만 할 거야. 그냥 네가 괜찮은지 얼굴만 보고 가는 거야. 아무것도 원하지 않아. 너에게 해가 되는 일은 하지 않아. 그냥 너를 보고 싶을 뿐이야. 너의 존재를 확인하고 싶은 거야.

그녀가 그를 거부했든 거절했든 그런 건 문제되지 않았다. 그를 다시 보는 순간, 경악한 서린이 가시를 곧추세운 채 강하게 밀어낼 거란 생각도 하지 않았다.

단지 이미 서울로 떠났으리라 생각했던 그녀가 아직도 델리에, 그의 하늘 아래 있다는 사실만이 중요했다. 게다가 그 누구도 의지할 데 없는 이국의 병실에서, 무력한 모습으로 누워 있다는 것만이 중요했다.

'네가 아팠던 거야. 네가 아파서 나도 아팠던 거야.'

이유 모를 아랫배의 통증. 그것의 이유를 비로소 알게 되었다. 서린이 수술한 바로 거기. 그녀의 고통이 전이되어 그에게로 온 것이었다.

'이래도 아니라고 할 거야, 라다? 이렇게 연결된 우리들의 운명을 그래도 거부할 건가, 너는?'

하지만 그 물음에 대답할 여자는 깊이 잠들어 있었다.

[아무래도 심신이 지친 상태이니까요. 말도 통하지 않고, 그렇다고 방문객이 있는 것도 아니고. 억지로라도 자고 싶은 거죠. 아, 네. 모레 퇴원시킬 예정입니다.]

그녀의 주치의는 서린이 몇 시간이나 깊이 잠든 것을 대수롭지 않게 말했다. 하지만 이 자리에 서서 지켜만 보는 라탄은 애가 달았다. 다시 깨어나지 않을 것 같아, 영원처럼 깊은 잠이 들어 그를 보지 못할 것만 같아 불안했다.

다가가도 좋을까? 너를 보아도 좋을까?

다가가 그녀의 얼굴을 보게 된다면, 보는 것만으로는 만족할 수 없으리란 것은 그 자신이 너무 잘 알고 있었다.

손을 내밀어 비단결 같은 그 얼굴을 만지고 싶어지겠지. 창백한 입술에 키스하고 싶어지겠지. 키스를 하면…… 그러면 품에 안고 사랑을 나누고 싶어질 테고. 그렇게 되면…… 모든 것이 시작된다. 절대로 놓지 못하게 될 것이다. 그녀가 그때처럼 울든 말든 거절하고 밀어내든 말든 약탈하고 탈취하고 빼앗게 될 것이다, 그렇게라도 악랄하게 굴어 소유하려 들 것이다.

'그래, 좋아. 아픈 너를 두고 추한 짓은 하지 않아. 딱 한 번만이야. 몰래 훔쳐볼 거야. 게임은 우리 둘이 동등할 때 하는 거지, 라다. 지금은 아냐. 비겁하게 너의 어려운 상황을 이용하지는 않겠어. 딱 한 번 너를 보는 거야. 더 이상은 바라지 않아.'

마침내 결심했다. 라탄은 아주 힘겨운 걸음으로, 다리를 질질 끌며 조심스레 침대 가까이로 다가갔다. 언제나 무엇이든 제멋대로 하던 그가 아닌가. 스스로 믿을 수가 없을 정도로 조심스럽고 착하게 서린에게 가까워졌다.

병원 침대에 그가 갈망하는 여자가 잠들어 있다.

라탄에게는 세상 모든 것에서 예외가 되는 여자. 유일하고 특별하다 믿는 그 사람이었다.

서린의 얼굴은 가녀린 몸을 가린 침대 시트보다 더 창백하게 보였다. 이불 깃 아래로 툭 떨어진 팔에는 링거 바늘이 꽂혀 있었다. 똑똑 떨어지는 링거액 소리만이 그의 숨소리와 더불어 이 공간에 존재하는 유일한 진동이었다.

'많이 힘든 거야?'

만지기에도 안타까운 손가락에 그의 손가락을 걸고 싶었다. 괜찮느냐고, 힘들지 않느냐고, 이제는 내가 왔으니 안심하라고 말하고 싶었다. 검고 깊은 눈동자가 아픔을 담고 잠들어 버린 여자를 오래도록 내려다보았다. 커튼을 뚫고 희미한 햇살이 새어들어 와 그녀의 이마를 밝혔다.

[서린.]

라탄은 그만 서린이 잠든 침대 옆에 한 무릎을 세우고 꿇어앉아 버렸다. 멀찍이 서서 얼굴 한 번만 보고 가겠다고 맹세한 것은 허약한 종이처럼 찢어지고 말았다. 진주처럼 하얀 손을 잡아 한없이 몇 번이고 입 맞추었다.

제발 네가 깨지 않기를. 아니, 네가 깨어 나를 보아주기를. 아니, 아니! 내가 조금 더 오래 머물 수 있도록 제발 눈을 뜨지 마. 아니야, 서린. 제발 눈을 떠, 네 곁에 온 나를 보아줘.

하지만 깊이 잠든 여인은 남자의 간절한 속삭임을 듣지 못했다.

[네가 아프면 나도 아프다. 서린, 이게 단지 우연일까? 아니, 그렇지 않아. 우린 같은 운명의 선을 그리고 있다는 증거인 거야.]

그렇다, 운명.

아주 많은 날, 이렇게 그녀가 잠든 침대 곁에 앉아 있었던 기억이 있다.

운명. 절대적으로 옳다 확신하는 운명.

더없이 길고 강한 끈이 있어 두 사람의 삶을 묶고 있다.

[우린 삶의 궤적까지 닮아 있어. 넌 아직 모르겠지만.]

보고서를 읽어 내려가면서 몇 번이고 헛헛한 울렁거림을 참아내야 했다.

아직 서로의 존재를 모르고 살던 때에도 그들은 같이 아프고 같이 상실하고 같이 기쁘고 같이 힘들었다.

동쪽의 여자가 아버지를 잃었던 그해, 서쪽의 남자 역시 거대한 기둥이요, 산같이 든든한 부친을 갑자기 잃었다. 지구를 반 바퀴나 돌아야 되는 물리적 거리를 두고, 그와 그녀는 존재도 모르는 서로를 삶 안에 담아두고, 그렇게 그들 서로에게로 다가가고 있었다.

운명. 하나여야 하는 운명. 하지만 넌 그 운명을 믿지 않지. 너의 운명은 다른 남자라고 고집하지.

'난 내가 너의 운명이라는 것을 증명할 도리가 없어. 서린, 네가 믿고 선택해 주지 않는 한.'

깊은 잠이 들어 깨어나지 못할 줄 알았는데 잠시 방심한 바로 그때, 검은 꽃잎이 벌어지듯 여자의 눈동자가 열렸다. 예기치 못한 운명의 바퀴는 다시 움직이기 시작했다.

아무 말도 하지 못한 채 남자는 여자를, 여자는 남자를 그저 응시하기만 했다. 놀람이나 두려움 같은 건 다음의 감정. 하나처럼 손을 얽은 채 서로의 눈동자 속에는 오직 서로의 존재만을 담은 채, 영원으로.

서린이 믿을 수 없다는 듯, 아주 힘겹게 그의 이름을 밀어냈다.

[라…… 탄?]

[그래, 나야.]

의지와는 상관없는 일이 이렇게 또 벌어지고 만다.

기대하지 않았는데. 기적. 서린이 라탄의 이름을 불러주었다.

경악해서 밀어내고, 증오에 가득 찬 눈초리로 꺼져라 소리칠 줄 알았다. 그런 것까지 각오했다.

그녀가 밀어내면 밀려나야지 별수없다. 내일 다시 찾아오면 돼. 거절하는 만큼 내가 더 많이 구애하면 돼. 그리 결심하고 왔는데. 네가 싫어해도 난 너를 보고 싶은 만큼 보겠어. 그렇게 다짐하고 왔는데.

하지만 이 순간, 그녀가 그의 이름을 불러주고 있다. 가만히 손을 잡힌 채, 깊은 눈 속에 반가움 같은 것을 담고.

샘물이 차 오르듯 기쁨이 샘솟았다. 삽시간에 불안으로 떨리고 있던 라탄의 심장이 아물었다. 생명으로 회복되어 싱싱하게 펄떡거리기 시작했다.

[바보 서린. 정말 바보.]

라탄이 중얼거렸다.

[맹장염이 심해져서 복막염이 되다니. 아프면 제꺽 병원을 가야지 말이야. 정말 바보라니까. 자신의 몸을 아낄 줄 알아야지.]

[그냥 단순한 복통인 줄 알았어요. 나도 날벼락같이 이런 수술을 받을 줄은 몰랐다구요.]

[우리가 만났을 때, 왜인지 자꾸 배가 아프다고 한 마디만 해줬어도 좋았잖아.]

라탄은 스스로의 건강에 너무 무심한 서린을 꾸짖었다.

[그날 병원에 갔다면, 고생을 훨씬 덜 했을 거야.]

[……그럴 걸 그랬어요. 그냥 며칠 지나면 나을 줄 알았죠. 다른 사람에게 폐를 끼치기 싫어서 입 다물고 있었는데, 바보 같은 짓이었어요.]

어쨌든 마음이 약해진 거다. 일주일 넘게 외롭고 쓸쓸한 병실생활을 견뎠다. 그런 그녀를 찾아와 준 사람이다. 솔직히 처음에는 다소 경계하는 빛도 있었지만 내내 냉랭하게 굴 수는 없는거다. 서린이 잠시 망설이다가 하얀 입술을 들어 대답했다. 뾰족한 가시 대신 희미하게나마 미소 같은 것이 어려 있었다. 라탄 또한 순하고 아름다운 그 얼굴을 마주 보며 말랑한 미소를지을 수 있었다.

[여긴 어떻게 온 거죠?]

[차를 타고. 그리고 걸어서.]

[바보 같은 대답이네요. 웃기기도 하고.]

[맞아. 바보 같은 대답이야.]

남자는 부정하지 않았다. 지금껏 그의 손 안에 들어 있는 하얗고 작은 손에 살짝 입 맞추었다. 무섭도록 진지하게 대답했다.

[내가 말했지, 우린 다시 만나게 될 거라고.]

[……난 그런 약속 하지 않았어요.]

서린의 목소리는 너무 낮아서 거의 알아들을 수 없었다.

[하지만 이렇게 다시 만났어. 내가 예상하지 못한 건 이렇게 아픈 모습으로, 또한 빨리 널 다시 보게 된 것이지만. 지난번에 네가 나에게 화를 낸 것으로 치자면 난 적어도 몇 달 동안은 너를 보지 못할 거라고 생각했거든.]

서린이 침묵했다. 그날의 일을 기억해 내고 있는 것이리라. 라탄도 침묵했다. 짐짓 다른 쪽을 바라보는 척하며 외면하는 그녀의 눈동자를 간절한 시선으로 쫓았다.

[아프지 마라, 서린.]

서린이 라탄을 향해 다시 고개를 돌렸다. 그때의 일은 너무도 무례한 행동이었다고 꾸짖고 있었다. 하지만 걱정해 주는 사람에게 끝내 쌀쌀맞게 화를 낼 수는 없는 거다. 그를 바라보는 시선에 모순된 그 감정이 고스란히 드러나 있었다. 나지막이 속삭이는 목소리가 착하고 순했다.

[아픈 건 내 맘대로 할 수 없는 일이죠.]

[네가 아프면 나도 아파.]

라탄은 서린의 손을 잡아 자신의 가슴에 갖다 댔다.

[이 며칠 내내 내 컨디션이 몹시 좋지 않았어.]

[거짓말.]

[거짓말이 아냐. 사실은 나도 병원에 가봐야 하나 고민했었다고.]

두근거리다 못해, 목 밖으로 튀어나가려는 듯 거세게 요동치는 이 심장의 소리라니. 그대의 귀에 들릴 법한데. 그들을 둘러싼 침묵은 깨어지지 않는다. 서로가 이 침묵을, 너무나 강렬해서 지독히 불편한 이 침묵을 깨어주기를 바라면서. 손을 잡은 남자도, 손을 잡힌 여자도 그저 벽에 걸린 풍경화처럼 정지해 있다. 한동안 유지된 슬프고 감미롭고 불안하기도 한 침묵을 깬 사람은 라탄이었다.

[언제 퇴원하지?]

[모레.]

[그렇군.]

그가 잠시 침묵했다. 하얀 백합같이 창백하고 작은 얼굴을 갈망 어린 눈으로 훑었다. 애절함과 안타까움이 수려한 남자의 이맛살을 찌푸리게 만들었다.

[서울로 바로 돌아가는 건가?]

[아마도 그럴 거예요. 수술 직후에 바로 비행기를 타도 좋으냐고 물었더니, 그럭저럭 괜찮을 거란 대답을 들었거든요.]

[바보같이!]

라탄은 이 사이로 강하게 내뱉었다.

[아무리 간단한 수술이라도 일주일이나 병원에 있었어. 적어도 그 기간만큼은 요양을 하고 비행기를 타야지. 만약 가다가 위험해지면 어떡하지?]

[그런 일은 없을 거예요.]

[내가 허락하지 않아. 일주일만 더 휴양하고 돌아가도록 해.]

[라탄, 하지만 난 그럴 수가 없어요.]

[내 말 들어.]

그러나 서린은 쉬이 허락하지 않았다. 입술을 꼭 오므린 채 고개만 저었다. 라탄은 연인의 하얀 손을 잡고 진정으로 간청했다.

[일주일이야, 서린. 딱 일주일만 내가 너를 돌보게 해줘. 그다음은 네 마음대로 해. 서울로 돌아가든 약혼자에게로 가든 말리지 않아. 난 다만 네가 건강해져서 델리를 떠나는 것을 보고 싶을 뿐이야. 신사답게 굴겠다고 약속해. 맹세한다.]

[하지만…….]

[어차피 당신은 회복되어 퇴원할 때까지는 이 병원에서 떠날 수 없어. 이왕이면 조금 더 쾌적하고 즐겁게 지내라는 거야. 설마 내가 환자인 자기에게 엉뚱한 짓을 할 것 같아?]

그녀가 걱정하는 건 바로 그것이다. 지난만 세밀화 박물관에 갔을 때 벌어진 일을 생각하면, 쉬이 그를 신용하거나 믿을 수는 없는 거다. 그런 짓을 해놓고 그녀가 그를 믿고 의지하기를 바라는 것이 난센스이지.

'역시 너무 서툴렀어. 정말 멍청하게 굴었잖아, 라탄.'

투명한 얼굴에 떠오른 심란함을 바라보며, 그는 속으로 다시 한 번 스스로에게 저주를 퍼부었다. 조금만 더 천천히, 신중하게 접근해야 했다. 하지만 그의 라다를 만나 버린 기쁨에 젖어 흥분하고 말아 이성을 잃어버렸다. 그 대가를 혹독하게 치르는 중이었다.

그러나 역시 안 되는 모양이다. 서린이 강하게 고개를 저었다.

[말씀은 고맙지만, 라탄, 역시 그럴 수 없을 것 같아요. 폐를 끼칠 수 없어요. 일주일씩이나 당신에게 의탁할 정도로 우린 가깝지 않아요.]

[당신이 이런 몰골로 비참하게 아픈 채, 누구나 드나드는 병실에 위험스레 누워 있는 것이 정말 나에게 폐를 끼치는 일이야. 행여 누군가에게 해를 당하는 게 아닐까, 물 설고 낯선 곳에 환자로 누워 얼마나 힘들어할까 걱정되어서 밤에 잠도 자지 못해. 한 번만 내게 널 돌보는 은혜를 베풀어줘.]

[하지만…… 역시 그런 일은…… 라탄! 무슨 짓을 하는 거죠?]

서린은 깜짝 놀라 비명을 질렀다. 하지만 이미 늦었다. 그가 침대 아래 수납장에 놓여진 그녀의 핸드백에서 여권을 꺼내 자신의 재킷 주머니에 쑤셔 넣었던 것이다.

[라탄! 안 돼요. 제발 돌려줘요!]

[일주일이야. 내게 줘.]

[서울로 돌아가야 한단 말이에요. 이런 짓 하지 말아요. 왜 날 이렇게 괴롭히는 거죠?]

[일주일. 그렇게 긴 날도 아니잖아.]

[도대체 왜 이러는 거죠? 난 당신을 거절했어요. 다른 사람을 사랑한다구요. 당신하곤 볼일없어. 그런데 왜 여전히 당신 마음대로 하는 건데? 내가 그렇게 쉬워 보여요? 당신 마음대로 흔들 수 있고, 내키는 대로 농락할 수 있는 여자로 보였어요?]

날카롭게 되받아치는 서린의 말에 라탄이 고개를 끄덕였다. 아직도 서린은 그가 고개를 끄덕일 때 긍정인지 부정의 뜻인지 알 수가 없었다.

[맞는 말이야. 네가 내 마음대로 흔들 수 있고, 마음대로 농락할 수 있는 여자였으면 좋겠어. 그것을 바라. 하지만 넌 아니지. 그래서 이래. 일주일 나랑 함께 있어.]

[싫어요. 여권이 없다고 해서 내가 서울로 못 돌아가는 건 아니죠. 대사관에 가서 임시로 발급 받으면 돼.]

[수단과 방법을 가리지 않고 그러지 못하게 만들겠어.]

[뭐라구요?]

[여기 델리에서는 내가 법이야. 넌 어떤 일이 있더라도 일주일 동안 나와 함께 델리에 머물 거야. 장담하지.]

[미쳤어.]

[그래, 미쳤어.]

그는 부인하지 않았다.

[내가 미친 건 아주 오래전인 것을 잘 알 텐데? 나의 서린, 널 처음 보던 그 순간부터지. 그러니 날더러 정상을 요구하지 마. 넌 내 집에서 다시 핀 꽃처럼 회복될 거야. 그런 모습 보기 전에는 널 못 놓아줘.]

문이 열리고 간호사와 의사가 들어왔다. 라탄은 고개를 돌렸다.

[오늘 이 사람을 데리고 집으로 가겠어. 박사가 집으로 왕진을 오면 되니까. 간호사, 이 사람의 차트를 복사하고 퇴원 준비를 해줘요. 입원비는 내가 지불하지.]

자신이 원하는 대로 모든 일을 지시한 라탄은 서린을 돌아보았다. 싱긋 웃으며 하얀 콧등을 손가락으로 살짝 튀겼다.

[당신이 회복되는 동안은 내가 귀찮은 일을 다 맡아주지. 걱정하지 마. 당신은 푹 쉬면서 몸만 건사하면 되는 거야.]

더 이상은 거절이나 거부를 용납하지 않을 작정이다. 서린의 항의에도 불구하고 라탄은 제멋대로 간호사에게 서린의 짐을 챙기라고 명령했다. 링거가 걸린 지지대를 끌고 그녀의 이동 침대를 따라갔다. 그렇게 서린은 침대에 누운 채 라탄에게 꼼짝없이 납치당하고 말았다. 구르가온의 빌라로 옮겨지고 말았다.

똑똑 노크 소리가 들렸다. 창가에 서서 밖을 내다보고 있다가 서린은 고개를 돌렸다. 문 앞에 라탄이 기대서 있었다.

[조그 박사가 왔어. 실밥을 뽑아줄 거야.]

[직접 병원에 가도 되는데.]

대답 대신 그가 한 발자국 물러섰다. 왕진 가방을 든 의사가 들어왔다. 라탄의 주치의라는 샤산시 조그니 박사가 온화한 미소를 짓고 있었다. 만약의 사태를 대비해서 라탄은 자신의 주치의에게 서린의 진찰을 의뢰했던 것이다.

조그 박사는 인도인이 아니라 푸른 눈을 가진 늙수그레한 백인이었다. 고상한 미국식 영어 발음이라 말을 알아듣기도 쉬웠다.

대부분 인도인의 영어는 한국인 서린에게는 알아듣기 좀 어려운 편이었다. 어렸을 때부터 영국과 미국에서 공부했다는 라탄의 발음은 그런 점에서 상당히 깨끗한 편이었다. 인도의 상류층은 주로 어린 시절 영국 유명 사립학교에서 공부를 하고, 대학은 영국이나 미국의 아이비리그에서 끝내는 것이 상례라 했다. 라탄 역시 그런 코스를 밟은 모양이다.

[오늘 기분은?]

[괜찮아요. 감사합니다.]

[건강한 사람은 회복도 빠르지.]

은발의 의사는 미소 지으며 서린의 수술 자국을 살폈다. 상처의 실밥을 뽑고, 소독을 하고 기껏 십 분도 채 걸리지 않았다. 다시 반창고를 붙여주며 박사가 미소 지었다.

[이제 거의 다 아문 것 같으니까.]

[비행기를 타는 것은요?]

[상관없어요. 하지만 역시 안전한 게 좋으니까 좀 더 있다가 타요. 어쨌거나 서린은 단순한 맹장염 정도가 아니었다구. 자, 주사 한 대만 더 맞을까?]

[이왕 놓는 주사, 식욕이 불끈 돋아나는 것으로 좀 부탁해요.]

문 앞에 서 있는 라탄의 말에 의사가 서린을 지그시 노려보았다.

[수술 후에는 잘 먹고 잘 쉬어야 한다는 게 상식인데. 빨리 건강해지고 싶으면, 싫어도 억지로 먹어야 해요.]

[솔직히 말하자면, 식욕이 그다지 돋지 않아요.]

의사의 시선이 날씬한 서린의 몸으로 다가갔다. 하얗다 못해 얼음처럼 투명한 안색을 살폈다.

[미모 관리는 이미 충분한데? 지금 그 미친 다이어트 중?]

'미친' 다이어트란 말에 서린은 웃고 말았다. 라탄도 씩 미소 짓고 있었다.

[그런 건 아니에요.]

[내 충고를 들어요. 열심히 먹고 운동해요. 아름다움도 건강이 먼저야.]

[인도의 음식이 그다지 입맛에 맞지 않아서요.]

[거짓말. 난 당신 발치에 세상의 모든 진미는 다 가져다 놓았다구.]

라탄이 다시금 얄밉게 말을 가로챘다.

서린의 식욕부진이 그녀의 의사와는 상관없이 그의 집으로 끌려온 때문이라는 것을 완전히 무시하는 표정이었다. 그녀 주변에서 게으른 표범처럼 어슬렁거리는 자신의 존재에 대한 불편함 때문이라는 것을 잘 알면서도, 시침을 뚝 떼고 있었다.

'언제까지 저렇게 착한 미소를 지으며 점잖은 체할까?'

서린은 의사의 말에 의례적으로 고개를 끄덕이며, 속으로는 고뇌했다.

그녀를 자신의 집에 데려온 이후, 라탄은 똑같은 얼굴의 거죽을 뒤집어쓴 완전히 다른 사람이었다.

반납치를 당하다시피 호사스런 그의 펜트하우스로 옮긴 후, 서린은 잔뜩 경계심을 가지고 내내 긴장을 했었다. 하지만 고슴도치가 된 그녀와는 달리, 라탄은 서린에게 내어준 방문 바로 앞, 그 거리 이상을 넘어오지 않았다. 일주일이 되어가는 지금까지 그는 착하고 성실하게, 친구 이상의 범위를 넘어서지 않겠다는 자신의 맹세를 철저하게 지켰다.

저 남자의 속은 정말 겉과 똑같은 진실일까?

하지만 그의 모든 것은 아슬아슬한 거짓말이야. 서린은 날마다 되뇌었다.

아주 작은 틈만 주어도 얼마나 위험한 야수가 되는지 한 번 경험했다. 그러나 라탄은 철저하고 또 지독했다. 새삼스레 그를 경계하거나 미워할 빈틈도 주지 않는다. 깊이 신용할 수 없으나, 어쨌든 믿을 수밖에 없는 모순. 지금 서린은 실상은 믿을 수 없어하면서도 결국은 믿게 되는 기묘한 혼란 속에 빠져 있었다.

라탄이 주삿바늘을 빼는 조그 박사에게 물었다.

[헬기를 타는 것은 상관없을까요?]

[장시간만 아니라면, 뭐 좋아요.]

[자전거를 타는 건 어떨까요?]

역시 그것도 괜찮다. 의사가 고개를 끄덕였다.

[역시 장거리 주행만 아니라면 그다지 나쁘지는 않지. 한 시간 정도 수영이나 산책도 좋아요.]

의사가 서린의 진료를 끝낼 때까지 라탄은 처음처럼 문 앞에 내내 기대고 서 있었다. 조그 박사를 배웅하기 위해 문 앞까지 다가간 서린의 팔을 라탄이 잡았다.

[식사하자.]

[별로 입맛이 없어요.]

[네가 내게 준 일주일, 이런 식으로 허비할 여유가 내겐 없어. 서린, 꾸물거릴 시간이 없다고. 나랑 같이 식사해 준다면, 널 아주 좋은 곳으로 데려갈 작정이야.]

[라탄, 또 무슨 일을 꾸미는 거죠?]

경계심 가득한 서린의 눈동자와 능글거리는 라탄의 눈동자가 마주쳤다.

[역시 영리하다니까, 나의 서린. 내가 아주 음흉하고 치밀하고 악독한 음모가라는 것을 벌써 눈치 챘구나.]

제 입으로 아주 악랄하고 음흉하다고 떠벌리는 남자라니. 하지만 서린은 느끼고 있었다. 저렇게 부드럽고 상냥하게 웃고 있는 남자의 심장은 정말 그렇다고. 필요하다면 이 세상 그 누구보다도 잔혹해질 수 있는 사람이라고. 그건 인간의 도덕이나 윤리와는 전혀 상관없이 움직이는 것이라고. 두렵지 않다면 그건 거짓말이고 기만이다. 그런데 왜 저런 남자의 심장을 유일하게 어루만질 수 있는 자는 바로 서린 자신이라는 느낌이 들까?

[카주라호에 갈 거야.]

[카주라호?]

[근 보름 내내 병실에만 있었으니, 너도 답답할 테지만 나도 그래.]

[당신이 날 가둬놓은 거잖아요.]

[가둬놓다니? 무슨 그런 실례의 말씀을? 자긴 날 모욕했어. 서린, 당장 사과해.]

[집 안에 데려다 놓고는, 꼼짝도 못하게 무조건 잡아놓는 게 가둬놓는 거죠.]

대꼬챙이처럼 찔러드는 서린의 말에 라탄이 다시 실실거렸다.

[비단 침대와 시원한 에어컨과 온 방에 가득 찬 꽃들과 두 명의 하녀가 포함된 이 집에서 아무 불편함 없게 모시는 게 언제부터 감금이라고 표현된 거지?]

입에 기름칠이라도 한 걸까, 아니면 말을 잘하게 만드는 신의 축복이라도 받은 걸까?

[내가 원하지 않았어요. 하지만 나갈 수가 없잖아요. 그러니까 죄수인 거죠.]

[미안해, 서린. 난 절대로 죄수를 내 안방에 가둬놓지는 않아. 공작궁의 지하 돌감옥 쇠사슬에 매달아놓지. 가끔 가다 채찍질도 좀 해주고, 상처에다 소금찜질도 해주고, 말라비틀어진 난과 맹물만 주는 거야. 더 기분 나쁘면 다리도 하나씩 잘라주고 말이야.]

[기가 막혀서.]

[식사하자. 그 다음에 이렇게 토닥대는 것 말고 우리 둘이서 정말 진지한 대화를 해보자고. 세상에서 가장 멋진 17)미투나를 보게 해줄게. 가이드 따위를 따라다녀서는 절대로 보지 못할 절경을 보게 될 거야.]

그가 강압적으로 그녀의 팔꿈치를 잡아 끌어냈다. 부드러우나 단호한 동작이었다. 이 집에 도착한 후, 한 발자국도 넘어가지 않은 서린의 방으로부터 자신의 공간으로 끌어냈다.

[날 믿어봐. 난 지금껏 당신의 일정한 거리를 넘어간 적이 없잖아. 난 맹세를 지킨다고.]

일주일 내내 보여준 라탄의 모습은, 그렇다. 아마 〈친구〉일

----

17)미투나(mlthuna): 서로 사랑하는 남녀의 성적 결합을 표현한 인도의 조각. 또는 회화. 육체의 결합을 통해 생산적인 결합을 상징한다. 각양각색의 자태에 의한 남녀의 합환(合歡)이 대담하고도 노골적으로 표현되었다. 주요 작품은 카주라호의 미투나(10~11세기경), 코나라크의 미투나(13세기경) 등이 있다

것이다. 하지만 서린은 완전히 마음을 놓을 수 없었다. 그가 쓴 가면이 얼마나 많은지 이미 보아버렸기 때문이다.

[라탄, 사람들이 걱정할 거예요. 전화라도 하게 해줘요.]

[이미 했어, 당신의 친구에게.]

서린은 발걸음을 멈추고 라탄을 노려보았다.

[내가 당신과 같이 있다고 말했어요?]

[너의 상태가 갑자기 안 좋아져서 다시 병원에 들어가서 안정을 취하고 있다고 말했어. 내 거짓말, 너무 멋진 것 같지 않아? 그러니 네가 걱정하는 바, 회사 안에서 괜한 스캔들이 날 염려는 접어둬도 좋아.]

[기가 막혀서.]

하지만 명윤이 현조에게 전화를 했다면 오빠가 굉장히 걱정할 텐데. 이맛살을 약간 찌푸리며 서린은 생각에 잠겼다. 역시 오늘 솔직히 그에게 전화를 해야겠어.

라탄은 서린을 내려다보았다. 무슨 생각을 하고 있는지 알 만했다. 힌디어로 중얼거렸다.

[걱정 마, 서린. 정정당당하게 굴어야 체면이 서지. 공정한 게임을 위해서 네가 내 수중에 들어와 있다는 불리한 사실은 말하지 않았어.]

사랑의 전쟁에서 이길 수 있다면 무슨 짓이든 못하랴? 식탁을 향해 먼저 걸어가는 서린을 바라보는 검은 눈에 심술궂은 빛이 번쩍였다.

라탄이 혼자 거처하는 펜트하우스는 델리에서 조금 떨어진 위성도시 구르가온이라는 곳에 있었다. 공항에서 이십여 분밖에 걸리지 않는 곳이다.

　세계 유수의 주요한 회사들 로고가 박힌 빌딩들이 치솟아 있고, 거대한 쇼핑센터와 넓고 시원스레 뚫린 길들, 호사스러운 빌라들과 고층 아파트들이 늘어선 곳이었다.

　하루 종일 건설사의 굴착기 소리가 들리고 날마다 빌딩이 치솟는 그곳은 인도라는 느낌이 조금도 들지 않을 정도였다. 그 정도로 현대적인 도시였다. 그런 동네에서도 가장 첨단적인 경비장비로 무장된 세련된 건축물이 그가 사는 베버리 파크 단지였다.

　[거의 일을 하지는 않지만, 오가야 한다면, 요즈음은 주로 이쪽의 회사들과 일을 같이해야 하는 경우가 많거든. 델리에서 이곳으로 출퇴근하는 건 짜증나는 일이라서. 그래서 작은 집 하나 산 거야. 투자가치도 있을 것 같고.]

　아무렇지도 않게 말하는 그 남자의 등 뒤로 한 층에 백여 평은 넘을 듯한 복층 빌라가 떡하니 버티고 서 있었다. 이 정도를 두고 '작은 집' 이라고 하다니. 기가 질렸다.

　그 '작은 집' 은 손님방에조차 웬만한 수영장만한 욕실도 있었고, 침실 앞에 딸린 개인용 작은 거실도 있었다. 유리 벽돌로 만든 돔 안에서 옥외 정원도 바라보며 수영을 할 수 있는 개인용 풀까지 있었다.

하지만 라탄의 입장에서 보면 '작은 집'이 분명했다. 아시프가 말하기를 뉴델리에 있는 본가의 공작궁은 방만도 250개가 넘는, 말 그대로 궁전이라고 했다.

[공작궁 안에는 너도 들어본 적 있을 거야. 할렘. 즉 여자들만 사는 후궁도 있어.]

21세기 지금도? 설마! 눈썹을 치켜뜨는 서린을 바라보며 라탄이 히죽 웃었다.

[내가 왜 거짓말을 할까? 조부 때만 해도 그곳에는 조모님 말고도 여섯 명의 후궁이 살았다고.]

[설마 지금도 그렇다고 말한 건가요?]

[다행히 우리 아버지께서는 그런 짓은 안 한 것 같아. 바람을 피웠어도, 어머니가 알지 못하게 처리하셨겠지. 누나들이 혼인하기 전에는 그곳에서 살았고, 지금은 비워져 있어. 후궁의 방만 해도 무려 80개야.]

[호오.]

[그래서 어느 운 나쁜 어린 후궁 이야기가 전해지지. 술래잡기를 하다가 비밀스런 방 안에 숨어들어 갔는데, 그것을 알지 못한 하녀가 바깥에서 문을 잠갔다지. 그런데 그날 전쟁이 난 거야. 사람들이 다 피신했는데, 그녀만은 나가지 못했어. 나중에 돌아온 사람들이 그 방의 문을 열었을 때 그녀는 굶어죽어 하얀 백골이 되어 있었다더군.]

[거짓말.]

[사실이야. 하인들이 그 방을 청소하기 위해 문을 연 것은 삼 년 만이었거든.]

라틴이 씩 웃었다. 마치 역사책에 나오는 이야기를 듣는 것 같았다.

[이제 네가 내 신부가 되면 네가 거기서 살게 될 거야.]

[꿈 깨요, 라탄.]

[뭐, 나쁜 생각은 아니지. 집안의 보석을 자랑하면 남에게 빼 앗긴다는 거니까. 아무도 보지 못하게 감추어둔다는 뜻에서 나 도 그런 관습을 지지해. 후궁과 바깥 건물과는 단 하나의 문으 로 연결되어 있어. 그 앞에는 황금으로 만든 종이 달려 있지. 마 하라자였던 내 조부가 후궁으로 납실 때 하녀가 그곳의 종을 쳤 지. 모든 여인들이 신호를 듣고는 아름답게 치장하고 복도에 나 와 엎드려 있는 거야. 그러면 그날 밤 가장 아름답게 보이는 한 여인과 동침을 하는 거지. 주로 한 여인이었지만, 가끔씩은 두 여인 혹은 세 여인이 같이 모시기도 했다는군. 하지만 안타깝게 도 그 누구도 아들을 낳지 못했어. 나의 조모님 빼고는. 그녀들 에게는 아주 불행한 사태였지.]

[왜죠?]

[그녀들이 살았던 그 당시 관례에 따르자면 과부들은 아주 불 길한 존재였거든. 머리카락을 전부 깎아야 했어. 긴 머리카락이 숨진 남편의 목을 조를 수 있다는 거야. 장신구를 모두 벗어야 하고 불길한 존재이므로 가족과 정식으로 만나선 안 되지. 죽을

때까지 하얀 옷을 입고 상중에 있어야 하고, 따뜻한 음식을 먹으면 안 되며, 하루에 두 끼 이상을 먹으면 안 되며, 맨바닥에서 자야 했거든. 심지어 사티를 해야 한다는 압력에 시달렸지.]

[사티?]

[그래, 사티. 남편이 죽으면 따라 산 채로 불타 죽는 거지. 영원한 사랑과 정절의 표현이라더군. 그야말로 삶과 죽음을 같이한다는 거랄까? 낭만적으로 들릴 테지만, 사실은 아주 악의적이고 끔찍한 살인이야. 사티하는 여자들 어느 누구도 죽고 싶어하지 않았을 테지만, 살아 있는 게 더 힘드니까 죽는 거야. 그리고 대부분은 강요당한 사티였어.]

[당신의 집안에서도 그런 짓을……?]

[다행히 할머니께서 그것을 거부하셨지. 원하는 여자들에게 재산을 쥐어주고 소리 소문 없이 내보내 주셨대. 대신 죽었다고 소문을 내고 말이지. 하지만 공작궁에서 끝까지 살겠다고 한 분도 있었어. 그분들이야 자손을 가진 분들이니까. 아버지는 일곱 명의 배다른 누이들을 가졌지. 네 명의 누이를 가진 나는 약과야.]

그런 이야기를 나누면서 첫 번째 밤을 보냈다.

식사는 펜트하우스의 하늘 정원 안에 꾸며져 있었다. 창문을 통해 서린이 며칠이나 멍하니 바라보았던 그 정원이다. 열대답게 온갖 양치류와 난초가 무성하게 피어 있었다. 방금 물을 뿌렸는지 싱싱하게 물방울이 맺혀 있었다. 하얗고 보랏빛인 작은 연꽃들이 핀 작은 연못까지 만들어져 있다. 식사는 그 연못가 대리석으로 만든 작은 정자 안에 차려져 있었다. 식탁 위를 바라보던 서린은 차려진 음식을 보고 깜짝 놀랐다.

[역시 놀라는군. 노력한 보람이 있어.]

라탄은 즐거운 표정이었다. 의자를 끌어내 서린의 어깨를 짚어 앉혔다.

[한국 식당에 가보았더니, 우리나라 음식하고 상당히 비슷하더군. 채소를 많이 쓰는 것 하며, 음식을 약으로 생각하는 것 하며, 또 매운 것을 잘 먹는 것 하며. 하지만 음식마다 집어넣는 고춧가루는 솔직히 적응하기 힘들었어.]

[이걸 어떻게 만든 거죠?]

[만들기는, 배달해 온 거지. 델리에도 한국 음식점이 제법 있다고. 우리나라를 찾아오는 한국 관광객들이 해마다 늘고 있거든. 자, 식사하자. 오늘은 네가 맛있게 먹는 모습을 보고 싶어.]

서린은 여기에서 먹을 수 있을 거라고 생각지도 못한 음식을 물끄러미 내려다보았다. 김치나 된장찌개 정도야 뭐 그럴 수 있다 치자. 하지만 뚝배기에 담긴 비지찌개라니. 이런 건 생각도 못했어.

[환자가 먹을 수 있게 영양가 많고 부드럽고 덜 자극적인 것을 오더했더니, 요리사가 이런 것을 만들어주더군. 이게 뭐지?]

[비지찌개요.]

[그게 뭔데?]

[그러니까, 간단하게 말하자면 콩을 갈아서 끓인 수프죠.]

[흠. 맛있겠는걸? 우리나라 음식에도 콩을 이용한 요리가 많아. 채식주의자들이 가장 좋아하는 것이지. 잠시 실례.]

그가 서슴지 않고 서린의 앞에 놓인 그릇에서 한 스푼을 떠갔다. 입 안에 흘려 넣었다. 맛이 나쁘지 않았나 보다. 입가에 희미한 미소가 어렸다.

[근사해.]

[우린 이 맛을 구수하다라고 표현하죠.]

[소박하고 따뜻해. 환자가 정말 기운날 맛이로군. 자, 이번엔 네 차례야. 내 것을 먹어봐.]

이번에는 라탄이 자신의 접시에 담긴 것을 포크로 덜어 서린에게 내밀었다. 약간 희붉고 걸죽한 소스에 담긴 고기 한 점이었다.

[이게 뭐죠?]

[네가 좋아할 만한 맛이라고 장담해.]

잠시 망설이다가 입을 열어 그의 음식을 맛보았다. 서린의 눈이 동그래졌다. 그것을 지켜보는 라탄의 눈도 즐거운 듯이 춤을 추고 있었다.

[맛있어요.]

인도 특유의 진한 향료 냄새가 그다지 느껴지지 않아 역겹지도 않았다. 적응하기 힘든 이상야릇한 맛도 없었다. 소스는 감미롭고 신선한 맛이었고, 이 사이로 씹히는 고기 맛은 돼지고기도, 쇠고기도 아닌 부드럽고 한결 더 풍부한 맛이었다.

[내가 제일 좋아하는 램 치즈커리야.]

[커리? 이게 커리?]

깜짝 놀라 그의 접시에 담긴 요리를 바라보았다. 서린이 익숙하게 아는 노란빛 카레 소스가 아니었다. 거의 하얀색에 가까운 것으로 어떻게 보면 피자치즈가 걸쭉하게 녹은 것도 같고, 또 달리 보면 요거트 소스 같기도 했다.

[이봐, 우리나라의 커리를 우습게 보지 마. 집집마다 수천 가지의 레시피가 있다고. 이건 우리 집 요리사의 자랑이지. 내 친구 놈도 이 작품 앞에서는 사죽을 못써. 커리라는 생각이 들지 않아서 좋다나. 아무래도 외국인의 입맛에 맞는 모양이야. 양젖 치즈로 만든 특제 소스를 쓰거든.]

식사가 끝날 무렵 하녀가 은쟁반에 갓 만든 라시가 담긴 크리스탈 유리병과 잔을 가져왔다. 풍성한 과일이 가득 담긴 쟁반도 나왔다.

[커피? 아님 이대로 라시가 좋을까?]

[라시를 마시겠어요.]

라탄이 병을 기울여 서린에게 따라주었다. 거리에서 잠시 맛본 파인애플 주스 맛도 상당히 좋았는데. 그런 생각을 하며 차가운 라시를 마셨다.

[맛은?]

[맛있어요. 드세요.]

라탄이 실죽 미소 지었다. 자신의 잔을 집어 들며 혼잣말처럼 중얼거렸다.

[난 네 입술을 마시고 싶어.]

[비겁해. 내가 알아듣지 못하는 말은 하지 말라고 그랬죠? 사람을 앞에 놓고 실례잖아요.]

서린이 눈을 치떴다. 부드럽고 상큼한 눈매가 제법 엄해 보였다. 착하고 청초한 미모 안에 들어 있는 건 곧고 강한 의지와 단호함이었다. 그래서 그를 더욱더 매혹시킨다.

[당신이 우리나라 말을 배운다면 정말 좋을 텐데.]

[당신이 한국어를 배워주면요.]

[정말?]

[당연하죠. 그게 공평한 거지.]

[내가 한국어를 할 수 있다면, 너도 우리나라 말을 배우겠다고 약속할 수 있어?]

하지만 서린은 대답하지 않았다. 그 표정을 보아하니, 웃기지 말아요 하는 것이었다. 우리가 또다시 만날 줄 알고? 말하지 않은 말은 바로 그것. 아직도 그의 나비는 자신이 마음만 먹으면 날아갈 수 있다고 믿나 보다.

라탄은 천천히 라시를 마셨다. 연못 쪽을 바라보고 있는 서린을 차갑고도 매서운 눈빛으로 응시했다. 아름다우나 무력한 날개를 퍼덕이고 있는 저 여자. 그가 만든 새장이 얼마나 큰 줄 모르지. 그가 얼마나 절박한지, 얼마나 애절한지, 또한 얼마나 깊이 사랑하는지 끝까지 보아주지 않으려 하는 야속한 사람. 하지만 언젠가는 날 사랑하게 될 거야. 반드시 너는 내 여자가 될 거야. 내가 그리 만들 테니까.

[자, 우리의 일정을 이야기해 보자. 일단 우린 내일 카주라호에 갈 거야. 미투나가 있는 신전을 구경하고, 자전거 하이킹이라도 하자고.]

[나에게 인도 관광을 시켜주고 싶다면 타지마할부터 가야 하는 거 아닌가요?]

[너하고는 타지마할 따위에 가지 않아. 절대로!]

서린이 고개를 돌렸다. 라탄의 목소리에 담긴 아주 강한 의지를 읽었다. 호기심이 난 것이다.

[왜?]

[난 너와의 시작을 불길하게 무덤에서부터 시작하지 않을 거야.]

라탄은 다시 라시 한 잔을 따랐다.

[타지마할에 대해서 얼마나 알고 있지, 나의 서린?]

[보통 사람이 아는 만큼요. 샤 자한이 사랑하는 아내 뭄타즈 마할을 위해 지은 무덤이라고요. 세상에서 가장 아름다운 건축물이라고 하더군요.]

[아름답기는 하지. 끔찍할 정도로 우아하고 화려해. 지구상에 존재하는 유일하고 완전한 미의 결정체야. 인정해.]

라탄은 냉소적으로 중얼거렸다. 아름다움을 인정하지만, 결코 용서할 수는 없다는 뜻인가?

[하지만 내 눈에는 사랑에 미친 한 황제의 집착이 만든 광기의 추한 흔적으로 보여. 그 건물 하나 때문에 제국은 피와 공포와 눈물과 몰락이 따라왔어. 덕분에 무굴제국은 힘을 잃고 우리나라는 영국의 식민지가 될 수밖에 없는 운명에 처하게 돼. 비록 그것이 남아, 우리나라를 관광대국으로 만들었다고 하지만, 난 타지마할을 보면 언제나 분노와 증오를 느껴.]

[음, 상당히 독특한 시각이네요.]

[샤 자한은 이란으로부터 건축가인 이샤를 데려왔고, 보르도 출신의 아우스틴과 베니스 출신의 베로네오 같은 숙련된 외국 전문가들을 초빙했어. 그는 그럴 힘이 있었지. '샤 자한'이라는 칭호 자체가 〈세계의 왕〉이라는 뜻이니까.]

[그렇군요.]

[그 정도로 부유하고 그 정도로 강력한 나라였어, 내 조상들이 다스린 나라는. 우리나라 사람들뿐 아니라 중앙아시아에서도 기술자를 데려왔지. 이만여 명의 인력을 동원해서 이십 년 이상을 공사했어. 그리고 황제는 끔찍한 짓을 저질렀지. 타지마할을 만들고 난 다음에 다시는 똑같은 건물을 짓지 못하도록 건축에 참가한 기술자들의 손목을 전부 잘랐거든.]

[어머나.]

[역시 놀라는군.]

끔찍한 표정을 짓고 마는 서린 앞에서 라탄은 냉소를 지었다.

[한 여자를 위해 그런 일을 했어. 영원한 유일성을 획득하도록 수십만의 인간들을 희생시켰지. 중국의 아방궁도 그렇다지? 그런 죄악이 단지 아름답고 유일한 타지마할을 남겼다고 해서 용서되어야 하나? 또한 사람들은 그리도 사랑받은 뭄타즈 마할의 이야기만 하지. 하지만 그에게 눈길 한 번 받지 못한 수천 명의 다른 후궁도 있었어. 그들의 눈물, 그들의 비탄은 왜 생각하지 않지? 타지마할의 아름다움 아래에는 인간의 모든 죄악이 들어 있어. 비겁함, 집착, 오만함, 광기, 분노, 끔찍한 독선. 무엇보다 가혹한 수탈이 들어 있어.]

[당신의 말은 이해할 수 있지만, 그렇게 보면 세상의 모든 유명한 건축물은 다 그런 것 아닌가? 당신이 날 데려가려 하는 카주라호의 신전도 그렇게 만들었을 거 아닌가요?]

라탄이 고개를 끄덕였다. 그렇다는 건가? 아니라는 건가? 아직도 서린은 그의 독특한 몸짓이 가르쳐 주는 신호를 정확하게 읽어낼 수가 없었다.

[그건 달라. 신전을 만들며 손목을 잘랐다는 이야기는 없잖아. 신에 대한 헌신은 생각보다 기쁨과 행복을 주거든. 우리나라는 신의 나라야. 삼억 삼천의 신이 있다고들 하지. 살아가는 일상이 곧 신에 대한 푸자거든. 게다가.]

그가 눈을 찡긋했다. 단단한 서린의 심장이 순간적으로 후드득 흔들렸다. 그 정도로 유혹적인 눈웃음이었다.

[미투나를 보게 되면 너도 알게 될 거야. 그들은 아마 그 작업

을 하면서 굉장히 행복했을 거야. 낮에도, 밤에도.]

라탄이 손을 뻗었다. 그의 손 닿는 곳에 흔들리고 있던 분홍빛 난초 한 송이를 꺾어 들고는 일어섰다. 두어 발자국 걸어와서는 서린의 검은 머리카락에 꽂아주었다. 여린 귓불에 훅 하고 더운 숨결을 불어넣었다. 나른하게 속삭였다.

[카주라호의 미투나는 온통 성애의 장면이거든.]

오후에 출발할 줄 알았는데, 새벽에 떠날 거라고 했다. 다홍빛 아침 햇살이 사원 위로 떠오를 때, 조각상들을 가장 뚜렷하게 감상할 수 있다는 것이다.

[뭐든지 적당한 때, 적당한 장소가 있는 법이지. 전문가의 말을 믿어, 서린. 그 대신 오늘 밤은 멋진 공연을 관람할 거야. 격조 높은 극장이라구. 근사하게 차려입고 나가자구.]

처음에는 거절하려고 했다. 하지만 가만히 생각해 보니, 단둘이 집 안에 있는 것보다는 여러 사람들과 함께 있는 것이 덜 부담스러울 것 같았다.

한동안 망설이다가 결국은 샤워를 하고 간단한 화장을 했다.

'그냥 관광이라고 생각하면 되니까.'

어차피 달아날 수 없다면, 이 순간을 즐기자. 설마 그가 겁탈이라도 하겠는가? 서린은 가방을 열었다. 가지고 온 유일한 정장 노릇을 할 하얀 원피스로 갈아입었다. 종아리에 치맛자락이 닿을락 말락. 이 정도면 얌전한 편이라고 생각했다. 머리를 한

가닥으로 땋아 왼쪽 어깨 아래로 내리고 나니, 외출 준비가 끝났다.

방문을 열고 나가니 소파에 앉아 있던 라탄이 일어났다. 맙소사, 그는 지독하게 멋있었다. 나비넥타이에 검은색 야회복 차림이었다. 마치 제임스 본드 같다. 단, 피부가 좀 까만 본드지만. 그가 눈을 가느스름하게 뜨고는 서린의 옷차림을 살폈다.

[미안, 서린. 지금 입은 옷보다 좀 더 긴 치마는 없어?]

[인도에 오래 머물 거라고 생각하지 않아서 가져온 옷이 없어요.]

[어떡한다? 지금 우리가 갈 곳은 정장을 입고 들어가야 하는 곳이야. 단순히 영화를 보는 극장이면 상관없지만, 정식 디너에다 우리나라의 유명한 예술가들이 나와서 민속춤 공연을 하는 큰 행사라구.]

[그럼 어쩌죠?]

[먼저 프리야부터 가자. 네 옷 쇼핑을 좀 해야 할 것 같아.]

[만약 내 옷 때문에 당신이 난처하다면, 외출을 하지 않겠어요.]

서린은 또렷한 어조로 분명히 의사를 밝혔다.

[가볍게 생각해. 선물이잖아.]

[내가 그런 선물을 받을 이유가 없어요. 이대로 날 데려가든지, 아니면 집에 그냥 있게 해주세요.]

라탄이 한숨을 푹 쉬었다. 손을 내밀어 서린의 볼을 슬쩍 쓰다듬었다.

[정말 고집쟁이라니까. 조금만 적당하게 해주면 좋으련만. 우리 자기는 너무 철두철미해서 힘들어.]

[라탄, 난 당신의 자기가 아니라구요.]

[두고 보자, 어떻게 될지. 하지만 이런 치마를 입고 거리로 나설 수 있다고 믿는다면, 넌 바보야. 우리나라에선 다리를 내놓고 다니는 여자들은 전부 매춘부라고 생각해.]

[뭐라구요?]

[내가 널 그렇게 만들 거라고 생각해? 절대로 안 돼.]

[악! 라탄! 뭐 하는 짓이에요.]

서린이 비명을 질렀다. 무어라 항의할 사이도 없이 억센 손이 그녀의 팔을 낚아채 방 안으로 다시 밀어 넣었기 때문이다. 채숨을 돌릴 사이도 없었다. 라탄이 두 손으로 그녀의 원피스를 등 뒤에서부터 좌악 찢어버렸다. 슬립 차림이 된 채 어안이 벙벙하여 어찌할 바를 모르고 멍하니 서 있기만 하는 서린을 두고 씩 웃었다.

[자, 이렇게 되면 이 옷을 입고 나갈 수는 없지?]

[기, 기가 막혀서!]

[로마에 가면 로마법을 따르란 말이 있잖아? 이곳에 왔으면 여기의 관습을 따라야지. 안 그래, 서린? 찢어버린 옷 대신 내가 새 옷을 주면 공평해지잖아. 너무 화내지 말라고.]

라탄이 돌아서며 짧게 내뱉었다.

[아시프.]

[네.]

문 바깥에서 대답이 들려왔다.

[시간이 없어. 가까운 안살에 가서 적당하게 옷 한 벌만 사가지고 와. 사리는 무리일 테니, 간단한 옷이 좋겠군.]

[알겠습니다.]

이십여 분 후에 하녀가 방문을 노크했다. 서린에게 종이 가방에 담긴 옷을 가져다주었다. 거리에서 종종 보았던 바, 하나의 천으로 몸을 둘러입는 사리와는 달리 긴 윗옷에 통바지로 이루어져 있는 옷이었다. 이것 역시 전통적인 인도 여성의 옷으로 많이들 입는다고 했다.

마지못해 그 옷을 입고 나오는 서린의 입이 퉁퉁 부어 있었다. 그러나 짜증날 정도로 라탄은 환하게 웃었다.

[잘 어울리는걸, 서린.]

[다시 한 번 나에게 이런 짓을 강요한다면, 코를 물어뜯어 버리겠어요.]

[명심하지. 하지만 자긴 우리나라 옷도 잘 어울리는군. 이건 편잡사리야. 안 돼, 서린. 두퍼타는 앞을 가리는 거야.]

무심코 옷과 같이 딸려온 긴 스카프를 목에 두르려던 서린은 손을 멈추고 그를 바라보았다. 다가온 라탄이 서린의 손에 들린 천을 받아 들었다. 앞에서부터 가슴까지 늘어뜨려 둘러주고는 두 끝을 어깨 뒤로 넘겼다.

[더운데 이건 안 하고 싶어요.]

[이건 선택사항이 아니야. 반드시 둘러야 해.]

[왜요?]

[정숙한 여성들은 무슨 일이 있어도 두퍼타로 가슴을 가리게 되어 있거든.]

그가 팔목시계를 내려다보았다. 시간을 확인하려는 것보단, 서린의 잔소리나 항의를 차단하려고 도망치는 게 분명한 동작이었다.

[이것 봐, 당신이 고집을 부리는 통에 늦었어. 바로 출발하지.]

그들이 현관을 나가자, 대기하고 있던 차가 굴러와서 멈추었다. 운전기사가 차 문을 열어주었다.

[바로 랄루프로.]

승용차는 뉴델리로 향하고 있었다.

스쳐 지나가는 거리 풍경 중 하나가 서린의 시선을 끌었다. 사원 앞에서 여러 남자들이 무릎을 꿇고 앉아 열심히 땅바닥에다가 다양한 색깔 파우더를 사용하여 화려한 문양을 만들고 있었다. 추상적인 문양도 있고, 구체적인 신의 모습이나 짐승들의 모습도 만들어지고 있었다. 관광객들이 신기한지 그들을 빙 둘러싸고 있었다.

[저기 저 사람들 뭐 하고 있는 거죠?]

[음?]

라탄이 몸을 기울여 그녀가 바라보는 창밖을 함께 바라보았다.

[아하, 콜람스(Kolams)로군.]

[무엇을 하는 거죠?]

[옛날부터 내려오는 우리나라 전통의 풍습이지. 사원의 축제나 행사에 사용되어지는 파우더 그림이야. 매우 성스럽게 여겨지고 있지.]

[역사가 오래된 나라라서 그런지, 인도는 볼거리가 참 많아요.]

[아무래도 그렇겠지. 인더스강 유역은 인류의 문명이 처음 시작된 곳으로 여겨지니까. 언젠가 시간이 있으면 모헨조다로도 한번 가자. 우리 신혼여행으로도 나쁘진 않아.]

[꿈 깨요.]

궁금한 것은 다 들었다. 제자리로 돌아가야지 이 남자, 서린 곁에 바짝 당겨 붙은 몸을 제자리로 돌릴 생각을 하지 않았다.

[음. 서린, 향기 좋다. 대체 무슨 향수를 뿌린 거지? 오늘 밤 잠은 다 잤군.]

반 장난, 반 진심. 농담 같은 진담. 슬쩍 몸을 기울인 그대로 딱 달라붙어 움직이려 하지 않는다. 서린은 라탄의 몸을 밀어냈다.

[비누 냄새예요. 그만 하고 체면 차려요. 민망하잖아.]

[연인 사이에 민망한 게 어디 있어?]

[자꾸 이럴 건가요?]

[내가 뭘?]

[어울리지 않게 귀여운 척 접근하지 말라구요.]

서린이 쌀쌀맞게 쏘아붙이자 라탄이 상심을 가장하며 어깨를 축 떨어뜨렸다.

[아마다스 린. 정말 쌀쌀맞다니까. 당신 때문에 상처 입었어.]

"누가 들으면 진짜라고 하겠네. 정말 작업의 도사로군."

서린은 한국말로 중얼거렸다. 라탄이 입을 부루퉁하게 내밀었다.

[서린, 자기 지금 반칙했어. 내가 알아들을 수 있게 말해야지.]

[당신도 내 앞에서 무수히 그런 실례를 저질렀거든요.]

새침하게 대꾸했다. 라탄이 정말로 심각하게 중얼거렸다.

[자긴 나보다 착하잖아. 내가 못되게 굴어도 당신은 그러면 안 돼. 실수를 저지르는 건, 누가 이기나 투쟁하는 게임이 아니라고.]

서린은 그만 픽 웃고 말았다. 그저 비웃는 미소 한 번이었는데, 갑자기 그 남자의 얼굴이 확 밝아졌다. 검은 눈이 흑마노처럼 빛났다.

[이제 당신이 웃었어. 내 심장에 그만 꽃이 피는군.]

[제발, 라탄!]

으악 비명이라도 지르고 싶었다. 이런 말을 들으면 온몸에 닭

살이 돋는다. 이 남자, 얼마나 이런 번드레한 작업 멘트를 써먹었는지 알 만했다. 얼굴빛 하나 변하지 않고 잘도 기름칠한 혀를 놀리고 있다.

대꾸도 하지 않을 거고, 반응도 보이지 않을 거고, 그에게 말려들어 가는 일 따윈 더더욱 하지 않을 거라고 굳게 결심했다. 하지만 이토록 매끄럽고 능글맞고 눈 하나 꿈쩍하지 않으면서 여자를 홀리려 드는 이 남자에게 어떻게 대항할까? 아무리 마음을 단단히 먹어도 쉽지 않았다. 때로는 강하게, 때로는 부드럽게 빈틈을 파고든다. 정말 강적이었다.

때로는 툭툭대며, 또 때로는 비웃어주며, 혹은 무시하는 태도로 그를 상대하는 사이 승용차는 목적지인 극장 앞에 도착했다.

그들이 내린 곳은 무슨 공원처럼만 보였다. 열대의 나무와 화려한 꽃들, 잘 가꾸어진 잔디밭 안에 극장이 있었다.

화강암과 대리석으로 만들어지고, 화려한 조각과 문양이 새겨진 아주 오래된 극장이었다. 하지만 굉장한 품격이 느껴졌다. 여러 개의 포스터가 붙어 있고, 천으로 만든 휘장이 공중에서 펄럭거리는 것으로 보아 아주 중요한 공연이 벌어지는 모양이다. 아시프가 재빨리 내려 차 문을 열어주었다. 라탄이 먼저 내려 서린에게 손을 내밀었다.

[이곳에는 구걸하는 아이들이 없네요.]

어디든지 차가 도착하거나 걷기만 하면 귀찮을 정도로 달려드는 걸인들을 보아왔다. 하지만 이곳에는 그런 사람들이 하나도 보이지 않았다.

[여긴 애초에 오페라를 좋아하는 마하라자가 만든 개인 극장이었어. 경비가 삼엄하니 아무나 함부로 들어올 수 없지.]

그들이 계단을 올라가는 동안도 계속해서 줄줄이 고급 승용차들이 로비 앞에 멈추었다. 그 안에서는 라탄과 분위기가 비슷한 사람들이 계속해서 내렸다.

화려한 비단 사리 자락을 휘날리는 여성들과 야회복 차림의 남자들이었다. 가족들도 있었다. 남자 아이들도 양복을 입고, 어린 소녀들조차도 긴 이브닝드레스 아니면 고운 색깔의 비단 사리 차림이었다. 외국인들도 제법 많았다. 하지만 깃발을 따라다니는 단체 관광객들은 전혀 보이지 않았다. 그 외국인들도 다 화려한 이브닝드레스에 남자들도 정장 차림이었다. 정말 아무나 들어올 수 없는 특별한 공간에서 벌어지는 특별한 공연인 모양이었다.

[아, 음. 이런 분위기일 거라고는 생각하지 못했어요. 솔직히 좀 긴장되네요.]

[마음 편하게 가져. 나랑 같이 있잖아.]

아마도 외국인을 위해 준비한 것인가 보다. 라탄이 금박으로 테를 두른 영어와 일어로 만들어진 두꺼운 팸플릿을 한 장 집어 서린에게 건네주었다.

[너에게 내가 사는 나라의 아름다운 것을 전부 보여주고 싶다. 좋은 경험이 될 거야. 오늘 저녁의 공연을 마음껏 즐기기를

바라.]

그들이 막 돌아서던 순간이었다.

[라탄!]

[아, 힌디라.]

시큰둥한 남자의 반응과는 상관없었다. 거의 뛸 듯이 반가워하며 다가온 사람은 너무나 아름다운 여자였다. 말 그대로 눈이 번쩍 튀어나올 정도의 미인이었다.

인도인치고는 라탄처럼 상당히 하얀 피부, 팔등신에 가까운 늘씬한 키여서 몸에 걸친 주황색과 연둣빛의 사리가 정말 잘 어울렸다. 얼굴의 반은 차지할 것만 같은 커다란 눈에 오뚝한 코, 잡티 하나 없는 피부에다가 무척 긴 속눈썹이 정말 신비롭게만 보였다.

인도 여자는 거의 다 비슷비슷하다고만 생각했다. 하지만 그녀는 서린의 그런 생각을 여지없이 바꾸어 버렸다. 나란히 선 라탄과 완벽하게 어울려 보이는 여자. 그야말로 천상에서 내려온 여신처럼만 보였다. 그리고 그들은 이미 아주 친밀한 사이인 듯싶었다. 가슴 한쪽이 묘하게 따끔거렸다.

[만나고 싶어요. 할 말이 있어, 라탄. 제발 내게 연락해 줘요.]

힌디라의 눈은 내내 서린에게로 향해 있었다. 잔뜩 경계심을 담고 새로 등장한 연적을 훑어보기에 여념이 없었다.

별 볼일 없는 여자로군. 대체 이 여자는 어떻게 그의 옆 자리를 차지하게 된 거지?

[무척 바빠 시간이 없을 것 같군. 그리고 힌디라, 실례야. 이 사람은 우리나라 말을 알아듣지 못한다고.]

[당신이 바쁜 이유를 알 것 같군요. 새 장난감을 찾았나 봐요?]

힌디라가 노골적으로 비아냥거렸다. 굳이 질투심을 감출 이유가 없었다.

지난번에 라탄이 분명히 끝이라 말했지만 그녀는 절대로 그에 대한 욕망과 마음을 접을 수가 없었다. 최고의 남자를 찾아냈는데, 왜 그냥 물러서랴? 게다가 그녀에게는 누구보다 강한 원군이 있다. 그녀를 가족으로 생각해 주는 라탄의 어머니와 넷째누이다.

하지만 지겨워 죽겠어. 힌디라는 속으로 절망해서 부르짖었다. 잡히지 않는 이 남자의 주변을 그녀가 나서서 쳐내는 일은 언제까지 계속해야 할까?

[당신의 철없는 놀이는 언제쯤 끝날까? 이 여자도 자신이 당신의 한때 장난감이라는 것을 알고 있어요? 대체 이번에는 며칠짜리인 거죠?]

순간 라탄의 눈속에 불길이 일었다. 그가 낮으나 강하게 한마디 내뱉었다.

[18)바스!! 힌디라.]

그 눈이 엄하게 경고하고 있었다. 더 이상은 말하지 말라는 것. 언제나 느릿하고 언제나 부드러운 라탄으로서는 보기 드물

---

18)바스: '그만!' 이라는 뜻의 힌디어

게 강력한 명령조였다. 그 속에 든 무시무시한 힘을 읽은 힌디라가 숨을 삼켰다.

하지만 그것은 순간, 아무 일도 일어나지 않은 듯 라탄은 미소 지으며 팸플릿만 만지작거리고 있는 서린을 돌아보았다.

[인사해, 서린. 우리 집안의 오랜 친구야. 힌디라, 이쪽은 서린 씨. 한국에서 온 내 친구야.]

[만나서 반가워요. 힌디라예요.]

더없이 유창하고 품위있는 영어. 이 여자도 라탄처럼 최상류층의 영양으로 최고급의 교육을 받았음이 분명하다. 서린도 미소 지었다. 가볍게 고개를 숙였다.

[반갑습니다. 이서린이라고 해요.]

[시작할 시간이군. 가자, 서린. 그럼 힌디라, 다음에.]

[전화해 줄 거죠? 내일 만나줘요!]

돌아서는데 힌디라가 소리쳤다. 서린은 그녀의 말을 알아들을 수 없었다. 하지만 무엇인가 라탄에게 절박하게 호소하는 것은 느껴졌다. 그러나 대꾸하는 라탄의 말은 느릿하고 부드러운 어조였지만 이상하게 몹시도 서늘했다.

[미안, 힌디라. 내일 아침 일찍 카주라호에 가. 시간이 나면 연락하지.]

[말로만! 그래 놓고 절대로 먼저 전화해 주지도 않으면서!]

그러거나 말거나 라탄은 뒤쪽으로 무심하게 손만 흔들어 보인다. 겨우 귀밑에 오는 초라한 그 여자를 안듯이 에스코트해서는 실내로 들어가 버렸다.

[우리도 들어가지.]

그녀를 동반해 왔던 사촌이 눈치를 보고 있다. 이윽고 다가왔다. 입술을 잘근잘근 씹으면서 라탄이 들어간 문만 노려보고 서 있다. 힌디라가 갑자기 몸을 획 돌이켰다.

[먼저 들어가 있어. 난 볼일이 좀 있다구.]

그녀는 비단 사리 자락을 들고서 밖으로 나갔다. 주차장에 세워진 차 중에서 라탄의 차를 찾았다. 오호, 새로 산 롤스로이스까지 몰고 나오셨군. 힌디라의 붉은 입술이 보기 싫게 비틀려졌다. 대체 누구야, 그 볼썽사나운 계집애는? 평상시 알고 있던 라탄의 취향은 절대로 아니었다. 대체 무슨 관계지?

차 안에서 휴대전화로 누군가와 통화하고 있던 아시프가 차 앞에 선 힌디라를 보고 차 문을 열고 나왔다.

[오랜만입니다, 힌디라님.]

[지금 라탄은 어디에 머물고 있죠? 델리의 아파트에도 공작궁에도 없었어.]

[이번 달 내내 구르가온의 새 빌라에 머물고 계십니다만.]

아하, 미처 그곳을 체크하지 못했군. 힌디라는 한숨을 쉬었다. 국내에만 해도 그가 머물거나 가끔 찾아가 지내는 거처가 대여섯 군데나 된다. 이러니 날마다 그녀가 숨바꼭질을 할 수밖에. 바로 코앞인 구르가온에 머물고 있는 줄도 모르고 괜히 뭄바이며 방갈로르의 별장에만 줄기차게 전화를 해댔던 것이다.

[그럼 같이 온 그 여자도?]

[손님이시니까요.]

아차, 말을 잘못했다. 아시프의 얼굴에 문득 낭패한 기색이 어렸다. 결국 그 여자는 라탄과 함께 구르가온의 빌라에 머물고 있다는 말이 아닌가?

힌디라의 기분이 몹시 나빠졌다. 라탄이 그곳의 호화 빌라를 구입한 지 일 년이 넘었건만 그녀는 초대조차도 받지 못했다. 그런데 그 여자를 그곳에 머물게 해? 대체 정체가 뭐야?

[좋아요. 나도 나중에 한번 찾아가죠. 그보다 오늘 그랑 같이 온 여자, 누구죠?]

그때까지만 해도 상냥하던 아시프의 입술이 꾹 다물어졌다가 이내 살짝 미소를 머금었다. 차갑게 잘랐다.

[죄송합니다, 미스 아왈리스. 답변할 수 없습니다.]

[아시프, 정말 이러기예요? 잘 알잖아, 그 남자 버릇이란! 이삼 주, 새 여자 만나서 열광하다가 흐지부지, 결국은 나에게로 돌아와요. 당신이 그 여자를 옹호하고 감추어준다면, 나중에 내가 당신에게 몹시도 화낼 일이 생길 것 같은데?]

[무슨 말씀을 하셔도 알려 드릴 수 없습니다.]

라탄의 가장 측근이지만 절대로 그를 배신하지 않는 입 무거운 이 남자. 정말 미치겠다. 힌디라는 발을 동동 구르고 싶었다. 라탄에게 접근하려면 이 남자부터 녹여야 하는데, 도무지 씨알도 먹히지 않는 거다.

[좋아요, 당신이 말해주지 않는다 해서, 내가 못 알아볼 것도 없으니까.]

돌아서며 힌디라는 다시 한 번 잘근 입술을 깨물었다.

일본 여자? 아무리 외국인이라 해도, 라탄이 자신의 거처에 여자를 초대해서 같이 머물고 있다? 절대로 그가 그러지 않을 거라고 생각하지만, 어쩐지 불길했다. 그리고 유감스럽게도 불길한 예감은 언제나 정확하게 맞아떨어질 때가 더 많았다.

[아무래도 내가 나서서 그 여자에게 제 처지를 분명히 알려주어야겠군.]

그녀에게도 좋은 일이 될 것이다. 그 남자가 마구잡이로 흩뿌리는 매혹에 홀려 만에 하나 착각하면 안 되지. 혹여나 그의 연인이라도 될 줄 알고 환상을 꿈꾸다가, 무참하게 버림받는 일에서 피하게 해주는 일이다.

'뭐, 다행스럽게도 그다지 강단있어 보이지도 않던걸. 내 가 몇 마디만 하면 지레 질려 도망치겠지.'

극장 안으로 들어서며 힌디라는 힐끗 눈으로 라탄과 그 여자를 찾았다. 무대가 가장 잘 보이는 이층 로열석에 두 사람이 마주 앉아 있었다.

웨이터가 샴페인을 가져와 따랐다. 라탄이 그 여자의 잔에 자신의 잔을 부딪쳤다. 녹아나는 미소를 짓고 있었다. 힌디라의 가슴이 시커멓게 구겨지는 순간이었다.

제7장

—*부드러운 약탈자*—

끝 없이 뻗어나간 지평선 위로 실금 같은 황금빛이 나타났다. 새로운 태양이 떠오른다는 신호였다. 시커멓던 하늘 역시점점 더 사파이어 빛으로 맑아지고 있었다.

그런 하늘을 가로질러 작은 비행기 한 대가 날아가고 있었다. 목적지는 델리에서 약 400㎞ 떨어져 있는 카주라호였다. 물론그 안에는 서린과 라탄이 타고 있었다.

처음 델리에서 카주라호가 그 정도 거리라는 이야기를 들었을 때, 해 뜨는 아침까지 그곳에 도착하려면 전날 밤에 출발해야 된다고 생각했다. 그런데도 라탄이 마냥 느긋하게 군 데에는이유가 있었던 거다. 하지만 뼛속까지 서민인 서린으로서는 비행기까지 타고 여행을 즐기는 이런 젯셋족의 생활을 이해할 수 없었다. 편안해서 좋다는 것보다 불편한 마음이 더욱 컸다.

[단지 관광을 위해서 전용기를 띄우다니, 너무 사치스럽다고 생각해요.]

[모든 건 상대적이야, 서린.]

라탄이 그 특유의 느릿하고 부드러운 어조로 말을 있었다. 서린은 청바지에 셔츠, 파란 챙모자를 쓰고 기창에 얼굴을 대고 있었다. 발랄하고 귀여웠다. 그녀를 바라보는 남자의 검은 눈 역시 즐겁게 반짝이고 있었다.

[난 돈보다도 시간을 더 귀하게 생각해. 누군가가 나에게 돈과 시간을 비교해서 무엇을 가지겠느냐고 말한다면 난 당연히 시간을 가지겠어. 너와 함께할 수 있는 시간은 이제 겨우 사흘 남았다고. 그런 귀중한 시간을 멍청하게 승용차나 운전하며 보낼 것 같아?]

[여하튼 당신은 제멋대로인 사람이로군요. 그보다 어제 공연 정말 좋았어요. 그 왜, 있잖아요. 막대기를 들고 춤추는 것. 활발하고 역동적이어서 난 그게 참 좋더라구요.]

서린이 몸을 바로 하고 앉았다. 라탄은 그녀에게 신선한 라시 잔을 건넸다.

[그 춤은 단디야(Dandiya)라고 해. 구자라트 주의 전통춤이지. 언젠가는 같이 배워보자. 참, 우리 증조부가 구자라트의 마하라자였다고 말했던가?]

[정말? 그럼 당신이 왕족이란 말인가요?]

[그런 모양이더라고.]

그는 시계를 보았다. 앞으로 십 분 후면 카주라호에 도착할 거다.

[라자스탄의 춤도 멋지지. 기억나? 남자가 머리에 물동이를 네 개나 이고 추던 춤.]

[응. 하지만 그건 너무 정적이어서 그다지 와 닿지 않더라구요.]

[하지만 전통 춤 중에서 가장 높은 평가를 받고 있어. 라자스탄은 우리나라에서도 문화적 수준이 가장 높다고 평가받거든.]

[그렇군요. 당신하고 이야기하고 있으면 제가 인도 전문가가 되는 것 같다니까요. 고마워요.]

서린이 방글거리며 상냥하게 말했다. 라탄도 행복하게 마주 웃었다.

그녀의 이런 웃음 한 번이면 그의 가슴에 남은 얼음칼이 빠져나간다. 그녀를 사랑함으로써 얻게 된 모든 고통이거나 불행들을 다 망각해 버린다. 그야말로 서린의 미소는 라탄에게는 신들의 음료나 다름없었다.

[언젠가는 남부의 케랄라 주(州)로 데려가 줄게. 아주 멋진 코친이라는 항구가 있어. 거긴 성경시대 사도 도마와 또 유명한 바스코 다 가마가 도착한 곳이지. 오백 년을 넘긴 포르투갈식 건물이며 유대 회당이 아직도 온전히 남아 있는 곳이야.]

[정말? 굉장하네요.]

[하지만 내가 코친을 좋아하는 이유는 다른 거야. 그곳에는 아주 멋진 민속춤이 전해지고 있어. 카타칼리(Kathakali) 춤이지. 손짓과 눈동자의 움직임만으로 모든 이야기를 표현해 내는 무용이야. 정말 경이롭다구.]

[보고 싶어요, 어제 본 춤처럼 아름답다면.]

순하게 미소 짓는 서린의 얼굴은 새벽빛 같았다. 라탄도 마주 웃음 지었다.

[카타칼리 춤은 수천 년 전부터 그 지역 신전의 여자들이 추었던 춤이야. 인간의 사랑과 신에 대한 숭배를 표현하지. 춤의 형태가 바다의 파도를 연상시킨다고도 해. 우리나라 사람들은 카타칼리 춤을 보면 매혹적인 인도 여신인 모히니를 떠올린다고들 해.]

[자꾸 그러니까 진짜 보고 싶어지잖아요. 다음에는 남부 인도 쪽으로 여행을 해야겠어요.]

[좋아. 우리 결혼식에는 반드시 카타칼리 춤을 추는 무희들을 부르자.]

[라탄!]

엄한 서린의 목소리는 경고이기도 했다. 쓸데없는 수작을 부리지 말라는 거다. 라탄은 실실 웃으며 딴청을 피웠다. 그녀가 받아들이든지 말든지 그것은 사실이 될 테니까. 세뇌하고 또 세뇌하다 보면 서린도 인정하겠지.

그때 귀에 꽂은 이어폰을 통해 조종사의 목소리가 들렸다.

—[오 분 후에 카주라호에 도착합니다.]

[좋아.]

라탄의 비행기는 이내 카주라호의 공항에 살짝 내려앉았다.

공항 앞으로 나가니, 택시와 오토릭샤들이 손님을 기다리고 있었다.

라탄이 손을 들어 오토릭샤를 불렀다. 어젯밤 미리 떠난 아시프가 오후쯤에 차를 몰고 도착할 거다. 그동안은 홀가분하게 일반 관광객처럼 자유를 즐길 작정이었다. 선글라스를 머리 위로 치켜올리며 그는 먼저 서린을 릭샤에 태웠다.

말간 미명을 동무 삼아 오토릭샤가 두 사람을 태우고 달리기 시작했다.

공항에서부터 카주라호까지의 길에서 가장 인상적인 것은 나무들이었다. 마치 가로등처럼 길 양옆에 우뚝우뚝 솟은 나무들이 열병식하는 병정들같이 근엄하게 서 있었다.

[델리하고는 느낌이 완전히 달라요.]

서린이 밝은 얼굴로 주위를 휘돌아보며 들뜬 얼굴로 중얼거렸다.

거대한 델리와는 달리 고적하고 소박한 분위기. 인도의 다른 도시와는 달리 깨끗하고 조용하고 고적하고 조화로웠다. 서린 역시 그런 분위기를 느낀 것인지 이리저리 둘러보는 시선이 긍정적이었고, 또 호의적이었다.

[시골이니까. 난 이곳에 오면 마음이 차분해져.]

[예쁜 곳이에요.]

[근처의 오르차나, 아그라 근처 파테프시크리도 아주 좋아. 겨울에 유채꽃 필 때가 정말 장관이지. 꼭 함께 가보자.]

[파테프시크리?]

[전설적인 악바르 황제의 궁이 있는 곳이지. 그곳의 난간에 앉아서 바라보는 풍경은 내가 가장 사랑하는 경치 중에 하나야.]

두 사람을 태운 오토릭샤는 상쾌한 공기를 휘날리며 달려갔다. 제법 규모가 큰 웅덩이를 지나갔다. 저 멀리, 하늘을 붉게 물들이며 해가 떠오르고 있었다. 수면 가득히 황금빛 비늘을 떨어뜨리고 있었다.

[저곳이 카주라호(湖)예요?]

[설마, 서린.]

라탄은 서린의 모자를 뒤로 젖혀놓았다. 하얗고 동그란 이마. 그 아래 호기심으로 반짝이는 검은 눈동자. 장난꾸러기 소년처럼 귀엽게 보였다.

[지금까지 이곳을 카주라 호수(湖水)로 알고 있었던 거야?]

[어, 아닌가요?]

[이 마을 이름이 카주라호야. 호수 이름이 아니라고.]

[저런, 실수했네.]

서린이 중얼거렸다.

[음?]

[언젠가 명윤이하고 내기했거든요. 호수가 있다길래 난 추호도 의심없이 카주라 호수라고 주장했거든요.]

[카주라호란 이름은 우리나라 말로 '대추'란 뜻이야. 예전에 이곳에서 대추가 많이 생산된 모양이야.]

[한국 가서 명윤이한테 이야기해 줘야지.]

소들이 한가롭게 길에 드러누워 있다. 릭샤나 오토바이, 자전거를 타고 출근하는 사람들. 마차가 지나가고, 오토릭샤를 타고 지나치는 관광객들. 짜파티를 구워내는 수레 옆에 남자들이 옹기종기 모여 있다. 바나나 잎으로 만든 자그마한 그릇에 담긴 커리와 짜파티를 서서 먹고 있는 사람들도 많았다.

[전설이기는 하지만, 이곳 사원은 달의 신 찬드라와 과부 사이에서 낳은 아들 찬드라 트레야가 인도 중부를 다스렸을 때 만들어진 것이라지. 지금은 20기 정도만 남아 있어. 락수마나 사원과 칸다리야 마하데브 사원의 미투나가 유명해. 아침나절에 볼 작정이니, 서부 사원들만 보자.]

라탄의 말을 듣는 둥 마는 둥, 또다시 서린의 입술 사이로 몽글몽글한 웃음꽃이 톡 터졌다.

[뭐지? 뭘 보고 웃는 거야?]

[응. 저기…… 저 식당 이름 말이에요. 한국 식당인가 봐.]

라탄은 서린이 가리키는 데로 고개를 돌렸다.

한국어로 무어라 적힌 자그마한 식당이었다.

[읽어봐. 뭐라고 쓴 거야?]

['아씨 식당과 우리집 게스트 하우스. 우리 집처럼 편안하게 모십니다'. 수제비, 닭백숙. 신라면, 김치부침개. 감자전.]

[요 근래 한국 관광객들이 아주 많이 찾아오니까 저런 식당도 생기는가 보군. 나중에 저곳에서 식사할래?]

[그래요. 하지만 당신 입맛에 맞을까 모르겠네.]

[네가 먹는 거라면 난 뭐든지 맛있어.]

서린이 한숨을 푹 쉬었다. 손을 들어 라탄의 입술을 탁 하고 쳐버렸다.

[아, 정말 타고난 아첨꾼이라니까.]

사원으로 들어가는 입구에 도착했다. 길 건너 하늘을 찌를 듯이 선 엄청난 아쇼카 고목이 제일 먼저 눈에 띄었다.

[우리가 나올 때까지 기다려 준다면, 두둑한 팁을 주지.]

싱글벙글 예스, 예스를 반복하는 릭샤 기사를 뒤로하고 라탄이 매표소 앞으로 다가갔다.

인도의 어디든 그렇지만 카주라호 역시 예외는 아니었다. 매표소 앞에는 이른 아침인데도, 관광객에게 구걸하는 거지들, 싸구려 엽서와 책과 코끼리 조각과 얼기설기 엮은 목걸이 따위를 파는 잡상인들이 포진해 있었다. 놓칠세라 두 사람에게 달려들었다.

손으로 입과 아기를 가리키며 먹을 것을 좀 달라는 표현을 하고 있는 여자 거지가 유난히 눈에 밟힌다. 땟국물이 새카맣게 흐르는 어린 아기를 안고 있는 그 여자에게 서린이 십 루피쯤 주려고 할 때였다. 돌아서던 라탄이 단호하게 손을 잡아 못하게 막았다.

[주지 마.]

[왜요?]

[경고하는데, 우리나라에서 구걸하는 자들에게 절대로 적선하지 마.]

나직하고 부드러운 목소리였으나 칼날 같은 기운이 어려 있었다. 라탄이 눈짓 한 번으로 그들을 둘러싼 거지들과 잡상인들을 밀어냈다. 힌디어로 뭐라고 날카롭게 말하니 그들이 슬금슬금 물러난다. 서린은 무안하기도 하고 의아스럽기도 해서 그를 올려다보았다.

[왜 그러는데요?]

[내 나라의 국민들을 거지로 만드는 짓을 내 눈앞에서 하지 마. 엄청난 모욕이야!]

[하지만…….]

[열심히 일하는 것보단 구걸해서 먹고사는 것이 더 편안하다는 것을 알아버리는 사람이 많으면 많을수록, 우리나라는 뒷걸음질친다구. 거지도 늘어날 테고. 오늘 내 말뜻을 깊이 생각해봐.]

값싼 동정심 따위로 그와 그의 나라를 모욕한 셈이 되고 말았다. 그만 얼굴이 붉어진 서린을 라탄이 내려다보았다.

[좋은 구경 하러 와서 기분이 상했다면 미안해.]

[아니요. 당신 말은 틀린 게 없는걸요.]

[저런 사람들은 우리나라가 안고 갈 평생의 우환이야. 십억 오천만의 인구들을 다 보살필 순 없어. 어쩔 수 없는 운명도 있는 법이라고.]

[알았어요. 나한테 더 이상 사과하지 마세요. 당신의 말을 이해할 것 같으니까.]

서린은 애써 밝은 얼굴을 지었다. 한순간에 어색해진 분위기를 억지로 수습하며 두 사람은 사원 문 안으로 걸음을 옮겼다. 인도의 관광지 어디든지 그러하지만 출입문 앞에 선 전자 감식기를 통과하고 카메라 촬영 비용을 지불해야 한다.

[나마스떼.]

안내원이 두 손을 공손히 모으고 지나가는 두 사람에게 인사했다. 라탄이 그에게 지폐 한 장을 건네주었다.

[댄니와드!]

두 사람은 인적이 없는 사원으로 천천히 들어섰다. 서린이 라탄을 바라보았다.

[저 사람이 말하는 나마스떼가 무슨 뜻인가요?]

[그냥 보통 '안녕하세요?' 라는 의미지. 음, 어떻게 설명할까? 불교에서 스님들이 '나무아미타불' 이라고 하지. 같은 어원에서 나온 말이라더군. '당신께 귀의합니다' 라는 뜻이라고나 할까?]

[아, 굉장히 경건하면서도 멋진 표현이에요. 주고받는 인사로

서는 최상급이야.]

융단처럼 곱게 깔린 잔디와 화려한 관목의 꽃들. 아스라히 아침 안개 속으로 사원들이 모습을 드러내기 시작했다.

[정말 깨끗하고 정갈해요. 정말 사원다운 분위기네요.]

억지로 집으로 데려온 후 내내 우울하고 그늘져 있었다. 그러던 그녀였지만 이렇게 멀리 나와보니, 또한 멋진 관광을 한다 생각하니 마음이 제법 풀린 듯싶었다. 얼굴이 밝았다. 재잘재잘 수다도 떤다. 라탄이 미칠 듯이 사랑하는 미소도 얼굴에 한가득 피어 있었다.

두 사람은 입구에서 가장 가까운 비슈누 신의 사원으로 가기 위해 왼편 길로 접어들었다.

[라탄, 정말 힌디어를 가르쳐 줄 건가요? 적어도 감사하다는 말은 직접 하고 싶어요.]

[배울 수 있다면 가르쳐 주지.]

[배울 수 있어요.]

[좋아. 먼저 안녕하세요는?]

[아까 했잖아. 나마스떼.]

[영리한 학생이로군. 다음은 고맙습니다. 간단하게 '댄니와 드'.]

[댄니와드.]

서린이 앵무새처럼 따라 했다.

[미안합니다는 '무제 아프 쏘스 헤'.]

[좀 어렵네. 무제 아프 쏘…….]

서린이 우물거렸다. 라탄은 핫하 웃으며 그녀의 손을 잡았다. 내내 잃어버렸던 귀중한 무엇을 다시 찾은 듯했다. 절대로, 무슨 일이 있어도 이 손을 평생 놓지 않을 거다.

[천천히 해. '무제 아프 쏘스 헤'.]

[무제 아프 소스 헤.]

[이건 정말 중요한 거야. '둠 쏜다리 호'.]

[둠 쏜다……. 뭐라구요?]

말하다 말고 좀 우스웠나 보다. 서린이 폭하니 웃음방울을 터뜨렸다. 라탄도 따라 웃었다. 그리고 다시 한 번 가르쳐 주었다.

[둠 쏜다리 호.]

[음. 둠 쏜다리 호.]

[댄니와드, 서린.]

라탄은 서린의 손을 잡아 올려 손등에 입 맞추었다.

[왜 나더러 고맙다고 말하는 거죠?]

[당신이 그랬잖아, 나더러 '둠 쏜다리 호'라고.]

[그랬죠.]

['당신은 아름답습니다'라는 뜻이거든. 당신이 날 그렇게 생각할 줄은 몰랐어, 자기. 영광이야.]

[이런! 누가 그래요? 뜻도 모르고 무조건 따라 한 거잖아요. 이런 건 사기라구. 취소할래요.]

[한 번 내뱉은 말은 절대로 주워 담을 수 없어. 하나 더 가르

쳐 줄게.]

라탄은 서린의 손을 아프게 꼭 쥐었다. 붉은 심장을 잘라내서
는 작은 이 손에 쥐어주는 것처럼 온 마음을 다해 나직하게 속
삭였다.

[19)마이 툼 세 피아르 카르타 홍, 서린.]

[무슨 뜻이죠?]

[좋은 말이야. 따라 해봐. 서린. '마이 툼 세 피아르 카르타
홍'.]

[마이 툼 세 피아르 카르타 홍.]

너의 말이 언젠가는 기필코 진실이 되기를. 뜻 모르는 입술만
움직이는 게 아닌, 심장에서부터 우러나는 그것이기를. '마이
툼 세 피아르 카르타 홍' 나의 연인. 나의 신부. 나의 라다.

[이 말의 뜻은 뭔데요?]

그러나 라탄은 서린의 물음을 듣지 못한 것처럼 딴청만 피웠
다. 고개를 들어 그들 눈앞에 펼쳐진 거대한 사원들을 손짓했
다.

[자, 관광의 막이 올랐어. 이제부터 본격적으로 19금(禁) 수위
의 에로틱 세상을 구경해 볼까?]

백문이 불여일견이라 하였다. 보지 않고는 카주라호의 신전

----

19)마이 툼 세 피아르 카르타 홍(Main tumsey pyaar karta hoon): '나는 당신
을 사랑합니다' 라는 뜻의 힌디어

이 보여주는 웅장함과 정교함과 관능적인 섬세함과 대담함을 설명할 수가 없었다. 그 당시 석공들의 솜씨가 어떠했는지 서린은 설명하지 않아도 짐작할 수 있었다.

두 사람은 가장 규모가 크고 안쪽에 있는 시바 사원의 돌계단에 앉았다. 그곳에 앉으니, 사원의 전경이 한꺼번에 눈에 들어왔다. 사원에 올라가려면 반드시 신발을 벗어야 한다. 맨발에 닿는 바람이 시원했다. 맨질거리는 돌계단의 촉감도 상쾌했다.

[아까 본 사원은 비슈누 신을 위한 것이고, 이건 시바 신. 사원군 중에서 가장 규모가 크지. 저 옆은 시바의 아내인 샤티의 사원이야.]

[그렇군요.]

[카주라호가 외진 곳에 있어 정말 다행이야. 회교도들이 이 땅에 들어오면서 중북부 전역의 힌디 유적들을 우상 파괴라는 명목하에 인정사정없이 파괴해 버렸거든. 다행히 여긴 그들 손이 닿지 않았어. 지금껏 남아 있는 거야. 후세의 인류에게 다행한 일이라고 할 수 있지.]

[종교는 다 그렇게 독선적이고 광기에 휩싸이는 건가요?]

[그런 모양이야. 자신이 믿는 종교만이 유일선(唯一善)이라는 신념은 어떤 종교든 비슷하지. 자, 봐.]

라탄이 서린의 몸을 신전 쪽으로 돌려놓았다.

[여기 신전은 대부분 황갈색이나 분홍빛을 띤 사암으로 만들어져 있어. 아침 햇살을 받으면 색이 아주 예뻐. 그래서 해가 뜨

는 아침에 구경 오자고 했던 거야.]

라탄의 말이 아니라 해도 떠오르는 햇살을 받은 사원은 다소 곳한 분홍색과 황색, 홍갈색 등으로 다채롭게 빛나고 있었다. 그런 터라 벽면에 새겨진 조각상들이 마치 살아 있는 사람처럼 보였다. 그 정도로 정교하고 빈틈없는 사실성으로 사람의 눈을 압도했다.

[대단하지?]

[네.]

[잘 온 것 같아?]

[그래요. 여기를 구경시켜 줘서 고마워요.]

카주라호의 조각상이 대단하더라는 이야기는 이미 인도를 여행 다녀왔던 현조로부터 들었다. 이들은 신전을 건설하고 조각을 하는 그 작업이 곧바로 신에 대한 예배라고 생각했을 것이다. 해인사의 팔만대장경을 새기던 승려들의 정성만큼, 자신의 모든 것을 다 바쳐 이 사원들을 남긴 거다. 거대하면서도 영묘롭고, 장엄하면서도 섬세하고 세련된 멋스러움이 신전 곳곳에 아로새겨져 있었다.

사원의 벽들은 전부 다 빼곡하게 빈 데 하나 없이 힌두교의 모든 신들, 아름다운 정령들과 아름다운 여인상들, 동물들의 모습이 섬세하게 조각되어 있었다. 하나의 사원이라기보다는 오히려 거대한 조각 작품을 연상시켰다. 옮겨가며 새로운 조각상과 사원들을 구경할 때마다 입이 턱턱 벌어질 지경이었다. 돌로 만든 사원이 아니라 밀가루로 반죽했다고 해도 믿을 지경이었다.

[이런, 이런. 벌린 입 그만 좀 닫지 그래?]

오죽했으면 라탄이 놀릴 지경이었다.

물론 라탄이 말한 바, 노골적인 섹스신을 연출한 조각상들도 떡하니 자리 잡고 있었다. 남녀의 섹스신만이 아니었다. 남자와 남자, 여자와 여자도 있다. 또한 민망하게도 한 여자와 여러 남자, 한 남자와 여러 여자, 혹은 여러 남자와 여러 여자의 난교도 조각되어 있었다.

짓궂은 웃음을 가득 문 채, 라탄은 그러한 조각들만 찾아다니며 순진한 서린을 놀려댔다. 수많은 조각들이 다 그런 것은 아니건만, 어찌 그리 민망한 광경이 있는 곳만 골라서 데리고 다니는지. 이번에도 역시이다. 라탄이 씩 웃으며 손가락으로 시바 사원의 동편 외벽 조각상 하나를 가리켰다.

[이거 보여? 이건 웃는 코끼리 상이야.]

[웃는 코끼리 상?]

[이거 봐. 지금 여기 두 남녀가 섹스하고 있잖아. 코끼리가 곁눈질하면서 웃고 있지.]

[아, 민망해.]

서린이 얼굴을 숙인 채 손부채를 부쳤다. 싱긋거리며 라탄은 발개진 서린의 얼굴을 빤히 바라보았다.

[더 자세히 봐. 이 코끼리도 아래에 누운 여자랑 성교하고 있

다구.]

　심지어 동물과의 수간도 노골적으로 묘사되어 있는 것을 보는 순간 충격의 절정이었다. 인간의 상상을 초월하는 그것을 보면서 순진하고 얌전한 편인 서린의 머리 속에서는 말 그대로 핵폭탄이 터지는 것과도 같은 충격이 내려쳤다.

　[이런, 엄청난 문화적 충격을 받은 얼굴인걸?]

　실실 웃으며 라탄은 계속해서 그녀의 부끄러움에 부채질을 더했다.

　[이 미투나의 체위를 연구한 사람들에 의하면 말이야, 남성은 84체위. 여자는 16체위라더군.]

　[정말이에요?]

　[정말.]

　[이거, 이런 거…….]

　서린이 돌려 썼던 모자를 다시 제자리로 돌렸다. 얼굴이 보이지 않도록 얼굴 아래까지 푹 눌러썼다. 민망한 조각상을 손가락질했다.

　[실제로 가능해요?]

　라탄이 빙긋 웃었다. 서린이 가리킨 건, 중앙의 벽에 새겨진 두 남자와 한 여자가 서서 만들어내는 에로틱한 체위였다.

　[흠, 글쎄올시다. 가능한지 불가능한지, 우리 둘이 오늘 밤 실험해 볼래?]

　[라탄, 입 다물어요. 때려 버릴 거야.]

[뭐, 나도 그럭저럭 나름대로 카마의 학습이 많다라고 자부하니까. 다는 못하지만, 상당 부분 실습 가능하다고 생각해.]

[그런 말 하려고 나 여기 데려왔어요?]

[음. 이것을 보고 나면 너도 나랑 하고 싶어질까 해서.]

너무나 정직하게, 가차없이 대답하는 남자 앞에서 여자는 그저 허탈한 웃음만을 흩날렸다. 그런 말을 한 대가로 라탄은 결국 서린에게 입을 한 대 얻어맞았다.

[일단 수행자들은 말이지, 섹스를 하나의 수행 과정으로 보았어.]

라탄은 서린의 손을 잡아끌고 다음 사원으로 천천히 발걸음을 옮겼다.

[네에?]

[성행위 자체가 하나의 요가란 뜻이야. 그러니까 그들에게는 이 모든 체위들이 가능하단 거지.]

[저기 말이죠, 신성한 사원에 왜 하필이면 이런 것들을 새겨 놓은 건지 이해가 안 돼. 뭐, 유네스코 지정 세계 문화유산이라고 하니, 조각상 자체의 예술성은 인정하지만요. 이런 거 너무 노골적인 거 아니에요? 민망하고 염치없다구.]

[너와 같은 생각을 한 사람이 없었던 건 아니야. 우리의 간디께서는 이 미투나를 다 없애 버리고 싶다고 공공연하게 주장하고 다녔어. 아아, 그 위선적인 금욕주의라니. 구역질 나.]

[설마 간디라면 그 '마하트마 간디'?]

놀라 그를 바라보는 서린의 눈이 동그랬다. 순진한 아기 사슴의 눈동자 같았다.

[그래. 한국에서는 존경받는 위인인지는 몰라도 나에게는 위선자일 뿐이야. 자신의 절제력을 시험하기 위해서 아쉬람의 젊은 소녀들과 동침하지를 않나, 물론 도덕적으로 비난받을 일은 없었다지만 그거 부자연스러운 일이잖아. 인간성이 말살된 위인이라니, 좀 징그럽지 않나?]

[욕망의 절제는 수양의 아주 큰 부분이죠. 그래서 신부도, 스님도 다 청정한 순결을 지키잖아요.]

[우리 인도인은 달라. 전통적으로 우리나라 사람들은 섹스를 추한 것이라 여기지 않아. 오히려 성스러움에 가까워져 가는 길이라고 생각하지. 힌두교 사원 건축에서 섹스가 끊임없이 중심 모티프로 나타나게 되는 것도 이런 이유라고들 해.]

[그런 이론이 가능해요?]

[적어도 힌두철학에서는. 탄트라 전통에서 남녀의 섹스는, 우주와의 합일을 의미하거든. 음탕하고 저속한 것 속에서 신성하고 거룩한 것을 찾아가는 방법이라고 생각하지. 혹시 인도의 구루 중에 라즈니쉬라고 들어봤나?]

[음, 이름은 들어본 것 같아요.]

[그 사람의 주장 역시, 육욕의 번뇌를 끌어안음으로써 해탈을 완성하는 것이지. 여성은 우주적 창조 에너지 샥띠(sakti)의 인격화이고 남성은 대자재신(大自在神) 시바(Siva)와 동일시되기에

여성과의 성적인 결합은 우주적 완성이지. 동시에 미투나에 표현된 저 남성과 여성은 시바와 샥띠, 크리슈나와 라다 같은 절대자 속에 존재하는 이원성을 상징하기도 해.]

[크리슈나. 라다?]

기분 탓일까. 어쩐지 그 이름을 말하는 서린의 목소리가 조금은 평정을 잃은 것같이 들렸다. 라탄은 고개를 끄덕였다.

[라다. 우리나라 사람이 가장 사랑하는 신 크리슈나의 연인이자 아내 럭미니의 화신이라고 불리는 존재지. 예전에 델리 박물관에서 보았던 세밀화 기억하지? 얼굴이 푸른 신.]

[네.]

[그 신의 연인이야. 우리나라 사람들이 가장 사랑하는 신들이지.]

[저어, 라탄. 지금 크리슈나의 아내는 럭미니라는데, 라다하고 다른 존재인가요?]

물어오는 서린의 목소리가 조심스러웠다.

[두 가지 전설이 있어. 라다는 젊은 날 목동이던 크리슈나의 연인인데 유부녀였대. 그래서 신은 그녀 남편의 눈을 속이고 라다와 밀회하기 위해 여장(女裝)을 했다지. 혹은 라다 역시 크리슈나의 아내가 되는 럭미니의 화신 중이라고 보는 사람도 있고. 하지만 신에게서 가장 사랑받았던 여자인 건 분명해.]

그리고 또한 너 역시 나의 라다. 가장 사랑받는 여인이니까.

라탄은 열심히 조각상을 바라보는 서린의 옆얼굴을 응시하며 마음속으로 홀로 속삭였다.

[피곤하지 않아? 뭐 좀 먹고 쉬자.]

두 사람은 천천히 푸른 잔디밭 나무 그늘 아래 놓인 벤치로 다가갔다. 거의 두어 시간을 걷고 난 후이다. 지친 다리를 좀 쉬게 해줄 필요가 있었다. 게다가 서린은 회복된 지 얼마 되지 않았다. 무리하게 할 수는 없었다.

[뇌리 속이 얼얼해요. 아무래도 한꺼번에 너무 많은 문화적 충격을 경험한 것 같아요.]

서린이 긴 한숨을 내쉬고 있었다. 라탄은 짊어지고 온 배낭에서 생수를 꺼내 건넸다. 호일로 싼 샌드위치와 석류알이 담긴 그릇도 꺼내주었다. 두 사람은 해가 떠올라 가면서 더 선명해지는 사원들의 모습을 바라보며 물을 마시고 간식을 잠시 먹었다. 서린이 자그맣게 하품을 했다. 새벽 일찍 떠나느라 잠이 모자랐으니 졸린 모양이다.

[졸려?]

[음, 약간요.]

[피곤하면 다리 베고 좀 누워. 손부채 부쳐 줄게.]

[됐어요.]

[그럼 내가 눕는다.]

[얌체라니까.]

말이 채 끝나기도 전에 라탄은 다리를 죽 뻗고 서린의 무릎을 베고 누워버렸다. 근처의 붉은 꽃 덤불에서 나비 한 마리가 홀랑홀랑 날아왔다. 투명한 공기를 뚫고 푸른 하늘을 향해 날아가 버렸다. 서린이 방금 전 그들이 관람을 하고 나온 사원들을 응시하고 있다가 물었다.

[당신네 인도인에게 종교란 무엇일까요?]

[숨 쉬는 것. 살아가는 것.]

라탄은 새까만 서린의 눈동자를 올려다보았다.

[사실 우리의 힌두교는 종교라는 단어로 설명할 순 없어. 삶 그 자체이자 마음이지. 힌두 신화에 따르면 우리의 신은 전부 삼억 삼천이라고 해. 지금도 매일 새로운 신이 태어나 숫자를 불리고 있지. 우리 인도인들은 각자 자신의 신을 섬기고 있어. 하지만 그 모든 신의 이름은 달라도 결국 같은 절대자에게 귀의하는 거야.]

[라탄, 당신도 모시는 신이 있어요?]

[그럼. 내 아파트의 가장 좋은 방에 모셔져 있지. 난 크리슈나의 현신이라니까.]

[아하, 오만도 대단하셔. 자신의 입으로 자기가 신의 화신이라니.]

[그래도 어쩔 수 없어 사람들이 그랬으니까. 여하튼 나의 수호신은 크리슈나야. 우리 어머니는 락쉬미를 모시고 있어. 하지만 우리 집안 전체는 시바 신을 가장 좋아하지. 또한 우리 회사는 재물의 신인 가네샤를 상징으로 삼고 있어.]

[머리가 핑핑 도네요. 그 많은 신을 다 어떻게 외워? 하지만

재미있어요.]

[재미있는 이야기를 더해줘?]

[해봐요. 가이드 잘하면 내가 점심 사죠.]

그렇게 하루가 흘렀다. 귓가를 간질이는 공기처럼, 눈을 들어 바라본 푸른 하늘처럼. 착하고 맑게. 아무 일도 없이.

붉고 하얗고 노란 꽃들이 이곳저곳에 피어 있고, 깔고 누운 잔디는 부드럽고 새파랬다. 그늘을 드리운 나무의 녹색이 유난히 선명했다. 푸른 나무 사이로 보이는 사원의 존재 자체가 시간을 응고시켜 놓은 느낌이었다. 그곳에서는 모든 것이 천천히 흘러갔다.

[아까 당신이 본 카주라호를 카주라 호수라고 말해서 떠오른 건데 문득 생각나는 전설이 있어서 말이지.]

[뭔데요?]

[우리나라에서는 강물을 신으로 여기지. 신성한 물의 여신들 중에서 호수의 여신인 사라스바티는 나중에 강처럼 흐르는 변설(辯舌)의 여신 바치가 되지. 그 여신을 모시는 사람은 누구나 말을 잘하게 된다는 거야. 그래서 사라스바티는 변호사나 정치가, 아나운서, 영화배우같이 말을 잘해야 하는 사람들의 수호신이야.]

[그 여신의 이야기를 하면서 나를 보는 이유가 뭐예요?]

서린이 따졌다. 유혹의 물결처럼 눈웃음이 날아왔다.

[네가 만약 수호신을 정한다면 사라스바티를 수호신으로 여

겨주었으면 해.]

[왜요?]

[넌 내가 듣고 싶어하는 말을 전혀 할 줄 모르잖아. 사라스바티 여신이 그대의 입술에 거하기를. 그래서 내가 알고 싶은 그 마음을 드러낼 수 있기를. '마이 툼 세 피아르 카르타 훙' 서린.]

[무제 아프 소스 헤.]

서린이 새침하게 대꾸했다. 라탄은 실실 웃으며 그녀의 무릎에 얼굴을 댄 채 눈을 감았다.

[오호. 왜 미안하다고 하지?]

[난 한국 사람이라서요. 이왕이면 한국의 토속신을 수호신으로 삼을 거라구요.]

[신에게 국경이 어디 있어?]

[그건, 그렇네요.]

라탄은 계속해서 서린이 재미있어하는 인도의 신화 이야기를 해주었다. 가능하다면 모든 것을, 그가 가진 전부를 다 나누고 싶었다. 퍼다날라 그녀를 온전히 채워가고 싶었다.

[전설에 의하면 그녀는 브라흐마와 결혼했다지. 그런데 그 결혼에는 비하인드 스토리가 있어요. 그녀는 비슈누의 아내였거든. 애초에 비슈누는 강가, 락쉬미 사라스바티, 이 세 여신을 아내로 맞이했어. 하지만 날이 갈수록 그녀들을 감당하기 힘들었지. 짐작하건대, 뻔하잖아. 세 여신이 남편 하나를 두고 오죽 싸워댔겠어? 밤마다 비슈누를 괴롭혔을 거란 건 뻔하지.]

[여하튼 남자들이란. 신이나 지상의 남자나 똑같아, 정말!]

[결국 견디다 못한 비슈누는 사라스바티를 브라흐마에게 양보하고 강가는 시바에게 넘겨주었지. 그리고 자신의 곁에는 락쉬미만을 남겨놓았다는군.]

[흠.]

못마땅하다는 뜻이었다. 아내를 다른 신에게 넘겼다는 말이 그녀를 불편하게 만든 게 분명했다. 라탄은 싱긋 웃으며 서린을 올려다보았다.

[이봐, 서린. 신화일 뿐이야. 그것을 현대적인 관념으로 받아들이면 곤란해.]

[나도 알아요. 하지만 정말 마음에 들지 않아. 아내를 다른 남자에게 나누어 주다니. 여자가 남자의 소유물이라는 거잖아.]

[당신이 더 화날 이야기도 있는데? 할까, 하지 말까?]

[해봐요. 아내를 다른 신에게 넘겼다는 말에서부터 이미 비슈누는 나에게 미운털 박혔어.]

[다른 아내 말고 하필이면 비슈누가 락쉬미만 곁에 남긴 이유가 뭘까?]

서린의 입술이 삐죽 튀어나왔다.

[뻔하지 뭐. 락쉬미가 제일 아름다웠던 모양이죠.]

[맞아. 남자들에게 있어 가장 중요한 선택 기준은 역시 외모의 아름다움이라는 거지. 말을 잘하는 것도, 지혜도, 포용력도 다 소용없다는 거지.]

[흥, 어쩜 그리 그리스 신화하고 똑같담? 트로이의 파리스가 황금사과를 아테네나 헤라에게도 주지 않고 아프로디테에게 준 이유하고 똑같네. 가장 아름다운 여자를 주겠다는 말에 홀려서 였다구요. 여하튼 남자들 뇌구조란! 뇌 대신 호두알이 들어 있을 거야!]

[서린, 슬퍼. 너무 가혹하게 말하지 말라구. 남자의 어리석음에 대해선 반려인 여자가 이해해 줘야지. 그래서 남자는 평생 그 어리석음의 대가로 여자들의 잔소리를 감내하고 힘든 일을 한 노동의 대가를 전부 다 아내에게 바치고도 눈치 보며 살잖아.]

[시간이 흐르면 젊음도, 아름다움도 사라져요. 거죽은 아무 소용도 없어. 진정한 아름다움은 보이지 않는 곳에 있다구요.]

[당연하지. 그래서 내가 당신을 사랑하잖아. 오랜만에 나와 당신의 의견이 일치하는군. 기념으로 키스할래?]

[정말! 여하튼 진짜 뻔뻔하게 말은 잘해요. 당신이야말로 사라스바티 여신의 축복을 받은 것 아니에요?]

[댄니와드, 서린. 아까는 날더러 아름답다고 말하더니, 이제는 말을 잘한다고까지 칭찬해 주는구나.]

[지금 그런 말이 아니잖아욧!]

미치겠다. 어쩜 세상 모든 걸 다 자기 식으로만 해석하는 거지? 조용한 서린으로서는 보기 드물게 앙칼진 소리였다. 라탄은 계속해서 실실 웃었다. 그녀를 도발했다.

[자기는 신경질낼 때도 정말 예뻐.]

[라탄!]

일차 경고였다. 하지만 그러거나 말거나, 라탄은 계속해서 꿀 바르고 설탕물 입힌 말을 줄줄이 흘려냈다.

[눈꼬리가 획 치켜 올라가면서 몹시 단호하게 보인다고. 특히 요 조그만 턱, 딱 굳어져서는 바르르 떨리거든. 손가락으로 톡 하고 튀겨보고 싶어. 키스를 하거나 살짝 깨물고 싶어진다……. 아쿠쿠!]

우리 자기는 정말 인정사정도 없구먼. 라탄은 탄식했다. 그 말이 채 끝나기도 전에 서린이 라탄이 베고 누워 있던 다리를 획 잡아당겨 일어나 버렸기 때문이다. 볼썽사납게 그의 머리는 털썩 땅바닥에 부딪쳤다. 머리 위에 올려두었던 선글라스가 땅 에 떨어지면서 다리가 부러지는 소리가 났다.

[아, 정말! 은근히 화나려고 그런다. 이거 내가 아끼던 선글라 스인데.]

라탄은 몸을 일으켜 땅바닥에 떨어진 선글라스 다리를 주워 들었다. 서린이 새침하게 턱을 치켜들었다. 의도한 건 아니지만 비싼 것을 망가뜨렸다. 태연한 척하고 있었지만 좀 당황스러운 표정이었다.

[내 탓인가? 자꾸 이상한 소리 하는 사람 탓이지.]

[그렇다고 내가 다리 베고 누워 있는데 그냥 일어나? 머리에 혹도 났다구.]

[어디요? 한번 봐요.]

서린이 몸을 기울여 라탄의 머리를 살폈다. 손가락을 집어넣어 아프다 엄살 피우는 그를 살살 어루만져 주었다. 평상시면 절대로 해주지 않았을 테지만, 여하튼 그녀의 심술 때문에 상처가 났다 하니 좀 미안해진 모양이다.

[자기가 나한테 실례했으니까 점심 사줘. 그러면 용서해 줄게.]

[선글라스는…….]

라탄은 배낭을 들고 일어섰다. 서린의 손을 잡고 사원 바깥으로 걸어나가기 시작했다. 처음에는 뿌리치려던 그녀도 고집스럽게 쫓아가 다시 잡는 라탄의 끈질김에 지고 말았다. 일주일간의 우호적인 시간이 반드시 헛된 것만은 아니었다. 마침내 그의 손을 다소곳이 잡아주고 있었기 때문이다.

[새로 사줘.]

[엄청 비싼 거잖아요.]

[아마 그럴걸? 돈 없으면 우리 공작궁에 와서 마루나 닦아. 백만 년만 일하면 다 갚을 수 있을 거야.]

[어휴, 정말!]

결국 맑은 눈 속에 다시 웃음기가 물결쳤다. 라탄도 마주 미소 지으며 서린의 손을 잡았다. 꼭 잡은 손. 발맞추어 느릿느릿 걸어나오는 한 쌍을 지나치는 관광객들이 힐긋힐긋 바라보며 지나쳐 갔다.

푸르른 실바람이 날아왔다. 마음의 골짜기까지 가라앉아 부드럽게 풀려가고 있었다. 이렇게 아무런 생각도, 근심도 없이 사람들 사이로 걸어다닌 게 얼마 만인가. 이 시간이 영원히 끝나지 않기를. 아까 본 조각상에 대해서 재잘거리는 서린을 돌아보며 라탄은 미소 지었다.

오롯이 둘만이 공유한 시공의 경험이었다. 누구도 접근하지 못하고 간섭할 수 없는 처음의 공감이었다.

라탄은 천천히 걸어가고 있는 이 순간이 너무 소중했다. 서른 두 해를 살아오는 동안 이렇게 편안하게, 이렇게 행복하게 삶을 만끽한 적이 없었다.

이런 날, 하찮은 삶과 너절한 감정의 그늘이란 얼마나 사소하고 부질없는가. 이건 네가 나에게 준 행복, 네가 내 곁에 있어야 가능한 것들. 다시 한 번 이러한 행복을 맛볼 수 있다면 지금껏 가진 모든 것을 다 버려도 좋다, 라고 그는 생각했다.

나비를 쫓아 서린이 팔랑팔랑 앞서 달려간다. 모자 뒤로 나풀거리는 긴 머리카락. 사랑하는 존재가 투명한 꽃향기가 되어 스며들고 있었다.

한 번도 원하는 것이 없었던 그가 원하는 유일한 여자. 갖고 싶어 가슴이 타버릴 정도로 갈증나는 단 하나의 아름다움이다.

저 여자를 사랑한다, 고 남자는 생각했다.

열망한다. 소망한다. 갖고 싶다, 라고도 생각했다.

갖고 말 테다. 저 여자를, 행복을. 풀려진 삶의 여유를. 달콤한 줌을 가지고 말 테다. 무슨 일이 있어도, 라고 오만한 남자는 다짐했다.

기념이다. 사원을 배경 삼아 몇 장의 사진을 찍고 난 후, 라탄은 나른하게 하늘을 올려다보았다.

[점심 먹고 잠시 쉰 다음에, 시원하게 해질 무렵쯤 자전거 타자.]

두 사람은 아침나절에 보아두었던 아씨 식당으로 발걸음을 옮겼다.

한국인으로 보이는 두 명의 남자가 손님으로 앉아 있다. 식당 벽에 〈신라면 삽니다〉, 〈한국 소주, 참이슬 삽니다〉라는 광고문이 붙어 있어 서린을 다시 한 번 웃음 나게 만들었다.

[수제비도 먹고 싶고 신라면도 먹고 싶어요. 당신도 괜찮을까? 이거 정말 매운데.]

[난 뭐든지 먹는다고 말했을 텐데.]

망고를 파는 아이가 들어와 구걸 반 호객 행위를 시작했다. 서린은 주인에게 수제비와 신라면 하나를 끓여달라고 부탁하고, 혹시 몰라 감자부침개도 주문했다. 인도의 감자는 무척 맛있다. 승무원으로 델리에 기착해 있을 때, 동료들끼리 감자를 사다가 젖은 신문지에 싸서 구워먹은 적도 있었다.

[망고 먹을까?]

[음, 비상식량을 준비해 둬야죠.]

[무슨 뜻이야, 그게?]

라탄이 아이의 바구니에서 망고 세 개를 집어 들었다. 몇 루피를 건네준 다음 따져 물었다. 잘 익었는지, 향기가 달콤했다. 배낭에서 생수병을 꺼냈다. 어느새 미지근해져 있다. 그것이 마음에 들지 않았나 보다. 손가락을 흔들어 주인을 불렀다. 방금 산 망고를 그에게 건넸다. 집안의 하인에게 명령하듯 거만하게 내뱉었다.

[차가운 물 둘. 그리고 이건 잘라서 가져오고. 포크도 같이. 매운 라면을 내가 못 먹을 것 같아?]

[솔직히 익숙해지기 힘든 맛이죠. 너무 매우면 감자부침개랑 수제비 먹어요. 망고랑 먹으면 그럭저럭 요기가 될 거야. 그것도 내가 살게요.]

[착한 서린, 난 자기를 더 사랑하게 된 것 같아.]

서린은 주인이 가져온 망고 과육 접시를 둘 사이 탁자 위에 놓았다. 손을 깍지 끼며 진지하게 그를 응시했다.

[라탄.]

[왜?]

[당신이 그런 말만 하지 않는다면, 난 당신을 더 우호적으로 대할 수 있을 것 같아요.]

[하지만 내가 당신을 사랑하는 건 사실이잖아.]

[그렇다고 나에게 강요하지는 말아요. 더 불편해지고 더 부담스러워서 자꾸 도망가고 싶어져요. 우리, 이제 좀 편안한 사이가 된 것 같은데, 이런 분위기 망치고 싶지 않아요.]

[날더러 변화하라 요구하지 말고 당신이 좀 변해줘. 나의 서린, 날 선택하지 않는 건 너의 자유지만 널 쫓아가고 원하는 건 내 자유야.]

라탄이 망고 과육을 포크로 푹 찔렀다.

[잠시 휴전. 아무리 네가 날개를 파닥거려도 넌 내 옆에 사흘을 더 지내야 해. 가능한 한 사이좋게 지내자고. 내가 원하는 우리의 관계에 대해 네가 줄 대답은, 서울로 떠나는 공항에서 듣기로 하지.]

[내가, 그때 어떤 대답을 하든지 간에 존중하겠어요? 약속할 수 있어요?]

[물론, 약속하지.]

거절이라도 상관없다. 새로이 다시 시작하면 되니까. 다시 접근하고 다시 유혹하고 다시 고백하면 되니까. 라면 가닥을 건지고 있는 서린을 내려다보며 라탄은 마음속으로 중얼거렸다. 열정과 사랑에 미친 남자를 너무 쉽게 생각하고 있었다. 순진한 여자.

수제비를 먹으며 어떻게 한국 음식 재료들을 조달하느냐고 물어보았다. 배낭여행객들이 가져다가 파는 것도 있고, 한국 사람들에게 어설프게 배워 흉내를 내는 것도 있다고 주인이 대답했다.

하지만 양배추와 감자를 많이 넣고 한국 고추장으로 양념한 매운 닭볶음은 먹음직스러웠다. 옆 자리에 앉아서, 냄비째 차고 앉아 닭볶음을 먹던 두 남자가 귀띔해 주었다. 한국에서 먹는 맛 이상이란다. 솜씨 좋다고 칭찬받은 주인의 얼굴이 환해졌다.

[두 달 만에 먹는 한국 음식이거든요.]

[아주 작정하고 포식합니다.]

소주 두 병에 쌀밥, 닭볶음, 김치 두 접시를 게 눈 감추듯 먹어치운다. 배낭을 메고 문을 나서는 그들의 얼굴은 뜨거운 물로 목욕이나 한 듯 개운한 표정이었다.

[인도는 닭고기가 참 맛있어요. 탄두리 치킨, 정말 맛있어. 나참 좋아해요.]

[풀어서 키우는 녀석들이니까.]

식사를 마치고, 한국에서 나온 인스턴트커피도 마셨다.

동실 부른 배를 두드리며 식당을 나오니, 오토릭샤 기사가 여전히 얌전하게 기다리고 있었다. 팁을 미리 어지간히도 많이 주었던 모양이다.

[공항 근처 홀리데이인 호텔.]

이내 릭샤는 따가운 태양이 내비치는 길을 달려 공항 근처 호텔로 자리를 옮겼다. 아시프가 기다리고 있었다. 그들에게 키를 건네주었다.

[잠시 쉬어, 서린. 피곤했을 텐데, 샤워하고 낮잠이라도 자두라고. 좀 서늘해지면 자전거 타자.]

[오늘 밤 이곳에서 머물 건가요?]

[아니, 밤에 돌아갈 거야. 내일은 내가 회사에 잠시 나가봐야

하니까.]

　문을 닫아주고 라탄은 돌아섰다.

　휴대용 타블렛 화면을 펼친 아시프가 따라붙으며 빠른 어조로 보고했다.

　[푸네 제련소 건설 문제.]

　[패스. 그 일 맡은 자식더러 해결하라고 해.]

　[모레 키와나랄리 가문에서 벌어지는 결혼전야 만찬회에 참석한다고 연락할까요?]

　[귀찮아.]

　[미국에 계시는 하잘님께서 다시 한 번 강력하게 귀국을 희망하셨습니다.]

　회사에서 쫓겨난 후 라스베이거스에서 즐긴다고 하더니, 이제 돈이 다 떨어진 모양이다. 라탄은 냉소를 머금었다.

　[역시 패스. 분명하게 알려줘. 언제나 내 대답은 똑같다고. 절.대.로. 안 돼!]

　[에릭님께서 연락하셨습니다.]

　[알았어. 내가 전화하지. 그리고 또?]

　[힌디라님께서 세 번이나 전화하셨습니다.]

　[그것 역시 앞으로 무조건 패스. 그리고 아시프, 그녀가 왜 나에게 접근하게 내버려 두는 거지? 다시는 보지 않겠다고 했어.]

　[죄송합니다.]

　[지난번에 내 스케줄이 빠져나간 것 하며, 어제의 일도 그래. 내

가 그곳에 나타날 줄 알고 있었던 것 같아. 어째서 그런 일이 자꾸 생기는 거지? 이젠 내가 너에게까지도 실망해야 하는 거냐?]

[주의하겠습니다.]

라탄은 자신의 방문을 열었다.

[또 다른 건?]

[어머님께서 잠시 뵙고 싶다고 연락하셨습니다.]

[이삼 일 후에 저녁 식사라도 같이하지. 어머님이 좋아하시는 식당으로 예약해 줘. 이유는 말씀 안 하시던가?]

[아, 네. 저어…….]

[키마 누나의 문제로군.]

대답이 없었다. 역시로군. 라탄은 이맛살을 찌푸렸다.

[여하튼 시지프스의 바윗돌이로군. 짜증나는군. 만나뵙고 이야기하지. 오늘은 절대로 방해하지 마.]

방문이 닫혔다. 아시프는 설레설레 고개를 저으며 돌아섰다. 일단 급한 것부터 처리해야겠군. 전자수첩을 내려다보며 그는 오늘 하루도 역시 너무나 게으른 주인님을 대신해서 처리해야 할 업무들을 헤아렸다.

공작궁의 관리를 총괄했던 증조부의 뒤를 이어 아시프의 가문 남자들은 대대로 타다 가문의 세습집사였다. 그 일에 언제나 뿌듯한 자부심을 가지고 있었다. 처음에는 그럭저럭 혼자서 처리할 수 있는 수준이었다. 하지만 날이 갈수록 주인님은 격무에 시달리고 있었다. 이건 아시프 자신의 일이 엄청나게 늘어났다는 것이기도 했다. 왜냐하면 대부분의 회사 일이며 귀찮은 집안 일은 저 얄미운 주인님이 간단하게 '패스' 해 버리기 때문이다. 덕분에 아시프는 하루 열다섯 시간을 일에 시달리고 있는 중이었다. 게다가 집 안에서는 라탄의 옷시중에, 욕실에 흩어진 젖은 수건까지 관리해야 했다. 젠장맞을.

'아무래도 이제 나도 젖은 수건 관리비서 한 명을 채용해야 할 것 같군.'

웅얼거리며 그 역시 자신의 방으로 돌아갔다.

저무는 햇살이 황금빛 실처럼 대지에 떨어지고 있었다.

서쪽 하늘의 노을은 아름다웠고 볼을 스치는 바람은 서늘했다. 청량한 공기가 더없이 달았다. 카주라호의 하늘에 빨갛게 노을이 떨어져 내렸다. 부드러운 어스름이 몰려들기 시작했다.

그런 시간, 카주라호의 마지막 추억이다. 두 사람은 앞서거니 뒤서거니 하며 자전거를 타고 카주라호를 한 바퀴 돌고 있었다. 자이나교의 사원인 동부 쪽 사원도 돌아보고, 한적한 시골길을 달려 자그마한 계곡도 구경하고.

[힘들지 않아?]

[아니요. 내내 침대에 누워만 있었잖아요. 상쾌해요.]

일이 미터 앞을 달려가는 서린의 목소리가 경쾌했다. 그를 돌아보며 미소 짓는 하얀 볼에 빨갛게 홍조가 피어 있었다.

[아, 제발 너무 무리하진 마, 서린. 회복된 것은 좋지만, 한꺼

번에 내달리다 큰일 날 수도 있다고.]

[자꾸 잔소리하면 화낼 거라구요.]

안달하는 그를 놀리기라도 하듯 멈추기는커녕 서린은 오히려 속력을 더 내기 시작해 이내 저만치 멀어지고 말았다. 여하튼 내 자기는 하지 말라는 짓만 골라서 하는군. 라탄은 씩 웃었다. 그 역시 힘차게 페달을 밟으며 멀어진 서린을 따라잡았다.

[이제 좀 쉬자!]

소리치는 라탄의 목소리에 서린이 상긋 웃으며 자전거를 세웠다. 라탄도 그녀 곁에 자전거를 세웠다. 바퀴살 허공에 꽃향기들이 걸렸다. 거대한 보리수 사이로 검푸른 하늘이 조각난 채 부서지고 있었다. 그 위로 별들이 소록소록 돋아나고 있었다.

[인도는 공기가 맑아서 그런지 별이 굉장히 또렷하게 보여요.]

서린은 고개를 치켜들고 검푸른 하늘을 올려다보았다. 수천 수만 개의 보석이 박힌 것 같다. 손을 내밀면 잡힐 것처럼 그렇게 가까이, 선명하게 반짝이고 있었다. 너무나 행복하고 즐겁게 지낸 하루가 저물어가고 있었다. 아쉬웠지만 충만했기에, 섭섭하지는 않았다.

[그런 전설이 있지, 정말 사랑하는 연인들은 죽어서 하나의 별이 된다고. 그러니까 지금 저렇게 반짝이는 별들은 깊이 사랑한 연인들의 영혼이야.]

자전거 옆에 선 라탄이 그윽한 목소리로 말하고 있었다. 새삼

두근거렸다. 이 남자의 목소리는 이상하다. 사람의 마음을 사정없이 뒤흔들고 깊은 흔적을 남긴다. 검고 나른하고 들큰한 그런 유혹의 여운이었다.

[정말 낭만적인 이야기네요.]

[우리도 여기서 낭만적인 일을 해보지 않을래?]

[네?]

실수했다. 무심코 서린은 라탄 쪽으로 고개를 돌렸다.

바로 그때, 그녀의 입술이 약탈하고자 틈을 노리고 있던 라탄의 입술에 먹혀 버렸다.

삽시간에 다가와 적셔 버리는 강렬한 매혹. 단번에 서린을 빠져나올 수 없는 검고 깊은 늪으로 밀어 넣고 있었다.

처음에는 너무 놀라 반항하지 못하다가 이윽고 정신이 들었다. 서린은 필사적으로 반항했다. 그 남자의 키스와 매혹에서 도망가려고 그를 때리고 밀어내고 발버둥을 쳤다. 그러나 그는 꿈쩍도 하지 않았다.

서서히 서린의 팔에 힘이 풀리기 시작했다. 숨이 차고 머리가 아파오기 시작했다. 하나하나 헤아리기에 그들은 너무 가까웠다. 그녀가 이제 반항할 힘이나 의사를 잃은 것을 알고 있는 것이다. 그가 부드러운 귓불을 살근 씹었다. 여체가 후루룩 전율했다. 단단하던 거부의 영혼에 자잘한 금이 만들어지고 있었다. 라탄이 나직하게 속삭였다.

[아무도 모르는 우리 둘만의 비밀이야. 아주 짧은 이국의 유

희라고 생각해. 아무 생각 하지 말고, 날 느껴.]

　이브를 유혹한 악마는 아마도 이런 얼굴과 향기를 가졌을 것이다. 너무 능숙했다. 그를 반항하거나 거부할 수가 없었다. 라탄의 능란하고 검은 매혹은 그녀가 감히 감당할 수 있는 수준의 것이 아니었다.

　주저주저……. 마침내 서린의 두 팔이 라탄의 등을 감쌌다. 눈을 감은 채, 꼭 아물린 입술을 그 남자에게 나부시 열었다.

제8장
─금단의 입맞춤─

이리저리 뒤척이다가 새벽에야 겨우 잠이 들었다.

본의 아니게 늦잠에서 깬 서린은 당황해서 벌떡 일어났다. 시계는 아홉 시를 가리키고 있었다. 커피라도 한 잔 마셔야 멍한 머리가 맑아질 것 같다. 어젯밤 카주라호에서 저질러 버린 라탄과의 키스, 그러한 일탈과 배신의 무게가 여전히 무겁게 그녀의 가슴을 짓누르고 있었다.

밝은 날 되돌아본 어젯밤의 진실. 서린은 가증스런 자신의 얼굴을 두 손으로 가려 버렸다.

'그 남자를 믿으면 안 된다고 그랬잖아. 조금이라도 틈을 보여주면 이런 식으로 파고들 거란 거 알고 있었잖아. 참 어리석구나, 이서린. 멍청하게 눈 감고 귀 막고 그런 남자의 덫에 걸리고 말다니. 그의 세상에 남아, 허락해서는 안 되는 것들을 이렇게 저지르고 말다니.'

서린은 망연히 다가오는 검은 어둠을 응시했다. 어찌할 수 없이 떠오르는 현조의 선량한 얼굴을 기억해 내며 가는 신음을 흘렸다.

'어쩌다가 그를 받아들인 거지? 대체 어쩌려고? 이서린, 너 현조 오빠를 어찌 보려고 그런 짓을 저지른 거야?'

지난밤의 키스는, 그 남자와의 키스는 이미 일어나 버린 사실이었다. 부인할 수도, 지울 수도 없는 커다란 얼룩이었다.

집요하게 다가오는 라탄의 유혹에 사실상 항복한 것이나 다름없었다. 처음이 어려웠을 뿐이다. 한 번이 힘들었을 뿐이다. 그 한 번이 시작되니, 이어지니, 두 번, 세 번은 더 쉬웠다. 델리로 돌아오는 헬기 안에서 라탄은 내내 너무나 당연하다는 듯이 그녀를 건드리고 키스하고 유혹하는 데 주저하지 않았다.

복잡하게 엉켜 버린 머릿속에 불이 붙는 것 같았다. 서린은 두 손으로 관자놀이를 짚었다. 생각하면 할수록 바닥이 없는 늪에 빠진 기분이 들었다. 거대한 미로 안에 들어간 채, 출구를 찾지 못하고 더 깊이 위험하게 헤매는 사람 같다. 새삼스레 오한과 두통이 생겼다.

'대체 난 어디까지 가려는 건가? 그는 대체 나를 어디까지 몰아붙이려는 걸까?'

라탄은 무수히 많은 말을 하고 싶어하는 얼굴이었다. 그녀를 지분거리고 웃기려 하고 건드렸지만 서린은 조가비처럼 입을 꾹 다물어 버렸다.

스스로에게 경악했던 것이다. 두려웠던 것이다.

'정말 가증스러워. 나 정말 꼭 악어의 눈물이잖아.'

이국의 황혼 속에서, 어두워져 가는 하늘의 쏟아질 듯 떨어지는 별빛 아래서 그만, 잠시 미쳐 버렸다. 약혼자를 두고도 이방의 약탈자에게 금단의 입술을 허락해 버렸다. 곧고 깊은 신의의 사랑과 현조를 배신하고 다른 남자와 키스했다.

서린은 자신이 저질러 버린 일에 대해서 깊이 절망하며 다시 신음을 흘렸다.

'미친 거야, 난 정말 미친 거야. 어떻게 이럴 수가 있어?'

힘에 밀려 억지로 당한 키스도 아니었다. 그건 그녀도 알고, 그도 알고 있다.

처음에야 강제적인 키스를 당했다고 변명할 수 있지만 이제는 아니었다. 적어도 별빛 아래의 그 키스는 그 남자만의 책임이 아닌 둘이 저지른 일이었다. 일어나 버린 일은 서린 자신에게도 반의 책임이 있었다. 그러니 그 짐의 무게도, 수습할 책임도 그녀에게 있었다.

그의 키스에 자발적으로 응한 것은 서린 자신이었다. 둘이 나눈 그 키스의 의미를 분명히 인식하는 또 하나의 이서린이 있었다. 검은 악마를 닮은 그 남자의 유혹에 끌려들어 가, 그 남자의 입술과 손길을 받아들인 또 하나의 여자가 있었다.

'정직해져야 해. 억지로나마 〈친구〉라는 편리한 이름으로 기만할 수는 없어. 그 남자와 나, 이젠 아무것도 아닌 사이 아니잖아.'

아주 짧은 시간에 너무 많이 진척되어 버렸다. 절대로 넘어가서는 안 되는 아주 아슬아슬한 경계선 그 앞까지 밀려와 버렸다. 서린은 몸서리치도록 뚜렷하게 깨닫고 말았다.

'대체 어쩌다 일이 이렇게 된 거지? 내가 어쩌다 이렇게 되고만 거지?'

딱히 누구의 죄도 아니다. 의도했던 바도 아니다. 처음에는 분명히 경계하고 조심했다. 하지만 정신을 차려보니, 그녀는 이미 그물 안의 새가 되어 있었다.

수술 후, 이국의 병실에 홀로 입원을 한 게 그녀의 심신을 많이 허약하게 만들었던 모양이다. 그 남자가 틀림없이 유혹의 그물을 펼치리라는 것을 짐작했으면서도 막아내지 못하다니. 번드레하고 찰나적인 유혹에 허물어져, 볼썽사납게 그의 키스 안에서 몸이 녹아나고 있었다니.

서린은 고개를 푹 숙였다. 어젯밤 라탄과 나눈 대화가 너무 생생하게 떠오르고 있었다.

[미안해요. 너무 피곤해. 쉴게요.]

구르가온의 빌라에 도착하자마자 서린은 안전하다 생각한 자신의 방으로 도망치려 했다. 방 안으로 한 걸음 떼어 들어가려는 연인을, 다시 자기만의 벽 안으로 들어가 버리려는 여자를 남자가 뒤에서부터 꽉 끌어안아 버렸다.

[네가, 잊고 싶다면, 그러기를 원한다면 아까의 키스는 잊어 버려.]

[그러고 싶어요.]

[하지만 절대로 잊지 못할 거야. 내가 그렇듯이.]

나른하지만 이상하게 그녀의 몸을 옥죄는 듯한 그 남자의 목소리에 서린은 분노하면서도 시인했다. 동시에 증오하고 전율했다.

[마음먹으면 불가능한 일은 아니죠. 우린 이러면 안 되는 사이잖아요.]

[왜?]

나직한 그 목소리에 담긴 좌절과 울분, 혹은 생생한 고통을 읽어버렸다. 가슴 안에서 울컥 핏물이 돋았다. 왜냐고, 너를 사랑하는데, 이렇게 간절히 바라는데 왜 사랑하면 안 되느냐고 묻는 남자에게 그녀는 무슨 대답을 할 수 있을까?

[그걸 내가 알 수 있다면, 난 당신과 키스하지도 않았을 거예요.]

[하지만 우린 했어.]

[그랬죠.]

[내가 한 게 아니라 '우리'가 했어. 우리 둘이!]

[……알아요. 그래서 난 이제 꼼짝없이 죄인이죠.]

결국 지고 만 거다. 애초부터 이 남자에게 이길 방법이 없었어. 그토록 완강하다고 자부했던 그녀 역시 이 남자의 유혹에 넘어가 버린 거다. 하룻밤의 꿈같은 관능과 유혹의 덫에 사로잡혀, 소중한 사람과 신의와 오래 기다려 온 사랑이 위태롭게 흔들리고 있다.

[정직해져 봐! 우리 둘이 사랑하는 게 왜 죄가 되는 거지?]

[나에겐 다른 사람이 있어요.]

[그 남자가 네 마음 전부야? 그래?]

라탄의 검은 눈동자가 비겁하고 유약한 그녀의 심장을 쏘아보고 있었다.

[정말 오직 네 약혼자밖에 없어? 난 정말 손톱 끝만큼도 존재하지 않아? 그렇다고 말해 봐. 그렇다고 한다면, 바로 이 자리에서, 널 놓아주지. 깡그리 잊어주지.]

[……그래요.]

[거짓말쟁이.]

성큼 라탄이 서린의 팔목을 끌고 방으로 들어섰다. 팔목에 시커멓게 멍이 들도록 강하게 잡은 힘으로 그녀를 침실까지 몰아넣었다.

그가 서린을 침대에 눌러 앉혔다. 자신은 무릎을 꿇고 그녀의 두 팔을 잡은 채 간절하게 서린을 올려다보았다.

[언제쯤이면 당신이 정직한 심장의 소리에 귀를 기울이게

될까?]

하지만 서린은 대답할 수 없었다. 라탄이 애처롭게 흔들리는 연인에게 윽박질렀다.

[다시 말해봐. 내가 영원히 희망을 가질 수 없게, 똑똑하게 분명하게 거절해 봐.]

[나는…….]

[넌 절대로 날 거절하지 못할 거야.]

도망가야 해.

본능이 가르쳐 준 가장 강력한 경고는 바로 그것이었다. 하지만 적어도 이틀 동안은 그의 새장을 벗어날 수 없다. 마음의 울타리를 다시 한 번 더 높이 두르고, 한 번 열어준 그 빗장을 단단히 채우는 수밖에는. 하지만 자신이 없었다. 라탄의 유혹은 너무나 치명적이어서 도무지 그녀가 견뎌내고 이겨낼 수 있는 수준의 것이 아니었다.

그녀가 갈등하는 사이 그가 서린의 입술에 다시 가볍게 키스했다.

[너는 내 운명이고 나는 너의 운명이라는 것을 너도 이젠 알고 있어. 그렇지 않다면 우리가 이렇게 만난 것도, 이렇게 미친 듯이 빠져 버린 것도, 이렇게 널 집착하고 찾아 헤매는 것을 설명할 수 없지. 나의 라다.]

[난 당신의 라다가 아니에요.]

부인하는 서린의 목소리가 가냘팠다. 예전처럼 강력한 거부나 저항의 확신이 담겨 있지 않았다. 그것을 그도 알고 그녀도 알고 있었다.

[왜 날 역병마냥 피하고 무조건 밀어내려고만 하는지 말해줘. 이미 충분히 알고 있는 그 지겨운 약혼자의 이야기 빼고.]

[난, 당신이…… 두려워요.]

바들거리는 눈동자가 라탄의 눈을 똑바로 들여다보았다. 작은 목소리나 서린은 분명히 자신의 마음을 드러내고 있었다. 거부하는 것만은 아닌, 그녀가 솔직히 자신의 마음을 드러낸 건 처음이었다.

[어째서?]

[당신과 함께 있으면, 내가 아닌 것 같아. 지금 당신 앞에 앉아 있는 여자는 진짜 이서린이 아니에요. 당신이 만들고 원하고 바라보는 환상의 그 여자일 뿐, 나는 없어요.]

처음에는 아주 세련되고 부드럽게만 보였다. 조금 더 알게 되니, 더없이 나태하며 적당히 퇴폐적이고 방종한 그런 사내인 줄로만 알았다. 그래서 경멸했다.

하지만 이제 알고 있다. 라탄이란 남자의 얼굴 위에는 수천수만 개의 방처럼 더없이 많은 가면이 씌워져 있었다. 가장 깊은 곳에 숨은 얼굴은 강철 같은 의지와 제멋대로인 권력이 숨어 있다. 그녀가 감당할 만한 사람이 아니었다. 하기에 더 도망가고 싶었다.

라탄의 곁에 있으면 서린 자신, 그녀가 아니게 되는 기분이

들었다. 그의 여자로만 사랑받는 연인일 뿐, 이서린이란 한 인간의 존재는 사라지고 없다. 현조와 함께 있을 때면 사소하고 작고 일상적인 것들이 가능하다. 하지만 라탄은 그런 것하고는 너무 거리가 멀었다.

아시프가 그러지 않았던가? 라탄이 그런 식으로 청바지를 입은 채 관광지를 구경하고, 자전거를 타고, 허름한 식당에서 식사를 하는 일 따윈 십 년 만에 처음 보는 일이라고.

서린 자신에게는 보통이고 일상인 이들이 라탄에게는 십 년 만에 일어나는 아주 특별한 일이란 거다. 서린의 일생에 한 번이나 올까 말까 하는 일들, 번쩍거리는 화려함이 그의 일상이다. 약혼자 현조의 일뿐 아니라, 둘의 생활 자체가 하늘과 땅처럼 완전히 달랐다. 설사 온갖 마음의 벽을 떨쳐 내고 그를 받아들인다 해도, 사는 세상이 너무 다르다. 언제 서로의 삶에 진력을 내고 진저리를 치게 될지 모르는 일이다.

[바보 서린. 정말 바보. 난 내가 원하는 여자가 어떤 사람인지 분명히 알고 있어.]

그가 다시 그녀의 손을 잡아 키스했다.

[여기 존재하는 당신이 내 연인이야. 앞으로 내 곁에 있을 그 사람이야. 당신이 어떤 사람인지 내가 모를 것 같아? 난 알아. 우습게 들릴지도 모르지만, 그냥 알아. 난 오래도록 널 기다렸고, 너 역시 날 기다리고 있었어. 운명처럼 널 만날 때까지 난 그렇게 기다렸어. 널 잘못 알아볼 이유가 없어.]

그는 어쩌면 그리도 강한 확신을 가질 수 있단 말인가? 서린은 세차게 머리를 흔들었다. 나도 당신처럼 그토록 강한 확신이 있다면 얼마나 좋을까요? 하지만 내가 사랑하는 사람은 따로 있어요. 서린은 다시금 두 손으로 얼굴을 가렸다. 기억만으로도 얼굴이 뜨거워지고 있었다.

"현조 오빠."

서린의 입술 사이로 절망적인 속삭임이 새어나왔다. 나 어떡하지? 어떡하면 좋지?

두 남자 사이에서 이게 무슨 추악한 꼴인가? 가장 경멸하는 일을 지금 그녀 자신이 저지르고 있었다. 지금이야 꿈인 듯 환상인 듯 그를 잠시 받아들인다고 하자. 그의 유혹에 사로잡혀 잠시의 연인 노릇을 한다고 하자. 이 모든 건 이틀 후에는 끝날 일이다. 서울로 돌아가면, 현조 얼굴을 어떻게 보지? 그녀가 지켜온 그 사랑과 믿음을 어떻게 다시 맞추지?

'정신 차려야 해. 단단히 정신 차리고 처신해야 해.'

커피라도 한 잔 진하게 마시면 혼란이 가라앉을까? 이성이 되돌아올까? 서린은 몸을 일으켰다.

[안녕, 서린. 잘 잤어?]

아래층의 주방으로 들어서는데 뜻밖에 라탄이 서 있었다. 주방으로 들어오는 그녀를 돌아보며 싱긋 웃었다.

집 안에서는 내내 반바지에 가벼운 평상복 차림이던 그였는데 웬일인지 이날 아침에는 드레스 셔츠 차림이었다. 회사로 잠시 출근해야 한다는 말을 들었었다. 넥타이는 매지 않았다. 허리에 앞치마를 두르고 프라이팬을 들고 있었다.

[아침 식사 같이 어때?]

[출근한다고 하지 않았나요?]

[식사는 해야지. 크레이프 어때? 기분 전환이 필요해. 집에 일이 있다길래 요리사에게 하루 휴가를 줘버렸지. 이대로 당신 식사까지 만들어 버릴까?]

그가 피식 웃었다. 놀라 동그래진 서린의 얼굴이 재미있다는 눈치였다.

[왜 그런 눈으로 날 보는 거지?]

[라탄, 정말 요리도 해요?]

[당연하지.]

[난 당신이……]

[달걀 프라이 하나도 못할 거라 생각했어?]

너무나 정확하게 그가 그녀의 속마음을 읽어냈다. 어쩐지 민망하다. 그만 빙그레 웃고 말았다.

[손님 접대 만찬까지는 아니더라도, 연인을 행복하게 만들 수 있을 정도는 가능해. 날 좀 도와줄래? 우리가 먹을 것을 우리가 만들어보자고.]

식탁 위에는 이미 그가 꺼내놓은 딸기와 크림 접시, 그리고 황금빛 크로와상과 꿀이 담긴 그릇이 놓여 있었다. 이슬이 맺히기 시작하는 빨간 딸기는 무르녹아 주변에 달콤한 향기를 내뿜고 있었다.

정말 멋들어진 요리사 같다. 양복바지 그대로 하얀 와이셔츠 소매만 걷어 올리고, 허리에는 요리사의 검은 앞치마를 둘렀다. 라탄이 옆구리에 낀 볼에다가 능숙하게 밀가루와 달걀, 우유 등을 담아 거품기로 섞었다. 능숙한 솜씨를 보아하니 한두 번 해본 것이 아닌 듯싶었다. 이내 뜨거운 프라이팬에다 반죽을 흘려 내 만든 전병에다가 크림과 딸기를 얹어 근사한 요리를 만들어 냈다. 오 분도 채 걸리지 않았다.

[자, 당신 것. 어젯밤의 우리를 생각하면서 만든 작품이야.]

라탄이 식탁 앞에 앉은 서린 앞에 하얀 접시를 놓더니 프라이팬에서 바로 옮긴 뜨거운 크레이프를 담아주었다. 돌돌 말린 반죽은 일류 호텔 주방장이 만든 것 못지않게 얇고 예쁘게 모양잡혀 있었다. 그 안에 든 하얀 크림과 빨간 딸기가 미각을 자극시켰다.

프라이팬을 든 그가 지나치며 장난처럼, 혹은 다시 시작된 유혹의 게임처럼 서린의 정수리에 가볍게 키스했다.

[달콤하고 신선하고 무르녹은 맛이지. 어제 우리가 나눈 키스와 똑같아.]

[라탄, 그런 말은…….]

[먹어봐.]

그녀가 반박할 틈을 주지 않았다. 라탄이 손가락으로 뜨거운 크레이프를 집어 들어 서린의 입술에 갖다 댔다.

본능적으로 살풋 깨물었다. 그의 눈동자가 서린의 눈동자를 얽어맨 채 놓아주지 않는다. 단단하고 긴 손가락이 입 안으로 따라 들어왔다. 무심코 그녀의 이가 남자의 그 손가락을 살며시 물었다.

신선한 크림과 무르익은 딸기, 그리고 소녀의 살결 같은 크레이프가 조화되어 눈물 나는 맛을 만들었다. 그건 그 남자의 손가락 맛이거나 관능적인 체취 같았다. 크레이프가 언제부터 이렇게 색적정인 맛으로 변한 걸까?

[아…….]

[그 감탄성이 나에 대한 칭찬이라고 믿어도 되겠어?]

서린의 입에서 빠져나온 손가락을 그가 다시 제 입속에 넣었다. 꿀이라도 담긴 것처럼 다시 슬쩍 핥았다.

서린은 얼빠진 사람마냥 멍하니 그런 그를 바라보기만 했다.

감각적인 입술과 그 안에 물린 긴 손가락. 그건 너무나 에로틱한 상상을 불러일으키는 유혹의 신호였다. 어떻게 이 남자의 모든 것은 이토록이나 치명적인 관능일까? 그가 실쭉 웃었다. 젖은 손가락이 서린의 입술을 살짝 건드렸다.

[저런. 린, 나한테 반한 거야?]

[누, 누가!]

서린은 강력하게 반발했다. 그가 덮치기라도 한 듯 잔뜩 몸을 사렸다. 남자가 씩 웃었다.

[그래, 좋아. 이 아침에 당신이 유혹하면 나도 좀 곤란하다고. 때려죽인대도 시간을 맞추어야 할 약속이 있거든.]

이 남자는 서린의 눈빛이 까뭇하게 흔들린 것을 알고 있다. 순간적이나마, 그의 마력적인 매혹에 사로잡혀 온몸에 전율이 일어난 것도 알고 있을 거다. 조금만 더 나갔다면, 은밀한 아래까지 젖어서는 속절없이 그에게 무너질 지경에 이르렀다. 분명 그것마저도 눈치 챈 거다.

슬쩍 물러나는 것은 그녀에 대한 예의일까, 아니면 더 큰 게임을 위한 전초전일까?

뜨겁고 선열한 두근거림이 서린을 감쌌다. 부드러운 크레이프를 먹으면서 서린은 심장 안에서 용솟음치는 열기와 혈류를 가라앉히느라 고생해야만 했다. 심장이 입 밖으로 튀어나올 것 같다. 문제는 서린의 이런 동요와 두근거림을 라탄도 분명히 알고 있으리란 거다.

이미 늦었다. 빠져나갈 수 없다. 얼마나 그에게 매혹되었는지, 얼마나 위태롭게 흔들리고 있는지…… 이미 어젯밤 그의 키스를 받아들인 순간부터 서린은 현조의 세상에서 벗어난 거나 다름없었다. 마치 심신상실증 환자처럼 라탄에게 매달려 그의 눈빛과 목소리, 동작 하나에 반응하여 인형처럼 속절없이 흔들리고 있었다.

프라이팬을 든 그가 다시 다가왔다.

[하나 더?]

[충분해요.]

[하나만 더 먹어봐. 넌 새 모이만큼 먹어. 때로는 네가 쓰러질까 두렵다고.]

그는 이번엔 차가운 멜론과 사과졸임을 넣은 스위티한 크레이프를 만들어 왔다. 또다시 서린의 접시에 놓아주었다. 그녀의 입맛을 꿰뚫고 있는 것 같다. 그녀가 좋아하는 것만 토핑하는 것을 보면 말이다.

[난 오늘 에너지가 많이 필요하니까 초콜릿과 사과를 듬뿍 넣어볼까?]

서린이 보기에는 악 소리가 날 정도이다. 그 정도로 잔뜩 초콜릿 시럽을 뿌린 크레이프를 만들어서는 식탁으로 돌아왔다.

[그렇게 먹으면서도 살이 안 찐다니, 불공평해요.]

불퉁대는 서린의 말에 라탄이 싱긋 웃었다. 유리병에 담긴 라시를 잔에다 따라주었다.

[뭐, 백조라고 하자. 보이지 않는 곳에서 몸매 관리를 위해 무한정 노력한다고 생각하라고.]

[무슨 운동을 해요?]

[인간이 하는 모든 운동을 다 해. 어머니는 질색하지만 시간이 나면 20)익스트림 스포츠도 즐기지. 암벽등반, 아이싱 패러글라이딩, 산악자전거, 사냥과 사격. 이 정도만 하자.]

---

20)익스트림 스포츠:생명의 위험을 무릅쓰고 여러가지 묘기를 펼치는 레저 스포츠를 통칭하는 말. 모험을 즐기므로 위험 스포츠, 극한 스포츠라고도 한다

[거친 스포츠를 좋아할 것 같지는 않았는데.]

서린은 라탄의 매끈하고 호리호리한 몸을 바라보았다. 저 안에 강철 같은 근육을 숨기고 있단 말인가?

[권태에서 이기려면 그만큼의 발악이 필요하거든. 자, 내 것을 한번 먹어봐. 이런 단맛에는 너도 저항하지 못할 거야.]

라탄이 자신의 달디단 크레이프를 집어 서린의 입 앞에 가져다 댔다. 사과가 보이지 않을 정도로 두껍게 뿌려진 초콜릿 시럽에 진저리를 치면서도, 그 씁쓸하고 달고 오묘한 맛에 지고 말았다. 아무도 모르는 비밀이나, 서린은 초콜릿 광이었다. 단것을 거의 먹지는 않지만, 초콜릿에만은 약했다.

[음, 맛있어요.]

매혹적인 맛이었다. 씁쓰레하고 상큼한 초콜릿과 사과의 맛이 완벽하게 어울렸다. 꼭 라탄 자신의 맛 같았다.

[정말 의외인데요? 당신이 이 정도의 요리 실력을 가지고 있을 줄이야. 이 길로 나가도 성공할 것 같아요.]

그가 껄껄 웃었다. 허락도 없이 서린의 크레이프를 반 덜어갔다. 감각적이고 섹시한 남자의 입술이 멜론의 과육을 씹었다. 단즙이 목젖을 타고 넘어간다. 그것을 바라보는 서린의 심장이 떨렸다. 살갗에 불이 붙었다.

[이봐, 서린. 몇 번이나 말해야 하나? 좀 봐줘. 당신만 모를 뿐이지, 나 나름대로 능력도 많고 매력도 엄청난 사람이라고 하지 않았어?]

[아하.]

[그러니까 자기가 한번 나의 감추어진 매력과 능력에 대해서 탐구해 보라고. 기꺼이 환영할게.]

[사양할게요.]

[주방에서 요리도 잘하지만, 침대에선 더 멋진 능력을 발휘할 수 있다고.]

[입 다물어요.]

서린은 포크를 들어 그를 겨냥한 채 경고했다.

[계속하다간 이 포크에 찔리는 수가 있어요.]

[밉살쟁이 서린. 요리를 해주었더니, 고맙다고 말하기는커녕 포크로 찌르려고만 해. 상처받았어.]

그가 처량맞게 자신의 크레이프를 입에 넣으며 한탄했다. 그 모습에 무표정하게 굴어야 하는데 그만 웃음이 나오고 말았다.

그녀의 여권을 빼앗고 제 마음대로 집으로 끌고 와 억류를 하는 것이 이 남자의 참 얼굴일까, 아니면 이렇게 사근사근하고 매사 다정하고 배려심 깊은 얼굴이 진짜일까? 이제 서린조차 헷갈릴 정도였다.

하지만 이런 변화가 어제 그들이 나눈 키스와 아주 밀접한 관련이 있다는 것은 서린도 눈치 채고 있었다. 서로가 외면하고 모른 척하고 있을 뿐이다. 하지만 두 사람의 사이는 분명히 무엇인가 달라졌다. 다만 서린이 두려워 그것을 직시하고 있지 못할 뿐.

[그거 알아?]

갑자기 그가 물었다.

[네?]

[요리는 때로 에로틱한 전희가 된다는 것을.]

틈만 나면 이런 수작이다. 서린은 다시 포크를 치켜들어 그를 향해 겨누었다. 그러자 그가 씩 웃으며 혀를 내밀어 서린의 포크에 묻은 하얀 크림을 핥았다.

[먹는다는 행위는 때로 농밀한 사랑의 유희가 되기도 하지. 이렇게.]

그가 손가락으로 서린의 앞에 놓인 그릇에서 황금빛 꿀을 찍었다. 반쯤 벌어진 그녀의 입술에 묻혔다.

[이런 입술에 키스한다면 무슨 맛이 날까?]

꿀맛이지. 그러다가 서린은 새빨갛게 낯을 붉혔다.

[저런. 내가 또 너를 당황하게 만든 건가?]

그가 싱긋 웃었다. 어느새 서린은 버릇처럼 입술을 깨물고 있었던 것이다. 긴장하고 저항하려는 본능이 그렇게 만든 것이다. 라탄의 손가락이 다시 크림과 딸기를 서린의 입술 안으로 밀어 넣었다.

[입술 깨물지 마. 그러면 내 혀로 네 피맺힌 입술을 핥고 싶다는 생각이 든단 말이지.]

[라탄, 입 닥쳐요!]

[순진한 넌 모르겠지만, 그런 버릇이 얼마나 치명적인 욕망을

불러일으키는지 알아? 여자는 성적인 긴장이 높아지면 입술이 메마르지. 네 이성은 부인하겠지만 네 본능은 날 초대하고 있어. 남자의 축축한 혀와 입술이 그것을 적셔주기를 바라는 거다. 넌 지금 나에게 은밀한 초대를 한 거나 다름없어.]

척추 끝에서부터 뇌리까지 곧추 관능적인 열기와 에로틱한 환상이 불붙었다. 단번에 전신을 바들거리게 만들었다. 입술의 미소가 얼어붙었다. 먹고 있는 딸기만큼 새빨개져 버린 서린을 바라보며 라탄이 빙그레 미소 지었다.

[네 얼굴이 지금 어떤지 알아? 5월의 딸기 같아. 당장 먹어치우고 싶어.]

서린은 두 손으로 화끈거리는 볼을 감싸 안았다. 지금 그가 키스하고 침실로 데려간다 해도 그녀는 절대로 저항하지 못할 것이다.

그러나 라탄은 그 정도에서 그녀를 놀리고 건드리는 일을 그만두었다. 아쉽다는 표정을 감추지 않으면서 손목시계를 확인하곤 먼저 일어났다.

[미안, 서린. 이만 나가봐야 할 것 같아. 하루 종일 일이 꽉 차 있어. 도망갈 수 없는 일이야. 혼자 지낼 수 있겠어?]

[괜찮아요.]

[너와 보낼 시간이 이틀밖에 남지 않았는데, 이렇게 허송세월을 하게 되는 게 분하지만, 어쩔 수 없지.]

서린은 라탄을 바라보았다. 말이 나온 김에 다시 한 번 확인했다.

[나, 모레는 정말 보내주는 거죠?]

[약속했잖아. 우리에게 주어진 시간이나마 마음껏 즐기자고. 기대해, 서린. 내일 내가 너를 위해 특별한 것을 준비했거든. 기대해도 좋아.]

그가 눈을 찡긋했다. 서린은 고개를 흔들었다. 차마 그의 눈을 바라볼 수가 없어서였다. 그의 얼굴만 보아도, 심장이 두근거리고 확 달아오른 얼굴을 감출 수가 없었다. 서린은 이제 완전히 라탄의 포로였다.

[다녀올게.]

그가 식탁에서 일어나 서린에게로 돌아왔다. 두 팔로 연인의 몸을 끌어안았다. 그녀가 흠칫 놀라든 말든 너무나 자연스럽게 머리카락에 키스했다.

[난 말이지, 이전에는 단 한 번도 집에 빨리 돌아와야겠다고 생각한 적이 없어.]

뜨거운 입김이 귓불을 스치고 지나가자 등골이 오싹했다. 식탁 위에 놓여진 서린의 주먹이 꼭 쥐어졌다. 두려움보다는 또다시 그가 순식간에 불러일으킨 관능적인 열기 때문이었다. 그가 나직하게 속삭였다. 단지 그는 말하는 것뿐인데도, 어째서 느릿한 그 목소리가 검붉은 유혹의 그물이 되는 것인가? 그녀를 발가벗기고 속살을 애무하는 것처럼만 들렸다. 서늘하고 순진한 처녀를 꼼짝달싹도 하지 못하게 칭칭 동여매고 있었다.

[하지만 오늘은 네가 기다리고 있는 집으로 오고 싶어서 안달할 게 분명해. 유난히 시간이 더디 갈 것 같다. 매시간마다 시간을 재고 있을 거야.]

그녀 역시 그가 언제 돌아오나 신경을 곤두세운 채 시간을 헤아리고 있겠지. 초조해하며 불안해하며. 달아나고 싶어하며, 동시에 사로잡히기를 바라며. 잡힐 듯 잡히지 않을 듯, 안달하게 하고 감질나게 하고 아슬아슬한 유혹과 관능의 게임에서 빠져나오지 못한 채.

모든 것이 다 엉켜 버렸다. 그저 혼란하고 복잡했다. 서린은 자신의 방으로 돌아와 창가에 섰다. 라탄이 탄 회녹색 벤츠가 빌라의 문을 나서서 사라지는 것을 지켜보았다.

어머니 카말라를 만나기 위하여 식당으로 들어서면서 라탄은 홀로 삐뚤어진 미소를 머금었다.

'이제 조금만 더. 그 시간은 멀지 않았어, 서린.'

조만간 그녀는 손아귀에 들어올 것이다. 달콤하게 항복하겠지. 남김없이, 전부 다, 하나도 남김없이 그에게 줄 것이다.

'절대로 놓지 않아. 네 모든 것은 다 내 것.'

이서린은 오직 라탄 그를 위해 존재하는 여자. 그의 기쁨이자 그의 영혼.

권태와 지루함과 무감각함만이 존재하는 돌과 같은 세상. 그런 세상에 사는 그를 다시 인간으로 만들고 사람다운 감정을 솟구치게 하는 여자. 그런 기쁨을 한 번 맛본 이상, 이제는 어쩔 수 없다. 중독된 이후, 그녀가 없으면 이제 살 수가 없게 되었으니. 다시 이 세상에 마음을 내려붙이고 살아가게 만든 그녀. 그가 아니라면 누구도 얻을 수 없게 하겠다. 그가 가지지 못한다면, 이 세상 그 누구도 그녀를 가질 수 없어. 누구에게도 주지 않아. 그녀에게 집착하고 소유하려는 욕망 때문에 그녀를 아프게 하여, 그 죄로 지옥에 떨어진다 해도. 그 지옥까지 감수하겠다.

'널 바닥까지 뒤흔들어 놓겠어. 네 영혼과 네 육신 전부에다 나를 채우겠어. 나 아니면 존재할 수 없게 만들어놓겠어. 반드시!'

미리 와 있는 어머니의 양 볼에 가볍게 키스하고 자리에 앉았다. 어머니 옆에 앉은 넷째누이를 무시했다.

[무슨 일 있나요, 어머니?]

[라탄, 모함다스에게 키마와 여행을 떠날 수 있게 허락 받아줄 수 있니?]

[여행? 어디로요?]

[영국과 스위스가 좋을 것 같아. 온천이 필요해. 그리고 소랄라와 럭머너의 학교도 찾아봐야 해.]

[벌써 그 아이들이 학교를 찾을 나이가 된 건가요?]

[이제 여섯 살이니까, 그 애들에게 알맞은 런던의 학교를 미리 조사해야 할 것 같구나.]

[흠. 또?]

라탄은 냅킨을 들어 가볍게 입술을 문질렀다. 비굴하다 못해 밉살맞았다. 이제는 동정도 하기 싫은 넷째누이를 노려보았다.

[아이들을 보러 런던으로 갔을 때 거처할 아파트도 하나 얻었으면 좋겠지, 키마 누나?]

[그래 줄 수 있니? 그럴 수 있다면 정말 좋겠어, 라탄.]

[덤으로 육중한 문, 단단한 열쇠, 검은 옷을 입은 경비원. 그런 것도 필요할 것 같은데?]

그는 차가운 눈동자로 키마를 응시했다. 검은 눈은 조그만 거짓말도 용납할 수 없다는 뜻을 분명히 알려주고 있었다.

[누나가 원한다면 런던에 아이들을 위한 집을 마련해 주지. 누나가 타다 가문의 일원으로서 품위있는 생활을 할 수 있게 생활비도 책임지지. 하지만 조건이 있어.]

[조건?]

[이혼해.]

[라탄, 어쩜 그런 끔찍한 소리를!]

카말라와 키마가 동시에 비명을 질렀다.

[그럼 날 귀찮게 하지 말고 조용히 살든지.]

라탄은 싱긋 웃으며 부드럽게 중얼거렸다. 겉으로는 상냥하고 다정했으나, 듣는 사람으로 하여금 저절로 등골에 소름이 끼치게 만드는 목소리였다. 그 눈에도 더없이 서늘한 냉기가 서려 있었다.

[그 인간이 누나를 괴롭힌다든지 하는 소리가 한 번만 더 들리면 누나가 원하지 않더라도, 반드시 이혼하게 될 거야.]

[너무해, 라탄!]

키마가 훌쩍이며 그에게 강하게 항의했다.

[그이도 나쁜 사람은 아니야. 그냥 어른들이 자꾸 그를 압박하니까……. 게다가 우리에겐 딸만 셋이야. 아들도 낳지 못하고 이혼까지 하면 내 영혼을 위해 누가 푸자를 드려주지? 난 절대로 구원받지 못할 거야. 다시는 얼굴도 들고 다닐 수 없어. 평생 귀국도 못할 거야. 나한테 어떻게 이럴 수 있니? 아버지가 살아 계셨다면 난 이런 수모는 당하지 않았을 거야. 나에게 걸맞는 다우리를 정하셨을 거라고.]

[아, 결국 이 모든 게 누나 탓? 아니면 다우리를 지불하지 않은 내 탓인가? 그래서 계속 맞고 사시겠다? 저승에서 아버지가 통곡하시겠군.]

라탄은 한숨을 쉬었다. 슬슬 두통이 생기기 시작했다.

[그래, 좋아. 그가 얼마를 요구하지? 얼마를 던져 주면 앞으로 조용히 살겠다고 해?]

[라탄, 뭄바이의 별장을 모함다스에게 선물해 주면 어떨까? 그리고 그의 어머니를 위해서 새 자동차를 보내주는 것도 나쁘지는 않을 것 같아.]

그의 말이 떨어지기가 무섭게 어머니 카말라가 나섰다. 라탄은 한숨을 내쉬었다. 벌써 두 분이 의논을 끝내셨군.

하지만 탐욕으로 가득 찬 매형 모함다스가 그것으로 끝낼 수 있을까? 그렇다면 이미 오래전에 그가 그에게 그것을 쥐어주었을 것이다. 하지만 몇 달이 채 지나기 전에 이보다 더 많은 것을 요구하겠지.

건드리고 압박하고 밀어붙이면 결국은 아내의 집안에서 돈이 굴러 나온다는 것을 그는 너무 잘 알고 있다. 잔혹한 학대를 멈출 사람이 아니었다. 키마는 비하인드라 가문에 붙잡힌 볼모에 다름 아니었다. 언제나 걷어차고 구박하고 폭력을 휘둘러도 황금을 뱉어내는 거위와 같은. 라탄은 이제 더 이상 양보할 수 없었다. 자신이 직접 나서야 할 때가 온 것이다.

[좋아요. 새 자동차. 뭄바이의 별장. 원하는 게 그것뿐인가?]

[그 정도면…….]

[좋아요. 이삼 일 내로 내가 모함다스를 만나보죠.]

눈이 뜨이게 카말라와 키마의 얼굴빛이 밝아졌다.

[부탁한다, 라탄.]

[내가 말해둘 테니, 누나는 아이들과 어머니를 모시고 공작궁으로 돌아와 있어. 다음 주로 해서 비행기 표를 끊어줄 테니 두어 달 유럽이나 다녀오라고. 가서 그 머릿속에 가득 찬 비굴함을 싹 씻고 돌아와. 제발 좀!]

금세 눈물자국이 희미해지는 어리석은 누나를 바라보았다. 라탄은 엄하게 그녀를 노려보았다.

[누나, 한 가지만 더 듣고 일어나도록 해.]

[뭐, 뭔데?]

[우리 타다 가문만의 문제가 아니야. 위의 세 누나들과 결혼한 집안들이 다 우리 바라트에서는 손꼽히는 명가들인 거 알고 있지?]

[그, 그래서?]

[다시 한 번 모함다스와 그 집안사람들이 누나를 미끼로 해서 이런 짓을 되풀이한다면, 정말 가만있지 않아. 우리 가문뿐 아니라 다른 사돈들의 멸시도 함께 받게 될 거야. 알아들어? 우리 집안의 울타리를 잃은 다음에 그와 그의 집안이 우리나라에서 무엇을 할 수 있을지 한번 두고 보자고. 이건 정말, 마지막 경고야. 다음은 없어. 오늘 집으로 돌아가면 분명히 이야기해 둬.]

이런 이야기 끝에 식욕이 돌아날 리가 없다. 날라져 오는 음식을 보아도 심드렁했다.

라탄은 손가락 끝으로 커리에 적신 쌀밥을 뭉치며 속으로 두 통의 신음을 내뱉었다.

고모들 일곱에 누나들 넷이라, 어머니까지 해서 그만 바라보고 사는 여자가 열둘. 정말 진절머리났다. 열두 개 가문에서 벌어지는 온갖 일에 대한 수발과 수습을 그가 떠맡아야 한다. 전생이 무슨 죄를 지었다고 이런 팔자가 되었는지, 참.

아버지가 그토록 빨리 죽은 것은 회사 일에 대한 압박감이 아닐 거다. 날마다 쟁알대고 징징거리고 짜증 부리고 무엇을 달라 난리치는 열두 명의 여자들 등쌀에 스트레스를 받은 때문은 아니었을까?

서린에게로 돌아가고 싶었다. 그녀의 청결한 향기 속에 얼굴을 묻고 싶었다. 이 세상 사람 같지 않은 몽환의 청순함 안에서 이런 귀찮고 구차한 것들을 다 잊어버리고 싶었다. 결국 라탄은 자신의 앞에 놓인 저녁 식사 접시를 채 반도 비우지 못하고 벌떡 일어섰다.

[이만 전 실례하죠. 중요한 약속 시간에 늦었어요.]

라탄이 나오자 문 앞에 앉아 있던 아시프가 일어나 대기하고 있던 차 문을 열어주었다. 주인의 찡그린 표정을 바라보며 조심조심 말했다.

[이서린 씨의 약혼자가 아폴로 병원에서 기다리고 있습니다.]

[뭐라고?]

[서린 씨가 수술을 하고 난 후 서울로 돌아간 줄 알았는데, 열흘이 넘도록 돌아오지 않아서 실종된 줄 알았답니다. 대사관 직원과 함께 왔습니다.]

삽시간에 라탄의 얼굴이 먹물 묻은 것마냥 꺼멓게 변했다. 안쓰러워하는 아시프의 눈빛이 그의 이마에 닿는 것도 모르고 그는 멍하니 차창 밖만 바라보고 있었을 뿐이었다.

'전화도 할 수 없고 이메일도 보낼 수 없고. 이게 감금이 아니면 뭐야?'

먹물을 뿌린 듯 밤은 검고 비밀스러웠다. 저녁 식사를 혼자 마친 서린은 자신의 방으로 돌아와 멍하니 TV만 바라보고 있었다.

'현조 오빠한테 연락해야 덜 걱정할 텐데. 명윤이도 얼마나 마음 걸려 하고 있을까?'

리모컨이 놓인 탁자 위에는 최신 영화 DVD와 비디오테이프 같은 것이 널려 있었다. 하지만 하루 종일 영화만 보고 있을 수도 없다. 책장에 꽂힌 잡지도 몇 번이고 되풀이해서 읽었다. 하루 종일 그러고 있었더니, 이제는 잡지만 보아도 구역질이 났다.

차라도 한 잔 마실까? 문을 열고 나가자 어디서 나타났을까, 사리를 입은 하녀가 다가와 살짝 무릎을 꿇었다.

[무엇이. 필요하신지요?]

[마실 것이 좀⋯⋯.]

[가져다 드리겠습니다.]

[아니, 내가 직접. 너무 심심해서⋯⋯.]

알아들었다는 눈빛이었다. 하녀가 먼저 앞장서서 걸었다. 커피 머신에 물을 붓고, 커피 잔을 준비했다. 그때 현관에서 벨이 울렸다. 라탄이 돌아온 모양이었다. 커피포트를 들어 잔에 따르는데 현관머리에서 전혀 예상치 않았던, 그러나 정말 반가운 목소리가 그녀를 향해 날아왔다.

"이서린."

서린의 손에서 커피포트가 툭 하고 떨어졌다. 다급하게 몸을 돌이켰다. 눈으로 보고서도 믿을 수가 없다. 허름한 차림으로 배낭을 메고 현관에 선 그 사람. 활짝 웃고 있는 그 남자를 보니, 저절로 눈에 눈물이 차 올랐다. 있는 힘껏 그를 불렀다.

"현조 오빠!"

제9장
—우울한 간주곡(間奏曲)—

분명히 두 눈으로 보고 있으면서도 믿을 수가 없었다.

이곳 델리에서 만날 거라고는 생각조차 하지 못했던 바로 그 사람. 지금 시카고에 있어야 할 현조가 배낭을 멘 채 빙그레 웃음을 짓고 있었다. 서린은 자신도 모르게 달려가 현조의 품에 몸을 던졌다.

"오빠. 현조 오빠, 보고 싶었어. 정말 보고 싶었어."

정작 그를 보니 그를 얼마나 그리워했는지, 의지하고 있었는지 다시 한 번 알게 되었다. 뼈아프도록 느끼고 있었다.

그녀에게로만 향하는 이 미소, 다정하고 푸근한 이 사람의 눈빛을 얼마나 보고 싶어했는지도. 현조를 보는 순간, 라탄과 함께 거닐던 시간 전부가 몽롱한 꿈처럼 느껴졌다.

현조가 현실이었다. 사랑하는 사람을 찾아, 모든 것을 작파하고 지구 한 바퀴를 돌아온 그 사람의 사랑만이 유일하게 중요했다. 서린은 목멘 소리로 겨우 물었다.

"여긴 어떻게 알고 왔어? 응?"

"우리 여보야가 인도에서 오도 가도 못하고 아파 누웠다는데, 어떻게 해? 너한테는 아무도 없잖아. 내가 데리러 와야지. 너 이놈의 자식, 전화도 못해?"

현조가 팔에 매달려 오는 서린의 머리카락을 쓰다듬으며 꾸짖었다. 목소리는 엄했으나, 눈빛은 걱정으로 가득 차 있었다. 많이 걱정했는데, 다행이다. 온전하게 회복된 그녀의 모습을 확인한 후, 비로소 그의 눈동자 속에도 안심한 빛이 떠오르고 있었다.

"미안해, 오빠. 수술하고 또 입원해서 전화도 못하고……. 연락할 경황이 없었어."

"하긴 제 몸 아픈 사람이 무슨 정신이 있었겠어? 이해해 줄게."

"고맙기는 한데 말이지, 내가 무심한 건 맞아. 내 어리광 너무 받아만 주지 마. 잘못한 건 혼내줘. 이렇게."

현조의 팔을 잡은 채 서린은 자신의 머리통을 통통 두드렸다.

"그나저나 몸은 괜찮아? 수술 뒤 후유증은 없구?"

"응, 다 괜찮아."

"이제 비행기 타도 되는 거지?"

"그럼, 그렇고말고."

서로 손을 잡은 채 머리카락을 어루만지고, 볼을 건드리고, 어찌할 바 모를 정도로 반가워 재회의 기쁨을 나누는 연인들. 그들의 두 발자국 떨어진 곳에 라탄이 서 있었다.

번뜩이는 검은 눈이 마주 손을 잡고 재회의 기쁨을 나누는 사랑스런 두 연인의 모습에 박혀 움직이지 않았다.

서린은 현조에게 찰싹 달라붙은 채 너무 반가워 어찌할 바를 모른다. 사랑스러운 연인의 머리통을 톡톡 두들기며 장난스럽게 인사하는 현조의 모습도 똑같았다. 무엇에도 걸림이 없고, 저어함도 없다. 오롯이 영육을 나누는 연인들이었다.

심장의 한 부분이 시퍼렇게 멍들어가고 있다. 멍들다 못해 산산조각으로 파열되고 있었다.

이방인.

자신의 집이면서도 손님이 되었다. 한 번 깨어진 라탄의 마음은 아주 작은 충격에도 다시 부서지고 말았다.

라탄의 음울한 눈동자가 움직였다. 그 남자 곁에 한몸처럼 찰싹 달라붙어 떨어질 줄을 모르는 서린에게로 다가갔다.

서린은 현조가 나타난 이후, 그에게는 한 번도 시선을 주지 않았다. 야속한 여자. 하지만 그럴 수밖에 없다고 라탄의 심장이 속삭이고 있었다. 현조와 함께한 서린은 서럽도록 행복해 보이고, 평화로운 얼굴이 되었다. 넉넉한 미소의 그늘 아래서, 더 이상 아무것도 필요하지 않은 모습이었다.

'너희들은, 영혼의 쌍둥이로군.'

똑같이 맑고 단정했다. 누구라도 부러워 돌아볼 만큼 너무 잘 어울리고 사랑스러운 한 쌍이다. 도무지 뚫고 들어갈 틈이 없을 정도로 단단히 결합된 연인들이었다.

불과 몇 시간 전만 하더라도 그만의 것이던 파라다이스. 하지만 예상치도 못한 현조가 나타남으로 하여 라탄은 단번에 그 자리에서 밀려나 버렸다.

억울하고 분했다. 미칠 것 같았다. 하지만 애초부터 그 자리는 라탄 자신의 것이 아니었다. 그것을 너무 잘 알고 있기에 참아야 했다.

그래서 동시에 참을 수 없을 만큼 화가 났다.

태어나 단 한 번도 뒤로 밀린 적이 없다. 하지만 천하의 라탄 그로서도 어찌할 수 없는 것은 바로 이것. 이서린의 옆 자리는 우현조라는 저 남자의 것이라는 사실. 제멋대로이고 자기중심적인 라탄 자신이 아주 잠시 억지로 비집고 들어간 것일 뿐. 이제 그녀의 약혼자가 나타난 이상, 그저 '친구'라 하는 거짓말로 만족해야 할 뿐인가.

'하긴 난 서린 너에 대한 어떠한 권리도 주장할 수가 없지, 아직은.'

얼마 후, 현조와 서린의 반가운 인사가 어느 정도 끝난 것같이 보였다. 마지막 자존심은 지켜야지. 라탄은 억지로 미소 지으며 권유했다.

[현관에 서서 이러지 말고 들어가서 이야기 나누시죠.]

비로소 현조와 서린의 시선이 동시에 주인인 라탄에게로 다가왔다. 현조가 싱긋 웃었다.

[추태를 보였군요, 타다 회장님. 너무 반갑고 안심이 되어서 말이죠. 우리 서린이를 돌보아주셔서 정말 감사드립니다.]

[서린은 내 '친구'니까. 다른 곳도 아니고 여기 델리에서 곤란한 일을 당했는데, 제가 돕는 건 당연한 일이죠.]

라탄은 쓰디쓰게 내뱉었다.

[말씀만으로도 감사합니다. 이 은혜는 죽어도 잊지 않겠습니다.]

[별말씀을.]

허공에서 한 여자를 동시에 사랑하는 두 남자의 눈이 마주쳤다. 현조가 빙그레 웃었다. 눈을 피한 것은 라탄이었다. 난생처음으로 그는 무참하게도 패배자가 되었다.

현조가 허리를 굽혀 목례했다.

[그럼 잠시 실례하겠습니다.]

첫인상도 그러했듯이 현조는 미소가 따뜻한 남자였다. 착하고 순수한 기운을 지닌 남자. 그리고 곧게 사랑하는 눈빛을 가진 남자. 실상 병원에서 처음 만나 악수를 하는데, 심술맞게 그 손을 탁 하고 내려치고 싶은 유치한 충동에 시달렸었다.

억지로 무덤덤한 눈빛을 가장하며 현조에게 소파를 권했다.

하지만 스스로가 너무 초라하고 굴욕적으로 느껴져 라탄은 환장할 것 같았다.

자리에 앉아 현조가 망설이지 않고 자신의 속내를 털어냈다.

[병원에서 말씀드렸습니다만, 내일 서린이를 데리고 돌아갈까 합니다.]

[당연히 그래야죠. 하지만 서린의 티켓이 없을 텐데?]

[제가 서울에서 미리 끊어왔습니다.]

[좋아요. 내일 몇 시에 떠나죠?]

[일곱 시 비행기입니다.]

[그럼 두 분을 제가 공항으로 모셔다 드리지요. 서린의 친구는 또한 나의 친구입니다. 그리고 하룻밤이니 부담 갖지 마시고 우현조 씨도 오늘은 저의 집에서 머물러 주십시오.]

[호의는 감사합니다만, 호텔을 예약했습니다. 그리로 갈까 합니다.]

현조가 고개를 흔들었다. 아무리 '친구'라 해도 낯선 남자의 집에 더 이상 소중한 사람을 머물게 할 수는 없다는 거다. 정중했지만 단호했다. 단번에 라탄의 거짓된 호의를 사양했다.

옆에 앉은 서린 역시 마찬가지였다. 현조의 팔을 꼭 잡고 라탄을 외면한 채 작은 목소리로 종알거렸다.

[그래, 오빠. 나도 더 이상은 미안해서 여기 못 있겠어. 나도 오빠랑 호텔로 갈래.]

약혼자의 얼굴만 바라볼 뿐, 갈기갈기 찢어진 또 한 남자의 부서진 시선은 끝내 피하고 있다. 배은망덕한 여자 같으니라고. 라탄은 헛헛한 입술을 꾹 다물었다.

현조가 당연하다는 얼굴로 대꾸했다.

[당연히 같이 가야지, 인마. 네 방도 예약해 놨어.]

[잠깐만. 우현조 씨.]

뒤집어지는 속을 억지로 갈무리했다. 라탄은 싱그레 웃으며 손을 들었다. 부드럽게 능갈쳤다.

[서린은 지금 큰 수술 후의 회복 중인 환자라는 것을 기억해 주십시오. 단순한 맹장염 따위가 아니었어요. 심각한 복막염이었습니다. 까딱했으면 죽을 뻔했답니다.]

라탄은 서린의 병을 상당히 과장해 설명했다. 현조의 얼굴이 점점 굳어졌다. 서린의 병세가 그토록 위중했을 줄은 미처 예상하지 못한 바였다는 거다.

[실밥은 풀었습니다만, 아직도 안정이 필요하다는 의사의 전언이 있었습니다. 어차피 내일 같이 떠나실 텐데, 굳이 오늘 밤만 머물 호텔로 서린이 번잡스럽게 따라가야 할 이유가 없지 않을까요? 그래서 전 두 분이 함께 제 집에서 머물기를 권한 겁니다.]

[괜찮아요, 라탄. 전 현조 오빠를 따라 호텔로 가겠어요.]

서린의 말은 아랑곳하지 않고 라탄은 현조만 바라보았다. 그의 속에 담긴 약혼녀에 대한 근심을 더욱더 불 질렀다.

[게다가 장거리 비행기를 탈 예정이니 더욱 조심해야겠지요?

내일 아침 의사가 와서 마지막으로 진찰을 하고 비행을 대비해서 영양제 링거라도 놓아줄 예정이었습니다만.]

[아, 그렇습니까? 그럼 어쩐다……?]

라탄의 예상대로 현조의 수려한 이마에 고민의 흔적이 서렸다.

[뭐, 꼭 오늘 밤 서린을 데려가겠다고 고집을 피운다면 어쩔 수 없지만 말이죠. 제가 내일 아침에 의사를 호텔로 보내 드리죠.]

[그렇게까지 폐를 끼칠 순 없습니다.]

[폐라니요. 서린은 제일 소중한 한국 친구이니, 당연한 겁니다.]

언제나 상대방을 먼저 배려하는 듯해 보이는 순진함을 자극해 보았다. 여지없이 걸려들었다. 현조가 라탄을 향해 부드럽게 미소 지었다.

[좋습니다, 타다 회장님. 지금껏 우리 서린이를 보살펴 주었는데, 제가 매정하게 데려가는 것도 도리가 아니죠. 내일 떠날 때까지 우리 서린이를 하룻밤만 더 부탁드려도 되겠습니까?]

[저야 기쁨입니다.]

멍청한 놈. 라탄은 속으로 비릿한 비웃음을 삼켰다. 소중한 연인을 다른 사내의 지붕 아래 맡겨놓고도 안심하는 순진함이라니.

"오빠, 싫어!"

강하게 거부하려는 서린을 오히려 현조가 달랬다.

"괜찮아. 지금까지 타다 회장님이 보살펴 주셨잖아. 끝까지 호의를 거절하는 건 도리가 아니지. 내일 아침에 데리러 올게. 푹 쉬고 주사 맞고 기다려. 알았지?"

라탄은 일어섰다. 좋아, 이 정도에서 퇴장해 주지. 풋내기 연인들이 오랜만에 회포를 풀어야겠지? 어차피 아직 넌 내 덫 안에 있어. 가증스러운 미소를 지으며 그는 따라 일어나는 현조를 건너다보았다.

[서린의 방은 이층입니다. 하녀가 안내해 드릴 겁니다. 오랜만에 만났으니 두 분만의 시간이 필요할 듯싶군요.]

현조의 눈빛은 고마움을 표시하고 있었다.

고개를 든 서린과 라탄의 시선이 아주 잠시 만났다. 누구에게 보내는 비웃음인가? 찰나였다. 삐뚤어지고 검은 미소가 라탄의 입가에 서렸다. 그것을 여과없이 보아버렸다. 삽시간에 얼굴이 붉어져 서린이 다시 고개를 숙였다. 말하지 않아도 라탄의 삐뚤어진 심장을 읽어버린 거다.

라탄이 먼저 미련없이 돌아섰다. 더 이상은 서린과 그 약혼자라는 놈이 마주한 채 희희낙락하는 꼴을 보아줄 수가 없었다.

자신의 방으로 들어와 문을 닫았다. 주먹을 움켜쥐고 강하게 책상을 내려질렀다. 참을 수 없는 분노와 실망감으로 씩씩거렸다.

[빌어먹을!]

정말 근사한 하루였다. 다 된 밥에 재를 뿌려도 유분수지. 온갖 구걸로도 모자라서, 별의별 유혹으로 간신히 손에 넣을 찰나였는데. 정말 끝내주는 타이밍에 등장하셨군, 우현조.

검은 피부를 한 아름다운 이방인의 입술에 씁쓸한 미소가 잡혔다. 아주 외로운, 그래서 몹시 위험하고 삐뚤어진 웃음이었다.

'그래도 다행이라고나 할까? 적어도 우리 둘 사이에 일어난 비밀은 남아 있지. 서린, 넌 내게 빚을 지고 있어. 어디 한번 두고 보자, 네가 우리 둘이 저지른 비밀을 어떻게 처리할지……'

마침내 둘만이 되었다. 방에 들어서자마자 현조가 두 팔을 내밀어 그 안에 쏙 들어오는 날씬한 몸을 단단하게 끌어안았다. 으스러질 듯한 포옹이었다. 약혼녀의 분홍빛 입술에 격렬한 키스를 퍼부었다. 평상시 점잖은 현조치고는 놀랄 정도로 화급하고 간절하며 절박한 동작이요, 몸짓이었다.

"걱정되어서 미칠 지경이었다구."

"미안해, 오빠."

"명윤이는 네가 수술해서 델리에 있다 그러지, 전화는 안 되지, 돌아올 날이 지났는데도 서울에는 도착하지 않지. 내가 얼마나 불길한 생각을 한 줄 알아?"

현조의 불안과 걱정에 안심하라 화답하듯, 서린 역시 두 팔로 약혼자의 몸을 꼭 끌어안았다. 다시 부딪쳐 오는 입술을 피하지 않고 기꺼이 맞이했다.

"잘못했어. 다시는 걱정 안 시킬게. 그러니까 한 번만 용서해
줘."

서린은 나지막하게 대답했다. 현조에게서는 다정한 우유 맛
과 꿀맛이 나는 것 같았다. 착한 배려와 다정함이 전부인 이 사
람. 이것이 진실. 유일한 진실이다.

검은 피부를 가진 아름다운 그 남자. 누구보다도 많이 가져
나태하고 퇴폐적으로까지 보이는 그 남자. 하지만 이상하게 결
핍된 것투성이로 느껴지는 그 남자 라탄 따윈, 이제 서린의 가
슴 어디에도 차지할 구석이 없다.

현조와 함께라면 언제나 편안하고 완벽하게 행복하다. 내내
입가에 웃음이 떠나지 않는다. 항상 긴장하게 하고 가슴 먹먹하
게 하고 불편하게 만드는 그 누구와는 전혀 다른 사람. 다정하
고 편안한 남자. 마치 오래 사용해 길이 잘 든 아기 베개 같은
거다.

"이젠 안 되겠다."

현조가 손을 내밀어 자르르 흐르는 서린의 긴 머리카락을 한
줌 집어 상큼한 비누 향기를 음미했다.

"빨리 합격해서 우리 여보야를 내 곁으로 데려와야지. 꼭꼭
감춰둬야지, 원. 불안해서 어디 떼어놓겠어?"

"난 오빠 거야. 오래전부터 지금까지, 그리고 미래도 언제나.
알잖아?"

거짓말. 뇌리 한켠에 숨은 음산한 누군가가 속삭이고 있었다.

"나도 네 거야."

현조의 다정한 말도 완전한 위로가 되지 않는다. 하지만 이 사람은 내 전부인걸. 그래야 하는걸.

서린은 스스로의 마음에 족쇄를 채우듯이 나지막하게 속삭였다.

"오빠가 원하면 우리, 서울 가서……. 응? 아파서 병원 침대에 누워 있는데 참 생각이 많아지더라. 혹시 잘못되어서 오빠 다시 못 보면 어떡하나 걱정할 때…… 나 그런 생각 했어. 더 늦기 전에, 만에 하나 우리 둘이 사랑하지 못하는 때가 올 수도 있으니까. 아직은 많이 사랑할 수 있을 때 더 많이, 마음껏 오빠를 사랑해 주어야지, 그런 생각 했어."

현조의 눈을 차마 바라볼 수 없다. 그의 시선을 피해 어깨 너머를 바라보며 서린은 자신의 모든 것을 현조에게 허락한다 말했다. 낯선 이방인에게 입술을 내어준 가증스런 그 이서린은 이제 아웃. 다시는 펼쳐 보지 않을 거다.

나의 모든 것은 다 그대에게로. 그러나 현조는 두 손을 서린의 볼을 감싸 살짝 키스하며 속삭였다.

"괜찮아. 네 마음 다 알아. 하지만 우리 여보야하고의 첫밤, 결혼할 때까지 기다릴 거야. 가장 소중한 사람인걸. 아끼고 아껴야지. 넌 내 인생의 유일한 보물이니까."

이렇게 사랑한다. 이렇게 사랑받고 있다.

눈물이 왈칵 쏟아질 것 같았다. 우리는 서로의 것. 서로의 운명. 서로가 전부, 그래서 연인. 운명의 연인. 다시 뜨거운 입술이 만났다. 열정적인 키스는 아주 오래도록 계속되었다. 숨이 차도록 갈망하는 이것. 사랑. 그대에 대한 사랑. 그러니까 한순간 불어온 바람 따위에 이것을 흔들리게 하지는 않아.

'하지만.'

서린은 너무나 따뜻하고 다정한 현조의 품에 안겨 절망적으로 눈을 꼭 감아버렸다.

강한 의지로 결심했다. 잊는다 했다. 그러나 어쩌면 좋아? 지워지지 않는데. 떨어지지가 않는데. 가슴에 그어진 금을 통해 슬쩍 들어온 그 남자를 어떡하지? 지금 이 순간, 문을 닫은 아랫층 방 안에서 상처 입은 맹수처럼 어슬렁거리고 있는 그 남자는 어떡하지?

"오빠, 나 좀 꼭 안아줘."

서린은 중얼거렸다. 자꾸만 눈물이 나려고 했다. 언제나 수줍고 소극적인 그녀였지만, 이날만큼은 먼저 현조의 몸에 감은 팔에 강하게 힘을 주었다.

내가 오빠 품에 안겨 있으면서도 그 남자를 떠올리는 미친 생각 따위 하지 못하게. 오빠만이 전부인 옛날의 나로 만들어줘. 정상적인 생각 따위를 할 수가 없어. 그렇다면 그냥 눈을 감아버리는 수밖에 없다. 지금은 아무것도 생각하지 말자.

난 이제야 미친 꿈에서 깨어나 정상적인 현실로 돌아온 거야.

라탄, 미안해요. 정말 미안해…….

마음속에 그 어떤 것이 소용돌이치고 있는지 아무도 모른다. 적어도 겉으로 보인 표정들은 억지로든 아니든 평온했다. 아무 일도 일어나지 않은 것처럼, 아무 일도 없었던 것처럼 그저 태연하고 담담하게.

두어 시간 후, 현조는 호텔로 가겠다고 말하며 일어섰다. 서린과 라탄은 현관 앞 전용 엘리베이터 앞에서 그와 작별했다.

[타다 회장님, 우리 서린이 오늘 밤만 부탁드리겠습니다.]

[걱정 마시죠, 서린인 내 친구니까. 그럼 내일 공항에서 뵙죠.]

엘리베이터가 닫혔다. 선량하게 미소 짓는 현조의 얼굴이 사라졌다.

다시 서린과 라탄만이 남았다. 서린은 차마 라탄의 얼굴을 바라볼 수가 없었다. 끝내 외면한 채 화급하게 이층으로 달아나려는 그녀의 팔목을 라탄이 강하게 낚아챘다.

[약혼자가 나타났다고 해서 날 피할 순 없지. 안 그래, 나의 서린?]

그 눈빛은 불타고 있었고, 목소리는 나직했다. 입술이 빙글빙글 나른한 미소를 물고 있었다. 하지만 서린을 두려움에 떨게 만들기는 충분했다.

[……놓아주세요.]

[불쌍한 서린. 약혼자가 나타나서 두려웠어? 혼자 떨었나? 혹시 우리가 함께 나눈 것들을 그가 눈치 채지는 않았을까 걱정되지 않았어? 우리 둘이 저지른 키스를 내가 그놈에게 발설이라도 할까 봐 심장이 두근대지 않았어? 그 자식이 그토록 믿고 있는 네가 저지른 일을 알게 된다면 그 녀석 얼굴이 어떻게 변할까? 아아, 이렇게 말간 얼굴로 배신을 저지른 너를 그 녀석이 용서할까? 정말 궁금해지는군.]

능글거리고 만사 여유만만한 그 라탄답지 않았다. 잔인하게 이죽대고 있는 그가 너무 무섭고 또한 낯설었다.

서린은 멍한 얼굴로 그를 가만히 올려다보았다. 어느새 서린의 눈 속에는 검은 눈물이 고이고 있었다. 견딜 수 없을 정도로 너무나 잔혹한 말을 내뱉고 있는 그 남자를 응시하는 서린의 입술이 가늘게 떨렸다. 한참 침묵하던 그녀가 마침내 고개를 숙인 채 나직하게 속삭였다.

[……말하고 싶으면…… 해도 좋아요, 라탄. 변명하지 않아요. 당신 말대로, 우리 둘이 저지른 일이니까요. 하지만, 하지만…… 그래요, 언제까지 현조 오빠를 속일 순 없죠. 말해야죠. 흔들려 버린 나를 고백해야죠. 하지만 제발 라탄, 이렇게 애원해요. 부탁해요. 나를…… 조금만 더 동정해 줄래요? 내가 먼저 현조 오빠에게 고백할 때까지 기다려 줄래요?]

비단같이 부드럽기만 하던 이 남자가 돌변했다. 이토록 잔인하고 심술궂은 말을 내뱉는 것은 오만한 이 남자가 참을 수 없을 정도로 좌절하고 슬프기 때문인걸. 왜 나는 이 남자의 마음을 다 읽고 마는 걸까? 차라리 모른다면, 잔인하고 비겁한 남자라고 미워할 수나 있을 텐데.

서린은 두 손으로 얼굴을 가려 버렸다.

'이 사람은 알고 있는 거야. 그래서 그러는 거야. 날 상처 주면서 자기가 더 상처 입고 있어. 어쩌면 좋아?'

자신이 무슨 말을 해도, 어떤 방법을 동원해 잡는다 해도 서린이 떠날 거라는 것을 느낀 거다.

말하지 않아도 그는 그녀의 마음을 알고 있다. 소스라칠 정도로 정확하게 서린을 읽어낸다. 말하지 않아도 그냥 이해하는 것 같았다. 지금 그녀가 그의 마음을, 심장의 불규칙한 고동 소리를 손가락으로 만지듯이 생생하게 감촉하는 것처럼.

[뻔뻔한 것 알아요. 내가 얼마나 가증스럽게 보일지도 알아요. 하지만 라탄, 이해해 줘요. 난 현조 오빠 약혼녀이고, 서울로 돌아가야 해요. 이럴 수밖에 없어요. 알잖아요?]

눈물 고인 눈동자로 서린은 고개를 들었다. 그녀만큼 아픈 빛을 담은 남자의 깊고 검은 눈동자가 기다리고 있었다.

[울지 마.]

너무나 부드러워 손만 대도 으깨질 것같이 낮고 애절한 목소리로 라탄이 애원했다. 그의 말을 듣고서야 서린은 자신이 어느새 눈물을 흘리고 있다는 것을 알았다. 무력한 눈물이 볼을 타고 턱 아래로 흘러내리고 있었다.

울린 건 자신이면서, 서린의 눈물 한 방울도 견디지 못하는 이 사람을 어찌해야 할까?

[난 잊을 거예요. 욕해요. 하지만 눈감아 버릴 거예요. 언제나 현조 오빠를 위해서 당신을 버릴 거예요.]

서린은 흐느끼며 속삭였다. 용서해요, 라탄. 우린 서로를 욕심내어서는 안 돼요. 당신은 내가 영원히 가질 수 없는 사람인 걸요.

가슴 아픈 얼굴을 한 라탄이 나지막하게 시인했다.

[알아.]

[그러니 당신도 날 버려요. 날 놓아요.]

[가능하다면…… 가능하다면, 나도 그러고 싶어.]

하지만 그러지 못한다는 말인가요? 서린의 말없는 물음에 라탄이 고개를 끄덕였다.

[그런데 멈출 수가 없어.]

광기, 열정, 탐욕과 정열, 애욕이거나 사랑. 그 무엇이라도 불러도 좋다. 그런 지독하고 끔찍한 것에 몸과 마음이 다 타버린 남자가 그를 그렇게 만든 여자를 노려보았다. 화살처럼 날아와서 그녀조차 태워 버릴 정도로 강렬하고 이글거리는 시선으로 그녀를 응시했다.

그는 둘이 함께 나눈 것들을 끊임없이 상기시켜 주려 하는 것이다.

눈빛으로, 키스로, 어루만지는 손길로. 아릴 정도로 부도덕하고 달았던 기억을 되새겨 주었다. 그렇듯이 가장 행복했던 순간에 집착하게 하여 그녀를 묶으려 하는 것이다.

[만에 하나, 내가 당신을 택한다 해도…….]

서린의 목소리가 잦아들었다.

[당신은 꿈속의 라다를 찾으려 하지만 난 현실의 이서린인걸요. 당신은 나에게서 누구를 보고 있나요?]

지금은 서린을 열망한다 해도 그건 순간, 이 남자에게는 수많은 라다가 있다. 보지 않아도 알 수 있다.

며칠 전 만났던 힌디라라는 그녀도 한때는 라탄의 라다였을 테지. 그가 서린을 두고 새로운 라다라 주장할 때쯤, 그 여자는 당연하다는 듯이 쓸쓸하게 버림받았겠지. 서린 그녀도 똑같이 그렇게 잊혀지겠지. 슬프게 웃으며. 그의 기억 속에서는 점점 더 옅어져 가며…… 결국은 희미한 물 얼룩처럼 공기 속으로 사라지겠지.

그런 슬픈 일을 나에는 강요하지 말아요, 라탄. 만약 당신에게 사랑받는 여자라면 그러한 권리로써 애원해요. 나에게 슬픈 선택을 강요하지 마세요. 나를 존중해 주세요.

말하지 못한 말로, 젖은 눈동자로 서린은 라탄에게 애원했다.

'그 어떤 행복한 순간도, 열정도 다 순간이죠. 눈 한 번 감으면 이내 사라지는 것들이죠.'

인간은 찬란한 순간에 집착하나 언제나 그 안에서만 살아갈 수는 없다. 지루하고 평범하고 변하지 않는 늘 같은 일상 안에서 살아갈 수밖에 없는 존재이다.

서린이 라탄이 던진 애염의 밧줄을 벗어나, 그가 준 관능과 환상의 속박을 벗어나서 서울로 돌아가려는 이유는 바로 그것에 있었다. 라탄은 서린의 인생에서 찰나 번쩍이고 산산조각난 열정의 유성이었다. 눈을 뜨면 남는 게 없다.

'당신은 날 얻을 수 있지만, 난 당신을 가질 수 없죠. 우리에게 미래란, 영원이란 존재하지 않아요. 당신에게 나란 존재는 순간의 기쁨일 뿐, 평생을 같이할 반려는 아닌걸요. 더구나 결혼 같은 건, 아기 같은 건…… 내가 간절히 바라는 그 어떤 것도 당신은 내게 줄 수 없죠.'

슬프고 처참하지만 그것이 현실. 서린은 그래서 일생 동안 딱한 번 아주 나쁘고 추악한 여자가 되기로 결정했다.

잠시나마 신의를 잃어버리고, 유혹에 함몰한 이서린이 저지른 배신의 벌. 그녀가 치러야 할 값.

비길 데 없이 그녀를 매혹시키고, 꿈에서부터 기다려 온 인도의 그 남자를 버리고 돌아가는 것. 현조를 사랑하고 그의 아이를 낳고 그의 곁에서 웃으며 살아가는 벌을 감수할 작정이었다. 그것이 신의를 저버린 이서린의 굴레.

[네 생각이 그렇다면, 좋아. 네 방에 올라가라구. 내가 박차고 들어가지 않도록 문을 잠가. 두통약 두 개 정도 먹고 보드카를 한 잔 마셔 버려. 그럼 떠날 때까지 편안하게 잠을 잘 수 있을 테니. 난 그동안 네가 잠든 것을 이용해서 한 번 더 약탈할 수

있을 테니까. 우리 둘 다에게 좋은 일이야!]

사납게 소리치며 라탄이 서린의 팔을 잡은 손에 힘을 풀었다.

갈 테면 가. 도망갈 테면 가라고. 하지만 난 다시 널 약탈하러 갈 테니. 그녀를 노려보는 시선이 암시하는 명백한 것은 바로 그것.

서린은 여전히 순진했다. 그가 손을 풀었기에 떠나도 좋다는 허락을 받았다고 생각했으니.

그러나 그는 서린이 자신에게서 등을 돌리기를 원하지 않았다. 등 돌려 한 발을 떼려 하자마자 남자의 두 팔이 다시 사납게 그녀의 몸을 자신에게로 되돌렸다.

[내가, 그렇게, 싫어?]

[네?]

까만 눈동자가 그를 향했다. 그 눈 속에 든 두려움과 불안함의 그늘. 이런 것 따윈 싫다. 보고 싶지 않아!

[너를 향해 주체하지 못할 정도로 이렇게 미치고 몰입하는 내가 싫어? 단 한순간도 마주하기 힘들 정도로 그렇게 싫어?]

[라, 라탄…….]

[그래! 나도 싫어! 지긋지긋해. 너란 여자에게만 이성적이 되지 못하고 미쳐 날뛰는 이 심장이 나도 끔찍해. 하지만!]

그의 입술이 기묘하게 비틀려졌다. 검고 깊은 눈동자가 활활 타오르는 지독한 불길을 담고 있었다.

본능으로는 그를 받아들이면서도 이성과 의지로는 밀어내고 거부하고 있다. 그에게 등을 돌리는 서린을 바라보며, 라탄은 폐부 깊이 침윤하는 아픈 절망과 혹은 검붉고 뜨거운 분노의 소용돌이에 휘말리고 있었다.

여자의 본능이다. 무엇인가를 깨달은 서린의 눈동자에 공포가 서렸다. 하지만 라탄의 팔이 더 민첩했다. 삽시간에 두 팔 안에 가득 여린 몸을 끌어당겨 벽으로 밀어붙여 가득히 안아버렸다. 서린의 몸이 바들바들 떨렸다. 가냘픈 팔로 그의 가슴을 세차게 밀어냈다.

[라탄! 제발 놓아주세요. 부탁해. 이러면 안 돼요.]

[순진한 나의 서린. 미안.]

늘 나른하고 부드럽던 라탄의 눈동자 안에 이제 더 이상 웃음기란 없다. 한 마리 맹수였다. 그녀를 끌어안은 그의 팔에 팽팽한 근육이 솟았다. 필사적으로, 간절하게, 거의 절망적으로 라탄은 고백했다. 검은 심장을 토해냈다.

[한계야. 착한 척은 더 이상 못해. 이것으로 끝이야! 미안. 서린, 미안.]

한 팔로는 그녀의 몸을 휘감은 채 또 한 손은 도망가려는 뒷머리를 움켜잡고 키스했다. 인정사정 볼 것 없이 달콤하고 투명한 입술을 훔쳤다. 위선으로 참았던 이것. 너무나 강렬하게 바랐던 이것. 너무나 지독하게 갈망했던 것을 다시 훔쳤다.

남자의 뜨겁고 감각적인 혀가 사납게 목구멍 깊숙이 파고들었다. 이내 두 개의 혀가 얽혔다.

라탄의 키스는 절박했지만 동시에 지독하게 유혹적이었다. 사랑해. 갈망해. 견딜 수 없을 만큼 널 원해. 단 하나도 감추지 않았다. 날것 그대로, 적나라한 감정을 드러낸 채 그의 키스는 오래도록 계속되었다.

공포와 거부감, 수치심에 젖어 그를 강하게 밀어내던 서린의 팔에 서서히 힘이 풀려가기 시작했다. 그의 키스는, 그의 존재감은 안개처럼 피어올라 미약(媚藥)처럼 그녀를 혼미하게 만들어 버린다. 나른나른 피어오르는 기이한 욕망과 패배감. 이 남자를 절대로 거부할 수 없다는…… 체념, 혹은…….

결국은 유혹당하고 싶었던 방탕하고 앙큼맞은 또 한 사람의 나쁜 이서린이 눈을 떴다. 맞붙은 심장의 율동이 똑같은 박자로 급하게 뛰고 있었다.

이윽고 라탄이 단단하게 붙잡았던 서린의 몸에 두었던 힘을 풀었다. 무어라고 표현할 길 없다. 다층의 감정이 무수히 포개진 복잡하고 불가사의한 표정으로 서린의 눈을 들여다보았다.

[기억해.]

목소리는 거칠고 난폭하다. 그럼에도 애원하듯, 위로하듯 머리카락 위로 흘러내리는 손가락과 입술은 믿을 수 없을 만큼 애절하고 다정했다. 가문 날, 대지를 적시는 빗줄기같이 달고 착했다.

[이 세상 그 어떤 것도 너만큼 사랑스럽지 않아.]

혼란에 젖은 네 개의 눈동자가 강하게 얽혔다.

[이 세상 그 어떤 것도 너만큼 날 열광시키지 않아.]

처음에는 나직하던 목소리가 점점 더 커지고 있었다. 뚜렷한 확신과 주장을 담고 여자에게 강요하고 있었다.

[너만큼 날 아프게 하지 않아.]

[라탄…….]

이제 그만 해주기를, 더 이상은 날 흔들지 말아요 하고 애원하는 것이다. 하지만 이날만큼은 서린도 그를 가라앉히거나 진정시킬 수가 없었다.

[또한, 이 세상 그 어떤 것도…… 너만큼 날…… 행복하게 해주지 않아. 널 원해. 끔찍하고 지독하게!]

라탄의 눈동자 안에서 일렁이고 있는 것들은 그 누구도 말릴 수 없는 뜨거운 욕망과 굳센 의지, 단지 그것뿐이었다.

[잘 들어, 린. 난 언제나 그렇듯이 오직 내 생각만 해. 나를 위해, 내가 행복해지기 위해, 난 너를 원해. 너를 갖고 싶어. 무슨 수를 쓰더라도.]

[제발, 라탄.]

[기억해 둬, 서린. 앞으로 넌 이런 내 사랑에 평생 동안 익숙해져야 할 테니까.]

툭 떨어져 인형의 팔처럼 무방비하게 흔들리고 있던 여자의 두 손을 잡아 올렸다. 자신의 두 손으로 벽에다 고정시킨 채 라탄은 서린에게 키스하고 또 키스했다. 잠시 후, 고개를 든 그가 빨갛게 달아오른 투명한 얼굴을 내려다보았다. 오랜 입맞춤으로 가쁜 호흡을 내뱉으며 어찌할 바를 몰라 하고 있다.

영혼을 다해, 간절함을 다해 연인을 불렀다. 제발 나를 보라 간청했다. 자신의 영혼 안으로 초대했다.

[서린.]

[……나쁜 자식.]

하지만 돌아온 대답은 난폭한 욕설 한마디였다. 어찌할 도리 없는 거부였다. 바로 그 순간, 라탄의 표정은 인간의 언어로 형용하기 어려울 정도로 불가사의한 것이 되었다. 그저 침묵한 채, 물끄러미 자신이 포획한 연인의 단단한 껍질을 노려보았다.

무한한 응시였다. 비밀과 심연을 담고 있다. 한밤의 하늘처럼 검푸른 눈빛이 촉촉하게 젖은 새까만 동공과 거짓 하나 없는 투명한 영혼을 향일하고 있었다.

아프고 슬프고 고통스럽다. 하지만 목이 메일 정도로 부드럽고 따뜻하고 행복하기도 했다. 말로는 표현할 수 없는 깊고 간절한 마음을 라탄은 이 고요한 응시를 통해 서린에게 건네주고 있는 것이나 다름없었다.

하지만 끝내 그녀는 그의 시선을 피하기만 했다. 그의 마음을 받아주지 않았다. 말 그대로 그를 산산조각 깨버렸다. 오만하고 차가운 서린을 바라보며 남자는 희미하게 미소 지었다.

[절대로 날 보아주지 않겠다는 거군.]

[……입 닥치고 물러나요. 역시 당신이란 인간을 믿지 말아야 했어. 그래도 너무 친절해서, 나를 존중해 준다고 생각했는

데…… 그래서 다시 한 번 당신을 믿어야 한다고 생각했어. 당신은 최악의 거짓말쟁이야, 라탄. 제 생각만 하는 짐승이야!]

원하지 않는 것을 강요하는 그에게 서린이 저주를 퍼부었다. 하지만 소나기 쏟아지듯 그녀의 볼은 투명한 눈물에 젖어 있었다.

라탄이 싱긋 웃으며 서린의 턱을 치켜들었다.

[맞아, 서린. 넌 역시 내 반려야. 말해주지 않았는데도, 나를 너무 잘 아는구나. 난 그래. 제멋대로이고 독선적이고 오만방자할 뿐 아니라 필요하면 더없이 난폭하고 잔혹하고, 또한 비겁하고 악랄해.]

[평생 증오하겠어!]

[알 게 뭐야? 내가 원하는 것은 소유하면 그뿐. 처음부터 끝까지, 머리부터 발끝까지. 영혼과 육체 모두 다 내 것.]

너무나 이기적이고 잔혹하며 음란한 말이 과연 이 남자 입에서 나온 것이 맞는가? 너무 충격을 받아 서린은 잠시 비틀거렸다.

[네 탓이야.]

절망한 남자가 사나운 맹수처럼 으르렁거렸다. 연인을 물어 뜯고 자신의 살을 파먹었다. 똑같이 흐르는 피를 핥아내듯 고함질렀다.

[이렇게 아름답고, 이렇게 깨끗해서, 이렇게 맑고 착해서 날 흔들어 버린 네 죄야. 나타나지 말고 살지 그랬어? 내 눈에 띄지

말고, 그냥 꿈속에서 살지 그랬어? 이렇게 욕심내게 하지 말고 그리워나 하게 하지 그랬어, 나의 라다.]

다시 입맞춤. 이번에도 난폭하기 짝이 없는 격렬한 키스였다.

결코 열리지 않는 진주조개. 꼭 다물린 여자의 위아래 입술을 감질날 정도로 핥다가, 고통이 느껴질 정도로 강하게 깨물었다. 서린이 가늘게 신음하며 마지못해 입술을 열었다. 아픔과 분노로 반쯤 열린 입술 안으로 라탄이 뜨겁게 젖은 혀를 밀어 넣었다. 상큼하고 미칠 것같이 달콤했다.

뜨겁고 관능적인 혀와 입술이 서린의 입속을 훑고 치열을 핥다가, 능숙하게 탐욕적으로 움직인다. 숨이 막혀 죽을 지경이 될 정도로 오래도록, 깊고 강렬하게 입 안을 탐했다. 그의 흥분한 입술이 이윽고 턱을 거쳐 목으로 내려왔다. 파란 정맥이 비칠 것만 같은 하얀 목에 장미꽃 같은 낙인을 만들었다.

단단히 움켜쥐고 있던 서린의 손 하나를 아래로 잡아 내렸다. 망설이지 않고 딱딱하게 치솟은 자신의 흥분한 아랫도리 쪽으로 밀어붙였다.

단 한 번도 경험하지 못한 일에 당혹한 거다. 서린의 눈동자 속에 경악이 물결쳤다. 냉혹하면서도 동시에 불안하고 푸르스름한 광기에 물든 라탄의 눈동자와 놀라고 겁먹은 서린의 눈동자가 비로소 맞부딪쳤다.

[이, 이 나쁜……!]

말을 채 내뱉기도 전에 다시 입술이 막혔다. 한 치의 물러섬이 없는 시선은 내내 얽혀 있는 채였다.

빈틈없이 맞붙은 두 개의 몸이 화산처럼 뜨거웠다. 허리춤으로 떨어진 두 개의 손이 터질 듯이 발기한 욕망과 애욕의 갈급함을 그대로 감각케 하고 있다. 분노와 증오, 수치와 혐오, 욕망과 거부, 음란함과 순수함, 검은 것과 하얀 것. 이 들끓는 모든 것이 단단히 엉켜 있는 시선을 통해 서로에게 오갔다.

그러다가 갑자기 모든 것이 끝났다. 라탄이 서린의 몸에서 물러났다.

짝 하고 공기가 찢어졌다. 세찬 손짓에 남자의 얼굴이 왼쪽으로 휘돌려졌다. 빨간 흔적이 아로새겨졌다.

[이번이 두 번째로군.]

느릿하고 나직한 목소리가 평상시 라탄의 모습 그대로였다.

[힘을 더 길러야겠어, 서린. 별로 아프지 않거든. 대신 심장이 부서지지.]

고개를 돌려 서린을 바라보는 표정에는 끔찍하게도 나른하고 태평스런 미소가 잠겨 있었다. 단 몇 초 사이에 난폭하고 음란한 맹수에서 친절하고 점잖은 신사로 돌변했다. 누구도 알아차리지 못할 투명한 가면이 덧씌워져 있었다. 라탄이 나직하게 중얼거렸다.

[이미 부서지고 부서져서 남은 게 없지만 말이야. 우린 헤어지지 않아. 난 물러나지 않아. 내가 왜?]

왜냐고 묻는 오만한 그 목소리는 그러나 처절할 정도로 깊은 슬픔이 서려 있었다. 라탄이 악에 받친 목소리로 선언했다.

[네가 싫다 해도 어쩔 수 없어. 내가 처음부터 말했지? 우린, 내가 원할 때까지 만나고 또 만나고! 다시! 또! 만나게 될 거야. 우리 둘이 죽을 때까지 멈추지 못해!]

다시 한 번 피가 나도록 강렬한 입술의 폭우. 그리고 라탄은 어찌할 바를 몰라 하는 서린을 남겨두고 나가 버렸다.

쾅 하고 닫히는 문소리가 오래도록 고요한 밤을 전율시키고 있었다.

서린은 방바닥에 주저앉아 두 손으로 얼굴을 가렸다. 손가락 사이로 눈물에 새어나고 있었다. 너무 낮아 알아들을 수 없는 목소리가 눈물과 함께 새어나오고 있었다.

"이러지 말아요. 내게 이러지 말아요, 라탄. 제발……."

그 누구도 그들의 비밀을 지켜본 바 없다. 그럼에도 하얀 얼굴이 새빨갛게 달아올랐다. 어쩌다가 그에게 이런 일까지 허락하고 만 거지?

원하지 않았던 폭력이라고 밀어내고 거절했다. 하지만 너무 두렵고 떨리는 감정 아래에 태풍처럼 사납고 강렬하고 동시에 눈앞이 캄캄해질 정도로 진한 그 무엇이 있었다.

끔찍하게 부도덕했다. 그렇지만 완전하게 밀어낼 수는 없었어. 서린은 몸서리를 쳤다.

얼마나 많은 여자들과 그러한 유희를 즐겼을까?

리탄은 말 그대로 애욕의 화신이었다.

마음으로 거부하는 여자의 몸조차 나른하게 녹이고 열광하게 만들 줄 아는 무서운 사람. 어디를 어떻게 건드리고 어루만져야 여자를 함락시킬 수 있는지 본능적으로 꿰뚫고 있는 거다. 심장 깊이 감추어둔 관능과 욕망과 터뜨리고 건드릴 줄 아는 남자였다.

그런 키스를, 접촉을 현조가 아닌 다른 남자와 나누었다는 사실 자체로만 해도 등골에 소름이 돋았다. 그러나 그 키스에서 서린 자신이 검붉은 그 무엇인가를 느꼈다는 것이 더 무서웠다.

'난 나쁜 여자야. 오빠를 볼 면목이 없어.'

근 칠팔 년을 연애하고, 약혼한 지도 삼 년. 결혼까지는 이제 채 몇 달도 남지 않았다. 그런 연인치고는 참 담백하다. 서린과 현조는 아직도 키스와 진한 스킨십 이상은 넘어가지 않았다.

서로가 너무 소중하고 귀해서, 아껴주고 기다려 주고 있는 것이다. 하지만 남자인 현조로서야 힘들지 않을 리 없다. 오랜 키스 끝에 고개를 들면 그의 눈동자 속에도 분명 열정 어린 불길이 녹아나고 있었다. 남자의 욕망이 적나라하게 느껴졌다.

하지만 거기서 물러날 줄 아는 사람이다. 그렇게 사랑받고 있다. 그렇게 소중하게 아껴지고 있는 것이다.

'그러니 내가 어떻게 그 사람을 떠나? 어떻게 그 사람을 배신할 수가 있겠어?'

도망쳐야 해. 그러지 않는다면, 한때의 유희를 즐기는 그에게 사로잡히고 말 거야. 그의 욕망이 이끄는 대로 현조를 배신하는 일을 저지르고 말 거야. 그의 관심이 남아 있는 한 마구 휘둘리고 이용당하고, 더럽혀지다가 결국은 버림받겠지. 꿈에서 갑자기 깨어난 것처럼 환상에서 밀려나 비루한 일상으로 망가진 채 돌아와야지. 그럴 순 없어. 절대로!

하지만 서린의 진짜 절망은 그것이 아니었다.

약혼녀가 흔들린 것을 알게 되면 착한 현조야 속으로는 아파할 테지만, 괜찮다 말해주겠지.

'하지만 오빠, 날 용서하지 마. 난 지금 오빠를 배신한 아픔보다 뛰쳐나간 그 남자의 부서진 심장이 더 아파. 그것이 더 슬퍼. 내가 무엇이길래 그런 사람이 슬퍼하는 건지. 흔들리고 아파하고 집착하는 건지 모르겠어. 대체 왜 그 사람과 내가 이런 식으로 접히지 않고 얽혀야 하는 건지 모르겠어. 대체 우린 왜 이러는 거지?'

서린의 눈에서 다시 눈물이 흘러내렸다.

부정해지고 만 스스로를 부끄러워하면서도 동시에 그녀 때문에 피 흐르도록 아파하는 그 남자를 슬퍼하는 눈물이었다. 그러나 그 남자를 위해 아무것도 해줄 수는 없는 비겁하고 무력한 자신을 비웃는 눈물이기도 했다.

다음날 오후, 서린은 일주일 동안 머물렀던 라탄의 집을 떠났다.

그 누구도 수행하지 않고, 라탄이 직접 승용차의 운전대를 잡았다. 그러나 공항에 도착할 때까지 두 사람은 한 마디도 나누지 않았다.

라탄은 불편해 마지않는 서린의 기색을 끝내 못 본 척했다.

그와 마찬가지로 불면의 밤을 지새운 거다. 서린의 눈두덩은 소복하니 부어 있었다.

밤새 울었어? 너도 나처럼 아팠어? 절망했어? 두려웠어?

소리없는 물음에 답한 것처럼 서린의 순한 눈매가 물기를 머금었다.

'하지만 넌 날 떼어낼 수 없을 거야.'

공항 앞에는 이미 도착한 현조가 서 있었다. 라탄의 차에서 내리는 서린을 발견하고는 햇살처럼 웃으며 다가왔다.

"서린아."

라탄이 차에서 내려 서린의 플라잉 백과 트렁크를 꺼내자 현조가 받아 들었다.

[여기서 작별인사를 해야겠군.]

들끓는 내심을 억지로 갈무리한 채 라탄은 신사인 양 먼저 악수를 청했다. 그는 노련한 승부사였다. 그것도 아주 강하고 능숙한 승부사. 어디서 패를 접고 어디서 패를 내놓아야 할 때를 알고 있는 남자이다. 현조가 라탄이 내민 손을 마주 잡았다.

[안녕히 계십시오. 감사합니다.]

놈의 손을 잡은 이 손을 뿌리치고 싶다. 놈의 얼굴을 후려갈기고 싶다. 그대로 서린을 납치해서 다시금 그의 세상 안으로 가두어놓고 강제로라도 소유하고 싶다. 하지만 지금은 불가능해. 한 번은 네놈의 잘난 척을 참아주지.

라탄은 가슴속에 들끓는 불길을 억누르며 서린에게로 돌아섰다.

[잘가요, 서린. 다시는 아프지 말아요.]

[감사합니다. 베풀어주신 은혜는 절대로 잊지 않을게요.]

[당연한 일이지. 우린 '친구' 아닌가?]

반은 이죽거리는 라탄의 시선과 서린의 시선이 마침내 다시 만났다. 불안과 두려움이 묻은 눈빛이 안개처럼 모호했다. 검은 피부를 지닌 아름다운 이방인의 입술에 정체불명의 희미한 미소가 어렸다.

'그래, 좋아. 약혼자를 두고 흔들려 버린 너와 다른 남자의 연인인 너를 탐내한 내가 감당해야 할 현실이지. 상관없어.'

가증스럽게도 라탄은 너무나 점잖게 상냥하게 속삭였다.

[혹시 나중에 내가 서울에 가게 되면 서린도 내 친구로서의 의무를 다해주면 되는 거야. 자, 그럼 난 약속이 있어서 이만 떠나도록 하지.]

라탄은 망설이지 않고 뒤돌아서 차를 향해 걸어갔다. 그들이 그만 남겨두고 떠나는 것을 보고 싶지 않았다. 먼저 등을 돌리는 건 그의 권리였다.

'원하는 대로 서울로 돌아가게 해주지. 하지만 안심하진 마, 나의 서린.'

차에 올라타서는 마침내 고개를 돌렸다. 서린과 현조가 찰싹 붙어 입국장 쪽으로 걸어가고 있었다. 의례상 내내 부드러운 미소가 잠식해 있던 입술이 찰나적으로 잔혹한 선을 그렸다.

[반드시 넌 내게 돌아올 거야. 네 스스로의 의지로, 네 선택에 따라서 이곳으로 다시 올 거야. 내 소유가 될 거야.]

너무나 낮아서 말하는 자신조차 알아듣기 힘든 목소리였다.

'그렇게 널 중독시키고 길들일 작정이니까. 어떤 수를 쓰든 난 너를 약탈하고 탈취하고야 말 테니까.'

그 남자가 가슴에 품은 비수의 날은 몹시도 이기적이고, 또한 차고 시퍼런 색이었다.

제10장

—다시 시작되는…—

비행기는 땅을 차고 날아올랐다. 짧고도 긴 인도의 시간은 그렇게 우여곡절을 담고 사라졌다.

긴장하고 있었나 보다. 비행기가 무사히 이륙해서야 겨우 서린의 입술 사이로 가녀린 한숨이 새어나왔다.

'가능하다면 다시는 이곳에 오고 싶지 않아.'

이곳에 오게 되면, 싫어도 라탄과 다시 만나야 할 것이다. 그의 덫에 사로잡혀 자신의 뜻과는 상관없이 자꾸만 배신의 검붉은 늪으로 빠져들어 가게 될 것이다.

"괜찮아? 몸 아프고 그러지 않아?"

옆 자리에 앉은 현조가 물어왔다. 서린은 고개를 끄덕였다.

현조가 그녀의 무릎 위에 올려져 있는 기내담요 깃을 다시 한 번 꼼꼼히 정리해 주었다.

"많이 흔들리네."

"아, 기류 때문에 그래. 이 정도는 뭐 괜찮아."

"네 마음. 비행기 말고."

"응?"

"그 타다 회장이란 남자."

"어."

손톱 끝이, 가슴이 욱신거렸다. 현조가 무슨 말을 하고 싶은 것인지? 이것저것 헤아리는 심장이 철렁 떨어졌다. 사람은 역시 죄를 짓고는 살 수 없는 거다.

"상상 이상이더라구. 그 정도 남자인 줄 몰랐는데. 나 진짜 긴장했단 말이지. 정말 매력적인 사람이던걸."

"……이 세상 사람 같지 않아."

"그런 남자가 유혹하면, 여자들, 백이면 백. 다 넘어갈걸?"

"……오빠, 나……."

서린은 잠시 망설이다가 하얗게 질린 입술을 열었다. 현조가 반 농담처럼 그런 말을 꺼낸 건, 서린 자신더러 해명할 기회를 준 것이라는 것을 깨달았기 때문이다.

"남자인 내가 보더라도 연애 한번 할 만하더라구."

"……오빠, 내가, 그러니까……."

"말하지 마. 알고 있어."

현조가 손가락 끝으로 지그시 서린의 입술을 눌렀다. 착한 눈동자를 하고, 진지하게 서린의 고백을 거절했다.

"난 나를 못 믿거든, 서린아."

"무슨 뜻이야?"

"날 두고 네가 그 남자한테 흔들렸다는 말을 들으면 말이지, 짐작한 바 있다 해도 기분 나쁠 것 같아. 거짓말로 엄청 이해해주는 척은 하겠지만, 내내 곱씹어서 화가 날 것 같거든."

현조가 무슨 말을 하고 싶은지 알 것도 같았다.

"그 남자 엄청나게 대단하고 매력적인 이방인이라는 거 나도 알아. 하지만 내가 이서린의 처음이자 마지막 사랑이야, 너하고 결혼할 사람이야. 나, 그런 자존심 깨고 싶지 않아."

"……오빠, 믿어줘. 그것만은 절대적으로 진실이야."

"믿어."

현조가 그와 똑같은 모양의 반지를 낀 서린의 손을 잡아 올려 가만히 깍지 꼈다. 젖어드는 온기가 갈피를 잡지 못하고 불안해하는 그녀를 위안하는 것 같았다.

"널 사랑해. 또 그렇게 내가 너에게 사랑받는 거 알아. 이렇게 같이 돌아가잖아. 다 덮어. 말하지 마. 그 남자를 우리가 다시 만날 일은 없을 테고, 우린 아무 일 없이 결혼할 거야. 나중에 웃으며 말할 수 있을 만큼 늙은 날에 이야기해 줘. 지금은 안 들을게. 그냥 너를 믿을게."

"……미안해, 오빠."

서린은 바닥만 내려다보며 나직하게 고백했다. 차마 아름답고 맑은 현조의 눈동자를 바라볼 염치가 없었다.

"델리에서 갑자기 수술 받고 누구에게도 의지할 데 없이 쓸쓸하게 남았을 때 너무나 친절하게 대해준 사람이야. 게다가, 너무 잘생기고 아름다운 사람이잖아……. 환상을 꿈꾸어본 것도 사실이야. 하지만 그게 전부야, 오빠. 정말 아무 일도 없었어. 난 아주 짧은 인도의 꿈을 꾼 거야. 이제 깨어났어. 그것뿐이야."

"그래, 알아."

인도는 점점 더 멀어지고 있었다.

서린은 곁에 앉아 그녀의 어깨에 머리를 괴고 가만히 잠든 현조를 바라보았다. 붉은 입술이 핏물 먹듯 깨물려졌다.

어젯밤 라탄과의 일은 무덤까지 싸고 가야 할 비밀이다.

서린이 현조에게 만든 최초의 비밀이었다. 그 상황에 대해 어떻게 약혼자더러 정직할 수 있단 말인가? 다른 남자에게 키스당하고 거의 무너질 뻔했다고. 그런 말은 죽어도 할 수 없다.

델리의 그 남자는 추상화된 전설일 뿐이다.

밤은 또다시 밤. 낮은 또다시 낮. 하지만 그대는 밤의 길을 걸어온 환상의 이름. 낮의 세상에서는 그대가 보이지 않아. 라탄과 서린, 영원히 꿈에 갇힌 채 서로를 애타게 부르는 크리슈나와 라다처럼. 그건 전설일 뿐.

'그에게는 비천한 일상이 어울리지 않아. 하지만 난 평범한

일상에서 행복해져야 하는 사람인걸.'

절대적으로 거짓말을 하리라.

절대적으로 현조를 행복하게 해주리라.

의심할 줄 모르고 바보처럼 믿기만 하는 그 남자를 반드시 사랑하리라.

지금껏 사랑이라고 믿어온 익숙함과 친밀함과 오랜 시간 일상을 같이해 온 그 부드러운 기억들의 이름으로, 그것들이 주장하는 준엄한 의무로서. 세상의 모든 부(富)를 다 가진 그 남자가 설사 이 세상을 통째로 가져다준다 해도, 소용없다. 이 남자 현조와 함께 이왕 가꾸어온 이 작고 소박한 행복을 지키고 싶다.

'당신도 얼마 후면 손에 들어오지 않는 날 금세 잊어버리겠지. 한순간의 유희는 바람 같아서, 이내 사라져 버리는걸.'

하지만 서린의 그러한 생각은 틀렸다.

서울의 아파트로 돌아와 핸드백을 열었을 때였다. 너무나 놀란 심장이 한동안 파랗쳤다. 언제 넣었던 걸까? 작고 하얀 비단 상자가 들어 있었다. 그곳에는 아름다운 자수정으로 만든 팔찌가 들어 있었다.

〈언제나, 영원히.

너를, 너만을.

사랑한, 사랑하는,

사랑할.

나를 기억해. 라탄.〉

힘차고 아름다운 필적이었다. 서린은 힘없이 카드를 들고 있
던 손을 내렸다.

이런 남자를 잊을 수 있을까?

두 손으로 입을 막았다. 목구멍으로 새어나오려는 물기 젖은
신음을 감추려고 안간힘을 다했다.

이런 남자를 버릴 수 있을까? 가능한 일일까? 그녀를 사랑하
는 운명을 가지고 태어났다고 주장하는 그 남자를 평생 외면하
고 살아갈 수 있을까?

'……시간이 해결해 줄 거야. 잊을 수 있을 거야.'

마음의 혼란은 눈에 보이지 않는다.

어찌 보면 사람 사는 일이란 참 간사하다. 하루하루 훌쩍훌쩍
시간은 잘도 지나갔다. 어느새 델리에서 벌어졌던 모든 일은 추
억으로 물러서고 있었다. 라탄이란 남자의 그림자 역시 조금씩
희미해지고 있었다. 그렇게 믿었다. 표면적으로 모든 것이 다시
제자리로 돌아온 것 같았다.

서린을 서울로 데려다 준 후, 현조는 시카고로 다시 떠났다.
두 사람의 결혼 날짜를 정한 후였다. 해가 바뀌고 꽃피는 3월이
면 서린은 신부가 될 것이다. 언제나 그리워하는 시카고의 현조
에게로 가게 될 것이다.

12월. 크리스마스이브.

그날 서린은 도쿄 비행을 끝내고 돌아오는 길이었다.

밤 아홉 시. 김포공항에 착륙한 후, 휴대전화를 켜니 기다렸다는 듯 울었다. 인천공항에 막 도착했다는 현조의 전화였다.

2월의 시험이 얼마 남지 않았다. 그런데 시아버님이 되실 우이사님의 생신이 공교롭게도 내일 크리스마스와 겹쳤다. 게다가 환갑이시다. 아무리 눈코 뜰 새도 없이 공부 중이라 해도, 짧으나마 귀국을 하는 게 큰아들인 그의 도리인 거다.

"오빠, 공항이야?"

—아니, 너희 집. 빨리 와라. 명윤이가 너 얼굴 보고 집에 내려간다고 기다린다. 참, 우리 부추전 먹는다. 엄청 맛있어.

서린은 혀를 찼다. 한국에 오자마자 매운 게 당기는 게 틀림없다. 서린 자신이 없으니 애꿎은 명윤더러 만들어내라 떼를 쓴 게 분명했다.

"아이고, 명윤이 귀찮게 하지 말라고 그랬잖아. 그런데 언제 나가?"

—나흘 있다가. 28일 아침 표야. 사실은 짬이 없는데, 억지로 냈다. 돌아가서 또 죽도록 공부해야지 뭐. 그런데 내일, 우리 둘 한복 입고 나란히 절해야 하는 거 알지?

"그럼, 알지. 그런데 오빠랑 나랑 똑같은 한복 없잖아? 미리 전화했으면 오빠 거랑 같이 맞추었을 텐데."

—걱정 마. 엄마가 우리 둘 옷 같이 해놨대. 어차피 결혼할

때 맞출 것, 그때 안 하면 되니까.

3월 20일로 결혼식 날까지 정해졌다. 이미 오래전부터 서린은 현조의 집안에서 며느리로 대접받고 있었다. 환갑잔치에 나부시 한복 입고 부모님께 절하는 일은 너무나 당연한 일이다.

집에 도착해 보니, 현조가 주방 식탁에 앉아 고추튀김이며 부추전을 집어 먹고 있었다. 서린은 옷도 갈아입지 않고 명윤의 손에서 뒤집개를 받아 들었다.

"너 부산 간다며? 시간 안 늦었어?"

"열두 시 출발이야. KTX 끊었어. 삼십 분 후에 나가면 돼."

"나도 없는데 오빠 해먹인다고 고생했다. 미안해서 어떡하니?"

"그럼 어째? 현조 오빠가 들어서면서부터 고소하고 매운 것 먹고 싶다고 난리치는데. 속이 느글거려서 기내식 하나도 안 먹었대. 집에 들어오자마자 신라면 두 개부터 해치우고, 또 저러고 있다. 내 참."

서린은 새로 부친 부추전을 다시 현조 앞의 접시 위에 옮겨놓아 주었다. 물도 새로 부어주었다.

"오빠, 체해. 천천히 먹어. 그런데 집에는 들렀다 온 거지?"

현조가 무어라 대답할 사이도 없었다. 벗어놓은 점퍼 주머니에서 요란스레 그의 휴대전화가 울렸다.

"여보세요?"

—너 이놈의 자식! 도착했으면 집에를 와야지! 왜 지금껏 안

들어와?

귀청 떠나갈 듯 큰 목소리가 세 사람의 귀를 얼얼하게 만들었다. 현조의 어머니 홍 여사였다. 현조가 머리를 득득 긁었다.

"아, 가요, 이제 간다고요. 가는 길인데, 서린이 얼굴부터 보고 가려고 그랬지."

—자~알 한다. 아버지 환갑잔치 참석한다고 귀국해서는 제 집에는 오지도 않고 서린이부터 보러 가? 이래서 아들은 키워봐야 소용이 없다니깐!

서린의 입가에도 저절로 미소가 방울방울 맺혔다. 시어머니 되실 홍 여사의 목소리 크기는 그 누구도 따라갈 자가 없었다. 호탕하시고 또 넉넉하신 만큼 목소리도 큰 분이시다. 현조가 고개를 절레절레 흔들며 휴대전화 폴더를 접었다.

"오빠, 집에도 안 가고 여기부터 온 거야?"

"어."

"그러지 말랬지? 엉? 이러면 아버님, 어머님께 내가 미움받는다고 몇 번이나 말했어? 엉? 진짜 사람 말 안 들을래?"

"엄마가 맛있는 거 잔뜩 했나 보다. 같이 갈래?"

현조가 대답 대신 딴청부터 피웠다. 하도 얄미워 서린은 열 손가락을 치켜들어 그의 머리카락을 쥐어뜯어 주었다.

"너무 늦었잖아. 내일 갈게."

아쉽지만 내일을 기약할 수밖에 없다. 두 사람은 택시 승강장으로 천천히 걸어갔다.

"내일 데리러 올게."

"새벽에? 에이, 피곤하잖아. 그냥 자고 있어. 내일 아침에 택시 타고 갈게."

"그럴래? 아이고, 우리 서린이 착하다."

현조가 약혼녀의 오똑한 코를 한번 쥐었다 놓았다. 미약한 아픔에 눈을 흘기는 서린더러 헷헤 개구쟁이처럼 웃었다.

"내 꿈 꿔~!"

아이고, 맙소사. 두 손으로 하트까지 만들어댄다. 서린은 기가 차서 웃었다. 하지만 너무나 귀여운 애교를 부리는 약혼자의 모습에 마음속 깊이까지 봄날이 되는 기분이었다. 이내 택시가 현조를 싣고 사라져 갔다.

현관을 들어서니, 코트를 입고 있던 명윤이 서린의 휴대전화를 들고 있었다.

"왜? 전화 왔던?"

"화장실에 있는데, 내내 울리더라고. 너무 늦었나? 내가 받으려 하는데 끊어지네."

반사적으로 시계를 보았다. 밤 열한 시였다. 이 늦은 시간에 누가 전화를 한 거지? 하지만 발신자 번호는 모르는 것이었다.

"잘못 걸린 전화인가 보다."

"그러게."

코트를 입고 모자를 쓴 명윤이 미리 챙겨둔 큰 가방을 끌고 현관으로 나섰다.

"다녀올게. 집 잘 지켜."

"그래. 크리스마스 잘 보내고, 부모님께 안부 전해줘."

"응. 넌 현조 오빠 집에 있을 거지?"

"내일은 그럴 거야. 아버님 환갑이잖아."

"이런 날 네가 갈 데 있으니 얼마나 좋아? 명색이 크리스마스이고 연말인데, 너 혼자 텅 빈 집에 있어야 했다면 나 마음 쓰였을 거야."

혼자 남는 서린의 처지가 마음에 쓰인 거다. 명윤이 나직하게 중얼거렸다.

"내가 혼자인 거 하루 이틀도 아니잖아. 걱정 말고 잘 다녀와."

이젠 혼자가 아니다. 현조가 있으니까. 서린을 친딸처럼 아껴주는 현조네 식구들도 있으니까.

서린은 엘리베이터 앞까지 따라나가 손을 흔들어주었다.

집으로 들어서는데, 거실 탁자에 놓아둔 휴대전화가 다시 울리고 있었다. 집에 도착했다고 현조가 전화한 모양이다.

"여보세요."

—[나야.]

맙소사. 라탄!

서린은 그만 딱딱한 돌이 되고 말았다. 자신의 이름 대신 나라고 말하는 사람. 자신이 누구인지 이토록 오만하게 밝히는 사람. 이 세상에 단 한 사람뿐이다.

—[이런, 너무 놀란 건가? 갑자기 서린이 벙어리가 되고 말았군.]

　[어, 어떻게……?]

　—[뭘 묻고 싶은 거지?]

　[어, 어떻게 제 전화번호를 아신 거죠?]

　너무 놀라 서린의 목소리는 저절로 평정을 잃고 있었다. 다 끝난 줄 알았는데. 다시는 만나지 못할 거라고 믿었는데.

　—[우린 '친구'라 하지 않았었나? 연락은 하고 살아야지.]

　[친구?]

　—[그래, '친구'. 절대로 남이 될 수 없지.]

　여하튼 제멋대로인 건 세상 제일인 남자 라탄.

　와락 두려움 같은 불쾌함이 돋았다. 허락없이 무조건 제멋대로 다시 침입한 이 남자에게 친절할 이유가 없다. 그러지 않기로 오래전에 결심했다. 서린은 쌀쌀맞게 쏘아붙였다.

　[여긴 자정이에요, 타다 회장님. 이런 시간의 전화는 실례로 알고 있는데요?]

　—[그래, 늦은 시간인 거 알아. 나도 이젠 자야겠어. 하지만 새벽이 오기 전에, 오늘 당신에게 주는 첫인사를 내가 하고 싶었지. 서린, 나마스떼.]

　그가 잠시 머뭇거렸다.

　잠에 취한 것일까? 거의 알아들을 수 없을 정도로 나직한 음성이었다. 알아들 수 없는 힌디어로, 잠에 침몰하며, 꿈을 꾸듯 그녀에게 속삭였다.

―[날 한 번이라도 생각했나? 우리가 **나눈 키스**를 아직도 기억하고 있나?]

비싼 국제전화를 해서는 겨우 나마스떼라는 인사를 하는 남자. 그가 중얼거리는 나직한 힌디어는 맨살을 직접 애무하는 것 같았다. 서린을 충격에 빠뜨렸다.

그만 휴대전화를 집어 던지고 싶었다. 끝난 거다. 흔들리지 않을 거다. 그녀는 절대로 이 남자에게 감정의 동요 따윈 느낄 수도 없고, 느끼면 안 되는 사람이다.

어떤 경우에도 가능하지 않다. 그녀가 그의 집요한 유혹을 받아들일 가능성은 단 1%도 없다. 그럴 마음도 없고, 그래서도 안 된다. 그녀의 세상은 현조로도 충분하다. 이미 그런 뜻을 충분히 밝혔다고 믿었는데.

'어째서 이 남자는 이토록 집요한 거지? 이 정도면 충분하잖아요, 라탄!'

다시 한 번 분명하게 보여주어야만 할까. 어떻게 해야 당신은 나에 대한 어리석은 미련을 놓고 당신의 세상으로 돌아가겠어요? 서린은 휴대전화를 귀에 댄 채 망연하게 허공을 노려보았다.

'난 당신이 원하는 그런 여자, 아니에요. 어떠한 경우에도 하룻밤 유희의 대상이 될 생각은 없어요. 물론 당신의 짝도 아니죠. 아무리 당신이 매혹적인 왕자님이라 하더라도 나와 다른 세

상의 사람인 거 너무 잘 알아. 이제 그만 꿈에서 깨어나요.'

그녀의 침묵이 불편했던 걸까? 라탄이 짧은 웃음소리를 냈다.

―[좋아, 서린. 이만 끊지. 내일, 아니, 오늘 저녁쯤에 얼굴이나 한번 보자구.]

[오늘 저녁?]

자신도 모르게 서린의 목소리가 튀어올랐다.

―[서울이야.]

그 한마디가 서린을 패닉 상태에 빠뜨렸다. 설마 라탄이 그녀를 만나기 위해 서울까지 날아왔을 줄이야.

―[그래, 당신이 생각하는 거 맞아. 난 당신을 만나러 왔어.]

수화기 저쪽에 앉은 라탄의 입술이 떨리고 있었다.

만남을 거절해 주기를 바라. 사랑하는 남자와 함께 웃고 있는 그녀를 보는 건 최악의 고문일 테니까. 아니, 그대가 나와 함께해 주기를 바라.

거절당한다면 난 그대를 고이 놓아줄 테지만, 내 영혼은 아파서 피를 흘리겠지.

만약 그녀가 그를 받아준다 해도 심장은 역시 찢어질 것이다.

널 보는 시간이 너무나 짧아서 미련과 아쉬움으로 나는 내내 울겠지. 같이 있었던 시간의 여운은 너무나 치명적인 덫이어서 그의 나약한 영혼을 쥐어짜고, 망가뜨리고, 그리움에 넋을 잘라

버릴 테니까.

 '널 보지 못하는 것도 잔인하지만, 함께 있다가 다시 이별해야 하는 건 더 잔인한 일인 거 알아. 하지만 이 미친 집착과 갈증 어린 추적을 멈출 수 없어. 미안, 서린.'

 듣지 못하는 연인에게 남자는 마음속으로 중얼거리고 있었다.

 수화기 이쪽의 서린 역시 파들거리는 심장을 부여잡고 갈등하고 있었다.

 하지만 안 돼.

 서린은 강하게 입술을 깨물었다. 여린 입술에 핏방울이 맺혔다. 그녀는 단호하게, 일고의 여지도 없이 차갑게 거절했다.

 [라탄, 미안해요. 당신을 만나지 않겠어요!]

 ―[싫어도 나랑 놀아줘야겠어, 서린. 델리의 일주일을 기억해봐. 당신은 나에게 빚이 남아 있을 텐데? 고구려 호텔이야. 반드시 날 찾아와. 끝까지 거절한다면, 네 회사 로비에 갈 거야. 보란 듯이 버티고 앉아 있어주지.]

 [싫어! 혀, 협박하지 말아요.]

 저절로 목소리가 떨렸다.

 ―[협박하지 않으면 날 만나줄래? 그럴 것 아니라서 이렇게 해. 치졸하지만 어쩔 수 없잖아.]

 이런 잔혹한 말을 하면서도 어째서 그의 목소리는 솜사탕처럼 부드럽게 들릴까? 최악의 협박을 하는데도 어쩌면 이리도 간절하고 다정한 애원 같을까?

—[승무원 주제에 승객을 유혹해서 제멋대로 놀아나는 여자라고 항의해 주겠어. 최악의 추문을 피하고 싶다면 날 찾아와. 분명히 말했어. 저녁때 보자구. 피르 밀렝게, 서린.]

대답도 듣지 않고 그가 먼저 전화를 끊어버렸다.

이미 끊어진 휴대전화를 들고 서린은 한참 동안 우두커니 앉아 허공만 바라보았다.

현조를, 라탄을, 그리고 그 사이에 낀 그녀 자신을 생각했다.

대체 어쩌다가 일이 이렇게 되어버린 것인지 도무지 알 수가 없었다. 서린 자신의 의지나 거부와는 전혀 상관없이 세 사람의 운명은 하나로 얽혀 움직이고 있었다. 정말 속수무책이었다. 어쩌면 좋을까?

크리스마스. 토요일이기도 하다.

현조 아버지 우 이사님의 환갑잔치는 시내의 얌전한 한정식 집에서 열렸다.

시아버지가 될 우 이사님에게는 구순이 다 되어가는 시할머님이 아직도 생존해 계신다. 그런 처지에 민망하게 무슨 환갑잔치냐고 질색하셔서, 조촐하게 식사 한 끼 하는 것으로 끝냈다. 두 분은 내일 하와이로 부부여행을 가실 예정이다. 그래서 서린은 모임에 올 때 비행용 슬리퍼며 기내에서 읽으실 잡지 같은 것들을 챙겨왔다.

"오빠, 나 좀 어색하지 않아?"

서린은 또다시 한복을 입은 모습을 거울에 비춰보았다. 자주 입는 옷이 아니라 자꾸만 신경이 쓰인다.

"괜찮아. 예뻐. 너무 예뻐서 눈이 부셔. 아흑!"

현조가 장난스럽게 웃으며 두 눈을 가리는 시늉을 했다. 가까운 친지들과 친구 분들만 모인 조촐한 모임이었다. 서린은 며느리 자격으로 현조와 나란히 꽃다운 한복으로 갈아입고 어른들 앞에 나아가 나부시 절했다.

"둘만 붙어 있지 말고 이리 와서 술이나 한잔 따라봐라, 서린아."

우 이사님이 싱긋대며 서린을 곁으로 불러 앉히셨다. 바늘 가는 데 실도 간다. 쪼르르 현조까지 아버지 곁에 찰싹 붙었다. 서린은 미소 지으며 두 부자의 잔에 와인을 따랐다.

"건강하셔야 해요."

"오냐."

"건강 조심하시구요, 아버지. 우리 둘이 효도할게요."

"이 녀석아, 효도하고 싶으면 빨리 시험 합격하고 돌아와서 아비 자리 맡아야지. 그게 효도다."

우 이사님이 현조에게 통박을 주었다. 말끝마다 공부 타령. 현조가 미간에 주름을 지으며 투덜거렸다.

"아, 열심히 하고 있구만. 부담되게 자꾸 그러셔."

"네 나이 생각 좀 해주라 엉? 명색이 아버지 환갑인데, 큰아들이란 녀석이 결혼해서 손자 놈 안고 와야 그게 효도지."

우 변호사님의 말에 이어 뒤질세라 어머니 홍 여사가 말을 받았다. 현조가 푸핫하하 웃음을 터뜨렸다. 그만 볼이 새빨개진 서린을 돌아보았다.

"듣고 보니 그 말이 맞네요. 서린아, 우리 분발 좀 해야겠다."

"형, 자꾸 시험 떨어져서 결혼식 늦추고 그러면, 서린이 누나 다른 남자가 채간다. 나도 급하다구. 거기 똥차, 제발 좀 빨리 빠져 주지?"

동생 영조도 가만히 있지 않았다. 형을 압박해 들어갔다.

가만히 생각하니 자존심 상한다 이거다. 현조가 냅다 아우의 목을 졸랐다.

"이제 겨우 스물여섯밖에 안 된 놈이 어디서 형을 치고 나가려고 해?"

"쳇, 너무하네. 내가 알기로는 여기 앉으신 우용호님께서 홍미정 여사를 낚아채 온 나이는 겨우 스물둘이라고 알고 있는데요?"

"워낙 내가 미인이라서 말이야. 오홋호호. 네 아버지가 급하게 굴었지. 보쌈당하다시피 오긴 왔지."

홍 여사의 호탕한 웃음소리를 시작으로 사랑하는 가족들 사이에 다시 웃음소리가 물결쳤다.

가족 모임이 끝난 건 세 시쯤이었다. 서린을 집에 데려다 주기 위해 현조가 영조의 고물 엘란트라에 시동을 걸었다.

"내일 몇 시에 출근해?"

"아침 여덟 시."

"어쩐다? 밤늦게까지는 못 놀겠네. 오늘 밤 잠시 친구 놈들 얼굴 볼까 했는데."

"……오늘은 그냥 친구 만나, 오빠. 내가 양보할게."

저녁때 자신을 만나러 오라는 라탄의 명령이 내내 마음에 걸려 있었다. 하루 종일 편안하지 않았다.

만약 라탄을 만나야 한다면, 혼자는 갈 수 없다. 현조에게 솔직하게 이야기하고 같이 가달라고 말해야 한다고 생각했다. 다만 현조에게 라탄이 그녀를 만나러 서울에 와 있다는 말을 해야 하는지 말아야 하는지, 그것을 결정하지 못했을 뿐이다. 서린은 아직도 갈등 중이었다.

그런데 현조가 친구들과 약속이 있다 한다. 어쩐지 맥이 풀려 버린다. 이걸 어쩌지? 서린은 억지로 웃었다.

"나 내일은 일곱 시면 끝나니까 같이 저녁 먹자, 오빠."

"우리 여보야가 직접 밥해주면 나야 황공하지."

아무것도 모르는 무심한 얼굴로 현조가 좋아라 웃었다.

서린을 위해 성산동 쪽으로 차를 돌린 현조가 자기만의 깊은 생각에 잠겨 차창 밖을 내다보고 있는 서린 쪽을 힐끗 바라보았다.

"서린아, 너 무슨 일 있니?"

"응? 아, 아무것도 아냐."

가슴 한쪽이 두려움과 죄책감, 혹은 갈등으로 뭉개지고 있었다. 그럼에도 서린은 억지로 웃었다. 태연한 척하려 했다. 아무 일도 없다고 부인했다. 현조가 서린의 얼굴을 다시 살폈다.

"불편한 일 생겼어?"

"아냐, 그런 거 없어. 왜 그런 생각 해?"

"하루 종일 웃는데도 네 얼굴에 그늘이 있었어. 먹는 것도 시원찮았고. 무슨 일이야? 말해봐."

'말하지 않을 테야.'

외투 소매 안으로 주먹이 꼭 쥐어졌다. 더 이상은 현조에게 라탄의 이야기를 할 수 없다. 모처럼 쉬러 온 사람한테 마음의 짐을 얹어주긴 싫었다.

'나 혼자 처리하면 돼. 돌아가라고, 우리의 인연 따윈 없는 거라고 애원하겠어.'

서린은 그 짧은 시간 동안, 라탄이 온 것을 현조에게 말하지 않기로 결정해 버렸다. 언제까지 현조의 등 뒤에 숨어 비겁하게 그런 일을 처리할 수는 없다.

"어제 늦게 들어왔지, 또 오늘 새벽에 일어났지. 오빠, 내가 피곤이 쌓였나 봐. 솔직히 힘들어. 너무 졸려."

끝까지 부인하며 서린은 과장되게 하품을 했다. 조그만 의심의 그늘도 없이 그냥 믿어주는 현조의 옆얼굴을 바라보며 심장은 내내 터질 듯이 뛰고 있었지만.

같은 시간, 라탄은 호텔 스위트룸의 창가에 서 있었다.

창밖에는 하얀 눈이 조금씩 내리고 있었다. 눈이 내리는 광경은 인도 출신의 그에게 늘 신기하고 반가운 풍경이었다. 하지만 지금은 그런 것 따윈 전혀 들어오지 않았다.

[넌, 내게로 와. 올 거야. 와야 해, 서린.]

뒷짐을 쥔 채 무심히 서울의 눈 내리를 풍경을 바라보는 그 남자의 입술이 움직이고 있었다. 주문처럼 똑같은 말을 한 시간 내내 반복하고 있었다.

서린과의 재회. 라탄이 스스로에게 주는 크리스마스 선물이었다.

그저 보고 싶다는 일념 하나를 품고 훌쩍 날아왔다.

아무리 싫다고 거부한다 해도 서린은 그를 만나야 하리라. 그의 의지가, 열망이, 끝없는 갈증과 그리움이 족쇄처럼 강한 힘으로 그녀를 끌어당기고 있었다.

[넌 내게 올 거야. 오게 될 거야. 반드시, 우린 만날 거야.]

이것은 애달픈 스스로를 위로하는 유약한 주문(呪文)이다. 50%의 가능성에 전부를 건 그 남자가 위태로이 스스로를 지탱하는 간구이다.

이렇듯이 원한다. 이렇듯이 갈망하고 그리워한다. 잊지 못해. 잊을 수 없어. 단념할 수가 없어. 머리 속에 파고들어, 도무지 움직이지 않는 서린의 존재라니. 자르고 단념하고 밀어낼 수 있다면, 얼마나 좋을까?

차라리 라탄도 그러고 싶었다. 그를 향하기는커녕, 마주 보는 사랑을 하기는커녕 무조건 거부하고 도망부터 치려 하는 서린. 그런 여자에게 집착하여 미칠 것 같은 스스로를 달랠 방법을 그는 알지 못한다. 그는 사랑의 불길에 얽매인 가엾은 수인(囚人)에 불과했다.

'내가 억지로 잡으면 넌 또 울까? 날 때리고 할퀼까?'

파도처럼 밀려나오는 것들은 불안한 자문(自問)들. 자신 스스로를 비웃는 미소가 라탄의 입술에 희미하게 떠올랐다. 경련처럼 떨렸다.

'넌 강철 같은 의지와 부드러운 설득으로 다시 나를 밀어내겠지. 또 슬프게 울며 나에게 미안하다 말하겠지. 네가 울면 내 가슴이 찢어진다. 내가 더 아프다. 그렇듯이, 끝내 날 거절하는 너를 내가 어떻게 잡을 수 있을까?'

서린의 눈물은 말 그대로 그를 찢어놓았다.

타인의 눈물이 그를 아프게 할 수 있다는 것을 서린을 만나고 나서야 비로소 알게 되었다. 처음이었다. 라탄은 스스로의 그러한 감정이 정말로 경이로웠다.

지금껏 살아온 바에 의하면 그는 그러한 감정을 전혀 느낄 수가 없는 존재였다. 그런데 알았다. 라탄 역시 누군가의 감정에 공명하여, 그것을 전이하여 같이 아파하고 기뻐하고 공감할 수 있는 사람이었다. 그의 영혼 전부가 새로 배운 그것에 대하여 전율하고 있었다.

'너만이 유일해, 서린. 이래서 널 놓지 못하는 거다. 너로 인해 만들어진 이 지독하고 낯선 것이 어떤 존재인지 뿌리까지 파헤치고야 말겠어.'

탁자에 놓인 휴대전화가 울렸다. 라탄은 미간에 주름을 지으며 전화기를 노려보았다. 번호를 확인하고 폴더를 열었다. 에릭의 목소리가 흘러나왔다.

―[서울에 가 있다면서?]

[그래.]

―[대체 무슨 바람이 불어서 거기를 간 거냐?]

[볼일이 있으니 간 거지. 그런데 왜 전화한 거야, 너?]

―[라탄, 나 급해. 이제부터 살 빼야 하거든.]

기껏 비싼 국제전화를 해서는 살을 빼야 한다고 징징거리고 있다. 이 빌어먹을 친구란 놈의 주접 앞에서 라탄은 돌아버릴 것 같았다. 천지개벽을 했군. 아무리 충고해도 꿈적도 하지 않더니, 갑자기 제가 먼저 살을 뺀다고 설치는 이유가 무엇인가? 말이 곱게 나갈 리가 없었다.

[왜? 몇 달 전만 해도 동실한 채 평생 산다더니. 중증 비만 선고 받았어? 지방간과 고혈압으로 일찍 죽는다더냐? 너무 살이 쪄서 발기부전이라도 된 거냐?]

―[아냐, 인마!]

[그럼 잘 보이고 싶은 여자라도 생겼어?]

―[아, 아냐! 절대로 그런 건 아니라고! 이유는 묻지 맛.]

전화기 안에서 에릭이 펄쩍 뛰며 강력하게 부인했다. 이 자식이 뭘 잘못 먹었나? 아니면 아닌 거지. 라탄은 혀를 찼다. 하긴 에릭 같은 놈이 여자란 동물에게 눈을 돌릴 리 만무하지. 여자란 컴퓨터에 달린 마우스보다 못한 존재라고 생각하고 사는 놈이 아닌가?

[그럼 왜? 동실한 채 살 거라 고집 피우더니, 갑자기 이런 난리주접을 떠는 이유가 뭐냐고.]

―[더 이상은 묻지 맛. 나에게도 감추고 싶은 비밀은 있는 법이야, 인마. 사생활을 존중해 줘.]

에릭이 라탄의 비아냥에 툴툴거렸다.

―[여하튼, 일급 프로젝트야. 반드시 살을 **빼야**만 해. 나 트레이너 하나만 구해줘라. 샌프란시스코에서는 대체 누굴 찾아가야 하냐?」

[얼마나 **뺄** 예정인데?]

―[적어도 20kg, 반년 안에.]

미친놈. 라탄은 속으로 욕설을 퍼부었다. 다이어트가 바지 허리 줄이듯이 하루아침에 이루어지는 줄 아는가 보지?

[그렇게 급히 살 **빼다간** 죽는다.]

―[죽어도 좋아. 여하튼 살을 **뺄래**. 이유불문하고 무조건 **빼**야 한다구! 자극을 받기 위해, 허리가 26인치 반인 아르마니 바지 샀어. 내 사무실이랑 침실에 걸어놓았지. 그 바지 입게 해

주라.]

미친놈 소리가 다시 흘러나왔다. 바지 허리가 전부 사십 인치에 육박하는 주제에 감히 반년 만에 이십육 인치를 노려? 양심이 있어야 할 것 아냐? 라탄은 신경을 팩 냈다.

[살 빼고 싶으면 의사를 찾아가지, 왜 나한테 전화질하고 난리야?]

—[미모와 몸매 관리는 네가 전문이잖아. 아니꼽지만 인정하지. 천하의 지골로, 머리에서 발끝까지 좌르륵 빛이 나는 섹시 가이 라탄.]

[일단 지방흡입수술부터 받으시지. 그리고 하드 트레이닝을 해주는 사람을 찾아. 개인적으로 어셔의 개인 트레이너를 추천하겠어. 그놈은 죽여주는 스타일리스트까지 데리고 있거든. 돈 듬뿍 쥐어주고 낚아채 오라고. 개인 비행기를 보내주면 올 거야. 그리고 맥도날드 감자튀김은 오늘로서 끝. 하루에 생수만 1ℓ 마시고 풀만 씹어 먹어.]

—[난 염소가 아니라고!]

에릭이 절규했다. 살은 빼야 하는데, 좋아하는 고기는 먹지 말라니 엄청난 갈등에 사로잡힌 게 분명했다.

—[일단 메모 좀 하고……. 좋아. 생수, 채식, 어셔의 트레이너. 최첨단 의료기술의 도움도 받으시라. 그런데 라탄, 알잖아. 난 접시 위에 고기가 없으면 인생의 낙이 없어. 일이 잘 안 풀릴 때는 빅맥 세 개는 한자리에 앉아 먹어치워야 한단 말이야. 햄

버거 하나쯤은 어떻게 안 되겠니?]

[구운 닭 가슴살 한쪽. 하루의 단백질 섭취는 그게 전부야. 더 이상은 '절대로!' 안 돼.]

라탄은 시계를 바라보았다. 혹시 서린의 전화가 올지 몰라 내내 기다리고 있었는데. 이 자식이 전화질 하는 바람에 혹여 서린의 전화를 받지 못하게 될까 봐 불안했다.

[더 빼고 싶으면 위 절제 수술을 해버리지 그래? 그리라도 하고 싶냐?]

—[어.]

망설이지 않고 대답이 튀어나왔다. 이 자식, 심각하군. 라탄은 고개를 저었다.

에릭 자식, 한 번 결심하면 하늘이 쪼개져도 이루고야 마는 지독한 근성이 원래 있기는 했다. 하지만 이 정도로 절박한 것은 처음 보았다. 라탄은 한 번 더 확인했다.

[정말 그렇게 해서라도 살을 뺄 생각이야, 에릭 스톨만?]

—[그렇다니까. 하늘이 무너져도 난 75kg의 몸무게를 만들 작정이야. 허리 26인치 반. 아르마니 디자이너가 내 옷 만들어주러 올 거야. 메트로위버 섹슈얼이 나의 로망이거든. 좋아. 충고 고맙다, 친구. 살 빼는 데 성공하면 연락할게. 굿바이.]

망할 놈. 실컷 제 할 말만 한 후 일방적으로 전화가 툭 끊겼다. 라탄은 혀를 찼다. 여하튼 인생에 도움되는 게 하나도 없는 놈이라니까. 다시 휴대전화가 울린 건 바로 그때였다. 나직하나

영롱한 목소리가 그의 영혼을 두드렸다.

—[저예요.]

그녀가 왔다.

—[델리에서 친절하게 대해준 '친구'니까, 그래서 온 거야. 협박 때문에 온 건 아니에요.]

거짓말쟁이. 내 영혼이 너를 불러서 네가 온 거야. 너도 내가 그리웠을 거야.

[알아.]

—[택시 타고 있어요. 로비 커피숍으로 갈게요. 삼십 분 후에 만나요.]

삼십 분 후. 고구려 호텔 로비라운지 커피숍.

자주 볼 수 있는 사람이 아니기에, 기억 안에 만들어둔 환상일지도 모른다고 생각했다. 자신의 감정 역시 무엇이든 아름답게만 만드는 추억의 무지개로 인해 실체보다 더 부풀려졌을지도 모른다고 생각했다.

하지만 로비를 가로질러 걸어 들어오는 서린은 매일 밤 그의 꿈속에 나타나는 그대로 여전히 아름다웠다. 기억 안에 새겨진 모습보다 천 배는 더 아름다웠다. 만 배는 더 매혹적이었다. 또다시 사랑에 불타는 심장이 전율하고 있었다.

갑작스런 추위가 몰려든 12월의 크리스마스였다. 서린은 만지면 그대로 물결치며 흘러내릴 것만 같은 긴 머리카락 위에 알

록달록 털실로 짠 모자를 쓰고 있었다. 같은 색의 목도리를 둘렀다. 작고 하얀 얼굴이 화려한 색의 모자와 머플러로 인해 한결 생기발랄해 보였다.

라탄은 한 손을 들어 보였다. 동시에 서린이 그가 앉은 쪽을 향해 고개를 돌렸다. 그렇게 그들은 다시 만났다.

그냥 태연하게, 아무렇지도 않은 듯이 웃으려고 했다. 하지만 잘되지 않았다. 서린이 그 자리에 멈칫 서버리자 라탄이 자리에서 일어나 다가왔다.

뚜벅뚜벅 걸어오고 있는 그 사람의 존재와 향기만이 느껴졌다. 그만 웃는 것도 아닌, 웃는 것도 아닌 일그러져 버린 표정이 되고 말았다.

[오지 않으려 했어.]

털모자 끝에 달린 방울만 내려다보며 라탄이 성급하게 내뱉었다. 서린은 고개를 숙인 채 발치만 바라보았다. 가만히 고개를 끄덕였다.

[알아요.]

[자를 수 있을 거라고 믿었어. 그러려고 했어.]

[네.]

[보지 않으면, 시간이 지나가면…… 잊을 수 있다고 생각했는데.]

잊을 수 없어서, 그래서 오고 말았어. 그러한 탄식 같았다.

한 번쯤 그의 얼굴을 바라보아야 할 것 같아 고개를 들었다.

예의상 애련한 미소를 지으려다 말고 그만 입술이 얼어붙었다. 가슴이 미어졌다. 이 사람, 야위었구나.

부쩍 야위어 버린 얼굴, 거무스레한 피부가 한결 창백해져 있었다. 그럼에도 억지로 환하게 웃으려 하는 그 사람의 희미한 미소가 보였다. 서린은 자신도 모르게 촉촉이 땀에 젖은 손을 장갑 안에서 오므렸다.

[라탄, 아팠군요.]

묻는 게 아니라, 확언이었다. 라탄이 고개를 흔들었다.

[음.]

그는 왜냐고 물어주기를 바라고 있다. 하지만 서린은 묻지 않았다.

왜냐고 묻고 싶었지만 그럴 수가 없었다. 그렇게 되면, 서린 역시 때때로 이유없는 심장의 통증으로 아팠다는 것을 고백해야 하니까. 무엇을 먹어도, 가시라도 걸린 듯 쉬이 체기가 올라 괴로웠다는 말을 해야 하니까.

적어도 거절당한 라탄이야 그럴 이유가 있다지만, 서린은 이유가 없다.

오히려 치근덕거리고 귀찮게 하던 남자가 홀연히 깨끗하게 사라졌으니 홀가분하고 속 시원해서 춤이라도 춰야 옳았다. 약혼자 현조에 대한 신의를 지키고, 오랫동안 지켜온 사랑을 간직할 수 있게 되었는데, 무엇을 불평한단 말인가? 무엇을 상심한단 말인가?

오늘도 쌀쌀맞고 차가운 것들만 가득 담고 왔다. 가시를 곧추 세운 채, 더 강하게 세차게 내려치고 자르려 왔다. 하지만 이 남자의 야윈 얼굴을 보자 가슴 후벼 파는 눈빛을 보자, 내뱉으려 단단히 준비해 온 말 중 그 어떤 것도 할 수가 없었다.

[네가 가고 나서, 많이 아팠다.]

나직한 그 말은 서러운 고백.

너 때문에 상심했다고, 너에 대한 사랑을 자를 수 없어 아팠다고 말하는 것처럼만 들렸다. 대답할 말을 찾지 못해, 서린은 그저 고개만 끄덕일 수밖에 없었다.

어쩌면 몇 천 킬로미터의 사이를 두고 그들은 같은 이름의 병을 앓고 있던 것은 아니었을까?

이상하다. 굳건히 지켜오던 의지가 자꾸만 풀리고 있었다. 그를 앞에 두고 가만히 서 있는 것조차도 힘들었다. 자꾸 마른침을 삼켰다. 한꺼번에 토해지는 숨결을 고르느라 힘들었다.

잠시라도 혼자 되어 아뜩한 허공을 바라보노라면 노란 현기증이 나서 견딜 수 없었다. 형용할 수 없는 감정의 미로 안에서 흐릿해지는 의식을 붙잡느라 한참 동안 눈을 감고 있어야 했다.

아침이고 저녁이고 직업적인 미소를 지으면서도 심장은 늘 비명을 지르고 있었다. 먹는 것은 전부 다 무의미. 딱딱한 껍질을 씹는 늙은 초식동물이 된 듯한 기분으로 비틀거렸다. 당신도 그랬나요?

서로 다른 곳을 바라보며, 마치 토라지고 화난 사람처럼 표정을 굳힌 채 그렇게 오래도록 마주 서서 두 사람은 또 침묵이었다. 그러다가 시선과 시선이, 영혼과 영혼이 만났다. 그 영혼에 담긴 같은 빛깔을 읽었다.

라탄이 본능적으로 그녀를 향하여 손을 내밀었다. 소유욕 가득한 손길로 잡아채려다가 멈칫했다.

닿고 싶어. 잡고 싶어. 안고 싶어. 널 갖고 싶어. 가엾은 영혼이 아우성을 지르고 있었다.

그럼에도 초인적인 의지로 버텼다. 억지로 그 팔을 거두어 버렸다. 오갈 데 없어진 손이 잠시 맥없이 흔들거렸다. 그는 호주머니에 손을 넣어버렸다. 그저 덤덤하나 눈부신 미소를 피워 올렸다.

[다 나았어, 널 이렇게 보았으니. 이것으로 몇 달은 견딜 수 있어.]

[몸조심해요. 아프지 말아요.]

[내가 아프면 너도 아플 테니, 그래, 조심할게.]

라탄은 착하게 약속했다. 마침내 손을 뻗어 벙어리장갑을 낀 서린의 손을 꼭 잡았다.

[오늘은 '친구'로만 있자. 안심해.]

그리움은 그의 몫. 서린을 계속 만나려면 이런 가면으로만 가능하니…… 잠시 라탄의 눈 속에 아주 진하고 아픈 빛이 떠올랐다 사라졌다.

두터운 양가죽 코트에 모자를 눌러쓴 라탄과 서린은 혼잡한 남대문 시장을 나란히 걷고 있었다. 이방인 '친구'를 안내하는 정도의 데이트라면. 그 정도라면 좋아요 하고 서린이 그와 함께 걷는 것을 허락했기 때문이다.

라탄은 멍청한 검은 테 안경을 쓰고 있다. 델리에서의 시크하고 세련된 모습을 기억하고 있다. 서린은 그런 그의 모습이 어색해 보였다.

[왜 이런 멍청한 안경을 썼어요?]

[잘난 척하는 건 아니지만 미안, 서린. 난 파파라치들이 쫓아다니는 표적 중 하나거든.]

[변장용?]

[그래. 내가 서울에 온 것을 아는 사람은 아무도 없지만, 세상 일은 모르잖아.]

[그렇죠. 식사는요?]

[배고파. 친구가 한국에 오면 반드시 '블랙 누들'을 먹어보라고 했어. 나 그것 먹고 싶어.]

[블랙 누들? 아하.]

잠시 의아해하던 서린의 얼굴에 재미있다는 표정이 떠올랐다.

[자장면?]

[아마도 그런 이름이었던 것 같아. 검고 걸죽한 소스가 담긴 국수야. 뉴욕의 친구 집에서 한번 얻어먹었지. 상당히 맛있었어.]

길 양쪽으로 즐비하게 늘어선 포장마차 안에 들어갔다. 큰 솥에 담긴 어묵이 끓고 있는 열기 때문에 라탄이 쓴 안경에 뿌옇게 김이 서렸다. 주문을 받은 포장마차 아줌마가 커다란 접시를 가져다 놓았다. 새빨간 떡볶이와 빈대떡. 그리고 라탄이 바란 자장면이었다.

[이 새빨간 건 뭐지?]

[떡볶이.]

[흠. 그렇군. 이건?]

[빈대떡.]

[뭐가 맛있지?]

[뭐니 뭐니 해도 떡볶이가 이 집의 명물이죠.]

보고 있던 주변 사람들이 기겁하는 것도 아랑곳 않고 라탄이 냉큼 오른손가락으로 떡볶이를 집어 입에 넣었다. 이럴 때는 정말 인도인다웠다.

매운 건가? 수려한 이마에 주름살이 졌다. 아무 말도 없이 물잔을 들이켰다. 서린은 떡볶이를 주문할 때 일부러 아주 매운 맛으로 주문해 두었다. 어디 골탕 한번 먹어봐라 하는 작은 장난기였다. 그가 서린을 바라보았다. 싱긋 웃었다.

[생각보단 맛있군.]

[매울 텐데.]

[우리나라의 커리도 만만찮게 매워. 사실 이것보다 더 독한 맛도 있지.]

[고추장범벅을 먹고도 태연한 외국인은 당신이 처음이에요.]

[날 뭘로 보는 거지?]

[네?]

라탄이 이번에는 젓가락을 집어 들었다. 아주 능숙하게 사용해 자장면을 입에 넣었다. 의외였다. 인도인인 그가 한국인보다더 능숙하게 젓가락을 사용할 수 있다니. 자장면 맛이 만족스러웠는지, 눈매가 가느스름해졌다. 빈대떡도 한 조각 집어 먹었다. 다시 떡볶이에 젓가락이 다가갔다.

[난 인간이 입 안에 넣을 수 있는 거면 다 먹어. 심지어 썩은감자라도.]

서린을 똑바로 바라보며, 라탄이 매운 떡볶이를 삼켰다.

[설마?]

[열다섯 살 때 집에서 쫓겨났어. 그때 살아남기 위해 발버둥치며 배운 지혜지.]

라탄이 젓가락을 놓았다. 놀라움에 물든 하얀 얼굴을 똑바로바라보았다.

[어머니는 울고불고, 할머니는 단식투쟁에 돌입하셨지. 누나들은 떼지어 애원하고……. 온 집안이 난리가 났지. 하지만 아버지의 뜻을 꺾을 수는 없었어. 알고 있을지 모르겠지만, 인도에서 가장의 말은 곧 법이야. 나는 끽 소리도 내지 못하고 무일푼으로 입은 옷 그대로 쫓겨났어.]

[어떻게……?]

[왜라고 물어야 하는 것 아닌가?]

그가 미소 지었다.

옆 좌석에 앉아 남자들이 마시는 술병을 바라보더니 주인을 불렀다. 저 술 한 병을 달라, 손가락 하나로 모든 문제를 해결했다. 술병을 손짓하고 나서, 다시 손가락 하나를 치켜세운 후였다. 주인이 충분히 알아들었다는 뜻으로 고개를 끄덕이더니, 소주 한 병을 들고 왔다.

[그때만 하더라도 난, 전형적인 부잣집 개망나니였어. 너도 충분히 짐작할 테지만.]

빈대떡을 안주 삼아 그는 혼자 소주를 홀짝홀짝 마셨다. 반 독백, 반 대화, 서린이 듣고 있든 말든 자신의 이야기를 털어냈다. 아무에게도 하지 않은 이야기. 누구에게도 드러내지 않던 속을 살짝 풀어헤쳤다.

[바라트의 최고 명문이자 세계적인 부호. 타다 가문의 유일무이한 후계자. 그런 나에겐 무엇이든 넘쳐 났지. 돈도, 기회도, 즐거움도, 친구와 여자도. 원하면 뭐든지 다 손에 들어왔어. 아무것도 무서운 것이 없었어. 그랬는데, 단 한순간에 누구도 돌아보지 않는 비천한 거지가 되어버렸어. 날벼락을 맞은 거지.]

아버지는 자유라는 신기루를 찾아 울타리를 넘어 달아났다가 유괴를 당하고 생명을 잃을 뻔한 철부지 아들을 결코 용서하지 않았다.

누구도 완전히 지켜줄 수 있는 아들의 삶은 그토록 허약하고 허무한 것이었다. 타다 가문의 수장이 될 라탄은 무엇보다 그 자신의 삶을 홀로 책임지고 어떤 경우에도 살아남는 법을 배워야 할 의무가 있었다. 당시 아버지는 그에게 그걸 가르치고 싶었던 것이다.

라탄은 심각한 표정으로 그를 응시하고 있는 서린을 바라보았다. 그의 반려. 이 세상 그 누구보다 그를 이해해 주기를 바라는 여자에게 묻어두었던 끔찍한 과거의 기억을 한 조각 털어냈다.

[아버지의 조건은 엄했어. 돈 한 푼 없이, 타다 가문의 후광없이, 우리 인도의 모든 주(州)를 나 혼자 일주하고 돌아오는 것. 실패하면 파문. 가문에서 쫓겨나는 거야. 상속권을 박탈당하고 땅바닥에 내동댕이쳐지는 거지.]

[성공했나요?]

[성공했으니 내가 아직도 이 자리에 있는 거겠지.]

그가 씩 웃었다. 다시 그가 소주 한 병을 청했다. 라탄은 한국 사람보다 더 한국인스럽게 그 소주를 마셨다.

[난 알몸뚱이로, 진짜 거지가 되어 우리나라 전역을 떠돌았어. 타다 가문의 울타리가 없어진 후, 난 정말 아무것도 아니더군. 구걸하고 가끔은 다른 사람의 선의에 기대고 또 때로는 훔쳤어. 혹은, 나를 팔거나. 그러면서 주의 경계를 넘어갔지.]

[훔쳐요? 당신 같은 사람이?]

그가 서린을 바라보았다. 놀란 그녀를 비웃는 듯한 얼굴이었다.

[운이 좋았군.]

[네?]

[훔치지 않아도 되는 삶을 살았다니 말이야. 누구든 사흘 이
상을 내리 굶으면 도둑이 되지. 그러기 싫으면 무엇이든 팔게
돼. 심지어 몸뚱어리라도.]

이 세상의 모든 것을 다 가진 듯해 보이는 그 남자의 눈은 뜻
밖에도 아주 검고 어두웠다.

그가 손을 들어 자신의 턱을 쓸었다. 싱긋 웃는데도 가슴이
아팠다. 이상한 일이다. 그의 미소가 이제는 더 이상 웃음으로
보이지 않는다. 눈물 대신, 흘리지 못하는 액체 대신 흘려내는
것으로 보인다. 어째서 그럴까?

[다행히 내 아버지는 남들보다 더 잘난 이 얼굴 가죽을 벗겨
내지 못했지. 덕분에 어느 순간, 편안해지더군. 내 잘난 낯짝을
충분히 이용할 수 있다는 것을 알게 되었거든.]

그것으로 충분했다. 속에 들어 있으나 절대로 그가 입 밖으로
내어 말하지 않은 것을 충분히 읽어낼 수 있었다.

그가 가장 수치스러워하는 것들을. 누구에게도 말하지 않고
속에만 감추어두었던 그 것들을 다 보아버렸다. 그의 지나간
과거 속에는 누구에게도 헤쳐 보일 수 없는 수치와 고통이 썩
은 고름 주머니로 엉켜 있었다. 이 남자, 이런 사람이었구나.
그 누구도 상상하지 못할 무서운 것들을 온몸으로 견딘 사람이

었구나.

[이 년 만에 집으로 돌아왔을 때.]

그가 서린을 똑바로 바라보았다.

[아버지가 바라던 대로 난 정신을 차렸어. 하지만 지나친 것은 모자란 것만 못하다지. 난 너무 많이 철이 들어버렸더군. 이미 늙어버린 심장을 안고 돌아왔으니까. 어떤 것에도 만족하지 않고 그 어느 것에도 흔들리지 않고 그 무엇도 사랑하지 못하게 된…….]

바라트 전역을 떠돌던 이 년 동안, 라탄은 그의 일생 전부를 써도 경험하지 못할 온갖 것들을 다 맛보았다.

그가 태어나고 살아가는 나라의 악하고 추하고 더럽고 끔찍한 모든 것을 마셨다. 착하고 아름답고 장엄한 것들보다 검은 그늘은 더 짙었다. 누군가를 믿고 사랑하고 기대고 마음을 나누는 일 같은 건 절대로 할 수 없는 돌의 심장을 넣고, 그는 집으로 돌아왔다.

아버지가 바란 대로 라탄은 어른이 되었다. 책임과 의무를 알고 감당해 낼 수 있는 존재가, 가진 것을 지킬 줄 알고 만들어낼 수 있는 사람이 되었다. 하지만 아버지는 모르셨다. 그 대가로 그가 무엇을 잃어버리고 온 것인지 말이다.

[아버지는 철부지 아들을 어른으로 만들었어. 하지만 그 아들은 어른이 된 게 아니라 죽음을 바라보는 불구의 노인이 되어버린 것을 돌아가실 때까지 모르더군.]

그리고 남은 시간들. 어찌해도 털어내고 잊어버릴 수 없는 그 기억들을 지워 버리고 싶었다. 죽기 위해 악착스레 살아내는 그 모순을 누구에게 말할까?

누구도 그 무엇으로도 위로되지 못하는 그 시간 동안, 그를 견디게 하고 살아남게 하고 돌아가게 한 힘은 바로 너. 꿈속의 그녀. 나의 라다.

라탄의 이야기는 서린에게도 충격을 준 것이 분명했다.

[그런 이야기, 상상도 못했어요. 라탄이 그런 참혹한 경험을 했으리라고는…….]

[이봐, 서린. 사람은 눈에 보이는 게 다가 아니라고 몇 번이나 말해야 하지?]

[하지만 라탄, 내게 그런 이야기를 왜 하는 거죠? 그런 기억은 자존심 강한 당신이 입 밖으로 내기에는 너무 고통스럽고 수치스러운 일 같은데.]

[너니까. 너는 다 공감하고 이해할 테니까.]

[설마…….]

[고통의 족쇄는 가장 큰 덫이지, 서린. 내 고통을 내 절망과 아우성을 너는 알아. 너는 느껴. 그래서 너에게만 이야기해. 내가 말하지 않은 것까지 너는 이미 알고 있어. 나보다도 네가 더 잘 알아. 너는 그런 날 내게 유일한 구원이었으니까. 그런 세월 동안 너만이 나와 동반했으니까.]

[당신의 말을 이해할 수가 없어요.]

[언젠가는 이해하게 될 거야. 네가 내 운명이라는 것을 인정할 때쯤이면.]

라탄은 살풋 고개 돌린 채 외면하는 서린을 바라보았다. 그의 시선을 차단하듯 물을 마시며 눈을 내리깐 그녀를 열망 어린 시선으로 흡입했다.

보리수 아래, 별빛을 이불 삼아 잠들던 그때, 들개 떼에게 쫓겨 피 흘리던 때도, 죽음을 더듬을 정도로 열병을 앓던 그때, 혹은……. 내장이 찢길 정도로 고통스럽던 치욕의 그 순간에도……. 그녀의 흔적만이 구원이었다. 꿈에 나타나 안아주었던 네가 있었어.

그런 시간을 살아내고도 내가 짐승이 되지 않고 인간의 거죽을 온전히 간수할 수 있었던 건 오직 너만이 이유였다.

서린. 나의 라다. 내가 너에게 집착하는 이유가 단순한 애욕만이라고는 생각하지 마. 그때부터 이미 넌 내 생명을 간수하는 황금의 잔이었어.

제11장
—어쩔 수 없는 일—

포장마차를 나왔을 때는 이미 어둠이 깊어 있었다. 몸을 후려치는 싸늘한 추위가 어깨 위로 내려오고 있었다.

[차를 마시죠.]

[조금 걸은 후에.]

불야성인 명동 거리를 느릿느릿 걸었다.

원래 그러한가. 그다지 바쁠 것도 없고 서두를 것도 없다는 동작이었다. 이상한 일이지만 라탄과 함께 있으면 시간이 제 속도의 두 배는 느리게 흘러가는 것 같다. 나른한 오후, 열대의 하얀 해변에 세워둔 비치파라솔 아래 드러누워 있는 것 같은 느낌이랄까?

[당신이랑 나란히 걷고 있으니 행복하군.]

라탄이 고개를 돌리며 싱긋 웃었다.

더운 나라 사람이어서 그런가. 서린에게는 조금 춥다 할 정도
인 날씨인데도 그의 입술은 파랗게 얼어 있었다. 깃에 모피가
달린 두터운 가죽코트를 입었음에도 추위를 막기에는 역부족인
듯싶었다. 서린은 그런 그의 모습을 바라보다 자기도 모르게 목
에 두른 얇은 목도리를 풀어 그의 목에 걸어주었다. 본능적인
행동이었다. 그래 놓고 문득 왜 그랬을까 후회하게 되었지만.

[여기, 당신의 향기가 배어 있군. 오늘 밤 잠은 다 잔 것 같아.
이봐, 서린. 남자를 이렇게 고문하면 천벌받는다구.]

느물거리는 그 미소가 너무 진하고 달아 마구 뭉개 버리고 싶
었다. 짓궂은 미소를 보자마자, 괜히 그랬다 싶어 골이 났다. 하
지만 이왕 엎질러진 물이었다.

[그럼 돌려줘요. 굉장히 추워 보여서 마음 쓴 건데.]

서린은 톡하니 쏘아붙였다. 그 남자에게 이끌려 가는 어떤 감
정의 촉수를 스스로 잘라 버리려 하는 안간힘이기도 했다.

[순수한 호의가 더 무섭지. 순진한 넌 모를 테지만. 네 마음
그대로 와서 내 마음에 박혀 버리니까.]

[무슨 뜻이죠?]

[혼잣말이야. 자, 이 정도면 적당하게 춥군. 어디로든 들어가
서 뜨거운 것을 마시자. 어디로 안내해 줄 거지?]

[이왕 걷는 김에 조금만 더 걸어요. 근사한 전통 찻집으로 모

실게요.]

[정말 훌륭한 민간외교관이라니까.]

놀리는 건지, 진담인 건지. 빙글빙글 웃고 있는 그 남자의 속은 절대로 알 수 없을 거야.

친구들과 종로에 나올 때 가끔 들르는 찻집을 향해 두 사람은 나란히 걸어갔다. 자리를 잡은 후 서린이 라탄을 바라보았다.

[인도 분들은 단것을 좋아하시던데 라탄은 어때요?]

[나도 당연히 좋아해.]

[그럼 제가 권해 드리는 것으로 하실래요?]

[그대의 뜻대로.]

[부러워. 그렇게 단것을 즐기는데도 살이 찌지 않는다니, 인도인들은 정말 축복받은 거라구요.]

항상 체중 관리에 신경을 써야만 하는 승무원다운 말이었다. 라탄은 고개를 끄덕였다. 거부와 부정의 뜻이었다.

[인간의 몸에 필수적인 영양분을 거의 섭취하지 못하는 사람들이 대부분이야. 그래서 그런 거라구. 한국식으로 우리나라를 생각하지 마.]

[아, 저런. 미안해요. 제 생각이 짧았네요.]

라탄은 한국말로 주문을 하는 서린을 가만히 지켜보았다. 그의 나라인 인도에 대해서 이 여자는 거의 모르고 있는 거다. 그의 존재에 대해 관심을 가지고 있지 않는 것만큼이나 말이다.

'곤란하군. 내 나라에 대한 교육을 좀 더 시켜야겠어.'

이윽고 주인이 차를 가져왔다. 곁들이로 작은 접시에 분홍색의 파삭한 과자가 두 개 나왔다.

[이건 유자차고, 이건 식혜예요. 그리고 이 과자는 우리나라 전통과자인 쌀강정이구요.]

[식혜는 먹어보았어. 예전에 한국을 방문했을 때 만찬의 후식으로 나왔지.]

자연스럽게 식혜는 서린의 몫이 되었다. 유자차는 산뜻한 자극이었다. 기분 좋은 신맛과 상큼한 향기가 일품이었다.

[맛있네.]

서린의 입술 위로 순한 미소가 떠올랐다. 라탄도 따라 미소지었다. 다시 유자차 한 모금을 마셨다. 시원하고 청량했다.

[이것, 당신과 비슷해. 상쾌하면서도 달콤해. 그런데도 서늘하고 자극적이군.]

[라탄.]

서린의 목소리는 엄했다. 그따위 작업 거는 말일랑은 하지 말라는 경고였다. 라탄은 실실 눈웃음을 날렸다. 그의 말이 가서 꽂히면 그대로 반응을 보인다. 그래서 이 여자하고는 말을 하는 재미가 자꾸 생겼다.

[라탄, 저기…….]

[서린, 할 말이…….]

두 사람이 동시에 말을 꺼냈다. 그만 쑥스러워 두 사람은 아무 말 없이 미소만 흘리고 말았다. 불빛 아래, 보얀 서린의 볼이 붉게 물들어 있었다. 혀를 내밀어 서린의 모든 것을 핥아 내리고 싶었다. 그러면 그녀의 모든 것은 달콤함으로 녹아날 것이다.

[먼저 말씀하세요.]

[아니, 서린 먼저.]

[언제 델리로 떠나시죠?]

[내일 저녁.]

[그렇군요.]

라탄은 기대와 애원을 담고 상냥하게 물었다.

[내일 한 번 더 만나줄 건가?]

[저는 내일 비행이 있어요. 저녁 일곱 시에 돌아와요.]

그래서 힘들다는 완곡한 거절이다.

[내가 표를 바꾸지. 공항에서라도 잠깐 만나줘.]

잠시 침묵이 흘렀다. 찻집의 나직한 소음 사이로 안타까운 마음이 묻혀 사라져 갔다. 하지만 이것으로 내가 단념한다면, 너의 오산이야. 라탄은 입술 끝을 비틀며 다시 물었다.

[델리에는 언제 다시 오는 거지?]

[이번 달은 없어요. 다음 달은 비행 스케줄이 나와봐야 하구요.]

[섭섭하군. 아무리 멀어도 한 달에 한 번 정도는 널 볼 수 있을 거라고 믿었는데.]

[그런 일은 힘들 것 같아요.]

[이래서 원거리 연애가 힘들다는 거군.]

라탄은 서린이 알아듣지 못하는 힌디어로 푸념했다.

어찌하든 그의 그물 안으로 밀어 넣어야 마음대로 요리를 할 수 있을 텐데. 일단 둘이 사는 공간의 물리적인 거리가 너무 멀었다.

데이트를 한번 하려고 해도 아홉 시간을 날아와야 가능하다니. 이건 전용기를 가진 라탄이라 해도 쉽지 않은 일이었다. 하물며 서린의 스케줄을 보아가며 도둑처럼 스며들어 와야 한다니. 운명처럼 반려를 찾은 건 좋은데. 어쩌다가 이렇게 어려운 상대로 만나 버린 것인지.

그래서 라탄은 무작정 떼를 썼다. 친절하고 배려할 줄 아는 서린의 약한 마음을 공략했다.

[내일 우린 반드시 만나야 해. 한동안 보지 못할 거잖아.]

[그래도…….]

[나한테 빚이 있을 텐데? 난 자기를 공항까지 정중히 모셔다 주었다고. 그리고 내 선글라스 깨먹은 사람도 자기야.]

[네, 그래요. 할 수 없죠. 비행 마치고 인천공항으로 나갈게요. 배웅해 드릴게요.]

말하고 싶은 것은 무한히 많다. 하지만 말하지 않은 것들이 대부분이었다. 대신 두 사람 다 별로 말하고 싶지 않은 것들만 주절주절 늘어놓고 있었다. 별로 듣고 싶지도 않은 말들을 아주 흥미로운 듯이 말하고, 들을 수밖에 없는 이 모순들을 어떻게 해야 할지 모르겠다.

마침내 두 사람은 그저 침묵한 채 앞에 놓인 찻잔만 멍하니 바라보기만 했다.

[지루하신 것 같아요.]

[음, 지루해.]

감추지 않았다. 굳이 속일 필요도 없었다. 그가 원하는 것은 오직 하나. 그녀의 전부를 소유하는 것이다. 이렇게 쓸데없는 수다질 말고, 의미없는 잡담 같은 것 말고, 침대 안에서 지워지지 않는 자신만의 각인을 찍는 것이다. 그것 말고는 사실 다른 일 같은 건 하고 싶지 않았다.

[그럼 일어나실까요? 저도 집에 돌아가야 해요. 좀 피곤해요.]

[둘만 같이 있고 싶어. 나랑 호텔로 가지 않을래?]

무례하고 능글맞기까지 한 제안에 서린은 기가 차다는 표정을 감추지 않았다.

[라탄, 계속 이런 식으로 날 유혹한다면, 정말 당신을 만날 수 없어요.]

[가방 속에 선물이 있어. 그것을 주고 싶을 뿐이야. 내가 유혹한다고 해서 당신이 넘어올 건 아니잖아?]

[선물이라니?]

[기억해, 예전에 내가 당신을 그린 것?]

[아.]

서린의 얼굴이 갑자기 복잡해졌다.

[그날 난 당신을 두 장 그렸어. 하나는 보여주지 않았지. 그것도 기억해?]

긍정의 표시로 서린이 고개를 끄덕였다.

[그럼 델리에서 우리가 같이 본 세밀화는?]

[기억해요.]

[그때의 당신 모습을, 내가 세밀화로 다시 그렸지. 겸손하게 말하고 싶지만 모처럼 걸작이 탄생한 것 같아. 어때? 솔직히 말해봐. 보고 싶지 않아? 내가 그린 당신 자신의 모습을.]

한참을 망설이고 있었다. 또 다른 유혹. 훨씬 더 은밀하고 은근하며 치명적인 그것. 남자가 넓게 펼친 그물 안에서 순결한 처녀는 무력한 날개를 퍼덕이고 있다. 하지만 검은 아폴론이 던진 유혹은 누구도 벗어나지 못해. 그건 서린도 예외는 아니었다.

그녀가 보시시 한숨을 내쉬었다. 나지막한 목소리로 정직하게 대답했다.

[솔직히, 보고 싶어요.]

[같이 호텔로 가자.]

[그건……]

[넌 밤의 밀실에서 우리 단둘이 있는 것이 두려운 모양이로군.]

그것을 두려워하지 않는 여자도 있나요? 서린의 시선은 오히려 라탄에게 되묻고 있었다.

그는 비주룩이 웃었다. 나와 함께 그런 시간과 기회를 가지지 못해 안달하는 여자들은 이 세상에 넘치고 넘쳤다고. 바보 서린. 그는 남은 유자차를 단번에 들이켰다.

[좋아. 여기서라도 잠시 널 그리게 해줘. 그럼 선물로 그 그림을 주지. 어때?]

[정말 욕심쟁이라니까. 당신은 만족할 줄 모르는군요. 하나를 주면 또 다른 하나를 요구해요.]

[그래, 너에 대해선 늘 탐욕적이지. 인정해.]

[부끄러운 줄 알아요!]

분개한 얼굴로 따져 대는 서린의 얼굴만 보아도 행복했다. 혈관의 핏줄이 활활 타는 것 같았다. 정염의 불길로 끓어올랐다. 갖고 싶어. 널 안고 싶어. 미치도록 탐닉하고 싶어.

라탄의 청을 받아 주인이 그에게 4B연필과 작은 스케치북을 가져다주었다. 한 시간여 동안 라탄은 서린을 그렸다. 영혼에, 기억에 다시 새겼다.

라탄이 스케치를 끝내자 서린은 손목시계를 내려다보았다. 라탄은 벽에 걸린 시계를 바라보았다. 열 시 반.

[늦었나?]

[헤어지기엔 적당한 시간이죠.]

[하긴 내 여자가 밤늦게 쏘다니는 것을 좋아한다면, 난 무척 걱정될 거야.]

말마다 잡아채서는 묘하게 얽어버리고, 제멋대로 갖다 붙이는 라탄의 말버릇에 서린은 거의 미칠 지경이었다. 왜 또 대화가 이렇게 흐르는 거지. 이 남자에게는 거부나 저항 따윈 아예 가능하지 않았다.

[호텔까지 바래다 드릴게요.]

[아니, 내가 당신을 바래다줘야지. 여자에게 배웅 받는 남자 따윈 아니라고.]

[지리도 모르면서.]

[택시를 타자. 널 내려주고 나서, 난 그 택시를 타고 바로 돌아오면 되잖아.]

결국 또 이렇게 된다. 여기서 그만 하고 딱 자르려 했던 것이 왜 같이 택시를 타고 같이 집에까지 가는 것으로 끝나게 되는 거지?

[손 잡아도 되니?]

[아니요.]

슬슬 다가오는 손을 가볍게 내쳐 버렸다. 라탄이 과장되이 장갑 낀 손을 들어 호호 불었다.

[정말 손도 맵군, 쌀쌀맞은 나의 서린.]

[전 당신의 서린이 아닌데요?]

[언젠가는 그렇게 될 거야. 내가 그렇게 만들 테니.]

[내가 알아듣지 못하는 말로 말하지 말아요.]

라탄이 힌디어로 중얼거리는 것을 듣고 서린이 경고했다. 그러거나 말거나, 라탄은 씩 웃는 것으로 대답을 대신했다.

하지만 겉으로 웃는 만큼 아프다. 살아 있다는 것이 인간다운 감정을 지니는 것이라면, 지금 라탄에게 있어 그것은 고통의 느낌이었다. 문신처럼 박혀 지워지지 않는 이것은, 이루어지지 않는 욕망, 가질 수 없는 것에 대한 갈증.

지금껏 제멋대로 살아온 오만의 대가는 이런 것이었나 보다. 이렇게 씁쓸하고, 숨 막히고, 슬픈 감정이라니. 그러나 그것을 개선하기 위해 아무것도 할 수 없는 무력함을 라탄은 절절히 느껴야만 했다.

택시를 타자 해놓고 서린이 정작 택시를 잡으려 하자, 라탄이 만류했다. 지하철 표지판을 손짓했다.

[지하철을 타고 싶어.]

[하지만 크리스마스의 밤이라 엄청 붐빌 텐데…….]

[서울의 지하철, 유명하잖아. 한 번 꼭 타고 싶어. 지금 우리 회사가 한국 기업과 합작해서 델리에 지하철 건설하고 있는 거 모르지?]

[아, 그래요?]

[올드와 노스(north) 구간은 이미 개통했고, 지금은 노이다와 구르가온 쪽을 공사 중이야.]

게다가 그가 싱긋 웃으며 서린의 손을 잡아끌었다.

[지하철을 타면, 택시를 타는 것보다 더 오래 너하고 같이 있을 수 있잖아.]

[하지만 호텔로 돌아가실 때 곤란하잖아요.]

[그땐 서린이 택시를 잡아줘.]

마지막 지하철이었다. 크리스마스를 즐기러 나왔다가 집으로 돌아가는 사람들로 칸칸마다 붐비고 있었다.

홀쩍 키가 크고 신처럼 아름다운 데다가 거무스름한 피부를 가진 이방인과 함께 지하철을 탄 것이 이상한가? 사람들이 힐끗힐끗 두 사람을 곁눈질하고 있다. 라탄 역시 그것을 눈치 챈 듯싶었다.

[왜 사람들이 우리를 보는 거지?]

[아무래도 지하철을 외국인이 타니 신기한가 보죠.]

[한국 사람들, 이런 면에서는 너무 폐쇄적이야. 난 동물원 원숭이가 아니잖아.]

라탄이 투덜거렸다. 홍대 입구에서 내릴 때까지 그리고 그는 내내 말이 없었다. 자신의 그림자가 박힌 유리창만 바라보고 있다.

서린 역시 라탄 곁에 서서 정면만 바라보았다. 마음을 감추고, 정직한 감정을 속이고, 서로에게만 반응하는 열정을 삭이며 그렇게, 둘은 내내 침묵했다. 이 세상 그 누구 앞에서도 서로에게 닿은 그 마음을 드러내고 싶지 않았던 것이다.

[역에서 집까지 택시로 한 오 분 걸려요.]

[그럼 걷자.]

[괜찮아요. 여기서 호텔로 돌아가세요.]

[난 명예를 아는 신사야. 적어도 당신이 집에 안전하게 들어가는 것 정도는 지켜줄 줄 안다고.]

끝내 사양하는데도, 라탄은 막무가내였다. 결국은 아파트까지 따라온다. 마지못해 서린은 라탄과 함께 아파트까지 걸어갔다.

집 입구가 보이는 벤치 앞에서 서린은 돌아섰다. 이제 정말 돌아가라고 말할 작정이었다. 그러나 그가 먼저 어둠에 묻혀 있어 사람들 눈길을 피하기 좋은 놀이터 쪽으로 서린의 팔을 잡아 끌었다. 그는 정글짐 뒤로 서린을 데려온 뒤 그녀를 자신에게로 끌어안아 돌렸다. 절박하고 애절하게 그녀의 이름을 불렀다.

[서린.]

[네.]

[이 밤이 가기 전에, 무의미한 농담 말고 진짜 이야기를 해야만 해. 서린, 내가 서울에 왜 왔는지 알고 있잖아.]

[내가 망설임없이 떠났던 것을 알잖아요. 몇 번을 물어도 언제나 내가 하는, 해야만 하는 대답을 당신도 이미 알고 있어요.]

서린은 입술을 깨물며 한 치의 주저함없이 대답했다.

[하지만 무엇인가 있어! 우리 사이에 일어난 일을 부인하려고는 하지 마. 그건 용서 못해.]

낮으나 강한 목소리로 그가 오금을 박았다. 그렇게 말하지 않아도 서린은 이미 충분히, 지나치게 많이 알고 있었다.

[벌어진 일들을 감추고 덮으려는 건 아니에요. 하지만 이럴

수밖에 없어서 그러는 거예요.]

[내게로 오겠다는 약속만 해줘. 나머지는 내가 다 처리할 테니까.]

[그럴 수 없어요.]

[내가 절대로 널 놓을 수 없다는 건 잘 알고 있잖아.]

[……난 당신의 한시적인 애인 노릇은 할 수가 없어요.]

삽시간에 라탄의 얼굴이 붉어졌다. 그런 말을 내뱉은 서린을 믿을 수 없다는 듯이 노려보았다.

[넌 날, 우리를 모욕했어. 당장 사과해.]

[그게 우리 관계의 진실 아닌가요?]

[내가 너에게 바라는 게 기껏 숨겨진 정부(情婦) 노릇이라고 누가 말했지?]

[그럼요? 당신이 나하고 결혼이라도 생각하고 있다는 말인가요?]

[그렇다면?]

서린은 고집스레 고개를 흔들었다.

[그건, 절대로 가능하지 않아요.]

[어째서?]

[우린 완전히 다른 세상에서 사는 사람들이에요. 게다가 난 약혼자가 있고, 당신은 당신의 지위와 가족이 있어요. 우리가 잘될 턱이 없어요. 지금은 모르지만 시간이 지날수록 힘들어져 갈 거야. 여기서 그만두는 게 옳아요.]

[너와 함께할 수 있다면, 내가 가진 것 다 버릴 수 있어.]

라탄이 자꾸만 거부의 이유를 밝히는 서린의 입을 단번에 막았다.

[난 그럴 수 없어요.]

자신이 그를 깊이 상처 주었다는 건 그의 표정만 보아도 알 수 있었다. 서린은 그래서 자신이 더 무서웠다. 그녀가 무엇이기에 이 대단한 남자가 상처를 입는가. 붉은 피를 흘리는 표정으로 집착하고 안달하는가.

[내가 당신을 상처 입혔군요. 또다시.]

라탄은 아무 말도 할 수가 없었다.

금세 눈물이 흐를 것만 같은 눈동자로 사과하는 이 사람을, 그러면서도 그를 버리겠다고 말하는 이 여자를 미워할 수만 있다면 뇌리 속에서 밀어낼 수만 있다면.

하지만 서린에 대해 그 어떤 것도 가능하지 않았다. 그가 살아가는 유일한 이유인데, 어떻게 미워할 수 있을까?

[난 언제나 당신을 아프게만 하네요.]

라탄은 서린의 두 손을 잡아 입 맞추었다. 상냥하게 말해주었다.

[그렇지 않아.]

이 여자가 그에게 어떤 의미인지 설명할 수 있다면. 그래서 너도 날 받아들여 준다면.

[넌 나를 갈망하게 하고, 희망을 갖게 하고, 무엇보다 죽고 싶

지 않게 만들어. 널 두고는 난 죽을 수 없을 것 같아. 미안해서.
그래서 살고 싶어, 너 때문에.]

라탄은 연인의 투명한 볼을 살며시 만졌다. 서린이 아주 낮은
목소리로 되물었다.

[미안해서?]

[그래. 내가 죽으면 홀로 남은 네가 슬퍼할까 봐, 못다 준 것
을 후회하고 아쉬워하며 네 생을 망칠까 봐. 돌아오지 않는 것
들 때문에 아름다운 네 시간과 인생을 무참하게 파괴할까 봐.
나와' 같이하는 삶이 얼마나 아름다운지, 충분히 맛보고 나서,
추억으로 가득 찬 시간을 가지고 나서 그때쯤, 헤어져도 좋을
만큼 오래 같이 산 연후에……. 그러고 나서야 난 죽을 수 있을
거야. 하지만 지금은 아냐.]

검은 밤처럼 암담한 눈동자로 이토록이나 절실한 사랑 고백
을 하는 남자라니. 인간이되 인간이 아닌 듯한 꿈속의 이 남자
가 그녀를 사랑한다고 말했다. 그녀 때문에 죽을 수도 없다고
말한다.

[나는…… 이렇게 아름다운 당신이라서, 많이 미워할 거예
요.]

라탄이 서린의 어깨에 얼굴을 묻었다. 서린 역시 라탄의 품
안에 얼굴을 묻은 채 절망적으로 중얼거렸다.

[그러니까 공평하게 당신도 나를 미워해요.]

[널 미워할 수 있어야 하는데, 잊어버려야 하는데. 가능할지

자신이 없어. 머리로는 가능한 일이 어째서 가능하지 않지? 왜 난 너를 놓지 못할까. 단념하고 그만 던져 버리지 못할까?]

그건 물음이 아니었다. 자신에게 되묻는 쓸쓸한 고백이었다.

[라탄, 마지막으로 부탁해요. 제발 날 버려요. 놓아줘요.]

[그래, 네가 원한다면.]

입으로는 대답하면서도 두 팔로는 놓지 못하는 이율배반. 말로는 밀어내고 거절하면서도, 이 따뜻한 팔을 인정하고 마는 스스로가 죽도록 싫다.

[다시는 안 만날 거야. 델리 따윈 절대로 가지 않을 거라구요.]

[그래.]

[당신이 뭐래도 난, 다시는 생각도 하지 않을 거야. 3월이면 현조 오빠하고 결혼해요. 당신 따윈 금세 잊어버릴 거라구요.]

[나도 그럴 수 있었으면 좋겠다. 널 잊을 수 있다면, 너에게서 잊혀질 수 있다면.]

[왜 날 이렇게 아프게 해요?]

[틀렸어, 네가 날 아프게 해. 네가 나쁜 거야.]

억지를 부리고 있다. 이건 이 사람의 어리광. 투정. 서린은 눈물을 삼켰다.

[당신 같은 사람도 아픈 게 있어요?]

[당신 때문에만 그래. 너는 손톱 아래 가장 약한 곳에 박혀서 나를 콕콕 찔러. 너만 생각하면 멍해지고 힘이 풀리고 슬프고

가슴이 아프고 기쁘기도 하고 화가 나.]

[난 당신이 그렇게 집착할 만한 가치가 없는 여자예요.]

[넌 내 혈관에 스며 있는 피톨과도 같아. 심장을 뛰게 만들지. 넌 내 생명의 즙액이야.]

남자의 사랑은 이런 것인가? 이토록이나 무모하고 대책없고 끝간 데 모를 만큼 질주하는 것인가.

[악바르의 승전탑 '블랜드 다와라 자미마스지드'에는 다음과 같은 말이 새겨져 있지.]

그가 억지로 웃었다.

['세상은 다리, 순간을 원하는 자가 영원을 원하는 법, 다리 위에 집 지으려 하지 말고 지나가거라'. 당신을 위해 나도 다리가 되어야 하는 걸까?]

아름다운 인도 남자는 작별인사 대신 서린을 위해 하나의 시를 외워주었다.

[이 시는 이렇게 끝나지. '삶이 거주하는 곳은 사람의 가슴속이다'라고. 네가 어디에 가 있든 그 누구와 살아가든 넌 평생 내 가슴속에 살아가게 될 거야. 그것만 기억해.]

서린은 라탄이 돌아서는 것을 바라보았다. 오래도록 가슴을 부여잡고 서 있기만 했다.

'당신은 정말 누구예요, 라탄?'

정말 무서운 일이었다.

그냥 협박에 못 이겨서야. 그가 정말 회사까지 찾아와 난장질

치면 안 되니까, 만나서 다시 한 번 딱 잘라 거절하는 거야. 온 갖 비겁한 변명들을 내세우며 만났다. 그런데 정작 그를 보니 그 많은 거절거리가 하나도 생각나지 않았다. 오직 그 사람의 야윈 얼굴과 갈망하는 눈빛만이 보였다.

'더 무서운 건 그게 아니잖아.'

서린은 두 팔로 자신의 몸을 꽉 끌어안았다. 천천히 집을 향해 걷기 시작했다. 그와 함께 있는 동안은, 단 한 번도 현조를 생각하지 않았다. 그와 헤어진 지금에서야 이제야 비로소 죄책 감과 미안함이 심장을 잠식하는 이 뻔뻔함이 소름 끼쳤다. 그녀 자신. 이토록 가증스럽고 염치없는 여자였던가.

제주공항에 막 내리는데, 현조의 전화를 받았다.

―서린아, 일곱 시에 서울 온다 그랬지?

"응."

―영조가 같이 밥 먹자 그런다. 여자 친구 소개시켜 준다고 그러네. 내가 김포공항으로 데리러 갈게.

아, 그렇지. 저녁 식사를 같이 하자고 약속했었지. 어젯밤 라 탄을 만난 이후 까마득히 잊어버린 약속의 무게가 천근만근이 었다.

서린은 망설이다가 어렵사리 입을 열었다. 가슴이 두근거리 고, 양심이 찔려서 이제는 더 이상 감출 수 없다. 이 일로 현조 에게 혼이 난다 해도 어쩔 수 없다. 서린은 휴대전화를 잡은 손에 단단히 힘을 주었다.

"있잖아 오빠, 미안해. 오늘 저녁 같이 못 먹을 것 같아."

―어, 왜? 늦게 도착하니?

"그게 아니고……. 오빠, 저기 말이지…… 라탄이라고 기억해? 델리에서 나 아팠을 때 도와준 분. 타다그룹 회장님이라는 그분."

―그래. 그런데 왜?

갑자기 현조의 목소리에 작은 그늘이 낀 듯한 느낌은 착각일까?

―그 남자가 왜?

"지금 서울에 와 있대."

―뭐? 그 남자가 지금 서울에 와 있다구? 어떻게?

"출장이거나 그런 거겠지. 국제적인 사업가잖아. 어제 연락을 했더라고. 만나서 밥이나 먹자고. 그런데 내가 근무라서 못 만난다고 그랬는데, 오늘 밤에 인도로 돌아간대. 인천공항에서 얼굴이나 잠시 보자고 해서……. 미안해, 오빠. 그런다고 약속했어."

―하긴 델리에서 네가 신세 진 것을 생각하면, 마땅히 접대해야지 싶다. 몰랐으면 상관없는데, 연락이 닿았고 또 서울에 와 있다는데 모른 척하기는 좀 그런 것 같구나. 알았어.

서린은 잠시 망설이다가 작은 목소리로 물었다.

"저어, 현조 오빠, 우리 같이 나가지 않을래?"

─나도 같이?

"응. 어차피 오빠도 한 번 본 사람이잖아. 같이 만나서 차라도 한 잔 대접해 줘. 혼자 만나려니 좀 그래."

이것으로 끝내는 거야. 확실하게 가위질 해야만 해. 아파해도 어쩔 수 없는 거야. 가증스런 나를 욕해도 좋아, 오빠. 하지만 우리 둘을 위해서야. 오빠, 나중에 아주 나중에 솔직하게 이야기해 줄게. 난 그 사람 무서워. 그 사람은 자꾸 나를 흔들고, 아프게 하고, 달려가고 싶게 만들어. 그 사람은 오빠를 위해서 버려야 하고, 거절해야 해. 그러니까 한 번만 나 더 도와줘. 오빠, 부탁이야.

서린은 휴대전화 폴더를 접으며 입술을 꼭 깨물었다.

그녀가 오고 있다.

라탄은 자신도 모르게 몸을 곧추세웠다.

아직 눈으로는 보지 못하지만 느꼈다. 느껴졌다.

긴장과 기대로 솜털이 곤두섰다. 밤새 한잠도 자지 못한 불면도, 바늘처럼 찔러대는 것 같았던 고통과 질투도 그녀의 모습을 다시 보면 사라질 것 같았다. 존재하는 것만으로도 모든 것을 다 용서하게 하고 풀어버리게 되는 여자. 서린.

어떻게 시작되었고 어떻게 여기까지 왔는지 알 수 없다. 누구에게도 고개 숙일 필요가 없었던 오만한 제왕이 한 여자 때문에 이 지경이 되었다.

확실한 건, 라탄 자신이 절대로 제어할 수 없고 멈출 수도 없는 광기에 빠져 버렸다는 것이다. 지상의 모든 권력과 부를 다 가졌으나 천녀와의 가망없는 사랑에 빠져 불길에 몸이 타버린 전설의 왕처럼 말이다 이토록 간절히 구애하고 원하는데도 그녀는 고개 한번 돌려주지 않는다. 라탄은 가망없는 연정에 묶여 있는 자신이 바보 같다 느꼈다.

'마치 우루바쉬에 빠진 불쌍한 푸루라바스 왕 같군.'

이런 집착을 어떻게 설명할 수 있을까? 이런 터무니없는 짓을 어떻게 해석해야 할까? 그녀에게 다가가서 움직이지 못하는 이런 본능을 무엇이라 불러야 할까? 한번 사로잡힌 후로 결코 풀려나지 못하는 이 지옥. 어떻게 벗어나야 하는지 라탄은 알 수 없었다.

그리고 그 지옥의 불길은 서린이 약혼자 현조와 함께 나타났을 때 절정에 달했다.

말 한마디 듣지 않고도 라탄은 그냥 알아버렸다. 서린의 마지막 대답 역시 기어코 거절이라는 것을.

서린은 아직도 벤치에 앉아 있는 그를 찾아내지 못했다. 라탄은 우울한 눈으로 그를 보지 않고 다른 곳만 찾고 있는 여자를 향해 나지막이 이름을 불러보았다.

[서린.]

서린과 현조는 그가 앉은 쪽을 지나쳐 등을 보이고 걸어가고 있었다. 그럼에도 그는 자꾸만 서린을 부르고 있었다.

서린. 이서린. 슬픈 나의 라다.

그래. 크리슈나의 연인인 그녀는 이미 목동의 아내였다. 유부녀였던 라다를 만나기 위해 수치스런 여장(女裝)을 마다하지 않았던 크리슈나처럼, 라탄 자신도 자존심의 굴욕마저 감수하며 몸을 굽혔으나 돌아온 건, 결국 치욕스런 패배.

입 안에서 꽃송이처럼 으깨지는 향기로운 이름은 그대로 목울대를 넘어 사라지고 말았다. 라탄이 부르는 그녀의 이름은 그녀의 곁에 선 남자의 환한 웃음소리를 이길 수가 없었다.

닿지 않아. 나는 너에게 닿을 수 없어.

행복한 너를 위해 나는 불행해야 하는가? 내가 널 원하는데, 너는 다른 사람을 원해. 다른 남자 앞에서 웃어.

내가 널 좀 더 일찍 만났더라면 너의 연인은 나였을 텐데. 왜 넌 나를 기억하지 않지? 그토록 오래 내 꿈에서 너는 날 찾고 있었으면서, 안아주었으면서. 이제 드디어 난 널 찾아냈는데, 넌 날 기억하지 못해. 날 원하지 않아. 이건 공평하지 않아. 부당해! 소리없는 아우성이 메아리쳤다. 흔적없이 사라져 버렸다.

사랑 앞에 초라한 패배자가 된 라탄은 이국의 공항에 홀로 앉아 쓸쓸하고 서러운 자신의 초상을 뚫어질 듯 응시하고 있었다.

거의 다친 적 없는 심장이 먼지처럼 부서지는 경험을 하고 있었다.

그의 품속에서 휴대전화가 울렸지만 라탄은 한참 동안 울리게 내버려 두어야 했다. 시커멓게 그늘진 음울한 감정이 물결처럼 덮쳐 와 그는 꼼짝도 하지 못했다.

—[어디 계세요?]

[여기.]

라탄은 나지막이 대답했다.

너의 곁에, 언제나. 널 찾으면서. 널 갈망하면서. 여기 서 있어.

—[그렇게 말씀하시면 어딘지 알 수가 없잖아요. 조금만 더 친절하게 대답해 주세요.]

[바로 네 옆에. 고개를 돌려봐.]

현조가 커피숍으로 걸어간다. 한 이십여 미터 앞, 휴대전화를 귀에 댄 채 서린이 살짝 고개를 돌렸다. 근무 후 바로 달려온 모양인지 서린은 별다른 화장도 하지 않았다. 단정하게 쪽진 머리, 유니폼 위에 승무원용 코트를 겹쳐 입고 스카프를 두르고 있었다.

그런데도 라탄의 눈에 여신처럼 보였다. 그의 영혼을 사로잡은 유일한 여신. 눈을 뗄 수가 없었다.

서린의 시선이 우두커니 앉아 그녀를 바라보고 있던 라탄의 눈과 마침내 마주쳤다. 약간은 당황해하는 듯도 한, 혹은 마침내 사람을 찾아 반갑고 안도하는 그런 얼굴이 되었다.

너의 웃음이 내게는 비수로군.

그 웃음 앞에서 고통스러워하며 라탄은 또한 바보처럼 행복해서 웃었다.

—[지금 갈게요.]

맑고 투명한 네 목소리가 밉다. 서린, 날 보고 어색하게 웃는 네가 밉다. 하지만 널 보게 해주었으니 감사해.

서린이 제일 먼저 그의 목에 둘둘 걸린 자신의 목도리를 바라 보았다. 당황한 표정이 역력했다.

라탄은 억지로 미소 지었다. 먼지처럼 부서진 심장 따윈 가면 같은 얼굴로 가리고, 쾌활하게 미소 지었다.

[멋진 목도리지? 달란 말은 하지 마. 서울의 유일한 추억이니 까.]

서린의 표정이 다시 복잡미묘하게 변했다. 어떻게 대답을 해 야 할지 몰라 난처해하는 게 분명했다. 대신 괜스레 주변을 두 리번거리며 딴청을 피웠다. 화제를 다른 곳으로 옮기려 했다.

[음, 티켓팅은 하셨어요?]

[아직.]

[출발 시간이 다 되어가는데, 왜 그러고 앉아 계세요? 항공권 을 저에게 주세요. 대신 해드릴게요.]

귀찮고 부담스러운 날 빨리 보내 버리겠다는 뜻이로군. 라탄 은 심술궂게 생각했다. 하지만 이내 재킷 주머니에서 항공권을 꺼내 서린에게 건네주었다.

서린이 항공사 부스 쪽으로 걸어가고 대신 현조가 커피 두 잔 을 들고 다가왔다.

자신의 연인이 눈앞의 남자로 인해 거센 폭풍우에 휘말린 나뭇잎처럼 흔들리는 것도 모르고 얼룩 한 점 없는 착한 미소를 짓는 남자이다.

[커피?]

종이컵을 살짝 들어 보였다. 라탄은 거절의 의미로, 고개를 끄덕였다. 현조가 씩 웃었다.

[인도인들은 거절의 의미로 고개를 끄덕인다죠?]

[그런 것을 알고 있다니 의외로군.]

[한때 인도에 대해서 관심이 많았죠. 신혼여행도 인도로 가기로 약속했거든요. 그런 인연으로 우리 서린이가 회장님과 친해진 모양입니다.]

붙임성도 좋은 사내였다. 현조가 싱글거리며 라탄의 옆 자리에 앉았다.

[서린이에게 들었어요. 델리에서 보살핌을 받는 동안 굉장히 편안하고 즐거웠다고 하더군요. 잘해주셔서 감사합니다.]

[인사를 듣자고 한 일은 아닌데.]

라탄은 오만하게 턱을 치켜들며 씽긋 웃어주었다.

그저 신뢰하고 오직 사랑하는 순진한 놈이라니.

퍽퍽 모래를 뿌려주고 싶었다. 유치원 시절에도 해보지 않는 유치한 질투심에 서른두 살의 남자가 불 위의 냄비처럼 부글부글 끓고 있었다. 라탄은 심술맞게 퍽하고 폭탄을 던져 버렸다.

[솔직하게 말하자면 난 그녀를 유혹하려고 했을 뿐이야.]

[에헤? 역시······.]

[역시?]

[회장님 목에 걸린 목도리, 우리 서린이 것이에요. 이미 짐작했습니다.]

기분 나쁜 놈. 라탄은 속으로 이를 갈았다.

약혼녀가 자신을 속이고 다른 남자를 몰래 만났다는 것을 알았다. 그 남자가 자신의 약혼녀를 유혹하려 했다는 이야기까지 들었으면 좀 놀라거나 다소간 경계를 해야 정상 아닌가? 그러나 현조는 눈썹 한번 치켜뜨고는 씩 웃고 말았다. 커피 한 모금을 마셨을 뿐이다.

너무 태연하고 덤덤한 반응에 갑자기 화가 더 나기 시작했다. 라탄은 따져 물었다.

[왜 놀라지 않나? 자네를 빼고 우리 둘만 만났는데.]

[놀라야 합니까?]

오히려 그가 되물었다.

[익숙한 일이 또 일어났을 뿐인데요. 한두 번도 아닌데. 그러려니 했습니다만.]

[뭐라고?]

[우리 자기가 너무 예뻐서 말입니다. 사춘기 시절부터 늘 벌어진 일이었지요. 저 녀석 주변에서 꾀는 날파리들을 떼어내느라 제가 고생 좀 했지요.]

현조가 항공사 부스 줄 앞에 등을 보이고 선 서린을 바라보며 빙그레 미소 지었다.

'이 자식이!'

라탄은 자신도 모르게 이를 악물었다.

찬찬히 헤아려 보니, 결국 엄청난 모욕을 당한 셈이다. 라탄 역시 서린 곁에서 얼씬대는 한 마리 날파리란 뜻이었다.

사람 좋은 얼굴을 하고 아무렇지도 않게 감히 그를 상대로 잘도 까불어대고 있었다. 머리에서 김이 모락모락 나고 있었다. 살아생전 이런 모욕은 처음이었다.

그때 서린이 표를 들고 다가왔다. 자연스레 두 남자의 말이 끊겼다.

[아무래도 식사를 하고 비행기를 타는 게 나을 것 같은데. 타다 회장님, 식사를 대접해도 될까요? 아무래도 그냥 떠나보내기에는 제 양심이 허락지 않네요.]

현조가 아무렇지도 않은 얼굴을 한 채 지금껏 둘이 나눈 이야기를 한갓 무의미함으로 돌려 버렸다. 그리고 아주 자연스럽게 식사 초대를 했다.

[그 정도의 시간적 여유는 없을 것 같은데. 이십 분 정도 있다가 입국심사대를 통과해야 하지 않나?]

라탄 역시 자연스럽게 거절했다. 바라트의 긍지 높은 남자는 적과는 절대로 소금과 빵을 나누지 않는다.

현조가 서린을 올려다보았다.

[미안, 서린아. 타다 회장님이 차가운 것을 먹고 싶다시네. 여기 앉아 있어. 내가 가서 주스 사 올게.]

[내가 다녀올게. 오빠가 앉아 있어.]

서린이 무엇에 쫓기는 사람처럼 또다시 서둘러 생과일주스를 파는 가게로 걸어가 버렸다. 단 한순간이라도 라탄과 단둘이만 있는 것을 피하겠다는 뜻이겠지. 서린의 뒷모습을 바라보는 라탄의 아름다운 입술이 잔혹하게 삐뚤어졌다.

'어젯밤 우리 둘이 만난 것을 이놈에게 다 말했나? 넌 홀가분하다 이거로군. 네 공을 이놈에게 넘겼다 이 말이지?'

서린에 대한 배신감, 동시에 서럽고 억울했다. 격한 질투심에 라탄은 자신도 모르게 치졸하나 정직한 내심을 드러내고 말았다.

[린은, 너 정도가 감당할 만한 여자가 아니야. 여신은 여신답게 살아야 하는 거지.]

[말씀이 좀 지나치시군요.]

현조가 조용히 되받았다. 끝끝내 침착함을 흩뜨리지 않는다. 정말 재수 없는 자식이었다.

[빼앗기기 전에 먼저 놓는 게 덜 다치는 길이지. 자신을 위해서 감당할 수 있는 여자를 찾아보는 게 어때?]

[협박이십니까, 타다 회장님?]

[라탄, 동동하게 남자 대 남자로서 이야기하지.]

라탄은 딱 잘라 말했다.

검고 아름다운 남자의 입술에는 어젯밤 마침내 배워 버린 위험하고 불길한 미소가 흥건하게 배어 있었다.

[난 네가 상상하지 못할 정도의 힘을 가지고 있어. 너를 그렇게 만들 작정이야. 몰리고 몰려서 네가 린을 놓을 때까지, 그녀가 제 발로 나에게 달려와 도와달라 애원할 때까지 나락으로 몰아넣어 주지.]

[치졸하시군요.]

[치졸해? 웃기지 마! 그 정도로 진심이고, 그 정도로 절박하다는 거야.]

설마 이 정도라는 건가? 현조의 얼굴에도 마침내 긴장이 서리기 시작했다. 지금껏 입가에 어려 있던 순한 미소는 어느새 사라지고 말았다. 너무나 뚜렷하고 절실한 라탄의 기세에 그만 질려 버린 것이었다.

그를 마주한 라탄 역시, 지금 자신이 어떤 얼굴로 그를 노려보고 있는지 알지 못했다.

세상 모든 것을 다 가진 이 남자가, 아무것도 아쉬울 것 없는 이 남자가, 원한다면 어떤 미녀를 다 소유할 수 있을 것 같은 그런 남자가, 체면도 잃고 이성도 잃고 있다. 마구 떼쓰는 어린애의 얼굴을 하고 있다.

아주 평범한 한 남자의 그만큼 평범한 약혼녀를 원하여. 닿지 못한 마음을 아파하여. 가질 수 없는 슬픔에 분해하며 서러워하며.

라탄은 굳어져 버린 현조의 얼굴에 대고 싱긋 웃어주었다. 그리고 독 뿌린 모래알을 술술 뿌려주었다.

[한번 물어보지 그래? 린더러 아직도 널 사랑하느냐고. 혹시 흔들리지는 않았느냐고.]

[설마 서린이가 제가 아니라 회장님을 마음에 담게 되었다고, 사랑하게 되었다고 말씀하시려는 겁니까? 전 그런 거짓말은 믿지 않습니다.]

[아주 자신만만하시군.]

현조가 조용히 고개를 흔들었다. 잠시 굳어졌던 표정이 다시 온화하게 풀려가고 있었다.

라탄을 바라보는 현조의 눈은 이제 더 이상 두려움이거나 당혹함이 아니었다. 연민이었다, 혹은 동정심이거나. 그리하여 라탄을 생애 최초로 뼈아프게 비참하게 만들었다. 이런 보잘것없는 사내에게 동정까지 당하다니! 정말 최악이었다.

[서린인 그런 마음이라면 분명히 솔직하게 저에게 말해줄 겁니다. 믿고 싶지 않을 테지만 우린 지금껏 아무것도 속인 것이 없었습니다. 타다 회장님, 사랑은 이렇게 우격다짐으로 빼앗거나, 억지를 부린다고 이루어지는 게 아닌 것 같습니다.]

[좋아. 서린을 닮아 아주 선량하군. 하지만 넌 너무 순진해. 난 그런 놈을 바보라고 부르지.]

이토록 순진하고 착해 빠진 놈이라니. 정당한 것을 알고 행하고 그렇게 살아가려 한다. 그런 유약함으로 이 세상을 어떻게 살아왔을까?

[남자란 어떤 경우에도 사랑하는 여자를 믿고 지킵니다. 그리고 한 가지 더, 진정한 남자라면 자신을 사랑하지 않는 여자는 신사답게 놓아주어야 하는 것 아닙니까?]

[이 세상 그 누구보다도 그녀를 행복하게 해줄 수 있어. 원하는 건 무엇이든 다 발치에 놓아줄 수 있어! 하지만 넌 대체 그녀에게 뭘 줄 수 있지?]

[서린이를 정말 좋아하고 환영해 주는 우리 가족을 줄 수 있습니다. 신뢰와 변치 않는 배려를 줄 수 있습니다. 결혼해서 같이 살면서 서로 행복하게 만들어줄 겁니다. 알뜰하게 아껴서 집도 사고, 아이도 낳고 그렇게 함께 의지하며 늙어갈 미래를 줄 겁니다. 내가 줄 건 이런 내 인생과 소박한 사랑뿐입니다. 그리고 서린이 바라는 건 내가 줄 그것밖에 없습니다. 아실 텐데요?]

알아, 알고말고. 라탄은 주먹을 움켜쥐었다. 그가 줄 수 있는 것하고는 너무 다른 것. 어쩌면 그가 절대로 줄 수 없는 것들이다. 그리고 서린은 그런 세상에서 행복한 여자였다.

현조는 계속해서 말을 이었다. 온화하고 겸손하나 비굴하지 않고 아주 당당한 태도였다.

[그런 여자라서 회장님도 우리 서린이를 마음에, 눈에 담았을 테지요. 거죽의 아름다움은 당신이 원하는 만큼 얼마든지 손에 넣을 수 있죠. 하지만 당신이 서린에게서 본 건, 제가 서린이에

게서 본 바와 똑같은 것이었어요. 그러니 이해하실 겁니다. 제가 이 세상 그 어떤 잘난 남자에게도 내 사람을 절대로 양보할 수 없다는 것을.]

현조와 라탄의 시선이 다시 허공에서 부딪쳤다.

[저를 몰아붙여 불행하게 만들 거라고 하셨습니까? 우리 서린이가 날 위해 바닥에 엎드려 애원하게 만들 거라고 하셨습니까? 하지만 그렇다고 해도, 우리 서린이 회장님 여자는 되지 않습니다. 내가 그렇게 만들지도 않을 테지만, 서린이도 그런 짓 하지 않습니다.]

같이 죽는다 할지라도 절대로.

현조의 눈빛 속에는 라탄도 감히 범접하지 못할 강력한 의지가 서려 있었다. 그가 몸을 일으켰다. 진심을 다해, 사랑밖에 가지지 못한 초라한 그가, 그러나 세상에서 가장 부러운 그 남자가 깊이 허리를 굽히고는 정중하게 부탁했다.

[사랑한다면, 지켜주십시오. 당신이 사랑하는 그 여자의 착하고 순수하고 올곧은 그 마음을 당신이 먼저 존중해 주십시오. 한 남자로서, 그녀의 사랑하는 약혼자로서 정말 부탁드립니다.]

이런 상황에서 그는 어떤 말을 할 수 있을까?

라탄의 아름다운 입술이 부들부들 떨렸다.

이런 사랑 앞에서, 이런 연인 앞에서 그가 무엇을 더 어떻게 할 수가 있다 말인가? 어찌할 수 없었다. 침묵 안에서 일단 하얀 수건을 던질 수밖에 없었다. 완벽한 KO 패였다.

두 남자의 보이지 않는 결투 따윈 상관없다는 듯 아무것도 알지 못하는 천진한 얼굴로 서린이 다시 돌아왔다.

[사람이 너무 많아서요. 많이 기다리셨죠? 골드키위주스인데 입맛에 맞을지 모르겠어요.]

현조와 라탄에게 플라스틱 컵을 건네주었다. 그리고는 너무나 자연스럽게 현조의 팔에 꼭 매달린다. 일부러가 아니라 당연히 그러해야 한다는 동작이었다.

'서린, 무슨 뜻이야? 너희 둘 사이에 내가 비집고 들어갈 틈은 하나도 없다는 것을 확인하라는 건가?'

서린이 마시는 라임주스 한 모금을 현조가 빼앗아 먹으려 했다. 킬킬대며 가벼운 실랑이질을 하는 두 사람을 바라보던 그 짧은 순간은 라탄에게는 억만 [20]유가보다 더 길었다. 그것과 같은 무게로 쌓여가는 두통과 비애가 남자의 심장 안에 쌓였다. 고통과 질투로 가루가 된 라탄의 심장은 콘크리트처럼 딱딱하게 굳어졌다. 이젠 더 이상 피조차 흐르지 않았다. 흘릴 피가 남아 있지 않았다.

[두 사람, 정말 잘 어울려.]

라탄의 입술 사이로 나직한 말이 새어나왔다. 서린과 현조의 눈동자가 동시에 다가왔다.

----

21)유가(yuga): 힌두교 신화에서 말하는 우주의 기년(紀年). 우주의 생성과 소멸 사이의 시간을 말한다

[감사합니다.]

[아름다워. 보고 있으려니…… 나도 같이, 행복해져.]

그래서 눈물이 난다. 그 남자가 자신이 아니어서 아주 아프다.

아주 오래전부터, 그들은 이러한 사이. 둘이면서, 하나로 얽힌 사이. 자신의 영혼을 서로의 심장에 놓아두고, 서로의 삶에 깊숙이 스며들어 하나로 존재하는 사이였다. 아무리 갈라놓으려 해도 가능하지 않은 것이다. 또한 옳지 않고 절대로 해서는 안 되는 일이었다.

검고 깊은 눈이 슬픔을 담고 서린을 응시하고 있었다. 마침내 라탄은 잔인한 현실을 인정할 수밖에 없었다.

'네가 이 남자와 더불어 행복하다면, 뭐 어쩔 수 없지. 나와 함께면 넌 언제나 덫에 걸린 얼굴이었어. 울거나 화내거나 불편해했지.'

현조와 함께 있을 때 서린의 표정. 봄날 햇살같이 부드럽고 아름다운 그것만으로도 라탄은 충분히 만족했다.

[결혼식은 언제쯤이지?]

[내년 3월 20일입니다.]

이것으로 한 가닥 남은 마지막 희망의 불씨까지 피시식 꺼졌다. 서린이 자신에게로 넘어오리라는 마지막 기대를 그 순간 라탄은 완전히 접고 말았다.

[그렇군. 좋아요. 축하의 의미로 작은 선물이라도 보내지.]

그의 안에서 타고 있는 불길이 꺼질 수 있는지 아직 확인하지 못했다. 그것을 확인하려면 더 많은 시간이 필요할 것이다. 서린이 강하게 고개를 흔들었다.

[부담스러운데요. 그러실 필요까진 없어요.]

[내 마음이야. 그러고 싶어. 인도의 귀여운 공예품이라도 하나 보내주지.]

[그렇게 말씀하시면, 어쩔 수 없지요. 감사합니다.]

더 비참해지기 전에 퇴장해야 하는 거다. 더 추한 꼴을 보이기 전에 빨리 떠나야 하는 거다.

라탄은 일어났다. 두 사람도 따라 일어났다.

[이만 작별인사를 하지. 날 보러 와주어서 고마워요, 두 사람다.]

몇 발자국 걸어가다가 그는 다시 돌아섰다. 내내 목에 두르고 있던 목도리를 풀었다. 서린에게 내밀었다.

[받아요, 서린. 내 것이 아닌 것을 가질 순 없어.]

[밤이라 추울 텐데.]

[괜찮아. 그리고 어젯밤 내가 약속한 선물은 줄 수 없을 것 같군.]

[아.]

라탄은 미소 지었다. 내가 오열하고 있는 것 보여, 서린?

[거짓말쟁이가 되어버렸지만 어쩔 수 없어. 내가 그린 그림이니, 내 것이야. 누구도 빼앗을 수 없어. 당신이라 해도.]

내게 남은 너의 마지막 추억이니까.

[잘 있어요.]

나직하게 속삭였다.

[네.]

[약혼자와 반드시 행복해요.]

두 개로 쪼개지는 심장을 억지로 감싸 안으며 라탄은 간절한 기도처럼 속삭였다.

[……네.]

이것은 진심. 아니, 동시에 거짓. 그가 아닌 다른 남자와 행복한 그녀를 보는 건 지옥이다. 하지만 서린이 불행하기를 바라지도 않는다. 그래, 좋아. 아픈 건 내가 하지.

라탄은 억지로 미소 지었다. 내가 불행해져도 넌 행복해야지.

어차피 시작은 그가 먼저였으니 끝도 그가 내야만 하리라. 이제 영원히 그녀에게로 향한 마음의 끈을 잘라야 할 때가 온 모양이다. 현조의 말대로, 단순한 소유욕이거나 유희가 아니라 정말 사랑하게 된 여자의 아름다운 심장을 존중해 주어야 한다. 그녀가 바라는 행복을 가질 수 있게 그의 집착을 내려놓아야 한다.

잊을 수 있을까?

잊을 때까지 오래도록 취해 있으리라.

잊을 수 있을 거야.

갑작스레 닥쳐온 열병(熱病)이니까. 올 때와 같이 갑작스레 사라질 거야. 라탄은 반드시 그러하기를 바라마지 않았다.

출국장으로 걸어가는 발길이 철갑처럼 무거웠다. 땅바닥이 갑자기 강력한 자석이 된 것 같았다.

그러지 않을 거라고 수없이 다짐했다. 하지만 마지막인데 딱 한 번만 더. 마지막으로 서린의 모습을 한 번만 더 보고 싶다는 열망을 이겨내지는 못했다. 결국 라탄은 미련 어린 눈길로 뒤를 돌아보고 말았다.

아까 그대로, 그가 건넨 목도리를 꼭 잡은 채, 서린은 그 자리에 그냥 서 있었다.

라탄의 얼굴에 그만 비웃음에 가까운 것이 배어나왔다. 이건 오만하고 어리석은 자신에게로 향하는 것이다.

안녕, 서린. 안녕.

다음 생에서는 반드시 널, 먼저 만나겠어. 다른 누구를 사랑하기 전에 내가 먼저 널 찾아내겠어. 무슨 일이 있더라도 널 찾아 원없이 사랑하겠어.

심장이 으깨어져도 웃었다. 그리고 마지막 작별인사를 했다. 이것으로 끝이다. 다시는 슬픈 사랑이 살고 있는 이 땅을 밟지 않을 것이다. 살아 있는 동안, 우연이 아니라면 다시는 그녀를 만나지도, 찾지도 않을 것이라고 맹세했다. 사무치게 새겼다.

[타다 회장님!]

등 뒤에서 그녀가 뛰어오는 발걸음 소리가 들렸다.

그를 잡기 위해서가 아니다. 현조를 버리고 그에게로 오겠다고 하는 것도 아니다.

작별하기 위해, 완전히 그를 버리기 위해 달려오는 그녀이다. 그를 향해 달려오는 그 누군가의 발소리가 이렇게 잔인한 울림이었던가?

그녀의 부름을 끝내 못 들은 척한다.

이것은 영원한 작별이다.

묵묵히 출국장으로 걸어가기만 하는 라탄의 뒷모습이 너무도 아팠다. 그 모습을 본 서린은 자신도 모르게 현조의 염려스러운 시선도 잊어버리고 그에게로 달려가고 있었다.

내가 왜 이러는 거지? 헤아릴 여유도 없었다. 이상한 일이다. 그에게로 가까워질수록 여린 심장이 열증(熱症)을 앓듯이 지독하게 뜨거워졌다. 가라앉아 딱딱하게 석화(石化)되고 있었다.

그의 앞을 가로막아 섰다. 시선이 마주쳤다.

아아, 하느님.

신음을 삼켰다. 깊이를 알 수 없는 검은 눈동자가 비에 젖어 있었다. 그가 가만히 고개를 끄덕여 보였다.

인도인은 부정(否定)의 뜻으로 고개를 끄덕인다지. 이런 눈물 따윈 중요하지 않아. 아마도 그런 뜻이겠지.

오래도록 가슴에 눈에 영혼에 새겨놓는 것 같다. 라탄은 침묵한 채 오직 서린의 눈동자를 바라보며 서 있기만 했다.

무엇이든 말을 해야 하는데, 말을 할 수가 없었다. 너무 깊고 넓어. 복잡하고 오묘해서. 그 어떤 언어로도 형용할 수가 없었다.

[상관하지 말고 네가 가던 길을 가, 서린. 당신을 향한 그리움에 중독되어 질식해 죽는다 해도 상관하지 마. 이건 내 몫이니까.]

시선 속에 오가는 모든 것들. 침묵으로 전해지는 말들. 말하지 못한 모든 감정들이 소용돌이쳤다.

두 사람을 의아하게, 혹은 신기하게 바라보는 시선들은 이미 중요하지 않았다.

그들의 등 뒤에서 약혼자 현조가 쓸쓸하고 거뭇한 미소를 짓고 마는 것도 알지 못했다.

그런 것 따윈 생전 처음으로 신경 쓰이지 않았다. 중요한 건 그것이 아냐.

안녕.

슬픔이 목울대까지 차 올랐다. 가시를 서너 발이나 삼킨 듯이 아렸다.

하지만 서린은 굳이 그에게 그녀가 느끼는 이 모든 고통들을, 복잡하고 서러운 것들을 입 밖으로 토해내지 않았다. 헤집지 않고 덮어놓아야 하는 것들은 그냥 무덤 속으로 보내는 것이 옳다. 그녀의 이런 선택은 절대적으로 옳은 것이다.

말을 넘어선 침묵 안에서 서린은 다만 깊이 허리를 굽혔다.

[그동안 감사했습니다. 안녕히 가세요.]

[마이 툼세 피아르 카르타 훙, 서린.]

굿바이란 말 대신, 그는 서린이 알아들을 수 없는 한 마디만 남기고 돌아섰다. 다시는 돌아보지 않고, 단호한 발걸음으로 출국장 안으로 들어가 버렸다. 이제 두 사람은 살아생전 만날 수 없을 것이다.

"마이 툼세 피아르 카르타 훙, 라탄."

그에게서 배운 한마디. 라탄은 듣지 못하는 서투른 힌디어로 서린은 나직하게 중얼거렸다. 똑같이 인사했다.

이것으로 안녕.

다시는 만날 수 없겠지만. 그러나 난 당신을 기억하겠지. 심장 안, 깊이 간직하여 키우는 진주처럼 그리워하며 슬퍼하며. 돌아서는 서린의 눈 속에 습기 같은 것이 고였다. 다가오는 현조의 가슴 안에 그 얼굴을 묻어버렸다. 이젠 끝났어. 어쩔 수 없어.

사랑하는, 진정으로 마음 주어 사랑하는 일이야말로 세상에서 가장 어려운 일이었다. 라탄은 인천공항을 떠나며 그 사실을 사무치게 깨달았다.

한 번도 사랑한 적 없었다. 즐거운 유희와 나른하고 열정적인 게임. 때로는 흥분되고 짜릿한 달콤한 쾌락을 즐겼을 뿐. 사랑에는 무지하고 무식했던 대가를 처절하게 받고 있는 것이었다. 인도로 돌아가는 길은 허공중에 사라지고 없었다. 눈앞에는 하얀 안개 같은 것만이 아물거리고 있었다.

라탄은 태어나서 처음으로 끔찍한 열병을 앓았다. 비행기에서 내리자마자 병원에 실려가야 할 정도였다.

그 어떤 의사도 라탄이 앓고 있는 열병의 원인을 찾아낼 수 없었다. 입술이 거멓게 타고 고열이 끓어오르는 혼돈과 암흑 속에서 제발 조금이라도 잊혀지기를, 그는 혼돈 속에서 간절하게 빌었다. 심장을 직격으로 찌른 카마의 화살에서 도망칠 수 있기를 빌었다. 서린. 제발 사라져 줘. 잊게 해줘.

하지만 불가능한 일이었다. 무엇으로도, 어떤 것으로도 그 상처를 벗어날 수가 없었다.

[마이 톰세 피아르 카르타 홍.]

마지막 남긴 인사가 무슨 뜻인지 그녀는 결코 알 수 없을 테지. 하지만 그것은 처음부터 마지막까지 유일한 진심이었다.

끔찍한 상심에서 비롯된 그의 병은 쉬이 낫지 않았다. 결국 의사들은 그가 과로와 스트레스로 인한 극도의 심신쇠약증에 걸렸다고 진단했다.

[당분간은 모든 것을 잊고 쉬어야 합니다. 편안하게 요양을 하기를 권해 드립니다.]

병원에서 퇴원한 라탄은 결국 모든 것을 버리듯이 인도를 떠나 유일한 친구가 있는 미국 샌프란시스코로 향했다. 그 뒤 한 달 동안 에릭의 해안가 집에서 칩거했다. 하지만 낫지 않았다. 정신과 상담치료를 받기도 했고, 향을 피워놓고 명상을 하기도 했다. 미친 듯이 운동을 해보기도 했지만 그의 열은 꺼지지 않았다. 불치병. 먹을 수도, 잠을 잘 수도 없었다.

[대체 왜 그러냐? 천하의 태평쟁이 라탄.]

[글쎄, 나도 모르겠다.]

친구 에릭의 집은 태평양이 바로 내려다보이는 전망 좋은 빌라였다. 검보랏빛 수평선을 내려다보며 라탄은 장의자에 드러누워 있었다.

'이 바다 건너에 네가 있어, 서린. 정말 보고 싶다.'

[너 말이지. 얼마나 우스꽝스러운 모습인 줄 알아? 누가 보면 너더러 상사병 걸렸다고 하겠다.]

티 테이블에 노트북을 올려놓고 메일을 보내고 있던 에릭이 그를 돌아보았다. 어둠이 잠겨가는 발코니 장의자에 드러누운 라탄은 읊조리듯이 나직하게 말을 받았다.

[맞아, 에릭. 난 지금 소중하게 품고 있던 진주를 잃어버린 진주조개가 된 심정이야.]

그는 쓴웃음을 지었다.

[하지만 그 조개는 적어도 나보다는 행복했으리라는 생각이 드는군.]

그가 긴 손가락으로 의자의 팔걸이를 두들겼다.

[그 녀석은 자신이 잃어버린 것이 무엇인지는 적어도 분명히 알고 있을 테니까 말야.]

대답이 없다. 라탄은 힐끗 돌아보았다. 혼자 등을 돌리고 앉아 열심히 모니터를 노려보는 친구를 향해 투덜거렸다.

[에릭, 대답 좀 해라. 혼자 떠들고 있으니 미친 것 같잖아.]

[나 바빠. 오늘 중으로 이 프로그램 설계를 작살내야 한다고.]

[시간 있어도 나 따위는 한 번도 신경 안 썼잖아.]

[살 빼느라 시간없다고 분명히 말했었다. 새삼스레 웬 잔소리?]

에릭이 잠시 손가락을 멈추고 라탄이 앉은 테라스 쪽으로 고개를 돌렸다. 친구의 갈색 눈 속에 잠시 스치던 것은 분명히 동정심인가?

[그나저나, 그렇게 심심해서 병이 날 정도면 너 잘하는 짓 있잖아. 진하게 연애라도 하지 그래?]

컴퓨터 마우스를 연인처럼 여기는 놈이니, 인간다운 고뇌가 있을 리 없지. 명색이 유일한 친구란 놈이 하는 말이 이토록 무심하다니. 라탄은 피식 웃고 말았다.

여자하고 노느니, 모니터 안의 매력적인 아바타와 사이버 섹스를 할 저놈하고 말하는 내가 미쳤지. 그런 에릭이니, 지금 라탄 그가 마음속에서 무엇을 생각하고 있는지 알 수 있을까?

연적을 죽여서라도 빼앗고 싶은 그녀. 소유하고 싶은 단 하나의 소중한 사람. 하지만 버렸다. 사랑하기에. 행복하라 빌었기에.

사랑을 잃었다.

하지만 과연 잃었다고 말할 수 있을까?

한 번도 그녀를, 사랑을 소유한 적이 없었는데.

『아바타르(化身)』 2권에 계속…

『내 숲에 찾아온 악동』

첫사랑이에요. 그 아이의 입에서 그 말이 나왔을 때 나는 알았다.

내게도 이것이 첫사랑 같은 떨림이 되리라는 것을.

"누구도 사랑하지 마세요."

"너도…… 다른 사람 사랑하지 마. 싫어."

● 김인숙 지음 값 9,000원

『서언』

발해 732년 초 여름.

문예 전하의 환국 문제 대립을 두고 사이에 낀 가진과 화련.

같되 같지 않은 마음을 품은 두 남녀가

당나라 안서를 향한 여정 길에 오른다.

● 이승연 지음 값 9,000원

『서툴지만 사랑스러운』

덩치는 곰마냥, 눈치도 곰마냥

친구의 조카 보고 가슴이 뛰는 이유를 모르던 신우경.

보기엔 선녀마냥, 속은 구미호마냥

세상을 살아가는 처세 중 내숭은 필수, 주연진.

● 류은수 지음 값 9,000원

『바보 로맨티스트』

다시는 사랑 같은 거 하지 않겠다고 다짐하지만,

후회할 것을 알면서도 언제나

또 한 번의 사랑이 찾아오길 바라는

우리는 바보 로맨티스트.

● 진양 지음 값 9,000원

도서출판 **청어람**   chungeoram@chungeoram.com
☎ 032-656-4452 FAX 032-656-4453

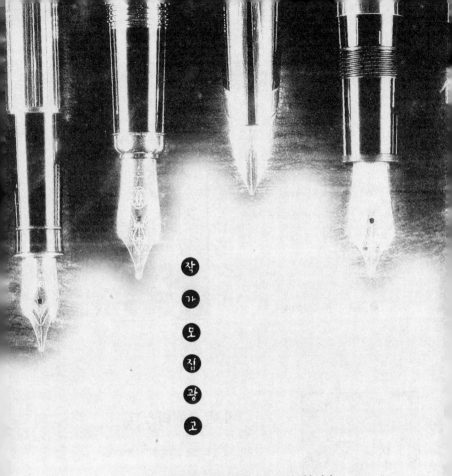

作
가
모
집
광
고